www.bbulmedia.com

www.bbulmedia.com

「두 번째 프러포즈」

두 번째
프러포즈

초판 1쇄 찍음 2016년 8월 8일
초판 1쇄 펴냄 2016년 8월 12일

지은이 | 이백린
펴낸이 | 정 필
펴낸곳 | (주)뿔미디어

기획 · 편집 | 김수정

출판등록 | 2002년 9월 11일 (제1081-1-132호)
주소 | 경기도 부천시 원미구 소향로 17, 303(두성프라자)
전화 | 032)651-6513 / 팩스 | 032)651-6094
E-mail | dahyangs@naver.com
블로그 | http://blog.naver.com/dahyangs
홈페이지 | http://bbulmedia.com

값 9,000원

ISBN 979-11-315-7321-1 03810

DAHYANG ROMANCE STORY

두 번째 프러포즈

이백린 장편 소설

Contents

프롤로그   7

1.   18

2.   54

3.   103

4.   142

5.   186

6.   241

7.   297

외전 "You Are My Everything"   344

작가 후기   366

프롤로그

가현은 거울에 비치는 창백한 안색의 여자를 바라보았다.

"이게 어딜 봐서 생일을 맞이한 여자의 모습이람."

마치 채색을 기다리는 스케치와 같은 그녀를 보며 가현은 정성 들여 화장을 했다. 봄이니까 블러셔는 화사하게 피치 톤으로, 입술은 발색을 돕기 위해 누드 톤의 립스틱을 눌러 주고 핑크 립글로즈를 덧발랐다. 옅은 화장에 맞춰 섀도우도 과하지 않도록 누드 베이지와 브라운 계열로 색을 골랐다.

"습관이란 게 참 무섭네."

방금 전과 달리 혈색이 살아난 자신의 모습을 보며 가현은 한숨을 내쉬며 향수를 제 손목과 목덜미에 차례로 뿌렸다.

"아……."

이 순간, 제 몸에서 풍기는 샤넬 샹스 향을 느끼며 가현은 쓰게 웃을 수밖에 없었다. 메이크업은 다시 손볼 곳 없이 완벽했지만 하필이면 이십 대의 마지막 생일마저 시혁의 취향대로 화장을 한 자신이 바보같이 느껴졌다.

"벌써 3년을 이렇게 지냈으니까……."

낮게 읊조린 가현은 의자에서 일어나 드레스룸으로 향했다. 클로젯 문을 열자 원피스와 블라우스, 치마가 순서대로 나열되어 있고 바지는 어디에도 보이지 않는다. 색상도 화이트, 베이지, 핑크 같은 화사하고 여성스러운 것들뿐이다. 3년 전, 시혁과 결혼을 했던 그날부터 가현의 모든 것은 그의 취향에 맞춰 바뀌어 갔다.

"정확히는 그가 아니라 그녀의 취향이겠지."

시혁과의 결혼 생활은 두 사람만을 위한 나날이 아니었다. 그녀가 웨딩드레스를 입는 순간부터 시혁과 가현, 그리고 그의 첫사랑이자 이미 고인(故人)이 된 지수란 여자까지, 세 명이 함께하는 생활이었다. 그리고 시혁은 언제나처럼 오늘을 가현의 생일이 아닌, 지수의 기일로만 기억하고 있을 거란 걸 그녀는 알았다.

"하긴, 이런 것도 새삼스러울 거 없잖아."

그래서 더 깊이 생각하기보다는 클로젯에 걸린 옷들 중 오스카 드 라 렌타(Oscar de la Renta)의 흰색 레이스 원피스를 골라 재빠르게 갈아입고서 핸드백을 들고 드레스룸을 빠져나갔다. 시혁이 어쩌건, 오늘은 내 생일이니까 즐겁게 보내야지. 가현은 그렇게 다짐하며 집을 뒤로했다.

친구들과 간단한 브런치를 즐긴 가현은 생일 축하한다는 인사를 마지막으로 헤어지자마자 홀로 백화점으로 향했다. 그녀의 스물아홉 번째 생일인 오늘, 시혁의 카드로 쇼핑을 할 생각이었다. 무얼 살지는 오래전부터 정해 두었기 때문에 망설임 없이 매장으로 향했다.

"오셨어요? 사모님."

가현을 알아본 직원이 밝은 미소를 지으며 그녀를 맞이해 주기에 가현 역시도 미소로 화답했다.

"주문했던 건 왔나요?"

"네. 다행히 사모님께서 원하신 날짜에 맞춰서 입고되었네요. 바로 보여 드릴 테니 잠시만 기다려 주시겠어요."

그렇게 말한 직원이 잠시 백 플로어로 모습을 감췄다가 가현이 원하던 물건을 들고 다시 나타났다. 스와로브스키가 장식된 지미 추(Jimmy Choo)의 플랫슈즈. 너무 가지고 싶어서 미리 주문까지 해 두었던 걸 오늘 찾게 된 것이다.

"시착하시는 거 도와 드리겠습니다."

직원이 가현의 앞에 무릎을 꿇고서 조심스러운 손길로 플랫슈즈를 신겨 주자 그녀는 어린아이로 돌아가 폴짝이며 좋아하고 싶은 것을 겨우 참아 냈다.

"제가 생각한 것 이상으로 예쁘네요."

"그러게요. 사모님께 무척이나 어울리네요."

너무 캐주얼하지도 않고, 과하게 여성스럽지도 않은 게 가현의 마음에 쏙 들었다. 만약 직업을 가지게 된다면 오피스용으로도 적

합할 것 같았다.

"시혁 씨가 보면 놀라겠네……."

그에게 구두를 살 거라고 미리 귀띔을 해 두긴 했지만 어떤 디자인인지는 말하지 않았다. 시혁은 아마도 언제나 같은 펌프스나 메리제인 슈즈를 사리라 짐작하고 있겠지. 그러니 이건 가현에게 나름의 일탈과도 같은 일이다. 오늘이 생일이기에 가능한…….

"포장 부탁할게요."

시착을 끝낸 가현이 직원을 향해 미소 지었다. 그러자 직원은 플랫슈즈를 조심스러운 손길로 박스에 넣었고 가현은 지갑에서 시혁의 카드를 꺼내 기세 좋게 내밀었다.

첫 번째 쇼핑을 기분 좋게 끝낸 가현은 발걸음을 돌려 백화점 지하 매장으로 향했다. 베이커리에 도착한 가현은 쇼케이스를 잠시 들여다보다가 시럽이 발려 루비처럼 빛나는 딸기에 마음을 뺏겼다. 봄이면 역시 딸기지.

"여기 있는 스트로베리 쇼트케이크, 포장해 주세요."

주문을 마친 가현은 불현듯 떠오르는 것이 있어 케이크를 포장 중인 직원을 향해 외쳤다.

"긴 초도 하나, 같이 넣어 주시겠어요?"

"네, 알겠습니다."

직원이 익숙한 손길로 작은 박스에 케이크를 포장해 계산대로 향하자 가현 역시도 빠르게 계산을 마치고 베이커리를 떠났다. 이제 그녀에겐, 다시 집으로 돌아가는 일만 남았다.

❋   ❋   ❋

가현은 편한 옷으로 갈아입고 식탁 의자에 앉았다. 그리고 박
스를 열어 곱게 자리를 지키고 있는 케이크를 꺼내었다. 혼자 먹
을 수 있을 정도로 작고 흔한, 생크림과 딸기로 채워진 쇼트케이
크였지만 그녀에게는 생일을 축하하기 위한 것이었다.

"맛있겠다."

가현은 케이크 중앙에 긴 초를 꽂고 불을 붙였다. 그리고 그녀
는 그 불빛을 보며 잠시 생각에 빠져들었다. 오늘은 자신의 생일
이자 지수의 기일이었다. 시혁과 결혼한 이후부터 생일이 되면 그
녀에 대한 생각을 떨쳐 낼 수가 없었다.

'변명은 하지 않을게. 넌 그녀와 많이 닮았어.'

그와 처음 만났던 그날, 시혁이 자신에게 했던 말이다. 그리고
그의 지갑 속에 간직된 지수의 사진을 보게 되었을 때는 너무도
닮은 서로의 모습에 가현 역시도 놀랄 수밖에 없었다.

'나에겐 네가 필요해. 이번에는 꼭 지켜 내고 싶으니까……. 그러
니까 넌 아무 의심 말고 내가 널 필요로 한다는 진실만 믿어. 아무
것도 하지 않아도 돼. 나머진 내가 알아서 해.'

프러포즈와 함께 들었던 말을 잊을 수가 없다. 우리는 분명 사

랑을 했다. 그래서 그의 진심을 처음에는 믿었다. 하지만 시간이 지날수록 그에게 필요한 게 나인지, 지수인지 헷갈리기 시작했다. 아직도 우리 사이에는 사랑이 남아 있을까.

"지금까지 참고 사느라 많이 힘들었지……."

그와의 관계는 부부라기보다 오히려 '마이 페어 레이디(My Fair Lady)'의 히긴스 교수와 일라이자와 같은, 혹은 '겐지모노 가타리(源氏物語)'의 겐지와 무라사키노우에와 같이 자신의 이상형에 맞는 여자로 만들어 가는 관계에 가까웠다. 그것도 한때 실재했던 최지수란 여자와 똑같이 말이다.

"차라리 미워했더라면……."

그랬더라면 마음이 편했을 거다. 그러나 가현은 그를, 시혁을 진심을 다해 사랑했다. 이 말도 안 되는 생활들을 견뎌 낼 수 있을 만큼 말이다.

"생일 축하해. 윤가현."

하지만 어찌 됐든 자신은 최지수가 될 수 없다. 그녀와 닮았을지언정 전혀 다른 사람이니까. 나는 윤가현. 아직은 이시혁의 부인인 윤가현이다.

"오늘부터 너도 새로 태어나는 거야."

그러니까 오늘은 슬퍼하기보다 축하하자. 가현은 촛불을 향해 길게 숨을 내뿜어 불을 껐다. 그리고 초를 빼내고서 케이크를 직접 손으로 들고 한 입씩 베어 먹었다. 한 입, 두 입, 세 입……. 그렇게 몇 번을 먹고 나니 케이크는 모두 입 속으로 사라지고 생크림이 묻은 손만 남았다. 이렇게 가현의 생일을 축하하는 순간은 단숨에 끝이 났다.

"후우……."

생크림으로 더럽혀진 손은 비누칠을 해 뽀득뽀득하게 씻어 낸 후, 비어 있는 박스를 잘 접어서 다용도실에 가져다 두었다. 그리고 시혁이 오길 기다리며 거실 소파에 앉아 TV를 보았다. 그렇게 몇 시간이 흐르자 삐삐삑 하고 도어록의 비밀번호를 누르는 소리가 들려왔다. 가현이 거실에 걸린 시계를 바라보자 11시 40분이었다. 그녀는 리모컨을 들어 TV를 끄고 현관으로 향했다.

"오늘은 일찍 돌아오셨네요."

시혁은 그녀의 마중에도 아랑곳없이 술 냄새를 풍기며 가현을 지나쳐 갈 뿐이다. 이미 익숙한 광경에 그녀는 더 무어라 말도 하지 않고 그의 뒤만 쫓았다. 시혁은 흔들리는 걸음으로 겨우 거실로 가서는 소파에 몸을 던지고 누웠다. 그의 곁에 서서 시혁을 내려다보는 가현은 곧 그의 입에서 나올 말이 자신을 할퀴고 지나가리라 예감했다.

"지수야……. 미안해, 지수야……."

그녀는 3년간의 결혼 생활 동안 시혁의 입을 통해서 생일 축하한다는 말 한마디를 들은 기억이 없다. 겨우 한마디일 뿐인데. 대신에 시혁은 전혀 다른 말로 가현을 지옥으로 끌고 들어간다.

하지만 가현은 티를 내지 않고 주방으로 가 따뜻한 물에 꿀을 탔다. 조금만 더 버티면 시혁도 이성을 찾을 것이고 이전과 같은 일상이 찾아올 것이다. 그 일상이 행복으로 이어지는지 어떤지는 차치하고서.

"드세요. 꿀물이에요."

가현은 시혁의 손길이 닿는 커피 테이블에 물 잔을 올려 두었다. 그리고 잠시 자신의 방으로 들어가 화장대 서랍에 넣어 두었던 종이 뭉치를 꺼내어 다시 거실로 나왔다.

시혁이 어느새 몸을 일으켜 꿀물을 마시고 있는 게 그녀의 두 눈에 들어왔다. 가현은 그를 잠시 바라보다가 거실 시계를 다시 바라보았다. 시간은 11시 50분. 다행히 그녀의 생일은 아직 끝나지 않았다.

"할 말이 있어요. 얘기 좀 해요."

가현이 그의 곁으로 다가갔지만 시혁은 여전히 그녀를 쳐다도 보지 않고 마시고 있던 물 잔을 커피 테이블 위에 다시 올려 둘 뿐이다.

"급한 얘기 아니면 내일 해. 나 술 마셨잖아."

"이혼해요. 우리."

가현은 시혁의 말이 끝나기가 무섭게 들고 있던 종이들을 그를 향해 내밀었다.

"필요한 서류는 내가 준비했어요. 시혁 씨가 써야 될 거까지 모두 적었으니 당신은 도장만 찍으면 돼요."

"하……! 이혼이라……."

날카로운 시선으로 자신을 바라보는 시혁을 보며 가현은 그를 순종적으로 사랑했던 지난날들을 떠올렸다. 그와 함께 나누었던 결혼 서약을 반드시 지키고 싶었다. 검은 머리가 파뿌리가 되도록 사랑하고 아끼며, 슬플 때도 기쁠 때도 함께하겠다고 말이다.

하지만 사랑이란 혼자만의 힘으로는 이루어지지 않았다. 사랑받을 수 없다면 하다못해 행복해지고 싶었다. 그래서 가현은 시혁의 곁을 떠나려는 것이다. 그와 함께했던 3년간 가현은 행복하지 못했으니까. 그리고 그녀는 행복의 시작이 자신의 생일에 이루어지길 원했다.

"시혁 씨라면 이치에 맞게 행동해 주리라 생각해서 한 말이에요. 이혼 정도는 내 뜻대로 결정해도 되잖아요."

"이치라……. 널 맞이한 건 내가 원해서였으니까 떠나는 순간은 네가 정해도 된다는 얘긴가."

한결 부드러워진 표정으로 시혁은 가현이 내민 서류를 받아 들었다. 그리고 그것을 단번에 갈가리 찢어 버렸다.

"무슨 짓이죠?"

놀란 가현이 따져 묻자 시혁은 여느 때보다 차가운 눈빛으로 가현을 바라보았다.

"난 이혼할 생각 없어. 그러니까 다신 이런 허튼짓 하지 마."

예상하지 못한 시혁의 태도에 가현을 이를 악물었다.

"합의해 주지 않는다면 나, 소송이라도 할 거예요."

가현의 으름장에 시혁은 잠시 놀란 듯 두 눈이 커지더니 이내 입가에 비릿한 웃음이 걸렸다.

"하, 소송? 잊고 있는가 본데 법적으로 넌 내게 이혼을 요구할 자격이 없어. 혼전 계약서에 관해서 잊었어? 우리 둘 중 누군가에게 유책 사유가 있어야만 이혼이 가능한데, 당신이나 나나 법적으로 문제 될 일을 한 적이 없어. 그런데 어떤 유책을 근거로 소송을 건다는 거지. 기껏해야 부부 생활 안 한 거, 그게 문제가 되긴 하겠네. 근데 증거도 없이 그 사실을 어떻게 입증할 거지."

시혁이 속사포처럼 내뱉는 말들에 가현은 반박을 할 수가 없었다. 그리고 잊고 있었던 혼전 계약서에 관한 문제가 그녀의 발목을 잡았다. 돈에 관해서는 아까운 게 없었다. 그까짓 돈, 안 받으면 그만이었다.

하지만 두 사람은 서로의 배우자로서 의무를 제대로 지켜 왔다. 겉으로 보기에는 아무 문제가 없는 부부였으니 말이다. 그러나 가현은 이 생활을 더 이상 이어 갈 생각이 없었다.

"내가 그 증거예요. 당신과 함께 살았던 지난 3년간의 내가, 그 증거라고요."

"괜한 억지 부리지 마. 설사 그 얘기를 믿는 변호사가 있다고 해도 소송에 이길 가능성은 극히 희박하니까 포기하는 게 편할 거야."

겨우 결심했던 일이 이렇게 간단히 수포로 돌아가자 가현은 기가 차고 화가 났다. 당신이란 남자, 어쩌면 끝까지 이렇게 이기적일까. 가현은 원망을 가득히 담아 시혁을 노려보았다. 하지만 그는 가현의 시선을 가볍게 무시한 채 자리에서 일어섰다. 그리고 그녀 곁으로 바짝 다가와 귓가에 속삭였다.

"무슨 일이 있어도 넌 내 부인으로 있어야 해."

그때, 12시를 넘어가는 시곗바늘이 가현의 눈에 들어왔다. 행복을 찾고 싶었던 가현의 생일은 그렇게 시혁의 손안에서 허무하게 끝이 났다. 일이 이런 식으로 흐를 거라 생각하진 못했지만 가현은 어렵게 결심한 일을 쉽게 포기하고 싶지 않았다.

"내가 언제까지고 당신 뜻대로 될 거라고 생각하지 말아요."

가현은 시혁을 밀어 내며 으름장을 놓았다. 그리고 몸을 숙여 찢어진 이혼 서류를 그러모았다. 제멋대로 흩어져 제 조각을 찾지 못한 모습이 마치 자신과 같다는 생각이 들었다. 하지만 가현은 이대로 끝내지 않을 것이라 다짐했다. 이제 겨우 한 발짝을 내디뎠을 뿐이다. 이제까지는 시혁이 자신을 제멋대로 휘둘러 왔다면 이제는 가현의 차례였다.

1.

　이혼을 결정한 이후로, 조금씩 정리해 왔던 짐들을 들고 가현은 집 밖으로 나섰다. 시혁에게 받은 것들은 모두 놔두고 꼭 필요한 것들만 챙겨서인지 짐은 얼마 되지 않았다. 그렇게 가현은 인생에 첫 가출을 감행했다. 시혁이 출근할 때까지도 아무 내색을 하지 않은 자신이 대견했다.

　"이제부터 완벽하게 홀로 서는 거야."

　시혁과 함께 살던 고급맨션을 뒤로하고서 무작정 택시에 올라탄 가현은 미리 구해 둔 원룸의 주소를 불러 주었다. 그렇게 차는 한참을 달려 한적한 주택가로 가현을 데려갔다.

　그녀는 심적으로 오늘부터 시혁의 아내가 아니었다. 이런 날을 그냥 넘길 수 없다는 생각이 든 가현은 택시에서 내리자마자 자신의 방에 대충 짐을 놔두고는 다시 밖으로 나와 택시를 잡아탔다.

"여기서 제일 가까운 번화가로 가 주세요."

가현을 태운 택시는 다시 한참을 달리더니 한 지점에서 운행을 멈췄다. 차비를 계산하고 택시에서 내린 가현은 잠시 주위를 둘러보다가 제일 먼저 눈에 들어온 헤어숍으로 걸음을 옮겼다.

"어서 오세요."

유리로 된 자동문을 지나치자 데스크에 서 있는 직원이 높은 톤으로 인사를 건넸다.

"저…… 커트를 하려는데요."

언제나 다니던 곳과는 달리 최신곡이 흐르는 헤어숍 실내는 어딘가 어수선한 분위기가 강해서 가현은 괜히 주눅이 들었다.

"네, 찾으시는 디자이너 선생님 계신가요?"

"아니요. 오늘 처음이에요."

"그러시구나. 그럼 잠시만 앉아서 기다려 주시겠어요."

가현은 한쪽 공간에 놓인 소파로 가 자리를 잡고 앉았다. 그러다 문득 파마 중인 여자와 그 곁을 지키는 남자의 모습이 눈에 들어왔다. 저렇게 가까운 걸 보면 아마도 연인 사이겠지. 무슨 얘기가 그리도 즐거운지 서로에게만 집중하는 두 사람은 자신이 보기에도 사랑스러웠다.

그러고 보니 시혁도 딱 한 번, 가현을 따라 헤어숍에 따라왔던 적이 있었다. 물론, 호의에 의한 행동은 아니었다.

'여기서 더 기르는 건 상관없지만 짧게 자르진 마. 머리카락은 가슴에 못 미치는 기장으로 잘라.'

'염색도, 파마도 안 돼.'

디자이너와 자신에게 간섭하고 감시하려 한 일이었지만 가현은 그런 것조차 저를 위한 관심이라고 좋게 생각했더랬다. 이제 와서 생각해 보면 지수를 생각하며 한 행동이었겠지만 말이다. 그래서 우리는 저 연인들처럼 사랑스럽게 보이진 않았을 거다.

"기다리시게 해서 죄송합니다. 따라오시겠어요?"

머리를 노랗게 물들인 여자가 말을 걸었기에 가현의 상념도 끝이 났다.

"커트하신다고요. 어떤 스타일로 하실지는 정하셨어요?"

"아니요. 그게……."

그녀를 따라 거울 앞 의자에 앉은 가현이 쉽사리 얘기를 꺼내지 못하자 헤어디자이너는 잠시 자리를 비웠다가 다시 나타나더니 책 한 권을 가현에게 권했다. 그녀가 책장을 넘기자 여러 모습의 모델 사진이 가득히 실려 있었다.

한참을 책을 들여다보던 가현은 고개를 갸웃했다. 한국인 대상이라서일까. 모델들은 하나같이 갈색 머리를 하고 있었다. 차이가 있다면 밝거나 어두운 정도일 뿐.

"갈색……."

가현은 자신의 입 밖으로 나온 그 단어가 무척이나 마음에 드는 듯 또 다른 결심을 하게 됐다. 염색도 해야겠어. 그녀가 보통 헤어숍을 찾게 될 때는 머리카락을 조금 다듬는 정도였기 때문에 자신이 이런 식의 생각을 하게 될 줄은 몰랐지만 그녀는 변하고 싶었다. 이전의 윤가현과는 전혀 다른 사람으로 말이다.

"머리카락은 이 정도로 잘라 주시고요. 밝은 갈색으로 염색도 같이 해 주세요."

가현은 맨 앞 장에 있던 모델을 가리켰다. 턱까지 오는 단발에 앞머리는 시스루뱅을 한 여자를 말이다. 그러자 헤어디자이너는 가현의 검은 머리카락을 매만지며 한마디 했다.

"오래 기르신 거 같은데 아깝진 않으시겠어요?"

"전혀요. 이 머린 이제 질렸거든요."

가현은 거울을 보며 빙긋이 웃었다. 최지수의 도플갱어로 살아가는 데 지쳤기 때문에 시혁과 헤어지려던 것인데 같은 자리에 계속 머무를 수는 없지 않은가.

가현은 지금 이 순간, 마음이 조금 들떴다. 머리카락이 사각거리며 잘려 가는 소리가 마치 듣기 좋은 음악 같았고, 염색약을 발라 납작하게 달라붙은 머리를 봐도 보기가 좋았다. 그렇게 가현은 이전과는 달라진 모습으로 헤어숍을 빠져나왔다. 봄바람이 살랑이며 목덜미를 스치고 지나자 가현은 절로 미소가 지어졌다.

"아, 시원하다."

가만히 눈을 감고 잠깐 동안 바람을 느끼던 가현이 가벼운 마음으로 앞을 향해 발을 내디뎠다. 곧 해가 질 듯 주황빛으로 물든 하늘을 바라보며 가현은 쇼윈도에 비치는 자신을 자꾸만 힐끔거렸다. 늘 길고 검은 생머리를 유지했던 지난날의 가현은 사라지고 단발에 갈색 머리를 한 여자가 자신을 따라서 웃고 있다. 짧아진 머리카락을 보면 시혁은 분명 기함하겠지.

"이시혁, 꼴좋다."

그 생각을 하니 가현은 자꾸만 새어 나오는 웃음을 감출 수가 없었다. 솔직히 말하자면 아직은 자신도 이 모습이 낯설긴 하지만 후회는 하지 않았다. 마치 잃어버린 3년을 다시 찾아온 느낌이 들 정도였으니까.

그러다 가현은 불현듯 한 가게 앞에 멈춰 서서 마네킹이 입고 있는 옷을 유심히 바라보았다.

"이 옷 괜찮은데."

빈티지 느낌이 나는 연하늘색의 스키니진은 발목까지 꽉 죄고, 옆구리 선을 따라 금장 지퍼가 들어간 검은색 무지 브이넥 티는 언뜻 보기에 심플해 보였지만 캐주얼한 느낌이 강해서 나이 대에 맞는 개성이 있었다. 가현은 문득 자신이 입고 있는 옷을 바라보았다.

"음…… 이건 좀 아닌가?"

도트가 들어간 생 로랑(Saint Laurent)의 블랙 에이라인 원피스를 입고 메리제인 슈즈를 신은 자신은 나이에 비해 소녀 같은 느낌이 강했다. 영원히 나이 먹지 않을 지수의 모습과 똑같이 말이다. 그래서였을까. 가현은 무작정 그 가게 안으로 들어가고야 말았다.

"어머. 언니, 어서 와요."

자신의 또래 정도로 보이는 가게 여주인이 친근하게 인사를 건네자 가현은 어색한 미소만 지었다. 막상 옷을 사러 들어왔음에도 이상하게 오지 말아야 할 곳에 온 것처럼 불편한 느낌을 지우지 못한 가현은 주저하며 실내를 둘러보기만 했다. 그러자 여주인이 그녀 가까이 다가오며 살갑게 말을 건넨다.

"뭐 특별히 찾는 거 있어요? 근데 언니 지금 입은 거 보니까 여성스러운 거 좋아하는가 보다. 비슷한 스타일로 보여 드려요?"

"아니요. 그게, 저……."

여주인의 넉살 좋은 말주변에 가현은 당황한 기색을 감추지 못했다. 지난 3년간, 돌이켜 보면 늘 쇼핑은 백화점 내에서만 했던 가현이다. 한결같은 친절함으로 사모님 대접을 하며 두 발짝 정도 뒤에서 가현이 편하게 물건을 고르도록 도와주던 직원들과 적극적으로 물건을 권하는 지금의 여주인은 판이하게 다르다. 하지만 오히려 이런 상황이 평범한 것이 아닐까.

"저기 마네킹이 입고 있는 옷이 보고 싶은데요."

겨우 마음을 진정시킨 가현은 가게 밖에서부터 마음에 들었던 옷을 가리켰다. 그러자 여주인의 얼굴에 화색이 돌며 같은 디자인의 옷을 찾아와 그녀에게 건네는 것이다.

"언니 역시 보는 눈 있으시다? 이게 베이직해 보여도 요즘 인기가 좋아. 원래 심플 이즈 베스트잖아요. 좋은 냄새 나는 게 언니 방금 머리하고 왔죠? 지금 언니 단발이랑도 진짜 잘 어울릴 거 같은데 한번 입어 봐요. 티는 프리사이즈라 그냥 입으면 되고, 데님은…… 언니 정도면 24사이즈 입으면 될 거야."

속사포처럼 내뱉는 말에 가현은 떠밀리듯이 피팅룸으로 향해 걸어갔다.

"아니, 근데…… 저 25사이즈 입어요."

"이 바지가 사이즈가 좀 크게 나와서 그러니까 그냥 입어 봐요. 내 말이 맞을 테니까."

자신이 원하던 옷을 손에 들고 있음에도 강매를 당한 것 같은 느낌이 드는 것은 어째서일까. 피팅룸으로 들어온 가현은 한숨을 한 번 내쉬고는 천천히 옷을 갈아입었다. 오랜만에 입어 보는 바지는 다리를 감싸는 느낌이 썩 나쁘지 않았고 여주인의 말처럼 사이즈도 딱 맞았다.

"편하고 좋네."

그리고 브이넥 티 역시도 편하기만 했다. 늘 화사하고 여성스러운 옷만 입었던 가현은 캐주얼하게 입고 나자 막혔던 숨이 단숨에 탁 하고 트이는 느낌이 들었다. 그 기세로 피팅룸을 나와 거울 앞에 선 가현은 눈앞에 있는 존재가 무척이나 생경했지만 싫지가 않았다. 아니, 오히려 마음에 들었다.

"와, 너무 잘 어울려요. 딱 언니 옷이야. 내가 이런 말 잘 안 하는데, 언니 라인이 예뻐서 옷 핏이 살아요. 막 그냥 주고 싶을 정도야."

가현은 그녀의 말이 영업을 위한 공치사인 걸 알면서도 기분이 나쁘지 않았다. 누군가의 아내도 아니고, 사모님도 아닌 자신을 각인시켜 주는 것 같아서 오히려 고마울 정도였다.

"근데 언니, 이 옷에 그 신발은 좀 아니다. 잠시만 있어 봐요."

그렇게 말하고서 잠시 매장 한편으로 사라졌던 여주인은 곧 슬립온 한 켤레를 들고 가현에게로 다가왔다.

"이게 완전 핫한 상품이라 다른 사이즈 없이 이거 달랑 하나 남은 거예요. 언니한테 맞으면 내가 거저 줄게요. 내가 딴 사람이 아니라 언니라서 밑지는 장사 하는 거야. 정말."

힐에서 내려온 가현은 주저하며 슬립온 안으로 발을 밀어 넣었다. 마치 유리 구두를 신는 신데렐라의 심정으로 그녀는 가슴을 두근거리며 슬립온을 신었다. 그러자 그녀의 발에 꼭 맞는 것이다.

"와아. 딱 맞아요!"

뭔가 대단한 일을 해낸 것처럼 가현의 가슴이 뛰었다. 그렇게 다시 거울을 본 그녀는 자신의 모습을 유심히 바라보았다. 이시혁의 옆을 지키던 여자는 이제 어디에도 없다. 이혼을 결심하기 전에는 한 남자의 곁에서 그의 뜻대로 사는 것이 맞는 일인 줄로만 알았다. 그것만이 행복할 수 있는 유일한 길이라고 믿었다. 하지만 현실은 그렇지 않았다.

그러다 가현은 문득 아직도 자신의 왼손 약지에 결혼반지가 껴져 있다는 걸 알아챘다.

"이걸로 여기 있는 옷들 백 벌은 사고도 남겠지."

하지만 가현은 지금 거울에 비치는 자신이 이전보다 훨씬 행복해 보인다는 걸 알았다. 남들보다 잘 웃고 밝았던, 과거의 윤가현이 거울 속에 있었다. 그래서 그녀는 환하게 웃으며 고개를 돌리며 말했다.

"이거 다 살게요. 그리고 제가 입고 왔던 옷이랑 신발은 버려 주세요."

"네?"

가현의 말에 여주인은 잠시 넋이 나간 것처럼 보였다.

"정말 괜찮겠어요?"

"괜찮아요. 저한텐 이제 필요가 없거든요."

그렇게 말한 가현은 자신의 카드를 꺼내 단숨에 계산을 끝내고
는 가게 밖으로 나왔다. 어차피 가출까지 한 지금, 과거와 관련된
것들 중 일부를 버렸다고 생각하니 가슴이 후련해졌다. 구두에서
내려와 처음으로 신는 슬립온은 너무도 편했다. 포장되지 않은 흙
길을 맨발로 걷는 것처럼 자신이 살아 있다는 느낌이 너무도 생
생하게 느껴졌다.

"아, 매일 이랬으면 좋겠다."

그렇게 인파에 섞여 한참을 걷던 가현은 길 끝에 다다르자 어
둠을 밝히는 불빛들 사이에 자신만 홀로라는 생각이 들었다. 아주
조금, 외로움을 느낀 그녀는 아직 하루를 끝내기가 아쉬워서 가방
에서 휴대폰을 꺼냈다. 부재중 전화는 0통. 어디서도 그녀를 찾지
않았다. 시혁 역시도 말이다.

가현은 괜한 생각을 머릿속에서 떨쳐 내며 목록에서 유나를 찾
아내어 전화를 걸었다.

[가현이 네가 먼저 전화하고, 웬일이야.]

"유나야. 나 오늘 가출했어."

서로의 안부를 묻는 것보다 먼저, 자신의 가출 얘기부터 꺼냈
다. 그러자 유나가 잠시 아무 말도 없기에 가현은 말을 이어 갔
다.

"그래서 나, 오늘 완벽하게 삐뚤어지려고. 근데 3년이나 사모
님으로 살았더니 어떻게 삐뚤어져야 할지 모르겠어. 네가 좀 알려
주면 안 될까?"

[너 지금 어디야?]

가현은 잠시 주위를 둘러보고는 자신이 어디쯤에 있는지 찬찬히 말해 주었다.

[거기 근처에 아무 커피숍이나 들어가서 잠시만 기다려. 데리러 갈게. 그리고 내가 오늘 밤에 진짜 화끈한 데 데려가 줄 테니까 각오 단단히 하고 있어.]

가현은 유나의 으름장에 웃음을 터트렸다. 이제 겨우 해가 졌을 뿐이다. 시혁에게서 벗어난 오늘을 축하하는 건 지금부터란 생각이 들었다.

❋ ❋ ❋

시혁은 지친 표정으로 도어록의 비밀번호를 누른 후 문을 열고 현관으로 들어섰다. 그리고 가슴 깊이 숨겨 두었던 불만을 입 밖으로 내뱉었다.

"오늘도 김 사장 그 새끼가……."

거기까지 말한 시혁은 현관의 주황색 불빛만 밝혀진 실내를 보며 고개를 갸웃했다. 그리고 자신의 손목에 찬 시계를 바라보았다. 아직 10시. 오늘은 미팅 한 건이 취소되는 바람에 일찍 돌아왔다고 생각했는데 집 전체에 어둠이 짙게 내려앉아 있었다.

"아, 집을 나갔다고 했던가."

시혁은 점심이 지나서 최 실장에게 받았던 보고를 기억해 냈다.

'사모님께서 자신의 명의로 원룸을 하나 빌리셨다고 합니다. 그리고 오늘 오전, 집을 들고 나가시는 걸 보안 업체 직원이 확인했다고 합니다.'

시혁은 가볍게 한숨을 내쉬고는 구두를 벗고 거실을 향해 걸었다. 그렇게 소파에 앉은 그는 품에서 지갑을 꺼내 커피 테이블 위로 툭 던졌다. 다음에는 손목에서 시계를 풀러 다시 툭. 그렇게 시혁은 언제나처럼 행동했을 뿐인데 마치 환청 같은 목소리가 들려왔다.

'물건 좀 아무렇게나 던지지 말라니까.'
'자꾸 그러면 물건에 흠집 나요.'

순간 시혁은 머릿속이 멍해지는 걸 느꼈다. 같은 얼굴과 같은 행동, 말투. 어느 것이 지수이고 가현인지 구분 가지 않는 목소리가 시혁의 안에서 울려 퍼졌다.

"나, 오늘 또 버림받았네."

마치 고해성사를 하듯 내뱉은 말에 시혁은 가슴 한편이 무거워지는 걸 느꼈다. 그리고 어디인지 모를 텅 빈 공간에 시선을 던졌다. 아무것도 없다. 오롯이 혼자인 순간에 시혁은 왠지 모르게 헛웃음이 터졌다.

"빌어먹을. 어디서부터 잘못된 거야."

시혁의 욕지거리에도 대답은 돌아오지 않는다. 평소에는 어땠는지 떠올릴 틈도 없이 가현의 모습이 그의 눈앞에서 아른거렸다. 그가 답을 원하든 그렇지 않든, 가현은 반드시 무언가를 말해 주곤 했었다. 어떤 불만을 토로해도 맞장구를 쳐 주었고, 사소한 의문에도 귀 기울였던 그녀인데……. 지금 이 순간, 시혁에겐 대답을 들을 귀가 있어도 그걸 들려줄 사람이 없었다.

"가현아……. 윤가현."

생각해 보면 시혁이 바라는 건 모두 사라져 버린다. 모든 걸 손에 쥐었다고 믿는 지금도 그렇고, 아무것도 갖지 못했다고 생각했던 어린 시절에도, 시혁이 원하고 바라는 사람은 늘 그 순간에 없다.

"젠장."

갑자기 가슴이 답답해진 시혁은 소파에서 몸을 일으켜 넥타이를 풀었다. 그리고 테라스를 향해 난 문을 열었다. 그러자 한쪽 구석에 자리 잡은 화분이 그의 눈에 들어왔다. 야경을 등지고 꼿꼿이 선 그것은 어느 날인가 지수가 주었던 화분이다.

"월하미인이던가……."

꽃이 피는 시간은 짧지만 한번 피우면 사람의 혼을 앗아 갈 정도로 아름다운 꽃이 핀다고 했다. 하지만 그만큼 꽃을 피우기는 힘든, 도도한 식물이었다. 이런 것조차 마음대로 할 수가 없는 자신은 아무것도 안 될 건가 싶어 자조 섞인 웃음이 나왔다.

'그래도 언젠가는 꽃이 필 거야. 분명히 달밤에 폈다가 아침엔 아무도 모르게 지겠지만……. 난 꼭 이 꽃을 보고 싶어.'

그렇게 말했던 지수는 이 꽃이 피는 걸 보기도 전에 먼저 져 버렸다. 살아만 있다면 이따위 꽃이 아니라 원하는 모든 걸 해 줬을 텐데 그녀는 없다. 바다 건너, 나의 밤이 너의 낮이었던 곳에서 이름도, 얼굴도 모르고 아무 원한도 없던 이의 총탄에 져 버렸다.

　시혁이 아무리 바란다 해도 그 시간 속의 지수는 되돌릴 수 없다. 그런데 사랑하는 이를 놓쳐야 하는 순간이 그에게 다시 찾아올 것만 같아서 시혁은 불안해졌다.

　'선인장은 참 좋아요.'

　무슨 소리냐는 듯 바라보는 자신을 향해 가현은 지수의 월하미인을 돌보며 그저 말갛게 웃어 보였다.

　'항상 일정량의 애정만 주면 늘 푸르잖아요.'

　그녀가 그렇게 웃던 것이 이혼 서류를 내밀기 불과 하루 전의 일이다.

　시혁은 지수와 꼭 닮은 가현과 만났을 때는 신이 주신 기회라 생각했다. 지수를 대신해서 그녀를 행복하게 해 주리라 결심했었는데 막상 가현과 마주하게 되면 허망하게 죽은 지수가 떠올라 그를 괴롭게 만들었다. 그래서 가현에게는 유독 차갑고, 독하게 굴었는지도 모르겠다.

　"난 잘하고 있다고 믿었는데……."

그저 막연하게, 지수가 남기고 간 선인장처럼 일정량의 햇빛, 일정량의 물, 일정량의 애정을 주면 될 거라고 생각했다.

"너에겐…… 아니었나 보다."

불행하게도, 한자리를 지키고 선 화분과는 달리 그녀들은 떠나간다. 어떤 방식으로든.

❃ ❃ ❃

가현을 마중 나온 유나는 그녀를 보자마자 손을 이끌고 골목길로 들어섰다. 그러자 두 사람 앞에 작은 카페 하나가 나왔다.

"여기, 내가 아는 사람이 하는 곳이야. 들어가자."

그렇게 말한 유나는 가현을 가게 안으로 데리고 들어가 대충 비어 있는 아무 곳에 자리를 잡고 앉았다.

"너 삐뚤어질 준비 됐지?"

유나를 마주 보고 앉은 가현은 그녀의 말에 고개를 끄덕여 보였다. 그러자 유나가 자신을 향해 두 손을 내밀었다.

"너도 손 줘."

가현은 얼떨결에 자신의 두 손을 유나의 손 위에 올렸다. 그러자 유나는 재빠르게 가현의 왼손 약지에 있는 결혼반지를 빼 버리고 그녀의 손목에 있는 팔찌까지 손을 뻗었다.

"이건……."

유나의 손을 막으며 가현은 주저하는 기색을 보였다. 그녀의 팔을 줄곧 채워 주고 있던 그 팔찌는 시혁이 결혼한 후 처음 맞이

하는 발렌타인에 맞춰 사 준 까르띠에(Cartie)의 러브 브레이슬릿이었다.

"왜? 무슨 문제 있어?"

가현은 그 물음에 적당한 대답을 떠올리지 못했다. 시혁은 늘 무뚝뚝하고 냉정했지만 웬만한 기념일은 반드시 챙겨 주었기에 아무리 사소하고, 보잘것없는 선물이라도 그녀에게는 크게 느껴졌다. 아마 그런 감정이 그녀 안에 찌꺼기처럼 남아 거부감을 일으켰는지도 모르겠다.

"그게 아니라……."

"삐뚤어지고 싶다고 네가 그랬잖아."

그래서 유나의 말을 들었을 때 가현은 아차 싶은 생각이 들었다. 온전한 자신으로 돌아가기로 하고서는 이렇게 다시 과거에 붙잡히는 모습을 보인다면 행복하고 즐거웠던 오늘을 망치게 되리란 걸 깨달았다. 그래서 가현은 스스로 팔찌를 빼내어 유나에게 주었다.

"그럼 이거 사장 오빠한테 맡기고 올게. 이렇게 보여도 여기 카페 주인, 집에 쌓인 게 돈뿐인 사람이니까 믿고 맡겨도 괜찮아."

그렇게 말한 유나는 자리에서 일어나 카페 카운터로 향했다. 잠시 동안이지만 홀로 남게 된 가현은 자신의 손과 팔이 한결 가벼워진 걸 느꼈다. 작은 금붙이에 불과했던 액세서리를 몸에서 떼어 놓은 것뿐인데 홀가분해진 느낌이었다. 이제야 시혁에게서 완전히 벗어난 기분이 들었다.

"자, 이제 우리 진짜 삐뚤어지러 가 볼까?"

유나는 아무것도 걸치지 않은 가현의 손을 잡아 일으키며 밖으로 나갔다. 이제 쥐고 있는 건 친구의 따뜻한 손뿐이란 게 가현은 좋았다. 하늘로 두둥실 날아오를 것 같은 자유를 느끼며, 이렇게 유나와 함께 거리를 걷는 지금이 너무도 행복했다.

"나 지금 너무 신나. 좋아서 가슴이 막 뛰어."

"이제부터 시작이니까 마음껏 즐겨."

가현이 웃으며 말하자 유나 역시 미소를 띠며 그녀를 바라보았다. 두 사람은 한동안 길을 따라 걷다가 자그마한 간판을 달고 있는 펍으로 들어갔다. 문을 열자마자 빠르게 흐르는 비트가 들려왔고 가현의 심장도 같이 쿵쿵 뛰기 시작했다. 크지 않은 스테이지를 중심으로 수많은 이들이 엉켜 춤을 추고, 바에 기대어 술을 마시는 모습들이 너무도 여유로워 보였다.

"우리 일단 맥주부터 마시자."

가현은 들뜨는 마음을 감추지 못하며 유나의 손을 잡고 바로 이끌었다.

"여기 산미구엘 두 병 주세요."

가현이 대학 시절에 잘 마셨던 맥주를 주문하자 바텐더는 재빨리 병 두 개를 찾아와 솜씨 좋게 뚜껑을 열고 그녀에게 내밀었다. 각자 맥주 한 병씩을 손에 든 가현과 유나는 마주 보고 웃으며 맥주병을 마주 댔다.

"자유를 찾아 나온 나를 위하여!"

"윤가현의 즐거운 가출 라이프를 위하여!"

쿵쾅거리는 음악 소리에 맞춰 소리 높여 축배사를 읊은 두 사람은 누가 먼저랄 것도 없이 단숨에 맥주를 삼켰다. 이 순간에도 아무런 구속이 없는 가현의 손은 너무도 가벼웠다. 통통한 맥주병을 한가득 쥐지 못하는 자신을 느끼며 가현은 새삼 내 손이 이렇게 작았던가 싶었다. 그런데도 자신은 이 손으로 어떻게든 결혼을 유지하려 애를 썼단 말인가.

"이시혁은 코나 깨지라지."

가현이 과장된 웃음을 지으며 소리를 지르자 유나도 따라 웃었다. 다시 맥주를 한 모금 마신 가현은 알싸하게 목을 타고 넘어가는 알코올을 느끼며 자신 안에 꽁꽁 가둬 두었던 무언가가 해방되었다는 걸 깨달았다. 아프거나 힘들진 않았다. 오늘, 이 순간이 행복한 건 진심이었으니까. 하지만 무언가 허전했다. 즐겁고 행복하다고 계속 되뇌는 자신의 곁에 시혁은 없었다.

"진짜……. 코나 확 깨졌으면 좋겠다."

누구에게도 들리지 않게 혼잣말을 중얼거린 가현은 들고 있던 병을 바 위에 올려 두며 시선을 스테이지로 옮겼다. 그러자 연신 빠르게 흐르던 비트가 툭 끊기고 팡파르가 울려 퍼졌다. 어둑했던 조명은 사라지고 밝은 핀 조명 하나가 무대 가운데를 비추는 찰나였다.

"이벤트를 시작하겠습니다. 오늘도 모두 나와서 도전하세요!"

토끼 모양의 가면을 쓴 사람이 마이크를 들고 나타났다. 그러자 자리를 지키고 있던 이들이 하나, 둘, 스테이지를 향해 걸어가는 것이다. 인파가 몰려 무슨 상황인지 잘 보이지 않자 가현은 고개를 쑥 빼고서 그곳을 바라보았다. 그러자 유나가 그녀를 툭 쳤다.

"가현이 너도 한번 나가 봐."

"뭐? 에이, 뭔지도 모르는데 내가 어떻게 나가."

"자, 자, 그러지 말고."

손사래를 치며 거부하는 가현을 유나가 억지로 등을 떠밀었다. 그 힘에 못 이겨 스테이지까지 가게 된 그녀는 순식간에 이벤트를 위해 몰린 인파에 섞이고 말았다.

"자, 오늘도 단판 승부로 승자와 패자를 가립니다. 오늘 승리의 여신이 미소 지어 줄 사람은 과연 누가 될까요?"

가면을 쓴 사회자의 말이 끝나자 긴장감 넘치는 드럼 소리가 울렸다. 그리고 그가 사람들을 스윽 훑어보던 순간, 가현과 그의 시선이 마주치고 말았다.

"거기, 단발머리에 예쁘장한 여자분. 저랑 방금 눈 마주쳤죠? 나오세요!"

얼떨떨한 표정으로 가현이 유나와 사회자를 번갈아 바라보며 가만히 서 있자, 보다 못한 유나가 그녀의 등을 힘껏 밀어 버렸다. 그대로 앞으로 나간 가현은 주저주저하며 사회자 앞으로 다가갔고 남자는 입가를 말아 올리며 미소를 지어 보였다.

"오늘의 도전자는 굉장히 아름다우신 분이 뽑혀서 저도 막 설레네요. 하지만 승부의 세계는 냉정한 법! 그럼 갑니다. 가위, 바위……."

사회자의 말을 듣고서야 이벤트가 가위바위보 승부란 걸 알아챈 가현은 곧 자세를 취했다.

"보!"

마지막 외침을 들으며 가현은 눈을 꼭 감고서 가위를 내밀었다. 오늘은 제법 운이 좋은 날이었지만 이런 순간까지 그 행운이 통할지는 알 수 없었기 때문이다. 그때, 주위에서 와, 하는 환호성이 들리기에 가현은 눈을 떴다. 가면을 쓴 사회자가 보자기를 낸 것이다.

"어? 이겼다."

가현이 자그마하게 중얼거리며 고개를 들자 사회자는 여전히 미소 띤 모습으로 그녀를 바라보고 있었다.

"오늘의 승자에게 테킬라 한 잔 나갑니다!"

사람들의 환호성에 가현은 덩달아 흥이 올랐다. 그래서 눈앞에 보이는 유나를 손짓해 불렀더니 그녀가 가현에게 다가와 귓가에 대고 나지막이 속삭였다.

"별거 아니지? 삐뚤어지는 거."

유나의 말에 가현이 웃음을 터트리려는 순간, 쟁반에 올려진 술잔이 그녀의 눈앞에 나타났다. 그러자 주위에서 원샷을 외친다. 물론, 유나 역시 마찬가지였다. 사람들의 호응이 뜨거운 탓도 있었지만 괜히 오기가 생긴 가현은 잔에 담긴 술을 단숨에 비워 냈다. 독한 술이 목구멍을 타고 흐르자 혀까지 얼얼해진 기분이었지만 나쁘지 않았다.

"와, 그걸 진짜 단숨에 마신 거야? 대단한데, 윤가현."

"너도 원샷 외치는 거 내가 들었거든?"

가현이 눈을 흘기며 밉지 않게 타박하자 유나는 장난스럽게 웃었다. 그러자 조명이 다시 어두워지고 빠른 비트의 음악이 흐르기 시작했다.

"어쩔래. 춤출 거야?"

"아니. 나 지금 좀 취한 거 같아."

원래도 술을 잘 마시지 못했던 가현은 방금 전의 여파로 눈앞이 빙글빙글 도는 걸 느꼈다. 그래서 유나의 물음에 고개를 가로젓고서 바로 다가가 스툴 위에 앉으려는데 누군가 그녀의 어깨를 톡톡 두드리는 것이다. 무슨 일인가 싶어 돌아본 가현은 방금 전까지 사회를 보던 가면을 쓴 남자가 자신의 앞에 서 있는 걸 발견했다.

"무슨……."

"나 모르겠어요?"

느닷없는 질문에 가현이 고개를 갸웃하자 그 남자는 쓰고 있던 가면을 벗으며 자신의 얼굴을 드러냈다.

"오랜만이에요. 현이 누나."

환한 미소를 짓는 그를 바라보며 가현은 두 눈을 크게 떴다. 전혀 예상도 하지 못한 사람이 그녀의 앞에 나타난 것이다.

❋　❋　❋

설핏 잠이 들었던 시혁은 앓는 소리를 내며 힘겹게 눈을 떴다. 무슨 꿈을 꿨는지는 기억나지 않지만 무척이나 불쾌했던 느낌을 지울 수가 없었다. 겨우 잠이 들었다고 생각했는데 이래서야 억지로 자야 할 이유를 모르겠다고 생각하며 시혁은 무심결에 옆자리를 더듬었다. 하지만 손에 잡히는 것은 무엇 하나 없고 차가운 공기만이 손에 와 닿는다.

"차갑네."

시혁은 몸을 일으키며 언제나 가현이 앉아서 자신을 바라보던 침대 끄트머리에 앉았다.

그에게는 평소에도 예민한 부분이 없지 않았지만 마제스타 어패럴의 이사로 취임한 이후 그 강도가 심해졌다. 그래서 쉽사리 잠을 이루지 못하는 밤이 오면 이곳에서 가현이 함께해 주었더랬다. 덕분에 시혁은 이런 식의 냉기를 느껴 본 적이 없었다. 신체적인 문제가 아니라 정서적인 온기를 느끼게 해 주던 그녀였는데.

"악몽도, 현실도 다르지 않구나."

자신이 쌓았던 모든 것이 모래가 되어 바람에 날리는 기분이 들었다. 허무한 데다 그만큼 화가 나는, 그런 느낌 말이다.

"괜히 개 같은 꿈을 꿔서는……."

시혁은 마른세수를 하고서 자리에서 일어났다. 침묵과 어둠이 감도는 이 집에서 자신은 혼자였다.

"괜찮아. 괜찮을 거야."

하루 사이에 변한 것은 단지 그것뿐이니 별거 아니다. 그리고 언젠가 때가 되면 가현은 되돌아올 것이다. 그렇게 스스로를 다독이며 시혁은 거실로 향했다.

"너……. 도겸이?"

"기억하고 있었네요. 누나는 잘 지냈어요?"

가현은 도겸을 바라보고 있자니 이상한 기분이 들었다. 삐뚤어지기로 결심한 오늘, 많은 것을 되돌렸다. 과거의 모습과 꼭 닮지는 않았지만 그래도 즐거웠던 그 순간들이 조금씩 돌아오고 있었다. 그런데 대학 동기였던 도겸까지 만나게 되니 이곳이 어디인지까먹을 것 같았다.

"너 진짜 도겸이 맞아?"

그녀는 술기운으로 빙글빙글 도는 머릿속을 추스르지 못하고 나사 하나가 빠진 것 같은 의문을 떠올렸다. 나는 어디에 있는 윤가현일까.

일탈을 꿈꾸는 지금, 과거와 마주하게 된 가현은 오늘이야말로 하늘이 그녀가 새로 시작하도록 도와준다고 생각하며 도겸과 자리를 함께하게 되었다.

"이번에도 화끈하게 원샷으로 가는 겁니다. 그럼 시작!"

도겸의 외침과 함께 유나와 가현, 그리고 도겸은 눈앞에 있는 테킬라를 단숨에 들이켰다. 그렇게 몇 번째인지 모를 정도로 술잔을 비우며 가현은 이렇게 무모하게 술을 마셔 본 것이 학생 때 이후로 처음이라는 걸 떠올렸다.

"아, 오늘 술이 너무 달다."

유나의 말에 가현은 조용히 미소를 지으며 자신이 지난날과는 많이 다르다는 걸 새삼 느꼈다.

지금은 클럽에서 테킬라 글라스를 쥐고 있지만 이전에는 시혁을 따라 나간 모임에서 마음에도 없는 말과 고상한 미소를 지으며 샴페인 글라스를 손에 들고 있었다. 그때는 별것 아닌 말투 하나, 행동 하나에도 신경을 썼었다. 오죽하면 잔에 립스틱 자국이 남지 않을까 염려했을 정도니까. 하지만 지금은 다르다.

"우리 같은 걸로 한 잔 더 하자."

가현의 말에 유나와 도겸이 호응을 하듯 바텐더에게 '같은 걸로 한 잔 더'를 외쳤다. 그렇게 그들 앞에 다시 술잔이 나오자 때를 맞춘 듯 LMFAO의 'Shots'이 흘러나왔다.

"우리도 음악에 맞춰서 샷!"

흥겨운 도겸의 목소리에 유나와 가현은 이번에도 신이 나서 잔을 단숨에 비워 냈다. 목이 타들어 가는 느낌에 혀끝이 얼얼할 즈음, 유나가 재빠르게 가현의 입에 레몬을 물려 준다. 그러자 독하기만 하던 술맛이 상큼, 시큼한 맛 뒤로 숨어 버린다.

"머리가 막 빙글빙글 도는데 기분은 너무 좋다. 이게 바로 내가 찾던 신세계인가 봐."

취기가 오르자 가현의 목소리 톤이 평소보다 높아졌다. 지금이라면, 이 순간이라면 무엇이든 해낼 수 있을 것 같았다.

"이거 가지고 그러면 안 되지. 우리……."

유나가 말을 이으려는 찰나, 음악이 바뀌고 실내에 스모그가 깔리기 시작했다.

"이게 갑자기 뭐지?"

궁금함에 가현이 스테이지를 바라보자 어두운 조명아래 낯선 남자 한 명이 우두커니 서 있었다. 그러자 유나와 도겸도 고개를 빼고 같은 곳을 바라봤다.

"오늘 아이돌 래퍼가 와서 공연한다고 하던데 이제 시작하는가 보네요."

도겸의 설명에 유나는 마음에 안 든다는 듯 단숨에 인상을 팍 구긴다.

"아, 짜증 나. 분위기 다 잡쳤네. 오늘은 이것보다 더 특별해야 한단 말이야."

유나도 취기가 올랐는지 평소보다 목소리가 컸다. 그리고 곧이 어 옆에 있는 가현을 향해 손가락질해 보였다.

"얘가 오늘 제대로 삐뚤어지기로 했거든. 근데 아이돌 공연이 뭐야. 다 망쳤어."

도겸이 무슨 소린가 하여 가현을 바라보자 그녀는 발표라도 하 듯 손을 번쩍 들어 보였다.

"맞아. 나 아직 덜 삐뚤어졌어!"

그런 가현의 모습이 귀여워서 도겸은 입가에 웃음을 띠며 그녀 에게 물었다.

"누나가 어떻게 삐뚤어질 건데요?"

"음……. 잘! 엄청 잘 삐뚤어질래."

그녀의 얘기에 도겸은 잠시 생각하는 것 같더니 가현과 유나에 게 가까이 다가오라는 듯 손짓을 해 보였다.

"내가 진짜, 잘 삐뚤어지게 해 줘요?"

도겸의 말에 두 사람은 흥미를 감추지 못하고 눈을 빛내며 그 를 바라보았다.

"오늘이 특별하려면 이렇게 시시한 데서 삐뚤어지면 되겠어요? 자, 나랑 같이 나가요. 내가 진짜 잘 삐뚤어질 수 있는 곳으로 데려가 줄게요."

먼저 자리에서 일어난 도겸은 가현을 향해 손을 뻗어 보였다. 어서 이 손을 잡으라는 듯이. 하지만 가현은 취중에도 망설이며 쉽게 그 손을 잡지 못했다. 결국은 유나가 뒤에서 등을 떠밀었고, 기다리던 도겸은 직접 그녀의 팔을 잡고 밖으로 빠져나왔다.

그렇게 어두운 밤길을 한참 걷던 도겸은 주위에서 가장 큰 클럽을 끼고 골목으로 들어가더니 불이 꺼진 건물 앞에서 걸음을 멈췄다.

"여기가 네가 말하던 곳이야?"

가현은 도겸의 곁으로 다가가 물으며 건물을 올려다보았다. 외벽에 철제 계단이 나선을 그리고 있는 그곳은 외국 영화에서나 볼 수 있을 것 같은 분위기를 풍겼다.

"정확히는 여기 말고 저 위로 갈 거예요."

그렇게 말한 도겸은 앞서서 건물로 들어갔다. 가현과 유나는 그 뒤를 따라가며 철제 계단을 열심히 올랐다. 살랑이며 불어오는 바람에 술기운이 한층 꺾일 때쯤, 세 사람은 옥상에 도착해 있었다.

"뭐야, 시시하게. 별거 없잖아."

눈앞에 보이는 건 파라솔과 테이블, 의자가 다였다. 유나가 실망한 듯 한마디를 내뱉더니 곧장 의자로 가서 앉았다. 그러더니 '어?' 하고 놀라는 것이다. 그 시선을 따라 가현이 뒤를 돌아보자 옥상 입구에는 특이하게도 작은 냉장고 하나가 있었다.

"여기 건물주 알면 내가 죽겠지만, 그래도 현이 누나를 위한 거니까 감당할게요."

그렇게 말한 도겸은 냉장고에서 맥주 세 병을 꺼내어 유나와 가현에게 주고서 자신도 의자에 앉았다.

"여기 있는 맥주 훔쳐 마시려고 온 거야?"

가현의 물음에 도겸은 맥주를 한 모금 마시더니 고개를 저어 보였다.

"그건 겸사, 겸사죠. 조금만 기다리면 멋진 게 나올 거예요."

입구에 서서 그의 미소와 마주하던 가현은 천천히 걸음을 옮겨 유나와 도겸의 곁으로 가서 앉았다. 그들과 함께 맥주를 마시고 있으려니 얼마 있지 않아 여러 색깔의 레이저 빔이 이리저리 움직이며 옥상을 밝게 비추었다. 그러자 아무것도 없던 옥상 벽에 기하학적 패턴들이 나타나며 사방을 가득 채우는 것이다.

"도겸이 네가 말하던 멋진 게 이거였구나. 야광 안료로 그린 그림."

숨겨져 있던 옥상의 진가가 드러나자 가현은 감탄을 감추지 못하며 도겸을 바라보았다. 그녀의 시선에 도겸은 미소로 화답하며 별거 아니라는 듯 대답했다.

"저기 클럽에서 큰 파티 있는 날이면 레드카펫 입장 줄부터 빔을 막 쏴 대는데, 그 빛이 여기까지 오더라고요. 그래서 이렇게 한번 만들어 봤어요. 어때요, 예쁘죠?"

가현은 고개를 끄덕이며 다시 벽을 바라보았다. 마치 별 가루를 뿌린 듯 빛에 따라 반짝이는 무늬들이 저 아래에 있는 현란한 조명들보다 예뻤다. 직선을 따라서, 혹은 곡선을 따라서 시선을 옮길수록 아름다움은 짙어져 갔다.

"확실히 예쁘긴 한데, 이 정도 가지고 잘 삐뚤어졌다고 하기에는 좀……."

그런 가현의 생각을 깬 것은 유나의 말이었다. 확실히 도겸은 그녀가 잘 삐뚤어질 수 있도록 돕겠다고 했다. 하지만 이곳에서 느낀 건 예쁘다는 감상뿐이다.

"아무튼 유나 선배 성격 급한 건 여전하시네요. 조금 더 있어 보면 아시게 될 거예요."

그의 말에 유나가 미덥지 못하다는 눈길을 보내던 중, 닫혀 있던 옥상 문이 활짝 열렸다.

"어, 먼저 와 있었네?"

갑자기 나타난 남자는 도겸에게 가벼운 인사를 건네더니 냉장고에서 맥주를 꺼내 테이블로 다가왔다. 그리고 그를 시작으로 사람들이 줄지어 나타나기 시작했다. 옥상에 모인 이들은 이름 있는 모델이나 디자이너, 화가 같은 예술 계통의 사람들이 대부분이었다.

"네가 기다리라던 게 이 사람들이야?"

가현이 도겸을 향해 속삭이자 그는 미소를 지으며 고개를 끄덕였다.

"이런 분위기 오랜만이죠?"

도겸의 말처럼 가현에게는 오랜만이라고 해도 좋을 풍경이었다. 많지 않은 사람들이 모여 자유로운 분위기에서 소소한 일상이나 작품에 관한 얘기를 하는 모습이 마치 동기들과 졸업전을 준비하던 학생 때를 떠올리게 했다. 게다가 냉장고가 꽂혀 있던 콘센트에 누군가 스피커를 연결하자 보사노바가 흘러나왔고 그 기억은 더욱 선명해져 갔다.

"정말…… 오랜만이네."

공기가 탁한 클럽에 갇혀서 테킬라를 마시던 때보다 가현은 지금이 더 기분 좋았다. 불어오는 바람에 머리도 맑아지고 재잘거리는 사람들의 수다도 보사노바와 어울려 상쾌함을 더했다. 유나도 기분이 들떴는지 낯선 사람들과 섞여 수다 삼매경에 빠져 있었다. 그렇게 도겸과 단둘이 남게 된 가현은 그 어느 때보다 이 순간을 즐겼다.

"그런데, 어때요? 내 그림."

"좋아. 예쁘네."

"에이, 그런 판에 박힌 소리는 현이 누나답지 않죠. 하던 대로 하지그래요?"

가현은 도겸의 말에 웃음을 터트렸다. 같은 학과에서 함께 그림을 그렸던 그에게 새삼 공치사를 늘어놔 봤자 통할 것 같지 않았다. 그래서 가현은 솔직해지기로 마음먹고서 다시 벽화를 바라보았다.

"음……. 넌 여전히 페인트 다루는 데 서툴러. 마감도가 떨어지잖아. 그래도 발상은 훌륭하고 신선하네. 그림이 아니라 오브제라고 봐도 좋을 정도거든. 그런데 너 또 그림에 장난쳤지? 그거네 습관이잖아. 그림 안에 뭐 숨겨 두는 거."

가현의 말에 도겸은 장난기 가득한 미소를 입가에 띠었다. 그 모습이 마치 정답이라고 말해 주는 듯했다.

"남들은 대단하다고 칭찬뿐이었는데 여전히 내 그림 똑바로 볼 줄 아는 건 누나밖에 없네요. 내가 뭐 숨겨 뒀는지 궁금하죠?"

여전히 미소 띤 얼굴로 도겸이 그녀의 팔을 잡고 일으켜 세웠다. 그렇게 두 사람이 자리를 비우고 구석으로 사라지는데도 신경 쓰는 이는 아무도 없었다. 다른 곳에 비해 불빛이 적은 모퉁이 벽 앞에 선 두 사람은 간간이 모습을 드러내는 그림을 바라보았다.

"어때요, 누나 생각엔?"

가현은 도겸과 그림을 번갈아 바라보다가 눈을 찌푸리며 벽을 더 자세히 들여다보았다. 그러자 하나의 곡선이라 생각했던 부분에 희미하게 글자가 보이는 것이다. 그 나열을 찬찬히 따라가던 가현은 완벽한 문장을 읽어 냈다.

"Keep calm and say goodbye to yesterday."

침착하게 지난날에 안녕을 고해라. 가현은 오늘 이보다 자신에게 잘 어울리는 말은 없을 거란 생각이 들었다. 함께 있어 행복할 수 없었던 순간은 뒤로하고 홀로 남겨지는 행복을 택했다. 비 온 뒤에 뜨는 태양처럼 자신의 앞날은 찬란하리라 믿고 싶었다. 시혁의 존재가 떠오르지도, 신경 쓰이지도 않기를 바랐다.

"글씨가 여전히 지렁이 기어가는 거 같네."

가현은 도겸이 쓴 글씨를 손가락으로 덧그리며 살짝 미소 지었다. 그러자 그가 가현의 어깨에 손을 올리며 너스레를 떠는 것이다.

"그래도 그림은 여전히 잘 그리잖아요."

확실히 도겸의 그림은 현대미술계에서 많은 인정을 받고 있었다. 신인임에도 불구하고 사교 모임에 참석하는 사모님들의 입에 오르내릴 정도였으니 가현도 그 인기를 실감하곤 했더랬다. 그런 도겸이 가현은 가끔 부러웠다. 그리고 지금도 여전히……. 그래서 괜히 그의 팔을 밀어 내며 그림에서 등을 돌렸다.

"좋겠다. 넌 여전해서."

"누나도 여전하잖아요. 그림 보는 눈."

"그럼 뭐해. 난……."

가현은 차마 뒷말을 잇지 못했다. 어쨌든 그림에서 멀어진 것 역시 자신의 의지였기 때문이다.

"누나 찾는 사람들이 얼마나 많았는지 알아요? 저번 주에도 차 교수님이 누나 같은 사람이 큐레이터로 와야 되는데 이상한 애들만 온다고 난리였어요."

"정말?"

생각지도 못한 말을 도겸의 입을 통해 듣자 가현은 믿기지 않는다는 눈치였다.

"네, 정말. 그러지 말고 누나 데려다가 일하라고 했더니 연락이 안 된다고 하시던데요. 그래서 일부러 안 받는 거라고 생각했죠."

그러고 보니 학생 때 줄곧 사용하던 번호는 시혁과 결혼하면서 그가 똑같이 맞추길 원하기에 바꿨었다. 게다가 시혁은 그녀의 대외 활동을 원하지 않았기에 그동안 가현의 직업은 시혁의 부인이었다. 연락이 되지 않은 가장 큰 이유는 그 탓일 거란 생각이 들었다. 하지만 할 수 있다면 가현은 이 기회를 놓치고 싶지 않았다. 그래서 곧장 도겸에게 달려들듯이 다가섰다.

"나 그거 할래. 큐레이터. 차 교수님이 아직도 원하시면 갤러리에서 일할 거야."

"누나 근데……."

도겸은 하려던 말을 속으로 삼켰다. 결혼한 이후로 모습을 감췄던 그녀기에 이렇게 세상 밖으로 다시 나온 이유가 반드시 있으리란 생각이 들었다. 그래서 그는 힐끗 가현의 왼손 약지를 살펴보았다. 왜인지 반지는 없었지만 사정이 있을 거란 생각에 깊이 묻지는 않았다. 도겸은 그저 가현을 응원해 주고 싶었다.

"그럼 나 진짜 차 교수님한테 문자 넣어요? 교수님 야행성이라서 아직도 안 주무실 건데. 무르기 없기."

가현이 세차게 고개를 끄덕이자 도겸이 휴대폰을 꺼내 문자를 찍었다. 그리고는 마치 요술봉을 휘두르듯 하늘을 향해 들어 올리더니 송신 버튼을 눌렀다.

❀ ❀ ❀

다음 날, 가현은 잠에서 깨자마자 휴대폰을 확인했다. 이 순간, 그녀의 머릿속에 시혁의 자리는 조금도 없었다. 지난밤에 반쯤은 취기와 오기로 결정했던 취직자리가 어떻게 되었을지 너무도 궁금했다. 그녀는 두근거리는 마음으로 부재중 전화와 메시지함을 확인했다.

— 너 입을 유니폼은 무슨 사이즈로 준비하면 되니?

차 교수님으로부터 온 문자는 글자들의 나열일 뿐인데도 그녀의 목소리가 직접 들리는 듯했다. 가현은 설레는 마음으로 다음 메시지를 확인했다.

— 미안한데 우리, 직원 주차는 안 된다. 주소 보낼 테니까 출근 시간 늦지 않게 잘 찾아오렴.

주소를 확인하자 가현이 일하게 될 곳은 인사동이 아닌 청담동에 있는 2호점이었다. 오랫동안 손에서 놓았던 그림과 다시 인연이 닿았다. 그것만으로도 충분히 신나는 일인데, 그와 관련된 일까지 하게 되다니 가현은 너무도 들떴다. 그래서 차 교수님께 감사하다는 말과 함께 자신에겐 차가 없으니 걱정 마시라는 답장을 보냈다.

"어떡해……. 나 정말 취직했어!"

가현은 침대 위에서 방방 뛰며 어쩔 줄을 몰라 하다가 불현듯 떠오르는 것이 있어 다시 휴대폰을 손에 들고 유나에게 전화를 걸었다.

[응, 가현아. 일찍 일어났네?]

"이것도 늦게 일어난 건데 뭘. 너 지금 출근하는 중이야?"

[그렇지 뭐. 어제 너무 달렸더니 아직도 머리 아프다.]

"나도. 점심때 해장국이라도 먹을까 봐. 근데 나 물어볼게 있어. 요즘도 편의점에서 교통카드 팔아?"

[편의점에서도 팔고, 지하철역에서도 팔지. 근데 그건 갑자기 왜?]

가현이 차 교수님의 갤러리에서 일하게 됐다는 소식을 전하자 유나는 자기 일처럼 크게 기뻐해 주었다. 그렇게 전화를 끊은 가현은 서둘러서 입지 않을 옷들과 구두를 챙겨 집을 나섰다.

"이거 몽땅 팔게요. 전부 해서 얼마예요?"

양손 가득한 짐을 들고 가현은 중고 명품 숍을 찾았다. 그것들을 모두 팔고 나자 지갑이 꽤 두둑해졌다. 그길로 편의점에 들러 교통카드를 산 뒤 옷을 팔고 생긴 돈의 반액 정도를 충전하는 데 사용했지만 아까운 생각은 조금도 들지 않았다.

나름대로 바빴던 하루를 마치고 내일 출근을 위해 이른 잠자리에 들려던 가현은 쉽사리 잠이 오지 않아 다시 불을 켰다.

"오늘은 일찍 자야 되는데."

가현은 그렇게 말하면서도 테이블에 올려 두었던 미술사 책을 집어 들었다. 학교를 다니던 때는 기말시험이 되어도 잘 보지 않던 전공책이었는데 이렇게 설레는 마음으로 다시 보게 될 줄 누가 알았을까. 그렇게 가현이 한참을 책 속에 빠져 있을 때쯤, 전화벨이 울렸다.

❀　❀　❀

시혁의 하루는 속절없이 흘러갔다. 빠르고, 덧없이, 일에 치여 숨도 제대로 못 쉴 만큼 바쁘게 시간을 보낸 시혁은 오늘의 마지막에 와서도 중국 사업가를 접대하느라 쓸데없는 장소에서 시간을 허비하고 있었다.

"어머, 이사님. 괜찮으세요?"

접대를 마치고서야 긴장이 풀린 시혁은 갑자기 취기가 올라와 자리에서 일어서며 비틀거리고 말았다. 그러자 줄곧 곁을 지키던 아가씨가 그녀의 팔을 잡아 주는 것이다. 하지만 시혁은 그 손을 매몰차게 뿌리치며 옷매무새를 바로잡았다.

"앞으로 넌 절대, 내가 있는 룸에 들어오지 마. 질척거리면서 누가 내 몸에 손대는 거 딱 질색이니까."

그렇게 냉정하게 돌아서서 가게를 빠져나온 시혁은 최 실장이 기다리는 차에 올라타고 집으로 돌아왔다. 아무도 없이 어둠만이 머무르는 그곳으로. 밖에서는 한 점의 흔들림도 없던 그는 현관으로 들어서자마자 대자로 뻗어 버리고 말았다. 이상하게도 차가운 바닥이 기분 좋은 만큼 사람의 온기가 그리웠다.

"취해서……. 술에 취해서 그런 거겠지."

비틀거리며 자리에서 일어난 시혁은 불도 켜지 않은 채 방 안으로 들어갔다. 회사에서 얻었던 불만을 누구에게도 터놓지 못한다고 생각하자 시혁은 말로는 설명 못 할 답답함을 느꼈다. 물론, 그 정도는 어떻게든 추스를 수도 있었다. 하지만 이 혼자란 느낌이 소름 끼치도록 싫었다.

"그런데……."

침대 끄트머리에 앉아서 시혁은 가현이 보던 시선과 같이 침대를 바라보았다. 그러다 문득 휴대폰을 꺼내 즐겨찾기 목록을 눌렀다. 그리고 단숨에 가현의 이름을 찾았다. 애초에 시혁은 가현에게 자주 전화하는 편은 아니었다. 필요한 일이 있으면 주로 최 실장을 통해서 전달했다. 게다가 술에 취해 감상에 젖어 전화를 하는 것 따위 꼴사나운 짓이라고 시혁은 생각했다.

"왜……."

하지만 지금 이 순간, 그녀의 목소리가 듣고 싶었다. 자신이 돌아올 때까지 늘 밝혀 두던 불빛과 알지 못하는 얘기에도 답을 하고, 위로해 주고, 웃어 주며 내 편을 들던 그 여자의 목소리가 절실하게 그리워서 시혁은 저도 모르게 통화 버튼을 눌렀다. 귓가에서 통화 연결음이 잠깐 동안 이어지더니 곧이어 익숙한 그녀의 음성이 들려왔다.

[……여보세요?]

어딘가 주저하는 듯 들리는 그 목소리에 시혁은 안도의 한숨을 내쉬었다.

"언제 들어올 거야. 네가 없으니까 집이 너무 크다……. 그 정도로 외박했으면 충분하지 않나?"

시혁은 일부러 아무렇지 않은 듯, 그렇게 물었다. 그녀가 있어야 할 자리는 자신의 옆자리라고 믿어 의심치 않았으니까.

[저, 안 돌아가요. 말했잖아요. 이혼하자고.]

하지만 돌아오는 가현의 대답은 차갑기 그지없었다. 그녀는 자신을 홀로 버려두고 어디로 가려고 하는 걸까.

"이혼은 안 된다고 내가 분명히……!"

시혁은 어느샌가 큰 소리를 내고 있는 자신을 깨닫고 휴대폰을 귓가에서 뗐다. 그리고 깊은 한숨을 몰아쉬며 마음을 진정시킨 후, 다시 차분히 통화를 이어 갔다.

"아무튼 난 이혼할 생각 없어. 그렇게 원하면 그 원룸에서 지내. 그 정도는 어떻게든 참을 수 있어. 하지만 내가 원할 때 넌 다시 돌아와야 할 거야."

[얼마 전에도 말했을 거예요. 모든 게 당신 뜻대로 될 거라고 생각하지 마세요.]

그렇게 통화는 일방적으로 끝이 났다. 분을 참지 못한 시혁은 들고 있던 휴대폰을 바닥에 던져 버렸다.

"젠장!"

이 이상 꼴사나워진다면 시혁은 스스로에게 실망할 것이 분명했음에도 멈출 수가 없었다. 그렇다고 당장 그녀를 찾아갈 수도 없었다. 가현과 함께했던 일상을 되돌려야 한다고 생각하면서도 한편으로는 두려웠기 때문이다. 억지로 이어 붙인 인연에 질려 가현이 이번에는 손이 닿지 않는 곳으로 사라질까 봐 겁이 났다.

"이번만은……."

시혁은 다시는 그런 일을 겪고 싶지 않았다. 그런 아픈 경험은 어머니와 지수만으로 충분했으니까. 그러니 이번만은, 가현만은 손에서 놓고 싶지 않았다.

2.

스물아홉 살의 봄은 모든 것이 빠르게 지나간다. 처음으로 하는 사회생활을 겨우겨우 좇아가다 보니 시혁에 대한 생각은 조금도 할 겨를이 없었다. 게다가 일을 시작하니 지난 3년과 달리 하루하루에 대한 애정이 샘솟았다. 오늘도 행복한 일이 조금은 생기겠지 하는 마음과 어제보다 행복한 오늘이 될 거라는 믿음이 그녀가 힘낼 수 있는 원동력이 되어 주었다.

"가현이 오늘 도슨트 첫날이지?"

이어마이크를 챙기고 있던 가현에게 차 교수가 다가오며 어깨를 두드려 주었다.

"너무 걱정 말고, 긴장할 것 없어. 너라면 잘해 낼 거야."

교수님의 응원에 가현은 미소를 지어 보였다. 그리고 귓가에 이어마이크를 달고 기다리고 있을 관람객들 곁으로 다가갔다. 그래,

오늘은 어제보다 행복한 하루다. 오늘만으로도 충분히 행복할 하루.

＊　＊　＊

시혁과 일행을 태운 차가 부드럽게 지하 주차장을 빠져나온다. 빛이 내리쬐며 시야가 밝아지자 보조석에 앉아 있던 최 실장은 태블릿을 꺼내 시혁의 스케줄을 다시 확인했다.

"이후 일정은 청담동에 있는⋯⋯."

거기까지 듣고 난 시혁은 손을 들어 보이며 최 실장의 말을 끊었다.

"내가 대체 왜, 귀중한 시간을 쪼개 가면서 그런 곳에 가야 하는지 설명이 필요한데."

그렇게 말한 시혁은 옆자리에 앉은 세영을 바라보았다. 그런데 그녀는 시혁의 차가운 눈빛에도 굴하지 않고 빙긋이 웃었다.

"적을 알고 나를 알면 백전백승이라잖아."

"그게 나랑 대체 무슨 상관이냐고."

시혁의 심드렁한 반응에도 세영은 지지 않고 말을 이었다.

"내가 이번에 갤러리 개관하려고 신경을 얼마나 많이 쓰는지 알잖아. 그런데 타이밍 좋게 이번 모임 장소가 새녘 갤러리야. 게다가 현대미술계의 아이돌인 강도겸 작가와 대표 인상파 작가인 모네의 크로스오버 전시회라는데 당연히 가 줘야지."

하나에 꽂히면 끝을 보고야 마는 여동생의 성미를 알고 있으면서도 시혁은 도저히 따라갈 수 없다는 듯 고개를 저어 보였다.

"새녘이니 강도겸이니 너 혼자 가서 봐도 되잖아. 귀찮게 왜 나까지 끌고 가."

"마나님들 모임이 뭐가 재밌다고 나 혼자 가. 오빠랑 같이 가야 더 재밌지."

그때, 가만히 듣고만 있던 최 실장이 두 사람의 대화에 끼어들었다.

"새녘 갤러리는 세계에서도 손꼽히는 유서 깊은 갤러리로 동시대는 물론, 이전 시대의 다양한 작품을 전시, 기획하기로 유명합니다. 예술을 하는 창작자들에게는 선망의 장소로 꼽히는 곳이니 이번 기회에 둘러보시면 추후 갤러리 운영을 하실 세영 아가씨께 좋은 영향을 미칠 거라 생각합니다. 그리고 이참에 이사님께서도 일 외에 취미를 가져 보시는 게 어떨까 싶습니다만."

"내 취미는 코스피에 나스닥이면 충분하다고 생각하는데. 이럴 때 보면 최 실장이랑 세영이는 합이 정말 잘 맞는 거 같군."

"과찬이십니다."

결국 자신이 이기지 못할 거라 생각하며 시혁은 턱을 괴고서 창밖을 바라보았다. 어차피 시간이 지나면 오늘의 기억 역시도 옅어질 것이다. 그래서 그는 깊이 알 필요가 없다고 생각했다. 여태까지 늘 그래 왔듯이.

어둑한 갤러리, 밝은 핀 조명 아래 보이는 것은 그림뿐이다. 모네가 그린 루앙성당의 정문을 옆에 두고 선 가현은 자신 앞에 자리 잡은 몇 안 되는 사람들을 향해 얘기를 이어 갔다.

"보시다시피 모네는 같은 대상을 향해서 늘 다른 그림을 그리려 했습니다. 똑같은 대상이라도 시시각각 다르게 보이기 때문이었죠."

그렇게 말하며 옆 작품으로 자리를 옮긴 가현은 같은 구도지만 느낌은 전혀 다른 루앙성당의 정문을 사람들에게 보여 주었다. 그리고 때를 같이해 시혁과 세영 역시도 갤러리로 들어섰다.

"어? 새언니 아니야?"

세영의 목소리에 시선을 옮긴 시혁은 눈앞에 마주한 가현의 모습에 놀랄 수밖에 없었다. 턱까지 짧아진 머리카락과 생기 넘치는 그녀의 모습이 이제까지 보아 온 그것과는 확연히 달랐기 때문이다. 하지만 아직 시혁이 온 것을 보지 못한 가현은 설명에 집중하고 있었다.

"작품을 보시면 모네가 어째서 빛의 화가라 불리는지 아실 수 있을 겁니다. 앞서 보신 것과 같은 구도임에도 대상이 아닌 그 순간, 대상을 비추는 빛을 그려 내려고 했죠."

시혁은 마치 무언가에 홀린 듯 그녀의 앞으로 다가갔다. 그제야 가현도 시혁이 나타났음을 알아채고 두 눈을 크게 떴다. 하지만 그것도 잠시, 그녀는 다시 평정을 되찾고 미소를 지었다.

"하지만 빛이 너무 눈부시면 본질을 볼 수가 없겠죠? 계절도, 세월도, 시간도, 날씨도 모두 변하지만 실제 존재하는 루앙성당의 정문은 변하지 않았을 테니까요."

그리고 가현은 시혁의 두 눈을 똑바로 마주 보며 얘기를 이어 갔다.

"머물러 있다는 것. 그건 그림에서나 가능한 일이겠죠."

그녀가 마치 자신을 향해 하는 말인 것 같아서 시혁의 눈이 흔들렸다. 한곳에 머물다가 썩어 버린 물처럼, 그들 역시도 영원하지 못할 거라고 말하는 것 같아서 가슴이 저릿했다. 하지만 가현은 시혁의 모습에 개의치 않는 듯 자리를 이동하려 고개를 돌렸다.

"그런 의미에서 새로운 해석을 해 주신 작가님이 계세요. 아마, 다음 그림부터는……."

그렇게 마지막 그림 옆에 자리를 잡은 가현은 이번에도 시혁을 똑바로 바라보았다.

"좀 파격적이라 느껴지실 거예요."

그를 바라보는 그녀의 입가에는 화사한 미소가 자리했지만 그것이 온전히 자신을 향한 것이 아니란 걸, 시혁은 어렴풋이 느끼고 있었다.

시시각각 변하는 빛을 그려 냈던 모네의 그림보다 지금 가현의 모습이 더 빛나 보인다고 시혁은 생각했다. 지수의 기일과는 무관하게 가현의 생일이, 돌이켜 보면 봄이었단 걸 떠올리게 만들 정도로 그녀는 따스한 햇살과 닮아 있었다. 그동안 가슴 한편에 숨죽여 왔던 상실감이 멋대로 그녀를 그려 내곤 했었다. 하지만 그녀는 더 이상 자신이 알던 가현이 아니었다.

"윤가현……."

그녀가 누구인지를 되새기려는 듯 시혁은 가현의 이름을 중얼거렸다. 관람객들은 이미 도겸의 작품을 보기 위해 다음 섹션으로 넘어가 버렸고 홀로 남은 가현은 이어마이크를 정리하는 중이었다. 가현의 작은 동작 하나하나가 생경하면서도 쉽사리 무시 못

하겠는 이유가 무얼까. 마치 강한 자석에 이끌리듯 시혁은 그렇게 가현을 향해 뻗어 나갔다.

"집을 나가더니 이젠 직장까지 얻었나 보군."

오랜만에 듣는 시혁의 목소리는 하나도 변함이 없었다. 자신을 향해 다가오는 그를 느끼며 심하게 뛰는 가슴은 아마 설렘이 아닐 거라고 그녀는 생각했다. 그건 불안함이랄지 조급함과 비슷한 감정이었다.

"어쨌든 잘 지낸 거 같아서 나도 기쁜데."

여전히 조명을 체크하며 아무 대답도 없는 가현을 향해 조바심을 느낀 시혁은 평소답지 않게 말이 많아졌다.

"원룸은 지내기에 어때?"

시혁의 물음에 가현의 머릿속에는 온갖 생각들이 스치고 지나갔다. 시혁의 곁을 떠나면서 이런 상황을 상상한 적이 있었다. 그래서 내린 결론은 그와 마주하게 된다면 달라진 자신을 보여 주겠다는 거였다. 당신 없이도 나 혼자 얼마나 잘 지내는지 알려 줘야지. 가현은 마음을 다잡으며 시혁을 똑바로 바라보았다. 그리고 입가에 환한 미소를 지으며 말했다.

"죄송합니다만 근무 중 사담은 금지라서요."

떨리긴 했지만 가현은 생각보다 말끔한 대답을 해낸 자신이 대견스러웠다.

생각지도 못한 가현의 태도에 시혁은 당황스러운지 두 눈을 크게 떴다. 그가 원하던 건 이런 반응이 아니었지만 이상하게도 화는 나지 않았다. 오히려 서운함과 신선함 같은 복잡하고 미묘한 감정이 그의 가슴에 싹텄다.

"그럼, 이만."

"잠깐."

그렇게 여전히 미소를 띠며 뒤돌아 가려는 가현을 시혁이 붙잡았다.

"당신도 알겠지만 난 마제스타 어패럴의 이사야. 이 갤러리에 돈을 댄 사람들도, 앞으로 돈을 댈 사람들과도 긴밀한 관계에 있지. 그게 내가 될 수도 있는 거고."

시혁은 조바심이 났다. 이대로 가현을 보내면 다시는 손에 닿지 않을 존재가 될 것만 같았다.

하지만 이를 알 리 없는 가현은 변함없는 시혁의 태도에 눈살을 찌푸렸다. 말 한마디로 쉽게 해결할 수 있는 것도 일과 연관 지어 버리는 건 그의 나쁜 습관 중 하나였다. 빈틈을 보이지 않기 위해 날 세우기에 급급한 것 역시 여전했다. 그래서 가현은 그를 더욱 안타깝다고 생각했었다. 시혁은 온전히 자라나기도 전에 틀에 갇혀 버린 아이 같은 사람이었다.

"그래서 제게 무얼 바라시나요. 관장님과 만남을 주선해 드리면 될까요?"

"아니. 내가 말한 정도의 이유라면 근무 중 사담은 아니라고 생각돼서 말이지."

"아, 그러시군요."

가현은 여전히 사무적인 태도를 일관하며 입가에 미소를 지우지 않았다.

"그럼 나중에 돌아가실 때 명함 챙겨 드리도록 하겠습니다."

다시 돌아서려는 그녀를 보며 시혁은 이번에는 미간을 찌푸렸다. 한 번도 아니고 두 번씩이나 자신을 타인 대하듯 하는 그녀를 보니 더욱 애가 탔다.

"그럼."

다급하게 외치는 시혁의 목소리에 가현은 무슨 소린가 하여 걸음을 멈췄다.

"이 그림에 대해서 묻고 싶은 게 있는데. 그걸 답해 주는 게 당신 직업이잖아."

시혁은 전시되어 있는 모네의 그림을 가리키며 말했다. 그러자 가현이 그림과 시혁을 번갈아 보며 짧은 한숨을 내쉬었다.

"이건 모네의 그림이잖아요. 제가 아는 이사님은 이 정도 식견을 저에게 청하실 분이 아닐 텐데요."

어떻게든 자신을 잡아 두려는 시혁을 보며 가현은 자길 방해하려는 게 아닐까 의심이 들었다. 그래서 가현은 본의 아니게 조금 퉁명스레 대답하고 말았다.

"순간의 빛이나 보는 시각에 따라서 바뀐다, 그런 미학적 관점을 빼고서 한 가지 묻고 싶은 게 있어서 말이야. 순수한 의문이라고 해 두지."

그럼에도 시혁은 한없이 진지한 눈빛으로 그녀를 바라보고 있었다. 마치 그녀의 진의를 파악이라도 하려는 듯이.

"과연, 대상이 전혀 변하지 않았을까. 당신 말처럼 계절도, 시간도, 세월도, 날씨마저 변하는 동안에도?"

시혁의 질문에 가현은 잠시 말을 잃고 말았다. 좀 전에 자신이 했던 말을 그대로 되묻는 그의 기억력에도 놀랐지만 시혁이 그 질문 속에 자신을 담는 것 같아서 놀라웠다. 가현이 기억하는 그는 그런 사람이 아니었기 때문이다. 하지만 시혁은 그런 것에도 아랑곳없이 질문을 계속해 이어 갔다.

"물론, 보는 눈에 따라 대상이 바뀌긴 하겠지. 하지만 만약 대상 역시도 변했는데 그걸 못 알아본다면, 그건 보는 사람만의 잘못인가?"

그의 말을 끝까지 듣고 난 가현은 왠지 화가 났다. 그녀는 시혁과 함께했던 나날과 멀어지는 중이었다. 사랑했지만 사랑받을 수 없어서, 한자리에 계속 묶여 있기만 했던 과거의 자신은 이제 사라져야 했으니까. 하지만 지금 시혁은 그 기억들을 되살리고 있었다. 그것도 하필이면 지금 이 자리에서. 그래서 가현은 저도 모르게 언성을 높이고 말았다.

"아니요! 그림은……!"

그때였다. 누군가 가현의 손목을 잡더니 두 사람 사이로 끼어들었다.

"그림은 그림일 뿐이죠."

도겸은 시혁의 눈을 똑바로 마주 보며 가현이 잇지 못한 말을 대신해 이었다. 그리고 입가에 여유로운 미소를 띠었다.

"언제나 그랬듯이요."

그렇게 말한 도겸은 가현의 손목을 잡아끌고서 자신의 작품이 전시된 섹션으로 넘어가 버렸다. 그리고 시혁 역시 천천히 그들의 뒤를 쫓았다. 앞서가 버린 두 사람은 이미 인파들에 묻혀 자신들만의 얘기를 해 나가고 있었다.

"오빠, 새언니랑 무슨 얘기를 하느라 이렇게 늦게 왔어."

어느새 시혁의 곁으로 다가온 세영이 새초롬한 표정을 짓더니 샴페인 잔을 그에게 내밀었다.

"별거 아니야. 그냥…… 얘기."

세영이 내미는 잔을 받아 든 시혁은 시선을 가현에게 묶어 두었다. 그녀는 자신이 없어도 두 발로 똑바로 나아가고 있었다. 이전의 가현은 어디에서도 찾을 수 없게 된 듯했다. 솔직히 그건 상관이 없었다. 다만, 자신의 옆이 아닌 도겸의 옆에 선 가현을 보고 있노라니 말로는 다 못 할 분노와 적대감이 끓어올랐다. 그녀는 저 남자가 아닌 자신의 옆에 있어야 옳았다.

❀ ❀ ❀

가현은 두근거리는 가슴을 진정시키려 애썼다. 시혁의 앞에서는 태연한 척, 당당하고 꼿꼿하게 버티긴 했지만 그의 한마디에 흔들리지 않기 위해 온 힘을 쏟는 자신을 알고 있었다. 잘했어. 이 정도면 잘한 거야. 가현은 스스로를 다독이며 깊게 심호흡을 한 후 작품을 설명 중인 도겸을 바라보았다.

"보시면 아시겠지만 딱히 제가 드릴 말씀은 없네요. 그냥 보이는 게 다라고 생각하시면 됩니다."

도겸의 너스레에 관람객들은 일제히 웃음을 터트렸다. 그의 작품은 마치 콜라주와 같이 사진과 종이들이 들러붙어 있고 그 위에 페인트를 덧칠해서인지 양감이 살아 있었다. 그리고 지난밤, 옥상에서 보았던 그림처럼 레이저 빔을 쏘면 그 형체는 더욱 확연해져서 보는 이에 따라 각기 다른 풍경을 떠올리게 만들었다.

"저는 그때, 그때 느낌에 따라 그리는 경우가 많아서 제 작품이 완성되면 보시는 분들에 따라 해석을 달리하는 경우가 많습니다. 그래서 저도 잘 몰라요. 그냥 그리는 거지. 그러니 저보다는 이분이 더 잘 알지도 모르겠네요."

그렇게 말한 도겸은 가현의 어깨에 두 손을 얹었다. 갑작스러운 지목에 그녀가 당황했지만 도겸은 조금도 봐주지 않고 사람들을 향해 박수를 유도했다. 많은 사람들 속에는 지난밤 보았던 그의 친구들도 몇인가 보였다. 그들의 박수를 받으며 가현은 마지못해 앞으로 나섰다. 뜻하지 않게 작가를 앞에 두고 그의 작품을 설명하는 꼴이 된 것이다.

"음······. 앞서 보셨던 모네의 그림처럼 이번에도 빛이 변화하는 모습을 담아냈으리라 예상하신 분들도 계실 거라고 생각합니다. 하지만 보시는 바와 같이 강도겸 작가님께서는 빛뿐만이 아니라 대상도 언젠가는 변화한다는 사실을 새기고 싶으셨던 거 같습니다. 아마 모든 변화를 사랑하는 마음으로 이 그림을 그리셨을 거라고, 저는 짐작해 봅니다."

담담한 음성으로 자신의 의견을 말하는 가현을 사람들은 미동도 없이 바라보고 있었다. 그리고 곧이어 이전보다 더 큰 박수갈채를 보냈다. 그중에는 도겸 역시도 포함되어 있었다.

"너무 정확해서 제가 더 할 말이 없네요. 여러분, 변화를 두려워하지 말고 사랑하십시오. 그러면 더 밝은 내일이 찾아올 거라고 저는 믿습니다."

그렇게 말한 도겸은 인파에 섞여 있는 시혁을 똑바로 마주 보며 미소를 띠었다. 시혁은 그 시선과 미소를 피하지 않고 도겸을 차갑게 노려보았다. 가현의 어깨에 올려진 그의 두 손이 너무도 거슬렸다. 그리고 그녀를 대변하는 행동도 마음에 들지 않았다. 시혁은 치밀어 오르는 불쾌감을 감추지 못하고 그렇게 도겸을 노려보았다.

✻ ✻ ✻

스태프룸에서 옷을 갈아입은 가현은 퇴근을 하려 발길을 서둘렀다. 얼른 자신만의 집으로 돌아가 맥주라도 한 캔 마시지 않으면 찜찜했던 오늘 하루가 끝나지 않을 것 같았다.

"현이 누나!"

그렇게 문을 빠져나오는 그녀의 발길을 도겸이 멈춰 세웠다. 친구들과 함께 이미 뒤풀이를 갔을 거라 생각했던 그가 입구에서서 자신을 기다리고 있자 가현은 놀란 눈을 하고서 도겸에게 다가갔다.

"도겸아. 너 여기서 뭐 해? 친구들이랑 같이 간 거 아니었어?"

"걔들은 먼저 가라 그러고 난 누나 기다렸죠. 오늘 주역은 우리 두 사람인데 뭉쳐야 하지 않겠어요. 전에 그 옥상에서 모이기로 했으니까 같이 가요."

"그래, 가자."

어차피 오늘은 한잔하고 싶던 기분이었기 때문에 가현은 도겸의 제안을 굳이 거절하지 않았다. 그러자 도겸이 밝게 미소 지으며 그녀의 어깨에 손을 두르고 걷기 시작하는 것이다. 그 손길을 뿌리치는 것도 우스울 것 같아서 가현은 말없이 걸었다. 그렇게 갤러리에서 조금 멀어질 즈음이었다. 검은색 차 한 대가 그들 옆에 서더니 클랙슨을 울렸다.

"어? 누구지?"

걸음을 먼저 멈춘 것은 도겸이였다. 자신들을 부르는 거라 생각한 그가 차로 가까이 다가가자 가현도 자연스레 그 곁으로 갔다. 그러자 보조석의 창문이 내려가더니 시혁의 모습이 나타났다.

"타. 집에 돌아가자."

오로지 자신만을 바라보는 시혁의 시선을 가현은 피하지 않고 똑바로 바라보았다.

"이 차 탈 이유도, 돌아갈 이유도 없어요. 그냥 가세요."

그렇게 말한 가현은 도겸과 함께 발길을 돌리려 했다. 그 모습을 본 시혁은 질투심에 이성이 날아가는 것 같았다. 그래서 곧바로 차에서 내려 그녀의 팔목을 거세게 휘어잡았다.

"넌 내 아내야. 네가 있어야 할 곳은 내 옆이라고!"

가현은 감정적인 시혁의 태도에 놀라서 그의 손길을 뿌리쳤다. 그와 지내는 동안에 단 한 번도 이런 모습의 시혁을 본 적이 없었다. 마치, 화난 사자와 같이 으르렁대는 모습이 당장이라도 자신의 목을 물어뜯을 것 같아 두려움이 앞섰다. 하지만 가현은 어떤 의미로든 시혁에게 꺾이고 싶지 않았다. 그래서 지지 않으려 시혁을 날카롭게 노려보았다.

"이제부턴 내가 있어야 할 곳은 내가 정해요. 난 더 이상 당신의 소유물이 아니라 그냥 나예요. 윤가현이라고요."

단호하게 말을 잇는 가현을 보며 시혁은 머릿속이 혼란스러웠다. 지금까지의 우리들을 거부하고 가현이 홀로 서 있었다. 그 어디에도 시혁을 위한 자리는 없었다. 시혁이 놓지 않으려 애쓰면 애쓸수록 가현은 멀어져 가고 있었다. 시혁은 갑자기 두려움이 밀려왔다. 그녀가 이대로 자신을 버리고 사라져 버릴까 봐 무서워졌다.

그렇게 겨우 이성을 되찾은 시혁은 기가 한풀 꺾인 듯 차분히 말했다.

"일단…… 돌아가서 얘기해. 당신 근무 중엔 사담이 금지되어 있다고 하니까 기다린 거야. 어찌 됐건 우리 일이잖아. 일단 집으로 돌아가서, 둘이서 차분히……."

"거긴 더 이상 내 집이 아니에요. 그리고 난 이미 선약이 있어요. 그러니까 하실 말씀 있으시면 미리 약속 잡아서 와 주세요. 저도 스케줄이 있으니까요."

시혁의 제안을 단칼에 거절한 가현은 제 할 말을 마치고는 뒤도 돌아보지 않고 도겸에게로 다가갔다. 그 모습을 보는 시혁은 더 이상 그녀를 붙잡을 수 없었다. 그저 멀어져 가는 가현의 뒷모습을 아프게만 바라보았다.

옥상에는 여전히 그곳만의 정겨움이 느껴졌다. 오늘도 역시나 주인의 허락 없이 냉장고에 있는 맥주를 마시며 가현과 도겸은 쏟아지는 레이저 빔을 등지고서 그의 그림을 바라보고 있었다.

"누나, 아까 그 사람⋯⋯."

두 사람 사이의 침묵을 먼저 깬 것은 도겸이었다. 가현은 그가 어떤 질문을 할지 예상이 되는지 입가에 씁쓸한 미소를 띠었다.

"내 남편이야. 내가 이혼 얘기 꺼낸 이후로 따로 떨어져서 지내고 있지만."

가현은 맥주 한 모금을 머금으며 마치 일상을 얘기하듯 그렇게 자연스럽게 얘길 했다. 도겸 역시도 그녀의 왼손 약지가 비어 있던 순간부터 예상을 했던 일이라 크게 놀라진 않았다. 하지만 오늘 갤러리에서 보았던 시혁은 자신을 향한 질투를 조금도 감추지 않고 있었다. 그리고 이곳에 오기 전에 마주쳤던 가현과 시혁의 사이에는 아직도 뭔지 모를 인연이 남아 있다는 게 느껴졌다.

"그 남편은 할 말이 많아 보이던데요. 그대로 와도 괜찮았던 거예요?"

"자업자득이야. 난 할 말 없어."

가현과 시혁 사이에는 3년이란 시간이 있었다. 그동안 충분히 할 수 있는 얘기들이 있었음에도 하지 않았던 건 시혁이었다. 늘 기다리기만 했던 가현은 이미 지쳐 있었다. 게다가 굳이 그때로 돌아가야 할 필요성도 느끼지 못했다.

"아무튼 이제는 어쩔 수 없이 법적으로만 묶인 사이일 뿐이야. 과거로 돌아가고 싶진 않아. 난 지금 내 자신이 훨씬 좋거든. 매일, 매일 시간에 맞춰서 깨어나고, 출근하고, 열심히 일한 후에 퇴근하는 하루가 즐겁고 행복해."

그렇게 말한 가현은 조용히 미소를 띠더니 오늘 시혁과 있었던 일들을 모두 털어 내려는 듯 크게 기지개를 켰다. 그런 가현을 따스한 시선으로 바라보던 도겸은 그녀의 곁으로 바싹 다가가며 두 사람만이 들을 수 있을 만큼 작은 목소리로 속삭였다.

"나도 현이 누나의 즐겁고 행복한 일상의 일부가 되면 안 될까요?"

"뭐?"

뜻밖의 고백에 가현은 그의 말이 단번에 이해가 되지 않았다. 그래서 그저 멍하게 도겸의 미소 띤 얼굴을 바라만 보았다.

"우리 졸업 전시회 준비하면서 늘 즐겁진 않았잖아요. 싸우는 사람들도 많았고 편 가르기도 심했죠. 도중에 포기하려는 사람들도 있었고. 근데 누나는 어느 한쪽에 서지 않고 모두의 편을 들었어요. 누가 작품이 늦을 거 같으면 옆에서 도와주고, 힘들어하면 격려해 줬잖아요. 그래서 나, 누나 인간적으로 존경했어요. 그리고 어느 순간부터 눈을 뗄 수가 없더라고요."

가현 역시도 도겸을 좋아했다. 늘 자유롭고 밝게 행동하지만 그림을 대할 때는 한없이 진지한 그를 동경했던 적도 있었다. 하지만 이런 것들은 이성으로서가 아니라 전우애와 비슷한 감정이었다. 가현은 도겸 역시도 그런 줄 알았기 때문에 그가 자신을 이성으로 볼 줄은 상상도 하지 못했었다.

"도겸아, 나는……."

가현이 진지한 표정으로 바라보자 도겸은 그러지 말라는 듯 손을 저어 보였다.

"지금 당장 어떻게 하고 싶다는 게 아니에요. 그냥 누나 마음에 자리가 있다면, 기회를 줄 수 있다면, 이제는 나도 남자로 봐줬으면 해서 한 얘기니까 너무 무겁게 생각 안 해도 괜찮아요. 그리고 누나 아직 유부녀잖아요."

도겸은 그렇게 말하며 특유의 장난기 가득한 미소를 지어 보였다. 그 모습을 바라보던 가현은 아무런 말없이 맥주를 들이켰다. 느닷없이 찾아왔던 시혁과의 만남이나 도겸의 갑작스러운 고백까지, 오늘은 아무래도 끝까지 평범하게 보낼 수 없을 것 같다는 생각이 들었다.

❀　❀　❀

시혁은 창백한 풍경의 자작나무 숲에 홀로 서 있었다. 밤안개가 자욱한 그곳은 앞과 뒤를 구분하기도 힘이 들었다. 이곳에는 아무도 없는 걸까. 새조차 울지 않는 침묵의 숲에서 벗어나려 한 발을 내딛자 바스락하고 낙엽이 부서지는 소리가 들려왔다. 시혁은 무심코 아래를 내려다보았다. 그러자 아무것도 신지 않은 맨발이 눈에 들어왔다.

"이대로 무작정 걷다 보면 많이 아프겠지."

그래서 이러지도, 저러지도 못한 채 한곳에서 가만히 서 있을 무렵, 타인의 발소리가 들려왔다. 마치 그 순간을 기다린 듯이 구름 사이에 숨어 있던 달이 모습을 드러내며 밝은 빛을 흩뿌렸다. 그리고 시혁의 바로 앞에 익숙한 여자의 뒷모습이 나타났다.

"누구……?"

시혁의 물음에 그녀는 뒤돌아보지 않았다. 갑자기 나타난 것과 같이 빠르게 그의 시야에서 벗어나려 할 뿐이었다. 그녀를 놓쳐선 안 돼. 오로지 그 생각에 휩싸인 시혁은 방금 전까지 맨발을 걱정하던 모습은 완전히 잊고서 그 뒤를 쫓았다. 그녀가 걸음을 서두를수록 흰 원피스 자락이 바람에 나부끼는 속도도 빨라졌다. 그 모습이 무척이나 덧없이 느껴졌다.

"제발……."

안개가 그녀의 모습을 감추지 않길 바라며 시혁은 열심히 뒤를 따라갔다. 서서히 숨이 차오르고 심장이 빠르게 뛰었다. 손을 뻗으면 잡힐 듯 잡히지 않는 그녀의 뒷모습이 무척이나 안타까웠다. 그래서 발이 찢겨 피가 맺히는 아픔 따위 신경 쓰이지 않았다. 그녀를 반드시 잡고 싶었다. 이미 한번 떠났던 인연을 다시금 자신의 두 손으로 지켜 내리라 생각했다. 비록 그녀가 자신을 잊고 달라졌다 할지라도…….

"가지 마……. 멈춰."

하지만 그녀는 좀처럼 시혁을 기다려 주지 않았다. 울창하게 솟은 자작나무 사이로 자꾸만 모습을 숨기려 했다. 안개처럼 하얀 원피스를 입은 그녀가 사라져 버릴 것 같아서 두려웠다.

"제발 멈춰!"

아무리 손을 뻗어도 닿지 않는 그녀를 향해 시혁은 간절함을 담아 외쳤다. 그런 마음이 통한 걸까. 자꾸만 앞을 향해 나아가던 그녀가 겨우 걸음을 멈추었다. 그제야 시혁은 가쁜 숨을 고르며 그녀를 향해 다가가려 했다. 여전히 자신을 바라보지 않는 그 어깨를 잡기 위해서 딱 한 발자국만 옮기면 되었다.

"윽……!"

그런데 그 한 걸음이 쉽사리 떼어지지 않았다. 제 몸인데도 뜻대로 움직여 주지 않는 발걸음에 시혁은 애가 탔다. 짧은 거리인데도 그녀 곁으로 갈 수 없어서 그는 미칠 것처럼 숨이 막혀 왔다.

"안 돼."

시혁이 무슨 수를 써도 발걸음은 떨어지지 않았다. 도무지 이해가 가지 않는 눈빛으로 아래를 내려다본 시혁은 안개에 휩싸인 다리와 마주하게 되었다. 단단하게 얼어 있던 얼음이 서서히 녹듯이 그의 다리도 안개 속에서 녹아들어 갔다. 그 모습을 본 시혁은 머릿속이 혼란스러워졌다. 이제 겨우 닿았다고 생각했는데 다시는 그녀를 쫓을 수 없게 되었다.

"기다려! 나만 두고 가지 마!"

처절한 비명을 내지르며 시혁은 그녀를 붙잡으려 했다. 하지만 야속하게도 안개는 그녀마저 집어삼키며, 보는 것조차 안타까운 그 모습을 없애려 했다. 그러자 그녀는 아주 잠깐 고개를 돌려 그에게 시선을 주었다. 하지만 이미 안개에 잠식당한 그녀의 모습을 알아보는 건 힘들었다.

"안녕."

그저 여자의 붉은 입술이 달싹이며 그에게 이별의 말을 던졌을 뿐이다. 시혁은 마지막으로 발악하듯 몸을 움직여 그녀에게 손을 뻗었다.

"안 돼…… 제발!"

제발, 한 번만이라도 좋으니 그녀와 함께할 수 있는 시간을 줘. 그는 빌고 또 빌었지만 그 바람은 무참히 깨어졌다. 다리를 휘감던 안개는 시혁의 몸을 타고 서서히 위로 올라왔다. 그녀를 잡기 위해 뻗은 손을 녹이고, 얼굴까지 올라온 안개는 그의 목소리를 빼앗았다. 아직도 희미하게 보이는 그녀의 흰 원피스 자락도 곧 볼 수 없게 될 거란 예감이 들었다.

"부탁이야, 제발……."

가슴을 옥죄는 이 애달픔을 어떻게 설명하면 좋단 말인가. 결국 시혁은 참을 수 없는 눈물을 흘리며 두 눈을 감았다. 그리고 서서히 의식이 희미해져 갔다.

"……가지 마."

가슴에 절절히 남은 한마디를 내뱉으며 시혁은 감은 눈을 떴다. 이미 어둠이 내려앉은 방 안에는 희미한 달빛만이 그를 비추고 있었다. 익숙한 천장과 마주한 그는 천천히 몸을 일으켜 주위를 둘러보았다. 그를 괴롭히던 안개도, 닿지 못해 안타까웠던 그녀도 곁에 없었다. 그저 눈가에 촉촉이 남은 눈물의 흔적이 그것이 꿈이었음을 알려 줄 뿐이다.

"빌어먹을."

시혁은 아직도 요동치는 가슴을 억누르며 욕지기를 내뱉었다. 아무리 발버둥 쳐도 그녀의 모습을 볼 수가 없었다. 그건 대체 누구였을까. 손을 뻗어도 닿지 않던 그 여린 등은 누구의 것이었단 말인가.

'안녕.'

시혁은 그녀가 마지막으로 던졌던 이별의 말을 떠올리며 추운 듯 몸을 떨었다. 몸도, 마음도 싸늘하게 식어 버린 그를 따스하게 감싸 주는 이는 없었다. 악몽조차 홀로 견뎌야 하는 이 밤을 시혁은 도무지 버텨 낼 자신이 없었다.

❀ ❀ ❀

악몽의 여운을 지우지 못한 채 하룻밤을 뜬눈으로 새운 시혁은 언제나 다름없는 시간에 마제스타 어패럴로 출근을 해 평상시대로 업무를 보았다. 일하는 동안에는 누구에게도 피곤한 티를 내지 않던 시혁은 본사로 가기 위해 차에 올라타는 순간, 몸이 무너졌다.

"잠시 눈 좀 붙일 테니까 도착하기 전에 깨워 줘."

보조석에 앉은 최 실장을 향해 당부를 한 시혁은 시트에 머리를 기대며 눈을 감았다. 하지만 집에서도 잘 수 없는 잠인데 차 안이라고 해서 바뀌겠는가.

"후우……"

오히려 눈을 감고 있으니 남은 신경들이 예민해지는 걸 느끼며 시혁은 한숨을 내쉬었다. 그렇게 그는 잠들기를 포기하고 창밖으로 스쳐 지나는 풍경을 바라보았다. 가현과 마지막으로 보았던 봄은 자취를 감춰 버리고 계절은 어느새 여름으로 바뀌어 있었다.

"그러고 보니 함께 휴가를 즐긴 적도 없군."

결혼을 하고 신혼여행을 즐기긴 했지만 그것도 남들과 비교하면 기간이 짧았다. 그 후에도 가현의 남편보다는 마제스타 어패럴의 이사로서 보내는 시간이 더 많았다. 만약 시간을 되돌려서 그때, 다른 선택을 했더라면 가현과 자신은 지금쯤 함께 있지 않았을까.

만약에라는 생각을 한다는 건 그만큼의 후회가 있다는 뜻이었다. 하지만 시혁은 자신이 어떤 것에 가장 후회하고 있는지 감이 잡히지 않았다.

"이사님, 본사에 도착했습니다."

그리고 상념의 시간은 길지 않았다. 그러기에는 그가 하루에 감당해야 하는 일들이 너무도 많았기 때문이다. 그렇게 차에서 내린 시혁은 대성기업 로비를 지나쳐 곧장 대회의실로 향했다. 그곳에는 이미 시혁을 제외한 임원들이 제자리를 차지하고 앉아 있었다.

"조금 늦었습니다."

이 회장과 임원들을 향해 사과의 의미로 고개를 숙여 보인 시혁은 곧 자신의 자리로 가서 앉았다.

"그럼 회의를 시작합시다."

이 회장의 말에 굳게 입을 다물고 있던 임원들이 차례로 보고를 시작했다. 말이 회의지 통상적으로 이루어지는 업무 보고에 가까웠다. 실적이 나쁘다면 쓴소리를 듣고, 추진 중인 사업 아이템이 이 회장의 마음에 들지 않는다면 캔슬 될 뿐이다. 그렇게 차례가 돌고 돌아 마지막에 도착한 시혁이 제 몫의 보고를 마친 후에 회의는 끝이 났다.

"이 이사는 잠시 나 좀 보고 가지."

사람들을 따라 자리에서 일어서던 시혁은 이 회장의 말에 그의 뒤를 따랐다. 회장실로 가기 위해 엘리베이터에 올라탄 두 사람은 잠시 아무 말도 없이 앞만 보았다.

"밥은 제때 챙겨 먹고 다니냐."

이 회장의 질문에 시혁은 아버지의 옆모습을 바라보았다. 여전히 시선을 마주치진 않지만 그 한마디에 부모로서의 걱정이 묻어났다.

"그러려고 노력하고 있습니다."

그 말을 끝으로 두 사람의 사이에는 다시 침묵이 흘렀다. 그리고 잠시 후, 회장실에 도착하자 이 회장은 참았던 얘기를 시혁에게 꺼내었다.

"네 안사람이 이혼을 요구했다고 들었다."

시혁은 이 얘기가 어떻게 흐를지 단번에 눈치챘다. 아마도 자신의 주위에 쥐새끼가 있었던 모양이라 생각하며 시혁은 쓰게 웃었다.

"저희 부부의 사적인 일까지 회장님 귀에 들어갈 줄 몰랐군요."

"난 네 아버지다."

유독 '회장님'을 강조하는 시혁의 말투에 이 회장은 곧장 엄한 표정을 지었다.

"어차피 어울리지 않던 인연이었으니 이참에 정리하거라."

"제게 어울리는 인연이 따로 있다고 생각하십니까?"

시혁과 많이도 닮은 이 회장은 가족애보다는 사업을 우선했다.

그리고 시혁의 결혼 역시도 그 연장선으로 만들려는 게 뻔히 보였다. 하지만 시혁은 이번만큼은 아버지의 뜻을 따를 수 없었다.

"그녀가 제 인연입니다. 전 절대 이혼할 생각 없으니 그렇게 아시고 제가 알아서 하도록 놔두셨으면 좋겠습니다."

시혁은 강한 의지를 담아 이 회장을 바라보았다. 가현과 헤어진다는 생각은 한 번도 해 본 적이 없었다. 그녀와는 약속을 했다.

'가현이 네가 내 곁에 있어 주면 좋겠어. 그러면 안 될까?'
'그래요. 그럴게요. 내가 시혁 씨 옆에 계속 있을게요.'

깊은 아픔과 상실감에 괴로울 때, 지수와 닮은 그녀를 잡은 건 맞지만 그래도 자신을 이 정도로 사람답게 살 수 있게 도운 건 가현이였다. 그러니 그 보답을 제대로 한다면 가현도 조만간 돌아오리라고 시혁은 생각했다. 하지만 이 회장은 자신의 뜻을 거스르는 시혁이 못마땅했는지 그에게 들릴 정도로 혀를 찼다.

"그때 반대하던 결혼, 네 뜻대로 이뤄 줬으니 이번엔 내 말에 따라 줘야지 도리가 아니냐. 그 고집을 부리더니 결국 3년 만에 이 사달을 만들고서 무슨 낯짝으로 또 버티는 게야!"

적잖이 화가 난 듯 자신을 향해 일갈하는 이 회장을 보며 시혁은 담담한 표정을 지었다. 만약 가현을 만나지 못했다면 자신은 더욱 깊은 나락에 갇혀 지냈을 게 분명했다. 지수가 죽은 이후, 그는 그녀를 따라가려 옥상에 올라가 몇 번이고 뛰어내리려 했다.

그런데 가현이 나타난 것이다. 꽁꽁 얼어붙은 그의 마음을 녹이고 웃음을 찾아 주었다. 세상에 빛이 있다는 걸 알려 주고, 두 발로 땅을 딛고 일어서게 만들어 주었다.

"지금은…… 긴 인생에 찾아온 잠깐의 위기에 불과합니다."

그런 가현이였기에 시혁은 더 겁이 났다. 그녀도 언젠가 지수처럼 잃게 될까 봐 두려웠다. 더 깊은 정을 느끼면 그 후에 찾아올 상실감은 훨씬 클 게 분명했으니까. 그래서 자꾸만 선을 긋게 되었다. 적당한 거리를 유지하며 이대로 함께 살아도 나쁘지 않겠다는 생각을 했었다. 그런데 아니었다. 결국 그의 약점들이 그녀를 떠나게 만들었다.

"네 미래도 생각해야지. 아무리 네가 유능해도 곁에서 힘을 실어 줄 사람이 없으면 너도 먹잇감이 될 뿐이다. 세영이야 딸이고, 언젠가 출가외인이 되겠지만 제 어미가 힘이……."

거기까지 말한 이 회장은 말을 더 잇지 못하고 멈추었다. 건드려선 안 될 부분을 스스로 건드리고 만 것이다. 그러자 시혁이 쓰게 웃었다.

"네, 아무런 조건 없이 절 지켜 줄 어머니는 이미 돌아가셨죠."

하지만 돌이켜 보면 시혁의 친어머니가 살아 계셨다 해도 상황은 바뀌지 않았을 것이다. 그는 소위 말하는 혼외자다. 아버지의 애인에 불과했던 그의 어머니에게 무슨 힘이 있었겠는가.

"제가 알아서 합니다. 이제 더 이상 제 사람, 그렇게 떠나보내지 않을 겁니다."

그렇게 말한 시혁은 더 이상 할 말이 없다는 듯 자리에서 일어서 회장실을 빠져나왔다. 뒤도 돌아보지 않고 홀로 엘리베이터를

탄 그는 지친 듯 벽에 머리를 기대었다. 그가 사랑하는 여자들은 모두 그를 혼자 두고 떠나 버린다. 어릴 적에 돌아가신 친어머니와 첫사랑이었던 지수, 그리고 가현까지…….

"대체 왜."

그에게 사랑은 상처와 동일했다. 친어머니는 홀로 그를 키우다가 병을 얻어 일찍 돌아가셨다. 그 후 이 회장의 친자식으로 입적되어 생전 처음으로 가족이란 게 어떤 것인지 알 수 있었지만 누군가를 잃었다는 감각은 쉽사리 사라지지 않았고, 그는 늘 외로워했다.

"왜 난 늘."

그것은 여동생이 태어나면서 더욱 심해졌다. 부모님의 피를 온전히 이어받은 여동생과 반쪽짜리에 불과한 자신은 가치가 다르다는 생각이 들어서였다. 그런 방황의 시기에 시혁은 지수를 만나면서 달라졌다.

'내 이름은 지수야. 최지수. 누나라고 불러도 돼.'

'……'

'누나는 싫어? 그럼 그냥 지수라고 불러.'

'……'

'이름이란 게 별거 아닌 거 같아도 정말 중요해. 김춘수의 꽃 알지? 그저 이름만 있고 누군가 불러 주지 않으면 나는 존재할 수가 없어. 사람은 혼자서 살 수 없는 거랑 같은 거야. 난 너를 시혁아라고 부르면서 여기에 네가 살아 있다는 걸 증명해 주는데, 넌 나를 그냥 없는 사람으로 만들 거야?'

'……지수. 최지수.'

자신보다 한 살 많았던 그녀는 늘 화사한 미소로 그의 마음을 따뜻하게 물들여 주었다.

'모임이건 파티건 나가고 싶지 않아. 그 사람들을 위해서 옷을 골라 입고 웃고 떠드는 게 얼마나 역겨운지 지수 너도 알잖아.'

'억지로 널 바꿀 필요는 없어. 하지만 시혁아. 그들 앞에서 당당해지려면 널 보여 줘야 해. 네가 누구인지, 얼마나 대단한 존재인지 확실하게 알려 줘야 사람들이 널 우습게 보지 않을 거야. 옷을 차려입고 격식을 차리는 건 네가 바뀌는 게 아니야. 더 당당해지기 위해서 갑옷을 입는 거지.'

지수는 때로는 엄마처럼, 누나처럼, 그리고 연인으로서 시혁을 아끼고 사랑해 주었다. 그녀의 세상 속에서 시혁은 점차 안정을 찾아 갔다. 그리고 사랑도 알아 갔다.

'사랑한다는 마음을 표현할 때 흔하게 하트를 그리잖아. 그건 고대 사람들이 사랑은 심장에서 나오는 거라 믿었기 때문이래. 사랑하는 사람 곁에 있으면 누구라도 심장이 세차게 뛰잖아. 쿵쾅쿵쾅, 두근두근. 이렇게 심장이 계속 뛰는 한 널 사랑한다는 걸 잊지 않게 되겠지.'

하지만 그런 지수도 결국은 그의 곁을 떠났다. 유학을 떠난 곳에서 강도에게 총상을 당해 유명을 달리한 것이다. 돌아오면 결혼하자고, 그렇게 약속했는데……. 그녀는 결국 시혁의 곁으로 돌아올 수 없게 되었다.

"뒤늦게야 후회하는 걸까."

처음으로 가현을 만났던 날, 그녀는 몹시도 해맑은 미소를 짓곤 했다. 그 미소를 마주 보며 지수를 떠올렸다. 그래서 더욱 지켜 주고 싶었고, 행복하게 해 주고 싶었다. 하지만 오히려 구원을 받은 것은 자신이었다. 가현이 내밀어 주는 손의 온기에 외로움과 괴로움을 잊을 수 있었다.

'시혁 씨. 여기 접시 좀 봐요. 두 개를 합치면 하트 모양이 돼요. 귀엽죠?'

'그러네.'

'뜨거운 가슴과 차가운 머리란 말이 있잖아요. 예전 사람들은 감성의 근원을 심장으로 생각했대요. 그래서 가장 긍정적이면서 부정적인 것까지 포함한 사랑을 심장 모양으로 표현하게 된 거래요. 신기하죠?'

하지만 지수와 가현의 모습이 겹쳐질 때마다 불현듯 떠오르는 지수에 대한 죄책감이 그의 발목을 잡았다.

'그 모임에 꼭 참석해야 해요? 전 그 사람들이 불편해요.'

'나와 널 위해서 꼭 필요한 자리야. 옷은 준비해 주는 걸로 입으면 돼. 넌 나랑 같이 서서 웃기만 하면 되니까 아무 생각도 하지 마.'

'……알겠어요.'

　그러면 안 된다는 걸 알면서도 가현에게 자꾸 지수의 모습을
강요했다. 지수가 남들 앞에서 당당하게 버틸 수 있었던 이유는
단단한 갑옷이었으니까, 같은 것을 준비해 주면 가현이 상처받는
일은 없을 거라 생각했다. 그녀 역시도 금방 수긍을 해 주었기에
그때는 그게 가현을 위한 일인 줄만 알았다.

　'오늘 저녁은 시혁 씨가 좋아하는 걸로 준비했어요.'
　'시혁 씨, 우리 같이 손잡고 걸을까요.'
　'사랑해요. 시혁 씨.'
　'시혁 씨…….'

　영원할 것 같은 이 따스함도 언젠가 연기처럼 사라지는 게 아
닐까. 그는 잃고 싶지 않다는 마음이 커져 갈수록 정을 주는 것
도, 마음을 여는 것도 겁이 났다.
　"어째서……."
　결국 홀로 남은 그의 손에 쥐어진 것은 사랑도 행복도 아니었
다. 아무리 일을 열심히 해도, 부가 축적되어도 그것들은 텅 빈
마음을 채워 주지 않았다. 그렇기에 시혁은 겁쟁이인 자신이 싫었
다. 아주 조금의 용기만 있었더라면 좀 더 온전한 모습으로 가현
을 사랑해 줄 수 있지 않았을까. 그래서 시혁은 아무리 욕을 먹어
도 가현을 욕심내는 것이다. 그녀에게 아직 해 주지 못한 것이 더

많기 때문에.

✾ ✾ ✾

가현은 간단하게 점심을 먹고 갤러리로 돌아가기 위해 동료들과 거리를 걷고 있었다. 이제는 제법 뜨거워진 햇살에 슬슬 여름 유니폼으로 바꿔 입어야겠다는 소소한 대화를 나누며 한참 걸음을 옮기던 중 컨버스 끈이 풀린 걸 발견했다.

"가현 씨, 뭐 해?"

갑자기 몸을 쭈그려 앉은 가현을 향해 동료 중 한 명이 물었다.

"아, 신발 끈이 풀려서요. 금방 따라갈 테니까 먼저들 가세요."

그렇게 말한 가현은 다시 신발 끈을 묶는 데 집중했다. 일하는 중에는 내내 구두를 신어야 했기 때문에 이런 때라도 편하게 있으려 컨버스를 선택했는데 이렇게 가끔 끈이 풀리는 게 흠이라면 흠이었다.

그러다 문득 가현은 자신의 손에 아른거리는 그림자를 발견했다. 이건 무슨 모양일까. 고개를 들어 올린 가현은 머리 위에 있는 나뭇잎들을 발견했다.

"플라타너스네."

큰 잎사귀가 바람에 나부끼며 그늘을 만들어 주었다. 왼손쯤 와 닿는 그림자를 보고 있자니 이제는 희미해진 반지 자국이 눈에 들어 왔다. 3년이란 시간 동안 하루도 빠짐없이 끼고 있던 결혼의 증명이 이젠 시간의 흐름에 따라 사라져 간다. 언젠가 그 사람도 자신의 안에서 이렇게 사라지겠지. 가현은 마음에 고이 품어 왔던 무언가가 순식간에 사라져 버린 듯한 상실감을 느꼈지만 내색하지 않으려 했다.

"……벌써."

가현의 혼잣말이 여름 햇살 아래 산산이 부서졌다. 결국 이렇게 시간은 흐르고 계절은 변한다. 나도, 우리도. 하지만 어쩌면…….

"가현 씨, 안 와?"

그때, 가현의 상념을 깨는 목소리가 들려왔다.

"네, 지금 가요."

몸을 일으킨 가현은 앞을 향해 한 발짝을 뗐다. 오롯이 현실을 살아가고 있는 가현의 등 뒤로, 여전히 해사한 햇살이 내리쬐고 있었다.

❀　❀　❀

세영은 요즘 SNS에서 화제가 되고 있는 도겸의 작품을 이 회장에게 보여 주며 발을 동동거렸다. 그가 자주 가는 옥상에 야광 안료로 그린 그것을 누군가 영상으로 올린 것이다. 정작 이 회장은 눈길도 주지 않았지만 액정 속에서 빛나는 도겸의 필치가 퍽 역동적이었다. 그러니 세영으로선 더 속이 탈 수밖에 없었다.

"나 이번에 갤러리 일, 정말 제대로 하고 싶어요. 근데 아빠, 그러려면 이 사람이 꼭 필요해요."

"그럼 네가 원하는 만큼 공을 들여서 불러오면 될 일 아니냐."

"그게 안 되니까 문제죠."

세영은 이 회장의 심드렁한 반응에 속이 타는 듯 눈앞에 놓인 물 한 잔을 벌컥벌컥 들이켜더니 재빠르게 말을 이었다.

"에이전시도 없고, 화상도 상대를 안 한대요. 전시나 판매, 모두 전용 큐레이터를 통해서만 한다는데 그 큐레이터가 하필 새녘 갤러리 소속이에요. 근데 더 놀라운 건 뭔지 아세요?"

막내딸의 호들갑에 이 회장은 대답할 생각도 안 드는지 고개만 저었다.

"강도겸의 전담 큐레이터가 새언니예요. 오빠 처라고요. 결혼 전에는 아빠 등쌀에, 결혼 후에는 오빠 등쌀에 시달렸던 사람이에요. 오죽하면 이혼하겠다고 난리인데 이런 기회에 저희한테 호의적으로 나오겠어요? 저 같으면 어림도 없어요."

세영의 얘기를 가만히 듣던 이 회장은 잠시 생각에 빠졌다. 가현이 그런 성미의 사람이 아니란 걸 알고 있지만 딸이 오랫동안 준비해 온 갤러리 일이 그녀 한 명 때문에 틀어지는 건 원하지 않았다.

"정 여의치 않으면 새녘 갤러리를 통째로 인수하는 방안도 있지."

이 회장은 세영을 바라보며 담담한 어조로 말했다. 새녘 갤러리가 대성그룹 산하에 들어오면 가현 역시도 그룹의 일원이 될 테니 쉽게 거절을 못 하리라 생각한 것이다. 하지만 이 회장은 딸의 어리광을 마냥 받아 줄 생각은 없었다.

"단, 이건 최후의 방법일 뿐이다. 네가 더 노력해서도 안 되면 그때는 방금 말한 대로 해 주마."

이 회장의 진지한 음성에 세영은 마지못해 고개를 끄덕였다.

✳ ✳ ✳

평소와 다름없이 일을 마치고 옷을 갈아입기 위해 스태프룸으로 들어선 가현은 갑자기 자신을 향해 쏟아지는 시선에 영문을 몰라 하며 동료들을 바라보았다.

"무슨 일 있어요?"

가현이 어리둥절해하며 묻자 입구 가까이에 있던 동료가 그녀에게 다가왔다.

"가현 씨 관장님이랑 친하죠? 뭐 들은 거 없어요?"

"뭘요?"

"그게……."

무슨 일인지 감이 잡히지 않는 가현에 비해 동료는 무언가 알고 있는 듯 뜸을 들이며 쉽게 얘기를 꺼내지 못했다. 그러고는 조심스레 가현의 귓가에 속삭였다.

"우리 갤러리, 이번에 대성그룹에 인수될지도 모른대요."

생각지도 못한 얘기를 들은 가현은 믿을 수 없다는 표정을 지었다. 하필이면 다른 곳도 아니라 대성그룹이라니. 가현은 그 단어만으로도 잠깐 사이에 수만 가지 생각이 들었다. 마제스타 어패럴의 모회사에서 새녘 갤러리를 인수하려 한다는 걸 단순히 우연이라 여기기에는 뒤가 찜찜했기 때문이다. 그래서 가현은 재빨리 갤러리를 빠져나와 시혁에게 전화를 걸었다.

[네.]

휴대폰을 통해 듣는 시혁의 음성은 예전과 변함이 없었다. 순간, 갤러리에서 직접 마주했던 그날의 모습이 떠오르며 가현은 말문이 막혔다. 익숙하면서도 낯선 느낌이 동시에 드는 건 어째서일까.

[여보세요?]

재차 들려오는 시혁의 음성에 가현은 번득 정신을 차렸다.

"지금 바쁘세요?"

[……아니, 무슨 일이야?]

시혁이 잠시 뜸을 들이는 사이 무언가 부스럭거리는 소리가 들려왔다. 늘 한밤중이 되도록 일을 하는 그였기에 바쁘지 않다는 말은 아마도 거짓말일 거란 생각이 들었다. 하지만 가현은 애써 그런 사정은 모른 척하며 제 용건을 꺼냈다.

"할 말이 있으니까 잠시 만났으면 해요. 당신 회사 근처에 있는 xx커피숍에서 기다릴게요."

그렇게 말한 가현은 전화를 끊고 바로 택시를 타고서 시혁의 회사 근처로 이동했다. 그리고 커피숍에 앉아 시혁이 오길 기다린 지 얼마 되지 않아 그가 모습을 드러냈다.

"서둘러서 오긴 했는데……. 내가 늦었나?"

"아니요, 저도 방금 왔어요."

가현의 맞은편에 앉은 시혁이 밝은 표정을 지으며 그녀를 바라보았다. 하지만 가현은 별다른 반응 없이 아직도 김이 모락모락 나는 커피 잔을 손에 쥐었다. 그런 가현의 모습을 보며 시혁은 입가에 살짝 미소를 띠었다.

"전에 말하지 못한 게 있는데 머리, 잘 어울리네."

시혁의 칭찬에 가현은 오히려 미간을 찌푸렸다. 이전의 그를 아는 사람이라면 누구라도 지금 시혁의 말에서 모순을 느낄게 분명했다.

"예전에는 이런 머리 절대 못 하게 했었잖아요. 이건 저렇게, 저건 이렇게 최지수 씨와 무조건 똑같아지도록 날 구속하지 않았나요. 지금 제 모습은 당신 취향과는 영 다른 줄 아는데요."

반감이 느껴지는 가현의 말들에 시혁의 얼굴은 서서히 굳어져 갔다. 지수와 너무도 닮은 가현에게 그녀의 모습을 강요했던 건 나름의 이유가 있어서였다. 물론, 처음에는 두 사람을 겹쳐 보려 했던 적도 있었다. 하지만 시간이 지날수록 가현을 지키고자 하는 마음이 강해졌다. 그래서인지 그녀가 입고, 꾸미는 모습에 더욱 강박적으로 참견하게 되었다.

"취향이라……."

시혁은 쓰게 웃으며 지수와의 일을 떠올렸다. 그녀는 원피스와 구두보다는 진과 운동화를 즐겨 입던 여자였다. 하지만 흔히 말하는 상류사회에서는 그런 차림을 용납하지 않았다. 길고 매끄러운 머리, 단정한 원피스, 단아한 구두, 투명한 핑크빛의 손톱과 마찬가지의 입술, 그런 것들은 그녀에게 일종의 보호색이었다. 하지만 시혁은 오히려 지수의 평소 모습을 더 좋아했다.

'난 어느 때든 네 평소 모습이 더 예쁜 거 같아.'

그렇게 말할 적마다 지수는 쓰게 웃으며 고개를 저어 보였다.

'너도 알잖아, 시혁아. 이 세계에 사는 여자들은 이 틀 안에 있을 때 가장 안전해. 그래서 난 앞으로도 계속 사람들이 기대하는 대로 맞춰 줄 거야. 이게 날 보호하는 방법이니까.'

시혁은 그렇게 지수의 보호색을 모방해 가현에게 덧씌웠을 뿐이다. 주위 사람들이 겉으로는 그녀를 신데렐라니 뭐니 떠받들어 주면서 뒤로는 무슨 얘기를 할지 뻔했으니 말이다. 하지만 결국은 가현의 말처럼 지나친 구속이었을지도 모르겠다. 그래서 시혁은 굳이 변명할 생각이 들지 않았다.

그러나 말이 없는 시혁의 모습에 더욱 심기가 불편해진 가현은 숨을 한 번 고르고서 오늘 만난 용건을 꺼냈다.

"그것보다 우리 사적인 일에 공적인 힘을 끌어들이는 건 반칙 아닌가요."

사적인 일. 아마도 이혼 문제일 것이다. 시혁은 굳이 그 사실을 확인시켜 주는 가현의 태도에 아주 잠시나마 들떴던 자신이 바보같이 느껴져서 미간을 찌푸렸다. 가현은 그런 그의 마음을 아는지 모르는지 생각하고 있던 얘기를 서슴없이 이어 갔다.

"당신의 관심과 구속이 필요했던 시간은 이혼을 결정하면서 이미 제 안에서 끝났어요. 그런데 이제는 저뿐만이 아니라 제 직장까지 손에 쥐고 흔들려고 하는 건 너무 지나친 처사라 생각지 않나요?"

날카롭게 쏘아보는 가현의 시선에 시혁은 어리둥절했다. 그녀의 직장에 관련해서는 모네와 강도겸의 크로스오버 전시회에 갔던 일 이후로 관심을 두지 않았기 때문이다. 그런데도 가현은 여전히 시혁을 향한 날선 시선을 거두지 않았다.

"새녘 갤러리는 제 손으로 찾아낸 소중한 제 일터예요. 저는 어떻게 대하셔도 상관없지만 제 직장에 위협이 되는 일은 하지 말아 주세요."

"도대체……."

시혁은 앞뒤가 보이지 않는 얘기에 머리가 아파 와 눈을 감았다. 그리고 깊은 한숨을 내쉬고 나서야 다시 눈을 떠 가현을 바라봤다.

"무슨 얘기를 하고 있는 건지 도무지 따라갈 수가 없는데."

"대성그룹에서 새녘 갤러리를 인수하려 한다는 얘길 하고 있는 거예요."

그제야 사태 파악이 된 시혁은 속으로 쓰게 웃을 수밖에 없었다. 가현이 바라보는 자신은 돈으로 모든 걸 좌지우지하려는 비열한 인물이었다. 그래서였을까. 가슴에 저릿한 고통이 내달렸다. 누구도 알 수 없고 오롯이 혼자만 감내해야 하는 그 아픔이 시혁은 너무도 시렸다.

"난 모르는 일이야."

시혁은 단호하게 진실을 말했지만 가현은 여전히 믿지 못하겠다는 눈빛으로 그를 바라보았다. 그래서 그는 오기가 생겼다. 그렇게 원한다면 그녀가 바라는 대로 비열한 방법을 써 보는 것도 좋겠다는 생각이 들 정도였다.

"하지만 얘길 들어 보니 그것도 나쁘지 않네. 새녘 갤러리 정도면 메리트도 있고."

시혁은 잠시 생각에 빠진 듯이 손끝으로 테이블을 툭툭 쳤다. 가현의 신경을 건드리려 한 말이긴 했지만 생각보다 나쁘지 않은 선택 같았다.

"네 얘기 듣기 전까진 몰랐는데, 괜찮은 방법 같군."

시혁은 가현의 눈을 똑바로 바라보며 이 말들이 진심임을 전했다. 그럴수록 가현의 얼굴은 점점 더 굳어 갔다.

"당신 말처럼 난 원하는 걸 갖기 위해선 뭐든 하는 사람이잖아."

시혁은 손끝으로 다시 툭, 테이블을 쳤다. 그리고 여유 넘치는 미소를 지었다. 이제 와 되돌리기에는 늦었다는 듯이.

"다행히 내가 원하는 게 뭔지 당신이 자꾸 상기시켜 주거든."

가현은 괜히 저의 오해로 긁어 부스럼을 만든 건 아닌가 걱정이 되었다. 하지만 그에게 그런 마음을 들키고 싶지 않았다. 그래서 입꼬리를 끌어 올려 싱긋 미소 지으며 시혁과 시선을 마주했다.

"고마워요. 저도 당신 덕분에 내가 원하는 게 뭐였는지 더 확실히 알 거 같네요."

그런 가현의 당찬 모습에 시혁은 뒤통수를 얻어맞은 듯 멍한 표정을 지었다.

"더 할 말 없으니 이제 그만 가 볼게요. 안녕히 계세요."

가현은 단숨에 자리에서 일어서 시혁을 홀로 두고 돌아섰다.

그녀의 뒷모습을 바라보는 게 이번이 몇 번째일까. 멀어져 가는 그녀가 너무도 아련해서 시혁은 잡아야겠다는 생각도 들지 않았다. 그저 그 자리에서 바라만 볼 뿐.

※ ※ ※

가현은 택시를 잡아야겠다는 생각도 하지 못하고 무작정 밤거리를 걸었다. 한마디로 정의 내리기 힘들 정도로 마음이 복잡했다. 그렇게 한참을 걷던 가현은 인파가 적은 건물 벽에 몸을 기대고 서서 자신의 가슴을 쓸어내렸다.

"아니야, 잘했어. 오늘 잘한 거야, 윤가현."

그렇게 스스로를 다독인 가현은 깊게 심호흡을 내뱉고 걸음을 다시 떼려 했지만 전화벨이 그녀를 붙잡았다. 휴대폰을 꺼내 발신자를 확인한 가현은 잠시 망설이다가 전화를 받았다.

"도겸아, 어쩐 일이야."

[누나, 지금 시간 괜찮아요?]

"음…… 아마도?"

손목시계를 확인하자 이미 9시가 넘었기에 가현은 애매하게 대답했다.

[나 실은 고민이 있어서 그런데……. 잠시 와 주면 안 될까요.]

언제나 밝기만 하던 도겸이 어쩐 일인지 풀이 죽어서 진지한 음성으로 말하기에 가현은 고민이 되었다. 마음 같아서는 이대로 집으로 돌아가 쉬고 싶었지만 힘든 순간에 용기를 주던 도겸을 이대로 모른 척하는 것도 도리가 아닌 것 같았다.

"알았어. 거기가 어딘데?"

그렇게 말한 가현은 바로 택시를 잡아타고 그가 말해 주는 주소로 향했다. 얼마 되지 않은 시간을 달려 차가 도착한 곳은 한적한 주택가에 있는 도겸의 작업실 겸 집이었다. 미리 밖으로 마중을 나와 있던 도겸은 가현이 택시에서 내리자 미소 띤 얼굴로 다가갔다.

"와, 진짜로 왔네요."

"대신에 빈손이야."

걱정했던 거보다 밝아 보이는 도겸을 보며 가현은 장난스레 미소 지어 보였다.

"걱정 마요. 필요한 건 다 있으니까."

그렇게 말한 도겸은 가현을 에스코트하며 자신의 작업실로 향했다. 대문을 열고 작은 마당을 지나 집 안으로 들어서자 환하게 트인 공간과 2층으로 가는 계단이 모습을 드러냈다. 1층은 전체가 그의 작업실이었다. 가구라고는 작은 식탁과 의자가 다였지만 싱크대 바로 옆에 업소용으로 쓰이는 큰 냉장고가 있었다. 그 안에는 음료수와 맥주들이 가득했다.

"이거 채워 넣는 것도 일이겠다."

"그래서 내가 말했잖아요. 필요한 건 다 있다고."

그렇게 말한 도겸은 냉장고에서 캔 맥주를 꺼내 가현에게 하나 건넸다.

"그런데 무슨 일 있었어? 고민 있다고 했잖아."

캔 마개를 따고서 가현은 맥주를 한 모금 머금었다. 그 모습을 보던 도겸은 잠시 어색한 미소를 띠더니 벽 한편에 놓인 거대한 캔버스를 손가락으로 가리켰다.

"저 큰 걸 젯소 작업하려니까 앞이 깜깜해서요."

도겸의 말을 들은 가현은 저도 모르게 헛웃음이 나왔다. 한 올, 한 올 엮어서 만드는 캔버스는 표면 자체가 울퉁불퉁해서 그림을 그리기 전에 반드시 그걸 다듬어 줘야 한다. 그래서 여러 번 말려 가면서 겹겹으로 젯소(Gesso)를 발라 줘야 하는 게 기본인데 도겸은 그걸 두고 고민이라며 과장되게 말한 것이다.

"이 정도로 죽는 소리 하는 걸 보니 아주 배가 불렀어."

가현은 아프지 않게 도겸의 옆구리를 툭 치고는 맥주를 들이켰다. 그러자 도겸은 장난기 가득한 미소를 띠며 캔버스 곁에 놓아 둔 평붓을 들고 와서 그녀에게 내밀었다.

"이왕 오신 거 손 좀 보태 주셔야죠."

"붓질 한 번에 만 원이다?"

"우와, 이제 보니 현이 누나 완전 악덕이네."

가현은 마지못해 평붓을 받아 들었다. 그리고 도겸과 함께 정성 들여 젯소 칠을 해 나갔다. 오돌토돌한 마음도 이렇게 매끄럽게 다듬을 수 있다면 얼마나 좋을까. 그런 가현의 마음을 알았는지 가만히 있던 도겸이 조심스레 입을 열었다.

"전 예전부터 젯소 바르는 게 제일 짜증 났거든요. 그런데 지금 와서 생각해 보면 이게 다 이해가 가요. 어차피 기본 바탕을 잘 마련해 두지 않으면 습기가 제 작품을 망쳐 놓을 수도 있고, 캔버스의 견고함도 떨어지겠죠. 그러니까 결국, 이것도 하나의 과정이었던 거예요."

그러더니 도겸은 손에서 붓을 놓고 가현의 손을 덥석 잡았다.

"난 누나에게 충분한 바탕이 되어 가고 있어요?"

❀   ❀   ❀

세영은 단번에 술을 들이켜고는 쾅 소리가 나도록 잔을 내려놓았다.

"아씨, 짜증 나!"

그녀를 중심으로 빙 둘러앉은 친구들은 세영의 그런 모습에 안쓰럽다는 눈빛을 보냈다. 모두들 그녀가 갤러리를 개관하기 위해 얼마나 열심히 했는지 알고 있기에 쉽사리 위로의 말을 꺼내지 못하는 것이다.

"그래서 어떻게 됐어? 결국에는 새녘 인수하신대?"

"몰라. 뱉은 말은 꼭 지키라고 강도겸 데려오는 거, 노력이나 더 하래."

테이블에 산처럼 쌓인 양주병 하나를 집어 들고서 세영은 빈 잔을 다시 채웠다. 일이 계획대로 흐르질 않으니 짜증만 솟구쳤다.

"그럼 그 사람한테 작품 다 사 준다고 그러고 전시하면 되잖아."

"나 말고 살 사람들 이미 줄 섰다고 팔 생각 없대! 게다가 화상도 안 통하고 개인 큐레이터만 통하겠다나? 아주 지랄도 풍년이지."

세영은 생각하면 할수록 강도겸이 괘씸했고 이 회장에게는 서운했다. 어렵게 도겸의 개인 연락처까지 알아내어 통화를 시도했지만 원하던 결과는 돌아오지 않았다. 그렇다고 가현에게 직접 부탁하자니 자존심이 허락하지 않았다. 그것 외에 온갖 수단을 동원했음에도 안 되는 일을 얼마나 더 노력을 해야 한단 말인가.

"그럼 일단 다른 작가 찾아서 오픈부터 해. 아니면 새녘 인수해 달라고 더 졸라 보든지."

"그런 수가 통했으면 진즉에 일 끝났지. 그리고 인수가 아니라 개관할 거면 무조건 지금 가장 핫한 작가로 해야 돼."

그렇게 말한 세영은 냉정해진 눈빛으로 친구를 바라보았다.

"몰라? 나, 지고는 못 사는 거. 최고가 아니면 내가 싫어."

어린 나이에 욕심이 많다거나 겁이 없다는 욕을 듣는 건 상관이 없었다. 하지만 자신이 남들의 기대에 부응하지 못한 모습을 보이는 건 상상할 수가 없었고 용서도 안 됐다. 그렇게 세영의 한마디에 룸 전체가 쥐 죽은 듯이 조용해졌을 즈음, 전화벨 소리가 들려왔다.

"너 전화 온 거 같은데."

친구의 말에 세영이 클러치에서 휴대폰을 꺼내 발신자를 확인했다. 평소에는 안부 문자조차도 씹어 버리는 시혁이 이 늦은 시간에 전화를 걸었기에 세영은 얼떨떨한 기분으로 통화 버튼을 눌렀다.

"오빠가 이 시간에 어쩐 일이야?"

세영이 새초롬한 기색으로 묻자 건너편에서 단도직입적 한마디가 들려왔다.

[새녘 갤러리 내가 인수한다.]

"뭐?"

느닷없는 시혁의 선언에 세영은 놀라서 자리에서 벌떡 일어났다. 그런 그녀를 친구들이 이상하다는 듯 바라봤지만 그녀는 시선을 신경 쓸 새도 없었다.

"오빠, 정말이야?"

[그래. 그러니까 엉뚱한 데서 술 퍼마시면서 시간 보내지 말고, 내 얼굴에 먹칠하지 않게 잘 준비하고 있어.]

시혁의 말대로라면 새녘이 자신의 손에 들어올 수도 있단 얘기였다. 그걸 생각하면 가슴이 마구 뛰었지만 세영은 무언가 개운치 않은 기분이 들었다.

"근데 오빠, 아버지는······."

그렇다. 문제는 아버지였다. 지긋지긋하도록 노력을 입에 달고 사는 그분께서 쉽사리 인수 자금을 내줄 리 없었다. 세영이 어쩌면 찰나의 꿈일지도 모른다고 생각하는 순간, 시혁의 무심한 한마디가 들려왔다.

[내 개인 자산으로 인수하는 거야. 난, 지고는 못 사는 성격이거든.]

세영에게 걸었던 전화를 끊은 시혁은 쓰게 웃었다. 동생에게 했던 충고와 달리 자신의 손에도 술잔이 들려 있었기 때문이다.

"남 말 할 처지가 아니네."

가현과 헤어진 그는 곧장 가까이에 있는 호텔 바로 와서는 몇 잔째인지 모를 술을 들이켰다. 홀로 남겨졌다는 감각에는 익숙해

겼을 거라 생각했는데 가현이 떠난 후로는 그걸 참아 내기가 힘이 들었다. 매 순간이 쓸쓸하고 외로웠다. 마치 끝이 없는 구덩이에 빨려 들어가듯이 시혁의 기분은 아래로만 곤두박질쳤다.

"하아……."

술로도 해결되지 않는 답답함이 괴로워서 시혁은 자리에서 일어섰다. 그렇게 호텔을 빠져나온 그는 벽에 몸을 기대며 품에서 담배를 꺼내 물었다. 평소 즐겨 찾는 편은 아니었지만 이 순간에는 피지 않고는 못 버틸 것 같았다.

"라이터가……."

그리고 주머니를 뒤져 라이터를 찾던 손이 문득 휴대폰을 집어 냈다. 마치, 애초에 찾아 헤매던 게 그것이었던 양 휴대폰을 꺼낸 시혁은 전화 버튼을 눌렀다. 그러자 즐겨찾기 목록의 맨 위에는 여전히 가현의 번호가 있었다.

"010-xxxx-xxxx."

시혁을 물고 있던 담배를 던져 내고 나지막이 그녀의 번호를 읊조렸다. 어째서 자신만 나아가지 못하는 걸까. 저를 홀로 내버려 두고 앞으로만 가는 가현이 못내 야속했다. 하지만 그녀를 다시 아래로 끌어내릴 수도 없었다. 그렇게 되면 우리의 사이는 정말 끝날 거란 예감이 들었다. 그래서 시혁은 지금 혼자인 것이다.

"그래, 혼자라도……."

서서히, 시혁은 가슴 한구석에서 망설임이 태어나는 걸 느꼈다. 지금 내가 술에 취해서인지, 요즘 힘이 들어서인지, 아니면 그녀가 곁에 없어서인지 모르겠지만 가현의 목소리가 간절히도 그리웠다.

"그런데 난······."

그래서 시혁은 저도 모르게 통화 버튼을 눌렀다. 건조한 신호음이, 흘러가는 시간만큼 길게 느껴졌다. 그 순간에도 시혁의 안에서는 그녀가 받지 말았으면 하는 마음과 받아 줬으면 하는 마음이 교차했다. 내일 아침이 밝아 오면 평소처럼 아무렇지 않아지길 바라면서. 그렇게 계속 이어지던 신호에 안녕을 고하려 할 때쯤이었다.

[여보······세요.]

순간, 심장이 덜컥 내려앉는 게 느껴졌다. 우린 부부인데, 결혼도 했는데, 그런데도 한 번도 느끼지 못한 일렁이는 감정이 고작 신호음 하나에 생겨난다. 파도처럼 밀려왔다 사라지는 이 느낌이 무언지 알 길은 없지만 시혁은 그녀의 짧은 음성에도 가슴이 아려 왔다.

"보고 싶어."

가현은 아무 말이 없었다. 그 침묵에 시혁은 울컥 치솟는 감정이 버겁다.

"지금 당장."

내일 아침, 자신이 비참한 일상을 맞게 된대도 상관없었다. 그저 지금 이 순간이 너무 간절하다.

"네가 너무 보고 싶어."

그녀의 침묵에서 묻어나는 숨결마저 몹시도 그리웠다. 우리는 함께였는데, 지금도 여전히 그럴 것만 같은데, 왜 이렇게 됐을까. 시혁은 알 수 없는 만큼, 그녀에게로 달려가고 싶었다.

＊ ＊ ＊

가현은 도겸에게 잡힌 손을 가만히 바라보았다.

"맞아, 바탕도 중요하지. 근데 도겸아."

도겸에게 잡힌 손을 조심스레 빼내며 가현은 입가에 미소를 띠고서 그의 눈동자를 바라보았다.

"더 중요한 건 결말이잖아."

가현에게 도겸은 몇 안 되는 절친이자 귀여운 후배이며 중요한 동료였다. 그런 그에게 이성의 감정을 갖는 건 어려운 일이었다. 만약에라도 사이가 틀어져 저것들이 모두 사라져 버리면 많이 아프겠지. 게다가 가현은 아직 시혁의 아내였기에 더더욱 도겸의 마음에 답할 수가 없었다.

"누나……."

그런 가현의 마음을 눈치챈 도겸은 더 이상의 말을 꺼내지 않았다. 그래서 가현 역시도 다른 말 없이 그의 손에 다시 평붓을 들려 주며 작업을 마저 하려고 했다. 그런데 조용하던 작업실에 갑작스레 전화벨이 울려 퍼졌다.

"내 거다. 잠시만."

자리에서 일어선 그녀는 가방을 뒤져 휴대폰을 찾아냈다. 그런데 발신자를 확인하는 순간, 가현은 그대로 굳고 말았다. 아직도 선명하게 기억하고 있는 11개의 숫자들이 그녀를 움직이지 못하게 만들었다.

"전화 안 받아요?"

시끄럽게 울리는 벨 소리에 도겸이 의아하다는 눈빛을 보냈다. 그제야 겨우 정신을 차린 가현은 휴대폰을 손에 들고 작업실을 빠져나왔다. 달빛이 내려앉은 마당에 홀로 서서 가볍게 심호흡을 한 그녀는 조심스레 통화 버튼을 눌렀다.

"여보……세요."

[보고 싶어.]

그의 음성에 가슴이 내려앉았다. 보지 않아도 많이 약해진 시혁의 모습이 떠올랐다. 평소에는 굳건히도 버텨 내는 그의 외로움과 쓸쓸함이 술로 인해 무너졌으리라. 이젠 곁에 없어도 알 수 있었다.

[네가 너무 보고 싶어.]

이럴 거면 받지 말 걸 그랬다. 듣지 말았어야 옳았다. 그런데도 수화기 너머 들리는 낮은 음성에 가슴이 울렸다. 그를 미워하려 해도, 밀어 냈다 생각해도 아니었던가 보다.

[너에게 난, 이젠 이런 말 할 자격도 없어진 건가.]

그의 탄식과 같은 말에 가현은 마음이 초조해져 손톱을 잘게 물어뜯었다. 나쁜 버릇임을 알면서도 잘 고쳐지지 않았다. 하지만 반듯하고 반짝이는 손톱을 위해서는 고쳐야 했다. 그래서 가현은 용기를 내어 말했다.

"맞아요. 당신은 그럴 자격이 없어."

가현은 더 이상 손톱을 물어뜯지 않았다. 그저 침묵하는 시혁의 숨소리를 듣고 있을 뿐이었다.

냉정하게 울려 퍼지는 가현의 음성에 시혁의 가슴은 서늘하게 식어 갔다. 마치 죽음을 선고받은 것 같은 무거움이었다.

"난……."

그래도 무언가 말을 하려고, 그녀의 음성을 더 들으려 입을 떼는 순간, 수화기 너머로 제법 익숙한 목소리가 끼어들었다.

[누나, 아직도 통화해요? 나 편의점 갈 건데 뭐 사다 줄까요?]

[아, 잠시만 기다려. 같이 가자.]

마치 자신과 같은 세상에 있지 않은 존재들처럼 그 소리들이 멀게만 느껴졌다. 너무도 멀어서 다시 손에 닿지 않을 것처럼.

[끊어야 될 거 같아요.]

가현은 자격이 없는 자신보다 강도겸이란 남자를 선택했다. 이 순간의 비참함과 질투심이 그를 나락으로 이끌었다. 아무리 밀어 내고 거부해도 무언가 하나는 남아 있을 거라 믿었다. 그런데 가현은 이젠 아니라 한다. 시혁 안에 남겨 둔 믿음을 모두 산산조각 내었다.

[안녕히 주무세요.]

그렇게 가현은 다시 시혁을 홀로 두고 떠났다. 상처가 더욱 선명해질수록 오히려 아픈 비명은 나오지 않았다. 함께했던 지난날이 마치 꿈처럼 느껴졌다. 이제 잡지도, 닿지도 못할 그날이 점점 더 흐리게 변해 가는 걸 느끼며 시혁은 쓰게 웃었다. 너무도 서글퍼서 그렇게 웃기만 했다.

3.

　가현의 바람과는 달리 새녘 갤러리의 인수는 시혁의 이름하에 순조롭게 진행되었다. 그리고 드디어 세영이 갤러리의 관장으로 취임하게 된 첫날, 여름의 한가운데임에도 하늘에서는 비가 내렸다. 흐리기만 한 가현의 마음을 대변해 주려는 듯이.

　"반갑습니다. 새녘 갤러리의 새로운 관장으로 오게 된 이세영이라고 합니다. 잘 부탁드려요."

　직원들이 모두 모인 앞에서 자신을 소개하는 세영은 무척이나 당당하고 여유가 넘쳐 보였다. 하지만 모두 겉으로 표현 못 할 뿐, 예상보다 어려 보이는 세영의 모습에 놀란 듯했다. 그도 그럴게 그녀는 가현보다 두 살이나 어렸다. 이제 겨우 스물일곱이 됐을 뿐인 세영이 유서 깊은 새녘 갤러리의 관장이 되다니, 가현은 생각하면 할수록 마음이 불편했다.

"관장이 바뀌었다고 해서 여러분 하실 일이 바뀌진 않을 테니 언제나와 같이 열심히 업무에 임해 주시면 됩니다. 그리고 윤가현 씨."

세영과 눈이 마주쳤다고 생각한 순간, 그녀의 입에서 자신의 이름이 들리자 가현은 놀라서 한 발짝 앞으로 나섰다.

"네, 관장님."

"할 말이 있으니 잠시 관장실로 와 주겠어요."

꼭 필요한 일이 아니면 세영과는 왕래가 없던 사이였다. 그래서일까, 오랜만에 얼굴을 맞댄 세영은 지극히 사무적인 태도로 자신을 대하고 있었다. 그래도 만나면 살갑게 굴던 세영이 마치 남처럼 행동하는 모습을 보며 가현은 속으로 쓰게 웃고는 세영의 뒤를 재빠르게 쫓아 관장실로 들어갔다. 그리고 가현은 소파에 앉아 있는 의외의 인물을 보고 놀랄 수밖에 없었다.

"왔으면 일단 앉지."

그렇게 말하며 자기 맞은편을 가리킨 건 다름 아닌 시혁이었다. 그가 원하는 대로 새녘 갤러리를 인수했으니 어떻게든 다시 만나게 될 거라고 각오는 하고 있었다. 하지만 그 시일이 이렇게 이를 줄 몰랐던 가현은 당황한 듯 그 자리에서 꼼작도 하지 않았다.

"언니, 뭐 해요. 어서 앉으세요."

세영은 좀 전과 달리 가현에게 친근하게 말하며 시혁의 곁에 앉았다. 결국 마지못해 자리에 앉게 된 가현은 여전히 머릿속이 혼란스러웠다.

"하실 말씀이 있다고 하지 않으셨나요."

하지만 이런 순간에 흐트러진 모습을 보이면 결국 시혁의 뜻대로 될 거라 생각한 가현은 애써 평정심을 유지하며 세영 쪽을 보았다. 어떻게든 시혁과는 엮이지 않겠다는 의지였다. 그런 가현을 보는 시혁은 아랫입술을 꾹 깨물었다. 이성은 이래선 안 된다고 말하는데 생각과는 다르게 자꾸만 그녀에게 상처가 될 선택만 하게 된다.

"강도겸."

시혁은 스스로 꺼낸 이름에 저도 모르게 놀라고 말았다. 이제까지 어렴풋하게 느껴지던 도겸의 존재가 자신의 안에서 확연해지는 것 같아서 쉽게 받아들일 수가 없었다. 그건 가현도 마찬가지였다. 지금 상황에 어째서 도겸이 등장하는지 이해할 수가 없었다.

"그 작가와 연락을 취하려면 당신을 통해야만 한다던데 그게 정말인가?"

하지만 시혁은 가현의 앞에서 시종일관 아무렇지 않은 척해야 했다. 그녀에게 외면받아야 하는 그리움이 서글프기도 했지만 그건 온전히 자신이 견뎌야 하는 몫이었다. 비록 자신이 아닌 다른 남자가 가현의 곁에 머물러 있다고 해도 지금은 그걸 추궁할 자리가 아니었다.

"연락은 강 작가님 개인 연락처로도 충분히 하실 수 있지만 작품에 관련한 일은 제가 맡아서 하고 있습니다. 근데 지금 그 얘기를 왜 꺼내시는지……."

시선을 맞춰 오는 가현에게 시혁은 아무 말도 하지 못했다. 지금은 일이 먼저라고 생각하면서도 계속 도겸과 가현의 모습이 눈앞에 아른거려서 견딜 수가 없었다. 시혁이 가현과 함께이길 원하는 순간마다 강도겸이란 남자가 있었다. 시혁은 불편한 마음을 애써 털어 내려 자리에서 일어나 창가로 향했다.

"내 여동생이 새녘 갤러리에 관장으로 취임했으니 그 선물로 강도겸 작가의 개인전을 준비해 줬으면 하는데, 도와줄 수 있겠나?"

"그건 제가 멋대로 결정할 수 있는 일이 아닙니다!"

시혁의 억지스러운 부탁에 가현은 순간 울컥해서 자리에서 일어섰다. 그러자 시혁이 고개를 돌려 그녀와 시선을 마주쳐 왔다.

"전에 했던 말처럼 여긴 당신 손으로 직접 찾은 당신 직장이잖아. 그걸 이제 와서 놔 버리진 않겠지."

단호한 시혁의 말에 가현은 날카로운 시선을 보냈다. 그의 불공정한 처사를 더 이상 참을 수가 없었다.

"공사 구분은 확실히 해 달라고 미리 말씀드렸던 거 같은데요."

"좋아. 그럼 원하는 대로 해 줄 테니 마음에 드는 걸로 골라."

시혁은 애써 무덤덤한 눈빛으로 가현을 바라보며 얘기를 이어 갔다. 지금 시혁은 경영자로서 이 자리에 서 있어야 옳았으니까.

"우선, 공적으로는 난 당신의 상사이자 고용주야. 이 갤러리를 위한다면 어떻게든 강도겸 작가 개인전을 개최할 수 있도록 노력해. 이건 업무 명령이야."

"업무 명령을 가장한 갑의 횡포 아닌가요?"

"비아냥대지 마. 당신도 공사 구분은 해야지. 다른 상사가 같은 말을 해도 그런 태도로 대할 건가?"

너무도 고압적이고 강압적인 시혁의 태도에 가현은 반발심이 생겼다. 그래서 평소답지 않게 비꼬는 말을 꺼낸 것이다. 그러자 곧장 시혁이 반격을 해 왔다. 그가 하는 말은 극히 옳았기 때문에 가현은 민망함에 볼이 빨개지는 걸 느꼈다. 그리고 그 말을 반박할 수 없는 자신에게 화가 났다. 그런 와중에 시혁은 갑자기 입을 꾹 다문 가현을 보며 덤덤하게 얘기를 이어 갔다.

　　"당신은 사적으로는 내 아내야. 세영이는 당신 시누이고. 아무리 왕래가 잦은 편은 아니라고 하지만 시누이가 그렇게 원하던 갤러리의 관장이 됐는데 새언니 된 입장에서 시누이가 원하는 선물쯤 해 줄 수도 있잖아."

　　가현은 잠깐 동안 시혁과 세영을 번갈아 쳐다보았다. 한 번도 그런 생각을 한 적은 없었지만 오늘따라 두 사람이 같은 피를 타고났다는 사실이 가슴 깊이 와 닿았다. 결국 원하는 것은 무슨 수를 써서라도 얻어 내겠다는 말이잖아.

　　"그럼, 당신은 어느 쪽을 고를 거지?"

　　시혁은 그녀가 다시 거절을 할까 봐 대답을 재촉하고 말았다. 가현은 단번에 답하지 못하고 잠시 생각에 빠졌다. 꼬투리를 잡으라면 못 잡을 것도 없었지만 가현은 그들과 같은 사람이 되고 싶지 않아서 참았다. 어차피 해야 한다면 새녘 갤러리를 생각하며 즐겁게 일을 하고 싶었다. 시혁 때문이 아니라 자신을 위해서.

　　"이 일은 공적인 업무 명령으로 알고 처리하겠습니다. 작가님께는 제가 연락 넣겠습니다."

　　이미 이혼을 결심했던 가현이었다. 더 이상 사적인 틈을 내주고 싶지 않다는 생각에 그녀는 일로서 그를 대하자고 마음먹었다. 하지만 시혁의 요구는 그걸로 끝이 아니었다.

"앞으로 진행 사항에 관해서는 매일 윤가현 씨에게 따로 보고받았으면 좋겠군. 일단은 내가 이 갤러리의 실소유자니까."

결국에는 소중한 직장과 자신을 함께 쥐고 흔들려 하는 시혁을 노려보며 가현은 이를 꽉 깨물었다. 다른 선택지는 없다고 말하는 그의 두 눈이 너무도 뻔뻔해서 가현은 기가 찼지만 달리 방도가 떠오르지 않았다. 하지만 시혁의 생각은 달랐다. 일을 위해서라고 말했지만 이건 일종의 사심이었다. 이런 방법을 취해서라도 가현과 함께하고 싶은 욕심.

"네……. 알겠습니다."

그 말을 끝으로 시혁은 가현에게 향했던 시선을 거뒀다. 그래, 이걸로 되었다. 가현이 자신을 더 이상 사랑하지 않는다면 미워하는 마음이라도 가져 주길, 시혁은 바랐다. 그렇게라도 자신이 잊혀지지 않는다면 말이다. 창밖으로는 여전히 빗줄기가 내리고 있었다. 희미해진 시혁의 마음처럼, 혹은 흐릿해진 가현의 마음처럼, 빗물은 세상을 회색빛으로 물들이고 있었다.

❊　❊　❊

시혁은 자신이 했던 말처럼 매일 새녘 갤러리로 출근해 가현과 얼굴을 마주했다. 그가 오는 시간은 일정하지 않았다. 얼마 동안은 아침이었다가 또 얼마 동안은 점심때나 퇴근 시간 전이었다.

그리고 오늘은 점심시간이 지나 오후 업무를 시작하기 전에 그가 찾아왔다.

"가현 씨, 이 이사님 오늘도 오셨어. 미팅 룸으로 가 봐."

탕비실에 있던 가현은 동료의 말에 한숨부터 내쉬었다.

"오늘도 나만 떠들겠네."

시혁은 가현의 보고에 어떤 의견도 내놓지 않았다. 그저 듣기만 하고 보고가 끝나면 훌쩍 떠나 버렸다.

"그럴 거면 보고는 왜 받는 거람."

가현에게는 그 시간들이 무척이나 무의미하게 느껴지는 한편, 불편하고 어려웠다. 아무 말 없는 그의 옆모습이 어떤 때는 무척이나 쓸쓸해 보였고, 잠을 자지 못한 듯 충혈된 눈을 보고 있자면 불면증에 시달리던 그가 떠올랐다. 어디에도 행복하거나 환한 그의 모습은 없었기에 가현은 절로 마음이 무거워졌다.

"하아……. 가기 싫다."

그런데도 거절할 수 없는 건, 그저 일이었기 때문이다. 오늘도 마찬가지일거라 생각한 가현은 필요한 서류를 챙기고 미팅 룸으로 향했다. 그리고 문을 열자마자 기분이 좋지 않은 듯, 미간을 찌푸린 시혁이 눈에 들어왔다.

"이사님."

가현의 부름에 시혁은 잠시 그녀를 바라보더니 화가 가시지 않는지 거칠게 넥타이를 풀었다.

"당신, 조 이사 알지? 그 거지 같은 새끼."

느닷없이 그의 입을 통해 나온 말에 가현은 어리둥절하며 고개를 끄덕였다. 그리고 자리에 앉으려는데 여전히 분노에 찬 시혁의 말들이 이어졌다.

"그 새끼가 뒤로 얼마나 챙기는지 아는데도 증거가 없어. 이번에는 겁대가리를 상실했는지 바이어들 뒤통수치는 바람에 거의 성사된 일을 다 망쳐 놨다더라고. 미친 새끼가 감히 어디라고."

가현은 오늘도 여느 날과 다름없을 거라 생각했다. 그는 그저 조용히 자리만 지키다 갈 거라고, 그렇게 믿었다. 그런데 그는 어느새인가 과거로 돌아가 있었다. 예전처럼 자신을 향해 일에 관한 불만을 터트렸다. 이제 와 돌이켜 보니 그는 한 번도 나에 대한 안부는 묻지 않았다. 시혁은 그런 사람이었다. 매일같이 갤러리를 찾아와도 그저 일만 하다 돌아갈 뿐, 가현에 관해서는 궁금해하지 않았다.

"이사님."

가현은 차분한 음색으로 시혁을 불렀다. 하지만 그는 여전히 분이 풀리지 않는지 조 이사에 관한 얘기만 했다.

"마음 같아선 확 잘랐으면 좋겠는데, 당신도 알잖아. 그 새끼 아버지 때부터 같이한 임원이라 그럴 수도 없는 거. 그것만 아니면 조 이사고 나발이고……."

"이 이사님!"

좀 전보다 낮고 강경한 가현의 음성에 시혁은 겨우 입을 다물었다. 그제야 가현은 시혁을 똑바로 바라보며 단호하게 말했다.

"저, 그런 얘기 듣자고 여기 온 거 아닙니다."

가현의 말에도 그는 여전히 무슨 일이 일어난 건지 눈치채지 못한 것 같았다. 그렇기에 가현의 마음은 더욱 차갑게 식어 갔다.

"적어도, 이 자리는 그런 이야기를 듣자고 만들어진 자리가 아닙니다. 저와 이사님은 공적으로 일을 하고 있는 중이니까요."

그제야 시혁은 자신의 행동을 곱씹는지 아무 말이 없었다. 그런 그를 보며 가현은 아무것도 변한 게 없음을 깨달았다. 그의 안에 있는 윤가현은 아직도 이시혁의 새장 속에 갇힌 새였다. 가현은 이만큼이나 변해서 앞으로 나아가고 있는데 시혁은 깨달은 게 없었다. 왜 자신이 떠났는지 그는 여전히 모르는 게 분명했다.

"그럼, 오늘 보고는 필요 없으신 걸로 알고 그만 가 보겠습니다."

그렇게 자리에서 일어나려는 가현을 시혁이 재빨리 붙잡았다.

"잠깐, 잠시만 기다려."

시혁은 혼란스러운 눈빛으로 가현을 바라보았다. 처음에는 가현을 보는 것만으로 좋았다. 모든 게 일에 관한 거였지만 일상 속에 잠깐이나마 가현이 있다는 걸로 만족했다. 그러다 보니 어느새인가 마음을 놓았나 보다. 저도 모르게 예전처럼 행동하고 말았다. 그에게 일상이란 곧 일이었으니까. 어쩌면 가현도 예전과 같을 거란 생각에 어리광을 부리고 말았다.

"내가…… 잠시 어리석었다는 건 인정해. 하지만 대체 뭘 그렇게 잘못한 거지? 예전의 넌 이런 나도 받아들여 줬잖아."

시혁의 질문에 가현은 그에게 잡힌 손을 조심스레 빼내었다. 차마 입에 올릴 수 없는 그의 죄는 무지였다. 상대를 살피지 못하는 시혁의 게으름과 방관이 두 사람을 이렇게 만들었다. 하지만 가현은 아직도 자신의 잘못을 인정하지 못하는 시혁과 입씨름을 하고 싶은 생각이 들지 않았다.

"이사님이 잘못한 걸 모르신다면 잘못된 게 없는 거겠죠."

그렇게 다시 돌아서려는 그녀를 시혁은 다시 붙잡았다. 오늘 하루가 좀 길었을 뿐이다. 좀 더 긴장을 했어야 하는데 그러지 못했다. 가현의 앞이라서 괜찮을 거라고 생각했다. 우리는 늘 그러했으니까. 하지만 가현은 냉정하게 돌아서고 있었다. 시혁은 이렇게 아무것도 하지 못한 채로 그녀를 보내고 싶지 않았다.

"우리가 더 이상 예전 같지 않다는 거 알아. 하지만 그렇다면 더욱, 지금까지의 내가 잘못됐던 거라면 적어도, 아주 잠시라도 바뀔 수 있는 기회를 줘야 하잖아."

"그런 기회를 갖기에는 너무 늦었다는 생각이 드네요. 그럼 이만 가 보겠습니다."

가현은 그를 홀로 내버려 둔 채 몸을 돌려 미팅 룸을 빠져나왔다. 그와 가현의 사이에는 3년이라는 시간이 있었다. 그런데도 한 번을 변하지 않던 그였다. 이제 와 변하고 싶다고 한들 그게 과연 진심일까. 가현은 그에 대한 기대도, 믿음도 갖지 않으려 한다. 우리는 이 관계를, 이 굴레를 벗어나야 옳다.

❋ ❋ ❋

시혁과 그런 일이 있은 후 하루가 지났다. 오늘은 웬일인지 시혁이 하루 종일 모습을 보이지 않았다. 그가 자길 피하는 건가 생각하던 가현은 이내 고개를 내저으며 상관없는 문제라고 단정 지었다. 어차피 일 빼면 시체인 사람이니 얼마 안 있어서 아무렇지 않은 얼굴로 다시 나타날 테지. 그래도 오늘 하루는 그와 마주치지 않았다는 생각에 가현은 마음이 한결 가벼워졌다.

"누구 한 명만 나 좀 도와줄래요?"

퇴근을 위해 동료들과 함께 스태프룸에서 옷을 갈아입던 가현은 차 교수의 부름에 재빨리 앞으로 나섰다.

"무슨 일이세요?"

"아, 가현이가 도와줄래? 잠깐만 따라와 봐."

차 교수를 뒤따라간 가현은 갤러리 입구와 가까운 1섹션에 도착했다. 그러자 일정하게 빛을 쏟아 내야 할 형광등이 희미하게 깜빡거리고 있었다. 아마도 수명이 다한 것 같았다.

"아까까진 괜찮았는데 갑자기 이러네요."

"그래도 퇴근 전에 발견해서 다행이지. 사다리 좀 잡아 줄래?"

그렇게 말한 차 교수는 직접 올라갈 생각인지 신고 있던 구두를 벗으려 했다. 치마를 입고 있는 차 교수보다 이미 진으로 갈아입은 자신이 더 움직이기 편할 것 같아 가현은 그녀를 붙잡았다.

"아니에요, 제가 올라갈게요. 교수님이 잡아 주세요."

성큼성큼 사다리 꼭대기까지 올라간 가현은 차 교수가 내미는 새 형광등을 받아 들고 헌것과 교체했다. 별로 어려울 것 없는 일이었기에 금방 끝날 거라 생각했는데 새로 끼워 넣은 형광등에서 빛이 나지 않았다.

"이게 왜 이러지."

고개를 갸웃하며 다시 형광등을 빼낸 가현은 혹시나 하는 마음에 그것을 자세히 들여다보았다. 당연히 새 형광등이라고 생각했는데 하나로 이어져 있어야 할 선이 중간에 뚝 끊겨 있었다.

"이거 아무래도 예전에 쓰던 거 같은데요."

가현이 좀 전의 헌것과 같이 두 개의 형광등을 내밀자 차 교수는 그것들을 번갈아 보더니 인상을 찌푸렸다.

"누가 이런 거야. 사용한 건 그때, 그때 버리라고 그렇게 말했는데. 내가 다시 들고 올 테니까 잠시만 기다려."

사다리를 잡아 주고 있던 차 교수가 새 형광등을 가져오기 위해 자리를 비우자 가현은 잠시 망설이며 아래를 내려다봤다. 혼자 내려가기에는 높이가 애매했다. 그래서 차 교수가 돌아오길 기다리던 가현은 갑자기 갤러리 문이 열리는 소릴 들었다. 이미 폐관했다는 말을 전하려 입구 쪽으로 고개를 돌리는 순간, 가현은 시혁과 눈이 마주쳤다. 그리고 거짓말처럼 중심을 잃고 말았다.

"꺄악!"

외마디 비명과 함께 버둥거리던 가현은 어떻게든 떨어지지 않기 위해 무심결에 조명 기구를 붙잡고 말았다. 하지만 그녀를 지탱해 줄 힘이 없는 조명 기구는 투둑 하는 소리와 함께 단숨에 끊어졌다.

"가현아!"

시혁은 아무 생각도 하지 않고 가현을 향해 무작정 뛰었다. 사다리에 아슬아슬하게 서 있던 그녀를 보는 순간부터 불안감에 가슴이 세차게 뛰었건만 예상이 적중하고 말았다. 만약 지금 이 순간에 그녀를 지키지 못한다면 스스로를 용서할 수 없을 것 같았다. 그래서 시혁은 온몸을 던져 떨어지는 가현을 받아 냈다.

"크윽······."

그리고 찰나의 순간, 떨어지는 조명 기구로부터 그녀를 보호하려 몸을 뒤집었다. 타이밍이 좋아서 그녀를 지켜 낼 수는 있었지만 조명은 그의 머리를 강타하고 말았다.

"으윽······!"

새어 나오는 비명을 참지 못할 만큼 고통은 꽤 컸다. 그런데도 시혁은 자신보다 가현이 더 걱정되었다.

"가현아, 괜찮아? 눈 좀 떠 봐. 어디 다친 데는 없어?"

갑작스러운 일에 충격을 받아 눈을 질끈 감고 있던 가현은 조심스레 눈을 떠 시혁을 바라보았다.

"시혁 씨······."

오랜만에 그녀의 입을 통해 이름이 불리자 시혁은 말로는 형언할 수 없는 달콤한 감정이 샘솟는 걸 느꼈다. 머리보다도 몸이 먼저 움직였다. 오로지 그녀를 지켜야겠다는 일념뿐이었다. 그녀가 다치는 모습은 상상도 하고 싶지 않았다. 나는 이 여자를 정말 많이 좋아하는구나. 시혁은 그걸 이제야 깨달았다.

"가현아. 네가 무사해서 정말 다행이다."

시혁은 입가에 안도의 미소를 띠며 그녀의 볼을 쓰다듬었다. 그녀가 무사해서 다행이라 생각하자 온몸에서 힘이 빠지는 것 같았다.

"감사하지만 이제 그만 비켜 주······."

뒤늦게 정신을 차린 가현은 그의 손길을 피하며 자신 위에 있는 시혁을 살짝 밀어 내려 했다. 그런데 그의 몸이 축 늘어지며 자신의 품에 고꾸라졌다. 놀란 가현이 상체를 벌떡 일으키자 시혁의 몸이 힘없이 옆으로 미끄러졌다.

"이사님, 괜찮으세요?"

아무 대답이 없는 시혁이 걱정되어 가현은 그의 얼굴을 자세히 들여다보았다.

"이 이사님?"

그리고 곧, 가현은 숨이 멎을 듯이 놀라고 말았다. 이미 의식을 잃은 그의 이마에서는 새빨간 핏줄기가 흐르고 있었다. 왜, 어째서. 그가 어쩌다 이렇게 된 건지 이해가 가지 않았다. 도무지 생각이 정리되지 않아 안절부절못하던 가현은 그들 근처에 떨어져 있는 조명 기구를 보고서야 시혁이 저것에 머리를 맞았다는 확신이 들었다.

"어, 그러니까……. 1…… 119……."

갑자기 머리가 멍해진 가현은 떨리는 손길로 품 여기저기를 뒤졌다. 하지만 아무리 찾아도 휴대폰은 나오지 않았다.

"이상하다……. 휴대폰, 휴대폰이 어딜……."

그 와중에도 시혁은 여전히 정신을 잃은 채 눈을 뜨지 않았다. 가현은 온몸에 있는 피가 빠져나가는 기분이 들었다. 어찌 됐든 지금 가장 중요한 일은 시혁을 구하는 거였다. 그래서 가현은 자리에서 벌떡 일어섰다. 다리가 후들거렸지만 참아 내야 했다.

"누, 누가…… 누가 좀 도와주세요!"

그렇게 가현은 힘겹게 걸음을 뗐다. 아직 사람들이 많이 남아 있을 스태프룸을 향해서 그녀는 서서히 달리기 시작했다. 오로지 시혁을 구해야 된다는 생각만을 안고서.

❀　❀　❀

검사를 마치고 돌아온 시혁은 여전히 깊은 잠에 빠진 듯 눈을 뜨지 않았다. 가현은 그 모습이 안타까워 시선을 떼지 못했다. 마지막까지 자신을 걱정하던 그가 떠올라서 더욱 속이 상했다.

"보호자분."

이런 식으로 상처를 입고 정신을 잃은 그가 가현은 너무 낯설었다. 그래서였을까. 그녀는 의사의 부름에도 금방 반응하지 못했다.

"이시혁 씨 보호자분."

"아, 네."

그제야 뒤돌아본 가현은 '보호자'라는 단어가 이리도 생경한 울림이란 걸 처음으로 깨달았다. 부부로 지낸 3년 동안, 그의 아내가 아닌 보호자로 나설 일은 한 번도 생기지 않았다. 아무리 힘든 일이 있어도 피곤하거나 아픈 티를 내지 않던 그였기에 앞으로도 그런 일은 없을 거라고 생각했었다. 그랬던 걸 헤어질 결심을 한 지금에 와서 실감하게 되다니. 가현은 쓸쓸한 마음을 지울 수가 없었다.

"일단 두부에 찢어진 상처는 처치를 끝낸 상태입니다. 검사상으로도 크게 문제가 있어 보이지는 않네요. 현재 진정제 투여 중이니 시간이 지나면 깨어나실 겁니다. 그래도 머리에 생긴 외상이라 오심이나 구토 증세가 있을지도 모르니 보호자분께서 잘 지켜보시다가 환자분 깨어나시면 의료진 호출해 주십시오."

"네, 알겠습니다."

그렇게 할 말을 마친 의사는 발길을 돌려 멀어져 갔다. 다시 시혁과 단둘만 남은 가현은 의자를 그의 곁으로 끌어당겨 앉았다.

"이게, 뭐야……."

시혁조차 들어 주지 않을 혼잣말을 허망하게 내뱉으며 가현은 그를 바라보았다. 굳게 닫힌 눈꺼풀은 언제쯤 말간 눈동자를 보여 줄까. 정신을 잃은 시혁을 보며 가현은 불현듯, 그와 함께 보낸 수많은 밤을 떠올렸다.

"늘 이랬었지."

그가 잠이 들길 기다리는 그 시간들이 가현은 참 좋았더랬다. 회사에 관한 것도, 지수의 그림자도, 그때만큼은 보이지 않았다. 그저 소소한 얘기를 나누며 서로만을 마주 보았던 밤들. 3년간의 결혼 생활 중에 가장 사랑스러운 기억은 모두 거기에 있다.

"당신은 모르겠지만……."

잠든 그의 볼을 몰래 어루만지던 가현의 손길은 가슴에 묻은 사랑의 흔적이다. 늘 지친 얼굴로 돌아오던 그를 위해 허락되었던 유일한 접촉이자 위로는 시혁이 잠이 든 순간에만 가능했다. 어쩌면 지금도……. 그렇게 무언가에 홀린 듯 가현은 이전에 그랬던 것처럼 시혁의 뺨을 어루만지려 손을 뻗으려 했다.

"으……윽……."

무언가에 시달리는 듯 시혁이 괴로워하는 순간, 가현의 손이 공중에 멈췄다. 또 악몽이라도 꾸는 걸까. 가현은 너무도 익숙한 광경들이 되풀이되자 절로 걱정이 되었다. 잠들기까지 오랜 시간이 걸리는 시혁은 잠든 후에도 쉽사리 편해지지 못했다. 늘 괴로움에 시달리는 그 때문에 마음이 아팠던 때도 있었다. 아니, 지금도 이런 그를 보면 가슴 한편이 아려 온다.

"하지만 결국 내 몫이 아니겠지……."

아무리 시간이 흘러도 그를 구원할 수 있는 사람은 내가 아니라……. 그런 생각에 가현은 자리에서 일어나 의사를 불러오려 했다.

"……마."

정확하게 들려오진 않지만 그건 시혁의 애원이었다. 그래서 가현은 걸음을 멈추고 그를 바라보았다. 눈을 감은 채 이따금 흠칫거리며 탄식을 흘리는 그는 평소와 달랐다. 눈을 뜨고 있을 땐 아무것도 무서울 것이 없는 사람처럼 보이지만 꿈을 꾸는 그는 마치 두려운 것에 쫓기는 것같이 보였다. 그 모습을 늘 바라만 봐야 했던 가현은 시혁으로 인해 가슴이 아팠다.

"괜찮아요."

시혁만큼이나 괴로운 표정을 지으며 가현은 나지막이 속삭였다. 그녀는 더욱 짙어지는 시혁의 악몽이 두려웠다. 그로 인해 가슴 아파할 사람은 누구도 아닌 자신이니까. 그래서 가현은 언제나처럼 그의 눈가 위에 손을 덮어 주었다. 자신의 손은 서늘해서 기분이 좋다고 하던 그를 떠올리며 시혁이 깊이 잠들 수 있길 바랐다.

"다…… 괜찮아질 거야……."

잠시 시간이 흐르자 시혁은 좀 전보다 안정된 듯 고른 숨을 내쉬었다. 손으로 느껴지는 눈꺼풀의 체온이 다소 높은 게 그는 다시 잠이 든 듯했다. 다행이라 생각하는 순간, 전화벨이 울렸다. 가현을 채근하는 듯한 그 소리에 손을 뻗었을 뿐인데, 결과적으로 시혁에게서 손길을 거둔 게 되어 버렸다.

"읏……."

찌푸려 든 시혁의 미간과 계속해서 울리는 전화벨 사이에서 가현은 잠시 망설였다. 그러나 얼마 있지 않아 전화는 끊겼고 시혁은 다시 괴로운 듯 몸을 뒤틀었다.

"가……지 마……."

힘겹게 오른손을 들어 올린 시혁은 무언가를 찾아 헤매듯 허공에 손을 휘둘렀다. 가현은 그의 손을 잡아 주는 게 과연 옳은 일인지 망설여졌다. 그리고 그때, 시혁은 다시 누군가를 붙잡았다.

"가지 마……."

그가 누구를 부른 건지 제대로 들리진 않았지만 가현의 심장이 마구 뛰었다.

"제발……."

마치 그게 자신의 이름인 것 같아서 가현의 머릿속이 혼란스러워졌다.

"왜……."

하필이면 이제 와서 왜. 그는 누구를 애타게 잡고 있는 걸까. 가현은 머리를 휘저으며 모든 생각들을 털어 버리려 했다. 그리고 자리에서 일어나 그의 머리맡으로 다가가 몸을 숙였다. 이렇게 괴로워하는 그를 언제까지고 바라보는 것보다는 의료진을 부르는 게 나을 것 같다는 생각에서였다. 그렇게 너스 콜을 울리려는 순간, 번쩍하고 시혁이 눈을 떴다.

❀　❀　❀

평소 같으면 가현에게 전화부터 했겠지만 오늘은 놀라게 해 줄 생각이었다. 그렇게 도겸은 연락도 없이 그녀의 퇴근 시간에 맞춰 새녘 갤러리로 향했다. 그런데 갤러리 앞에 앰뷸런스 한 대가 주차되어 있다가 급히 떠나는 것이다.

"무슨 일 있나?"

그러고 보니 문 앞에는 차 교수뿐만 아니라 다른 직원들도 나와 앰뷸런스를 배웅하고 있었다. 하지만 그들 중 어디에도 가현의 모습은 보이지 않았다. 좋지 않은 예감에 그의 심장이 마구 뛰었다. 설마 아니겠지. 도겸은 스스로를 달래며 재빨리 그들 곁으로 다가갔다.

"갑자기 웬 앰뷸런스예요? 누구 쓰러졌어요?"

"어, 도겸이 왔니."

차 교수와 직원들에게 간단한 눈인사를 건넨 도겸은 아무렇지 않은 거처럼 물었지만 불안한 마음을 지울 수가 없었다.

"그게…… 쓰러진 거라면 쓰러진 건데……. 머리를 다쳐서……. 아휴, 괜히 내가 가현이만 혼자 두는 바람에."

차 교수는 많이 속상한 듯 인상을 구겼다. 하지만 도겸은 누군가 다쳤다는 소리에 심장이 내려앉는 걸 느꼈다. 그것도 하필이면 가현이라니.

"어디예요?"

도겸은 떨리는 손으로 차 교수의 어깨를 붙잡았다. 그리고 더 없이 진지한 표정으로 물었다.

"현이 누나, 어디로 갔어요? 거기가 어디예요?"

다친 가현의 모습을 직접 보지 않았는데도 도겸은 가슴이 찢어질 것처럼 아팠다. 퇴근 시간에 맞출 게 아니라 좀 더 일찍 올 걸 그랬다며 스스로를 탓하게 됐다. 그랬다면 가현을 구할 수 있었을지도 모른다.

"어디로 갔냐고요, 대체!"

조바심을 이기지 못한 도겸이 윽박을 지르자 차 교수는 넋이 나간 표정을 짓고서는 갤러리 가까이에 있는 병원을 말해 주었다. 그래서 도겸은 더 생각할 것도 없이 몸을 돌려 택시부터 잡아탔다. 부디 가현이 많이 다치지 않았길 바라면서 도겸은 그녀에게 전화를 걸었다.

❀　❀　❀

다시 끈질기게 이어지던 전화벨 소리가 멎었다. 그리고 침묵만이 공간을 차지할 무렵, 가현은 무언가라도 말하려 입을 뗐다.

"어……."

그런데 아무 말도 할 수가 없었다. 눈을 뜬 시혁과 시선이 마주친 가현은 그저 놀란 눈을 하고 그를 바라보았다. 그러자 시혁이 두 팔을 뻗어 그녀를 강하게 끌어안았다. 갑작스러운 일에 가현은 머릿속이 새하얘지는 걸 느꼈다. 시혁에게서 벗어나야겠다는 생각도 못 하고 그대로 몸이 굳고 말았다. 하지만 이상하게도 심장은 미친 듯이 뛰었다. 두렵거나 놀라서가 아니었다. 가현은 이 감각이 무척이나 익숙했다. 이건 마치…… 그때와 꼭 같았다.

"……마."

적어도 우리가 같은 곳에서 머리를 뉘고 잠을 청하던 그 시절, 그가 악몽을 꿀 때면 자신이 흔들어 깨울 수 있던 때와 닮아 있었다.

"가지 마."

귓가에 나직하게 울리는 목소리는 죄 갈라져서 안쓰러우면서도 가슴을 아리게 만들었다. 가지 말라는 그 한마디에 마치 우리의 시간이 정지한 것만 같았다. 자신을 안은 그 팔의 체온이 높다는 것과 심장 박동이 너무도 크다는 거 외에는 알 수 있는 게 없었다. 그래서였는지도 모른다. 생각보다 말이 먼저 나오고 말았다.

"내가……."

그 와중에도 심장은 여전히 빠르게 뛰었다. 이 사람으로 인해 가현은 잊었던 감정이 되살아나는 걸 느꼈다.

"아니, 나는……."

그래서 알고 싶었다. 나는……. 아니, 당신이 붙잡는 여자는 누구인지.

"……아."

시혁은 좀 전보다 더 강하게 가현을 끌어안으며 누군가의 이름을 불렀다. 이젠 아무것도 떠오르지 않았다. 가현은 두 눈을 질끈 감았다.

"……현아."

가슴이 쿵 하고 내려앉는 것 같았다. 설마라고 생각했다. 그저 착각일지도 모른다고 생각했었다. 그래서 가현은 더욱 아무 말도 할 수가 없었다. 그가 가지 말라고 애원하던 사람도, 애타게 찾던 사람도 설마, 나였던 걸까.

"가현아."

이제는 또렷하게 들려오는 이름에 가현은 감았던 두 눈을 떴다. 그리고 시선을 들어 시혁을 바라보았다.

"가지 마."

가방에 넣어둔 휴대폰에서 벨 소리가 울리는 걸 들었다. 하지만 가현은 꼼짝도 할 수가 없었다. 그저 못 박힌 듯, 시혁의 품 안에서 그만을 바라보았다.

❋　❋　❋

갤러리에서 병원까지의 거리는 그렇게 멀지 않았다. 그런데도 도겸은 마치 하루 내내 차 안에 있었던 것 같은 착각이 들 정도로 마음이 급했다.

"거스름돈은 됐어요."

그렇게 택시에서 내린 도겸은 빠르게 병원으로 들어섰다. 그리고는 다시 휴대폰을 꺼내 가현에게 전화를 걸었다. 하지만 계속해서 신호음만 이어질 뿐이었다.

"받아라, 제발……."

그녀가 전화를 받을 수 없을 정도의 상황에 있다는 건 믿고 싶지가 않았다. 그래서 무작정 전화만 걸게 되는 거다. 어떻게든 무사하다는 확인을 하고 싶어서. 하지만 아무리 시간이 지나도 그녀의 목소리는 들려오지 않았다.

"젠장!"

도겸은 평소답지 않게 거친 말을 내뱉고는 응급실로 발걸음을 옮겼다. 그 와중에도 계속 가현에게 전화를 걸었다. 그런 도겸을 보고 응급실을 지키던 간호사가 다가왔다.

"전화는 밖으로 나가서 이용해 주세요."

도겸은 간호사를 보는 둥, 마는 둥 하며 귓가에서 휴대폰을 떼지 않았다.

"잠시만요. 정말 급해서 그래요."

도겸은 끊었다 다시 걸기를 반복하며 응급실 어딘가에 있을 가현을 찾아서 여기저기를 둘러봤다.

"이보세요."

참다못한 간호사가 도겸을 제지하려는 순간, 응급실 구석에 놓인 침상에서 가현의 실루엣을 발견한 도겸은 빠른 걸음으로 그녀의 곁으로 다가가려 했다.

"현이 누⋯⋯."

반가운 마음에 가현을 부르던 도겸은 생각지도 못한 그녀의 모습에 발길을 멈추고 말았다. 그리고 귓가에 대고 있던 휴대폰도 아래로 떨궜다. 다쳤을 거라 예상했던 가현은 너무도 멀쩡한 모습이었다. 그건 너무도 반갑고 고마운 일이었지만 시혁의 품에 안긴 그녀의 모습은 조금도 반갑지 않았다.

"여긴 병원이고, 응급실이에요. 휴대폰 사용은 나가서 해 주세요."

눈을 치켜뜬 간호사는 도겸의 앞에 서서 그를 노려보고 있었다. 하지만 그의 눈에는 간호사의 모습이 들어오지 않았다. 시혁의 품에 안긴 가현의 뒷모습을 보며 도겸은 말로 형언할 수 없는 분노와 박탈감을 느꼈다. 그리고 그녀가 다쳤다는 소릴 들었던 때만큼이나 가슴이 찢어질 것같이 아팠다.

"누나…… 더 이상 거기로 가지 않을 거라고…… 그렇게 말했잖아요."

이미 과거라 말했던 사람의 품에 안겨서 가현은 무슨 생각을 하고 있을까. 도겸은 오늘따라 너무도 멀게 느껴지는 가현을 보며 신기루 같다 생각했다. 아무리 손을 뻗어도 잡히지 않는, 그런 신기루.

"현이 누나……."

도겸은 한 걸음도 움직이지 못하고 두 사람을 바라만 보았다. 마치 보이지 않는 벽이 그들 앞에 놓인 것 같아 다가갈 생각이 들지 않았다. 그렇게 얼마의 시간이 흘렀을까. 그 자리에 못 박힌 듯 가만히 서 있던 도겸은 몇 명의 의사들이 자신 곁을 스쳐 지나가는 걸 발견했다.

"과장님."

도겸의 앞을 가로막던 간호사가 의사 무리의 선두에 선 남자에게 알은체를 했다.

"이시혁 씨라고 응급실로 왔다고 하던데, 어디 계시지?"

과장이라 불린 남자의 말에 간호사는 구석에 놓인 침상으로 그들을 안내했다. 그제야 시혁의 품에서 벗어난 가현은 갑작스러운 의사들의 등장에 놀란 듯 보였다. 의료진의 선두에 선 과장이 두 사람을 향해 가볍게 목례하더니 무언가를 설명하기 시작했다. 그리고는 의료진 중 한 명이 가현에게 서류를 내밀었고, 그녀는 망설임 없이 그곳에 사인을 했다.

　"잠……깐, 잠깐만요."

　그제야 정신을 차린 도겸은 뒤늦게 가현의 곁으로 다가가려 걸음을 옮겼다. 하지만 그보다 앞서 의료진들이 시혁의 침상을 옮기며 그의 곁으로 다가왔다. 그리고 가현 역시 그 곁을 지키고 있었다.

　"누나……. 현이 누나!"

　시혁이나 의료진이 어디로 향하는지 도겸은 관심이 없었다. 하지만 가현이 그들과 함께라면 얘기가 달랐다. 그녀가 있어야 할 곳은 시혁의 곁이 아니라 생각했으니까. 그래서 도겸은 자신을 스쳐 지나가는 무리들 사이에서 가현을 찾아내어 그 손목을 잡아챘다.

　"도겸아, 네가 여긴 어떻게……."

　가현은 적잖이 놀란 듯 그를 바라보며 겨우 걸음을 멈추었다. 도겸은 그 시선을 온전히 받아 내며 가지 말라는 한마디라도 하려 했다. 하지만 그가 입을 떼려는 순간, 이미 앞서 나아가던 의료진들 중 한 명이 가현을 찾는 것이다.

　"미안, 가 봐야 해."

　가현은 도겸에게 잡힌 손을 살며시 빼어 내며 그를 홀로 남겨 둔 채 시혁의 곁으로 가 버렸다.

"……라니까."

도겸은 텅 비어 버린 손을 주먹 쥐며 가현에게 차마 전하지 못한 말을 나직이 뱉어 냈다.

"가지 말라니까."

❀ ❀ ❀

병원 측의 배려로 특실로 병실을 옮긴 시혁은 한동안 아무 말이 없었다. 가현 역시 좀 전의 일들이 자꾸 떠올라 무슨 얘길 꺼내야 좋을지 몰랐다. 가현이 생각하던 시혁은 망령의 연인이었다. 아무리 시간이 흘러도 그에게는 지수만이 전부일 거라 생각했는데 오늘 시혁이 붙잡았던 건 자신이었다. 하지만 어째서…….

"넌……. 가현이 넌 괜찮아?"

낮게 가라앉은 시혁의 음성이 가현의 상념을 깨트렸다.

"네?"

가현은 그제야 자신이 계속 땅만 바라보고 있었단 걸 깨닫고 고갤 들어 시혁을 바라보았다.

"어디 다친 곳…… 없어?"

목소리가 죄 갈라져 힘들어 보이는데도 그는 나를 걱정했다. 무엇이 그를 이렇게 만든 걸까. 시혁의 이런 변화가 가현은 낯설게 느껴졌다. 어느 때고 당당하고 오만하기 그지없던 시혁이 지금 이 순간은 너무도 작고 약해 보여서 그녀는 속이 상했다.

"왜……. 하필이면 왜 그때 온 거예요. 이미 퇴근 시간이었고…… 내가 없을 거란 생각은 못 한 거예요?"

그래서 가현은 괜히 시혁을 탓하고 말았다. 머리로는 그러지 말자고 생각하면서도 자꾸만 입이 멋대로 움직였다. 부주의했던 자신에게 화가 나고, 그 때문에 다친 시혁이 안타까워서 가현은 도리어 언성을 높이고 말았다.

"오지 않았더라면 좋았잖아요. 그랬더라면 이렇게…… 다치는 일도 없었을 텐데."

시혁은 아무 말 없이 가현을 가만 바라보았다. 그리고 천천히 입을 열었다.

"사과하고 싶어서 그랬어."

가현은 그의 입에서 나온 사과라는 단어에 두 눈을 크게 떴다. 시혁은 그런 그녀를 보며 얘기를 이어 갔다.

"어제, 네가 언짢아하는 모습을 보고서 생각을 해 봤어. 우리의 과거, 지금 우리의 위치, 그리고 나의 오만한 착각들……. 그래서 사과하고 싶었어. 일 때문에 좀 늦긴 했지만 적어도 미안하다는 한마디는 해야겠다는 생각이 들어서 찾아간 거야."

과거의 시혁이라면 어떤 잘못을 하더라도 먼저 사과하지 않았을 것이다. 그저 아무렇지 않게 넘어갔을 테지. 하지만 지금 눈앞에 있는 이 남자는 미안하다는 한마디를 하기 위해 갤러리로 찾아왔다고 말한다. 가현은 갑자기 머릿속이 혼란스러워졌다.

"그런데, 이렇게 보니 차라리 늦게라도 찾아간 게 정답이었던 거 같군. 자칫 잘못했으면 네가 다칠 뻔했잖아."

그렇게 말한 시혁은 입가에 처연한 미소를 띠고 있었다. 그걸 보는 순간, 가현은 심장이 세차게 뛰는 걸 느꼈다. 마치 그의 품에 안겨 있을 때와 같은 두근거림이었다. 그리고 동시에 머릿속 가득 적색경보가 울렸다.

"나는……."

어서 빨리 여기서 벗어나야 한다고 온몸의 세포가 아우성쳤다.

"그만…… 가 봐야겠어요. 일단 좀 쉬세요."

그렇게 말한 가현은 단숨에 발걸음을 돌리려 했다. 그러나 다시 들려오는 시혁의 애절한 부탁이 그녀를 붙잡았다.

"가지 마. 오늘은…… 지금만큼은 같이 있어 줘."

마치 바람에 일렁이는 나뭇가지처럼 가현의 마음이 주체 없이 흔들렸다. 안 된다는 한마디를 내뱉기가 힘들어 그녀는 겨우 그럴듯한 대답을 찾아냈다.

"내일…… 내일 다시 올게요."

자신이 할 수 있는 최선이라 생각하고서 가현이 앞으로 나아가려는 순간, 시혁이 몸을 일으켜 그녀의 손목을 잡았다.

"안 돼."

겨우 뒤를 돌아본 가현은 시혁의 손에 찔러 넣어진 링거 줄이 팽팽해진 모습을 보며 주춤하고 말았다.

"……이제 당신이 원하는 대로 휘둘리지 않겠다고, 말했었잖아요."

이 말을 뱉으면서도 가현의 시선은 당장이라도 그에게 생채기를 낼 것 같은 링거 줄에 가 있었다.

"알아. 하지만 안 돼."

시혁의 단호한 한마디보다 또다시 그의 붉은 피와 마주하게 될 것 같아 덜컥 겁이 난 가현은 마지못해 보호자용 의자에 다시 앉았다. 그런데도 시혁은 여전히 가현의 손을 놓지 않았다.

"난 후회했어."

"그게 무슨……."

그의 느닷없는 고백에 가현은 이해가 가지 않는다는 시선을 보냈다. 시혁은 그 시선을 피하지 않고 마주하며 자신 안에 숨겨 두었던 이야기를 꺼내었다.

"내일은 밥이라도 같이 먹어야지, 내일은 일찍 들어가서 얼굴이라도 봐야지."

마치 고해성사를 하듯 나지막이 이어지는 말들은 모두 시혁이했던 후회의 조각들이었다.

"내일은 틈이 날 때 전화라도 한 통 해 봐야지, 내일은…… 또, 내일은……."

결국엔 이뤄지지 못했던 결심들은 아직도 시혁의 안에 고스란히 남아 있었다. 그의 심장에 뿌리를 내린 후회들은 시혁의 의지와 상관없이 무럭무럭 자라나 슬픔으로 변해 있었다. 그리고 아무리 노력해도 그 뿌리는 뽑히지 않았다.

"내일은…… 그러려고 했는데……."

이제는 너무도 울창하게 자라나서 감추기 힘든 그 마음을 가현이알아줬으면 했다. 그녀에게 꼭 같은 씨앗이 싹트지 않기 위해서라도.

"하지만 없었죠. 우리에게 내일은."

그렇게 말한 가현은 저도 모르게 아랫입술을 깨물었다. 그를 순수하게 사랑했던 부분이 아직도 살아남은 게 느껴졌다. 그래서 그만큼 시혁이 미웠다. 그렇기에 가현은 복잡하게 얽히는 감정들에 지지 않으려 노력하며 시혁을 똑바로 바라보았다.

"그러니까 가지 마. 당신까지 내 후회를 더하게 만들지 마."

그 말을 들은 가현은 가슴 속에 차가운 바람이 이는 걸 느꼈다. 애써 자신을 잡은 이유가 이런 건 줄 알았다면 그의 아픔 따위 무시하고 그냥 가야 옳았다. 가현은 그러지 못한 자신을 탓하며 입가에 조소를 띠었다.

"결국은 끝까지 자기중심적이네요. 너무도 당신다운 말이에요."

가현의 차가운 말이 심장을 할퀴고 지나는 걸 느끼면서도 시혁은 티 내지 않았다. 적어도 지금은 그런 것에 흔들리고 싶지 않았으니까.

"맞아, 난 끝까지 자기중심적인 인간이야. 내가 후회로 산 건, 내 몫이라 해도…… 당신도 후회하게 되면, 그러면."

시혁은 생각만으로도 가슴이 저미는 듯 숨을 한 번 참았다. 그리고 힘겹게 나머지 말들을 뱉어 냈다.

"어쩌면 죽을 만큼 후회하게 될 거 같아서 그래."

생각지도 못한 그의 대답이 가현의 가슴속에 일던 차가운 바람도, 조소도, 모두 걷어 가 버렸다. 그리고 담담히 뱉어 내던 시혁의 모든 말이 가현의 가슴에 아프게 맺혔다. 그는 여전히 지독히도 이기적인데 그 안에는 내가 있다. 후회의 중심에도, 아픔의 중심에도, 그리고 스쳐 지나간 내일에도, 애절하게 부르던 윤가현이란 여자가 있었다.

"우리 더 이상 후회 같은 거, 안 하면 안 될까."

가현은 시혁에게 잡힌 손목이 따뜻하다 느껴졌다. 쿵쾅거리며 뛰고 있을 당신과 나의 맥박이 겹치는 이 지점이 너무도 따스하다. 그렇기에 우리는 과거가 아닌 현재에 머물러 있음을 깨달았다.

❀ ❀ ❀

그 어느 때보다 지친 표정으로 병원 밖으로 나온 가현은 자신의 앞을 가로막는 그림자에 고개를 들었다.

"도겸아."

설마 있을 거라 생각 못 한 인물이 눈앞에 있자 가현은 놀란 표정으로 도겸을 보았다. 그 모습에 도겸은 속으로 쓰게 웃으며 짐짓 괜찮은 척 가현의 어깨에 팔을 둘렀다.

"이제 나온 거예요? 기다리다 목 빠지는 줄 알았네."

도겸의 넉살에 가현은 응급실에서 마주쳤던 그를 떠올렸다. 마치 무언가를 잃은 아이 같던 눈동자는 사라지고 평소의 그로 돌아와 있었다. 그 모습이 자신을 위한 배려인 걸 알면서도 가현은 미안한 마음을 감출 수가 없었다.

"미안해…… 계속 기다린 거야?"

뭐가 미안한지 콕 집어서 말할 수는 없었지만 가현은 도겸을 제대로 바라볼 수가 없었다. 그런 가현의 맘을 알았는지 도겸은 오히려 밝게 웃으며 그녀의 시선을 좇았다.

"에이, 계속 기다린 거 아니에요. 누나 데려다주려고 집에 가서 차 끌고 왔어요. 이 시간에 택시도 잘 안 잡힐 거 같아서."

도겸의 말에 가현은 그제야 손목시계를 확인했다. 어느덧 오늘이 끝나고 12시가 넘어 있었다.

"시간이 벌써 이렇게 됐네."

"그러니까 제가 왔죠. 자, 어서 가요."

도겸은 가현의 어깨를 끌어안은 채 주차해 둔 차 앞까지 걸어갔다. 그리고 조수석 문을 열어 그녀를 먼저 앉혀 준 뒤 자신도 운전석에 앉았다. 그렇게 차는 매끄럽게 앞을 향해 나아갔다. 하지만 차 안에는 잠시 동안 침묵이 내려앉았다. 그 순간이 어색했던지 도겸은 라디오를 켰다. 그러자 귓가에 익숙한 멜로디가 흘러들었다.

"어, 이 노래, 우리 졸업 전시 준비하면서 자주 듣던 거네요."

"그러게. 그때는 너무 들어서 지겨웠는데 지금 들으니까 반갑네."

그렇게 한동안 노래를 흥얼거리던 도겸은 DJ의 멘트가 나오자 다시 아무 말이 없었다. 하고 싶은 말은 많았지만 여러 감정들이 그것을 가로막았다.

"우리, 술이나 한잔하러 갈까요?"

도겸은 짐짓 가볍게 말했다. 하지만 열심히 고르고 골라서 나온 답이 술이었다. 적어도 알코올의 힘을 빌리면 이보다는 더 쉽게 말을 할 수 있을 것 같았다. 궁금한 것도, 알고 싶은 것도, 들어야 할 얘기도 많았다. 하지만 이 모든 건 가현의 허락 없이는 불가능한 일이었다.

"미안해. 오늘은 그럴 기분이 아니야."

오늘로 벌써 세 번째 듣는 가현의 사과에 도겸은 기운이 빠지는 걸 느꼈다. 도대체 뭐가 그렇게 미안하냐고 소리라도 지르고 싶었지만 꾹 참으며 괜히 핸들을 쥔 손에 힘을 주었다.

"하긴, 차까지 끌고 왔으니 술은 안 되겠네요. 우리 다음에 마셔요."

가현은 도겸의 기색을 살펴보려 고개를 돌리려다 그만두었다. 지금만큼은 자기만 생각하는 이기적인 존재로 있고 싶었다. 남의 마음까지 헤아리기엔 너무도 지쳐 있었다. 창밖으로 스쳐가는 풍경들을 보며 가현은 언젠가 그 사람의 차에서 보던 것과 닮아 있다고 생각했다. 그때와 지금의 나는 얼마나 많이 달라졌을까. 가현은 끝내 아무 대답도 들려주지 못하고 도망치듯 시혁의 병실을 빠져나온 순간을 떠올렸다.

'내가 후회로 산 건, 내 몫이라 해도…… 당신도 후회하게 되면, 그러면.'

나도 후회하게 될까. 그 사람의 후회를 몰랐던 걸, 후회하게 될까.

'어쩌면 죽을 만큼 후회하게 될 거 같아서 그래.'

그런 날이…… 내게도 올까. 조금만 더 일찍 알았더라면 참 좋았을 거라고, 그렇게 생각하게 되는 순간이 온다면……. 그때는 어쩌면 좋을까.

✳ ✳ ✳

이른 아침 식사를 마치고 가만히 서서 창밖을 바라보던 시혁은 갑작스러운 노크 소리에 고개를 돌렸다.

"들어와요."

시혁의 허락에 문을 열고 모습을 드러낸 이는 다름 아닌 최 실장이었다.

"이사님, 몸은 좀 어떠십니까."

"생각보다 너무 멀쩡해서 놀랄 지경이지."

그렇게 말한 시혁은 소파에 몸을 기대고 앉았다. 그러자 최 실장 역시 그의 맞은편에 앉으며 얘기를 이어 갔다.

"크게 다치신 게 아니라 다행입니다. 담당 의사 말로는 가까운 시일 내에 퇴원도 가능할 거 같다고 하더군요."

"지금 상태로 봐서는 가까운 시일이 아니라 당장이라도 퇴원은 가능할 거 같은데. 이 병원도 장사하는 걸 참 좋아하는군."

시혁의 조소 어린 비아냥거림에도 최 실장은 흔들림 없이 굳은 표정을 지었다. 아마도 앞으로 듣게 될 얘기가 좋은 건 아닐 거라 예감한 시혁은 가벼운 한숨을 내쉬었다.

"그래서, 이번엔 무슨 일이야."

"아무래도 기자들이 냄새를 맡은 거 같습니다."

무슨 냄새를 어디서, 어떻게 맡았는지는 굳이 묻지 않았다. 시혁과 가현의 별거 소식은 언제라도 터질 수 있는 스캔들이었으니 말이다.

"현재 언론을 통제하고는 있지만 이미 소문이 무성했던 일이라서 주가에 미치는 영향은 어쩔 수 없으리라 예상됩니다."

"어차피 일시적인 거겠지."

최 실장의 말처럼 별거 문제는 이미 알 만한 사람들은 알고 있는 문제였다. 그게 지금에 와서 공표된다 해서 큰 타격이 되지는 않을 거란 게 시혁의 생각이었다. 하지만 최 실장의 입장은 달랐다.

"그렇습니다. 주가에 미치는 영향은 미미하겠지요. 하지만 투자 건은 얘기가 다릅니다."

투자란 단어에 시혁은 미간을 찌푸리며 기억을 더듬기 시작했다. 그러자 한동안 잊고 지냈던 문제가 머릿속에 떠올랐다.

"천 사장 쪽 얘기로군."

"상해에 런칭 예정인 브랜드는 천 사장님의 도움 없이는 진출이 불가능합니다. 그분께서 가족애를 얼마나 중시하시는지 잊지 않으셨겠지요."

상해 진출은 시혁이 오랜 공을 들여 성사시킨 일이었다. 까다롭기로 소문난 천 사장에게서 투자 승낙을 받기까지 해 보지 않은 일이 없었다. 하지만 시혁의 노력과는 무관하게 일은 엉뚱하게도 가현과의 부부 동반 모임에서 이루어졌다.

"외람되지만 상해 투자 건은 천 사장님은 물론이고 그쪽 사모님께서도 윤가현 씨의 내조에 감탄하셨기에 가능했던 일입니다."

"그래, 그랬었지."

이미 과거가 돼 버린 그날을 떠올리며 시혁은 희미하게 미소 지었다. 적어도 그때의 우리는 완벽한 부부였다. 낯선 외국에서 서로를 의지하고 믿었다. 매일이 그날과 같았다면 지금쯤 우리는 다른 모습이었을까.

"이사님. 어렵게 잡은 기회를 이렇게 놓칠 수는 없습니다. 잠시라도 좋으니 사모님에게 말씀을 드려 보시는 게 어떻습니까."

최 실장의 말에 시혁은 잠시 고민을 하더니 고개를 가로저었다.

"아니, 천 사장과의 문제는 내 일이야. 이런 식으로 계속해서 내 짐을 그 사람에게 지울 수는 없지."

단호한 시혁의 말에 최 실장은 당혹스러운 표정을 지었다. 인생의 모든 시간을 일에만 쏟아붓던 그가 자초해서 실패를 손에 넣으려 하고 있다는 게 믿기지 않았다.

"어차피 터질 일이라고 생각하지 않았나. 우리 별거 문제는 서로 합의하에 일어난 일이야. 그러니 이제 와서 기정사실화된대도 어쩔 수 없는 거지. 아무튼 상해 문제는 달리 방도를 찾아보는 게 나을 거 같군."

"하지만 이사님……."

거기까지 말한 최 실장은 입을 다물 수밖에 없었다. 가현이 떠난 후로 시혁은 더 많은 시간을 회사에서 보냈지만 마제스타 어패럴의 경영 상태는 쭉 현상 유지였다. 이전에는 공격적인 경영으로 시즌마다 이익을 내던 그였다. 이 사실만 보더라도 시혁에게 미치는 가현의 영향력이 얼마나 큰지 최 실장은 새삼 깨닫게 되었다.

"알겠습니다. 일단은 그렇게 알고 처리하도록 하겠습니다."

그렇기에 입을 다문 것이다. 최 실장의 본분은 시혁을 올바르게 보좌하는 일이었다. 그러니 이 일을 그냥 넘길 수 없다 생각하며 최 실장은 머릿속으로 시혁 몰래 움직일 계획을 짜기 시작했다.

❀ ❀ ❀

어제의 사고는 마치 거짓말인 것처럼 가현의 하루는 조용히 흘러갔다. 평범하게 일을 하고, 점심을 먹고, 다시 일에 집중하는 사이 퇴근 시간이 되어 있었다. 오늘 밤에 찾아오겠다던 시혁과의 약속을 떠올리며 가현은 무거운 마음으로 갤러리를 나서려던 때였다.

"사모님."

문 밖에는 자신을 기다리는 차 한 대와 함께 익숙한 모습의 사내가 서 있었다.

"최 실장님이 여긴 어쩐 일이세요?"

시혁이라는 접점 외에는 별다른 교류가 없던 사이였기에 가현은 의아하게 여기며 그의 곁으로 다가갔다.

"잠시 저와 둘이서 얘기 좀 하시죠."

최 실장은 그렇게 말하며 조수석의 문을 열어 주었다. 최 실장이 하고 싶은 얘기가 무얼까. 가현은 어렴풋이 시혁과 관련된 일일 거란 생각이 들었다. 평소 같았다면 거절했을 테지만 어쩐지 어제 일이 떠올라 쉽게 그럴 수가 없었다. 그래서 그의 차에 올라타고서 가까운 카페로 향했다. 인적이 드문 구석에 자리를 잡은 가현과 최 실장은 잠시 아무 말이 없었다.

"아마 모르시겠지만 이사님과 사모님의 별거 문제로 회사의 투자 건이 좀 위험하게 됐습니다."

먼저 침묵을 깬 건 최 실장이었다. 하지만 그걸 고맙다고 생각하기에는 그의 입에 오른 화제가 너무도 뜻밖이었다.

"요즘 같은 시대에 별거나 이혼은 지극히 사적인 일이죠. 게다가 그 정도로 위태로운 회사가 아니지 않나요."

"대성그룹으로서는 그렇겠죠. 하지만 마제스타 어패럴은 이사님의 공격적인 경영 방침으로 너무도 많은 적을 두고 있습니다."

그 말에 가현은 수긍할 수밖에 없었다. 경영에 관해 깊이 알지는 못했지만 가현이 보기에도 마제스타 어패럴은 급성장을 이룬 기업이었다. 시혁의 평소 성격을 생각하자면 어떤 리스크가 따르든 이익이 되는 선택을 했을 거란 생각이 들었다.

"하지만 어찌 됐든 국내 일은 그리 큰 문제가 되지 않습니다. 문제는 국제적 투자죠. 1년 전, 상해에서 있었던 부부 동반 모임을 기억하고 계십니까?"

최 실장의 물음에 가현은 잠시 잊고 있었던 그날을 떠올리며 고개를 끄덕였다.

"그때 당시, 이사님께서는 천 사장님께 투자를 받기 위해 어떤 노력도 아끼지 않으셨습니다. 하지만 좀처럼 OK사인이 떨어지지 않아 거의 포기 상태였죠. 그런데 결국은 상해에서 사모님과 함께한 덕분에 그 투자를 받아 낼 수 있었습니다."

그때는 모든 게 평소와 달랐다. 낯선 땅에서 단둘만 있어서였을까. 아무리 작은 일에도 웃음을 터트리고, 어딜 가든 잡은 손을 놓지 않았다. 시혁은 다정하게 나를 보살폈고, 나는 그 다정함에 기대었다. 우리는 그곳에서 연인이자 부부였다.

"그래요. 우린 그걸······."

거기까지 말한 가현이 입을 다물었다. 우리라는 울림 한 번에 잊고 지냈던 따뜻한 추억들이 단번에 밀려들었다. 우리는 그 순간을 작은 보상이라 말했었다. 일에 목숨을 걸던 시혁이 큰일을 해냈음에도 작다고 표현한 것이다. 그 정도로 우리는 상해에서 매일을 즐겁고 행복하게 지냈었다.

"천 사장님께서는 가족애를 제일 크게 생각하십니다. 그건 사업에서도 마찬가지죠. 그래서 저희가 투자를 받을 수 있었던 겁니다. 하지만······."

최 실장은 힐끔, 가현의 눈치를 한 번 살피고는 조심스레 말을 이어 갔다.

"이혼과 관련된 별거설은, 타격이 클 겁니다."

그 한마디로 이 모든 이야기들이 이해가 된 가현은 잠시 고민이 되었다. 그때와 같은 장소로 되돌아간다 하더라도 시혁과 가현은 많은 것이 달라져 있었다. 그러니 이건 눈가림과 흉내가 될 뿐이다. 그게 과연 옳은 일일까.

"제가······."

하지만 그런 고민에도 불구하고 가현은 저도 모르게 말이 먼저 나가고 말았다.

"뭘 어떻게 하면 되죠."

4.

　여름은 어느새 끝자락까지 와서인지 아침, 저녁으로 차가운 바
람이 불었다. 머리를 다치는 사고가 있고서 이 주가 지났다. 상처
를 꿰맸던 실도 이미 풀었고 일은 여전히 바빴지만 시혁은 천 사
장의 초대를 도저히 거절할 수가 없었다. 그래서 상해로 향하는
비행기에 몸을 실은 것이다.

　"후우."

　가벼운 한숨을 내쉬며 자리에 앉은 시혁은 텅 빈 옆자리를 바
라보았다. 지난번에 상해로 향했을 때는 그 자리에 가현이 앉아
있었다. 그 생각을 하자니 시혁은 절로 씁쓸한 미소가 지어졌다.
내일 온다고 했던 가현은 끝내 다시 병실로 찾아오지 않았다.

　"어쩌면 이제 다시는……."

　시혁은 애써 뒷말을 삼켰다. 그게 가현 나름의 대답이라 생각한

시혁은 어쩌면 이제 그녀를 놓아주는 게 답이 아닐까 생각했다. 하지만 결국은 비행기 안에서까지 가현의 생각뿐이다. 그런 자신이 우스워서 시혁이 고개를 돌리는 찰나, 그의 앞을 익숙한 인영 하나가 빠르게 스쳐 지나갔다. 그리고 빈 옆자리에 앉는 것이다.

"어……."

시혁은 자신이 본 게 정말인지 확인하려 고개를 돌려 옆자리를 보았다. 그러자 가현이 그 자리에 앉아 있었다.

"가현아."

"착각하지 마세요."

시혁의 부름에 가현은 냉정한 한마디를 내뱉었다. 그리고 그에게 시선도 주지 않고 창밖을 향해 고개를 돌린 채 얘기를 이어 갔다.

"당신 때문이 아니라 최 실장님 때문에 온 거예요."

그 말을 듣고서야 시혁은 어째서 그녀가 이곳에 있는지 이해가 되었다. 처음엔 천 사장과의 일을 부정적으로 보던 최 실장이 더 이상 아무 말이 없기에 날 믿어서라 생각했었다. 그런데 이제 보니 미리 예방책을 준비해 두고서 시치미를 떼고 있었던 거다.

"고마워."

시혁은 제대로 쳐다봐 주지 않는 가현을 향해 나지막이 말했다. 이유가 어찌 됐건 그녀는 자신의 옆에 있었으니까.

"착각하지 마시……."

가현은 처음과 똑같이 냉정한 태도로 입을 뗐다. 하지만 그 말은 곧 시혁의 진심에 묻히고 말았다.

"그래도, 와 줘서 고마워."

그 말을 끝으로 두 사람은 더 이상 어떤 대화도 나누지 않았다. 그렇게 비행기는 서서히 활주로를 달리더니 이륙을 했다. 차례로 변해 가는 창밖 풍경을 보며 가현은 이 무거운 마음도 이렇듯 가볍게 떠나보낼 수 있다면 좋을 거라 생각했다.

❋　❋　❋

　스키니진과 슬립온을 벗고 드레스에 구두를 신은 가현은 이 자리의 어느 누구보다 아름다웠다. 시혁은 천 사장의 부인과 즐겁게 환담을 나누고 있는 가현의 옆모습에 시선을 떼지 못하고 있었다. 그러자 천 사장이 너털웃음을 지으며 너스레를 떨었다.

　"올해로 결혼 3년째일 텐데 행동으로 봐서는 아직도 신혼이구만. 그러다 자네 부인 얼굴에 구멍 뚫리겠어."

　그제야 천 사장에게로 고개를 돌린 시혁은 어색한 미소를 지으며 샴페인을 한입 머금었다. 중국인인 천 사장은 모국어로 말하는 게 더 편할 텐데도 시혁과는 한국어로 대화하는 걸 즐겼다. 나름의 배려라면 배려겠지만 아마도 부인이 한국인인 이유도 클 것이다. 게다가 틈틈이 배운 한국어를 누군가에게 뽐내고 싶은 마음도 없지 않을 거라는 생각이 들었다.

　"이렇게 보니 역시 이혼이나 별거 소식은 다 헛소문이었나 보군. 두 사람, 여전히 보기 좋아."

　"보기 좋다니 다행입니다."

　시혁은 적당히 맞장구를 치긴 했지만 별거에 관해서는 어떤 얘기도 꺼낼 수가 없었다. 그래서 괜히 시선을 피하며 다시 샴페인 잔에 입을 댔다. 그 모습을 본 천 사장은 시혁이 나름 마음고생을 했을 거라 생각하며 그의 어깨를 두드렸다.

"원래 재계에선 그런 소문이 무성한 법 아닌가. 우리도 결혼 초반에는 조금만 떨어져서 걸어도 다음 날에 불화설이 나돌았다네. 그러니 그런 거에 일일이 마음 쓰지 말게나."

천 사장은 호탕하게 웃으며 그를 위로해 주었지만 시혁으로서는 더 난감할 따름이었다. 나조차 이러지도, 저러지도 못하고 그저 웃기 바쁜데 가현은 얼마나 더 힘이 들까. 걱정이 된 시혁은 다시 시선을 가현에게로 돌렸다. 하지만 그녀는 너무도 아무렇지 않은 모습으로 천 사장의 부인과 화기애애하게 얘기를 나누고 있는 것이다.

"대단하네, 윤가현."

시혁은 가현을 향해 나지막이 중얼거렸다. 그 당당한 모습에 기가 차긴 했지만 이제까지 몰랐던 그녀를 알게 된 것 같아서 저도 모르게 입가에 미소를 띠었다. 그러자 천 사장이 고개를 들이밀며 그에게 물었다.

"응? 뭐라고 했나?"

"아니요. 아무것도 아닙니다. 그것보다 장내가 좀 소란스러운 것 같군요."

시혁이 재빨리 화제를 돌리자 천 사장이 맞장구를 쳐 왔다.

"내가 초대해 놓고 이런 말 하기는 뭣하지만 오늘따라 사람들이 유난스럽군. 파티는 더 못 즐길 거 같으니 끝나고 우리 부부들끼리 오붓하게 와인 한잔 어떤가."

"아······. 예, 그렇게 하시죠."

순간, 가현이 걱정되긴 했지만 시혁은 천 사장의 부탁을 거절할 입장이 아닌지라 그대로 수긍하고 말았다.

"숙소는 당연히 우리 호텔의 스위트로 정했겠지? 그럼 내가 당장 지배인에게······."

천 사장이 서둘러 발길을 돌리려 하자 시혁은 손을 들어 그를 제지했다.

"아닙니다. 저희는 회사에서 따로 픽업해 둔 곳이······."

"아니, 그게 무슨 섭섭한 소린가! 내 손님이면 당연히 내 집에서 지내야지."

천 사장은 진심으로 섭섭한 내색을 비치며 시혁을 다그쳤다. 그리고선 시혁의 만류에도 불구하고 끝내 비서를 불러 몇 마디를 쏘아붙이는 것이다. 어쩌지도 못하고 그 모습을 지켜보는 시혁에게 천 사장은 금세 웃는 낯을 하더니 뿌듯해하며 말했다.

"내가 우리 호텔에서 제일 좋은 스위트를 마련하라고 해 뒀네."

"네······. 감사합니다."

시혁은 결국 어색하게 웃으며 마음에도 없는 감사의 인사를 전했다.

❀   ❀   ❀

파티가 끝나고 먼저 스위트룸으로 올라온 시혁과 가현은 옷도 갈아입지 않은 채 천 사장 부부가 오기만을 기다렸다. 같은 소파에 앉아 있어도 멀찍이 떨어진 두 사람은 어떤 대화도 나누지 않은 채 침묵을 지켰다. 그렇게 얼마나 기다렸을까. 누군가의 방문을 알리는 벨이 울리기에 시혁이 자리에서 일어서 문으로 향했다.

"죄송해요. 오래 기다리셨죠."

문을 열자 단아한 인상의 부인이 시혁에게 사과를 했다. 하지만 어디에도 천 사장의 모습은 보이지 않았다.

"우리 그이가 늦게야 흥이 올랐는지 좀 과음을 했어요. 약속을 해 놓고 이렇게 돼서 미안하지만 오늘은 아무래도 더 마시게 하면 안 될 거 같아서 일단 저만 왔어요. 와인은 못 마시게 됐지만 내일 아침 같이 하는 거 어때요?"

"아……."

갑작스러운 일에 시혁이 쉽게 대답을 하지 못하자 가현이 다가와서 웃으며 말했다.

"그것도 좋네요. 그것보다 저희 너무 신경 쓰지 마시고 사장님께 가 보세요. 약주 많이 하셨다니 걱정되네요."

"그래요, 고마워요. 그럼 푹 쉬고 내일 아침에 봐요."

그렇게 순식간에 모든 일이 정리되고 천 사장의 부인은 떠났다. 애초, 예정에 없었던 약속이 결국은 깨어지고 둘만 남게 된 공간에는 어색한 기류만이 흘렀다. 이제 어떻게 해야 될지 시혁이 고민하는 사이, 가현은 들고 있던 클러치를 탁자 위에 올려놓았다.

"우린 별거 상태이고 전 여기 손님으로 온 거니까 침실은 제가 쓸게요."

그러고서 가현은 곧장 침실 입구를 향해 걸어가더니 천천히 뒤를 돌아봤다.

"그래도 되죠?"

방금 전까지 상냥하고 다정했던 나의 부인은 사라졌다. 시혁은 마치 오늘 할당량을 다 해낸 듯 구는 가현의 모습이 낯설게 느껴졌다. 지난번에 우리는 이렇지 않았는데. 상해에서 너와 나는 서로를 아끼고 위해야 한다. 그런데 지금은 어떠한가. 시혁은 지금 가현의 모습에서 예전에 환하게 웃던 그녀를 겹쳐 보며 저도 모르게 성큼성큼 다가갔다. 그러고서 가현의 손목을 잡아챘다.

"우리……."

갑작스러운 일에 가현의 두 눈동자가 크게 떠졌다. 그런 그녀를 똑바로 마주 보며 시혁은 말을 이어 갔다.

"후회하지 말자고 했던 말, 기억해?"

가현은 그의 손을 뿌리치려 했다. 하지만 시혁은 더 강하게 붙잡으며 그녀를 놓아주지 않았다.

"나한테 기회를 줄 수는 없을까."

언젠가 그녀의 앞에서 한 번 입에 담았다가 거절당했던 기회란 말. 그때는 쉬웠던 게 지금은 가슴을 타들어 가게 만든다. 아주 잠시나마 그녀를 놓아주자는 생각도 했었다. 하지만 다시 가현이 눈앞에 나타나는 순간, 그것들은 모두 없던 것이 되어 버렸다. 나는 너를, 윤가현을 간절히 원하고 있다.

"지난 시간들을 보상할 수 있는 기회."

가현 역시 시혁의 눈을 똑바로 마주했다. 그리고 그 안에 있는 진심들이 그녀를 잡고 놔주지 않았다. 그것이 당장이라도 나를 과거로 끌고 갈 것 같아 덜컥 겁이 났다.

"기회는 이미 충분히⋯⋯."

가현은 가볍게 한숨을 내쉬며 거절의 뜻을 비치려 했다. 하지만 시혁은 그녀의 말을 끝까지 기다려 주지 않았다.

"지금 내겐 더 필요해. 1년⋯⋯ 아니, 반년만이라도."

시혁은 남은 손으로 가현의 볼을 감쌌다. 그 온기가 너무도 선명해서 놓치고 싶지가 않았다.

"시험 삼아 단 반년이라도 줄 수 없을까."

가현은 시혁의 부탁이 너무도 어이가 없었다. 하지만 한편으로는 그가 얼마나 간절한지도 알 수 있었다. 그럼에도 어째서라는 질문이 머릿속에서 지워지질 않았다. 헤어져 있는 순간에도 쉽게 연락하지 않던 그였다. 이혼하자는 말에 오로지 안 된다는 말만 내뱉던 그가, 이제는 기회를 달라고 한다. 그것도 너무도 간절히.

"이 이사님."

가현은 나지막이 시혁을 불렀다. 그리고 그의 시선을 피하지 않고 바라봤다.

"아니, 시혁 씨."

그리고 잠시 침묵을 지켰다. 말을 쉽게 내뱉지 못한 건, 하고 싶은 말이 너무도 많았기에 정리할 시간이 필요했기 때문이다.

"아시잖아요. 기회라는 건 충분히 주어지는 게 아니라는 걸. 그렇기에 소중한 거잖아요."

가현은 시혁에게 잡혔던 손도, 볼을 감싼 손도 모두 조심스레 떨쳐 내었다.

"그런데, 시혁 씨에게는 너무 충분히 주어져서 소중하지 않았던 거겠죠."

우리는 이미 시들어 버렸다. 아니, 나 홀로 시들어 갔다. 그 시간들은 다시 돌아오지 않을 거고, 돌아가기엔 너무도 많이 와 버렸다.

"몰랐던 거예요. 내가 당신에게 줬던 그 무수한 기회들이 어떤 심정으로 자아냈던 건지, 지금 이 순간까지도 당신은 모르고 있잖아요."

우리에게 공평하게 주어졌던 시간들이 각자에게 다른 의미로 남아 있다. 지수의 흔적을, 그가 혼자 맞이해야 했던 이별의 슬픔을, 아무리 태워 버리려 애를 써도 사라지지 않았다. 그리고 나는 홀로 죽어 갔다. 그의 말에 베이고, 상처 입고, 홀로 피흘려야 했던 인내의 순간들을 그는 끝까지 알지 못할 것이다. 그 순간들을 떠올리는 것만으로도 너무 아려서 가현의 눈가에는 물기가 어렸다.

"난 후회해요. 나 혼자만 당신을 사랑했던 시간, 나 혼자만 의미 없는 기회를 만들어 냈던 시간, 그리고 그 시간들만큼, 후회들만큼, 당신이 미워."

시혁은 가현을 아프게 바라보았다. 지수와의 갑작스러운 이별에, 죄책감에 휩싸여서 그녀에게 다정할 수 없었던 과거의 내가 가현의 안에서 여전히 살아 숨 쉬고 있었다. 아니라고, 내가 잘못했다고 말하고 싶었다. 하지만 그런다고 이미 일어난 일들이 사라지진 않을 것 같았다.

"난……."

눈앞의 가현이 당장이라도 사라질 것 같아서 시혁의 속은 바짝 바짝 타들어 갔다. 하지만 그녀는 다시 한 번 그 맑은 눈동자를 마주쳐 왔다. 그 안에는 사그라들지 않은 분노와 회한이 고스란히 담겨 있었다.

"하지만 가장 미운 건, 지금 이 순간까지도 당신을 미워하는 나 자신이에요."

그리고 이내 그 빛은 생명을 잃고 꺼져 갔다.

"그런다고 해서 내게 지난 사람의 그림자를…… 지수 씨의 그림자를 찾는 당신이 변할 리도 없는데……."

눈물 한 방울이 그녀의 볼을 타고 투둑 떨어지자 시혁은 저도 모르게 손을 뻗었다. 하지만 가현은 그 손길을 차갑게 쳐 냈다. 그러나 시혁은 지지 않고 그녀의 손을 꽉 잡았다.

"맞아. 내가 나쁜 놈이야."

물기로 일렁이는 가현의 눈동자가 시혁에게 마주쳐 왔다. 그게 너무도 아팠다. 당장이라도 그녀를 웃게 해 주고 싶었지만 그 방법이 쉽게 떠오르지 않았다.

"그러니까, 끝까지 나쁜 놈 할게."

아무리 시간이 흘러도 그는 바뀌지 않을 것이다. 아주 적게나마 기대를 했던 자신이 바보였다고 생각하며 가현은 그의 손을 뿌리치려 했다. 하지만 그럴수록 시혁은 잡은 손에 더 힘을 주었다.

"기회를 줘. 아니, 네가 주지 않아도 내가 얻어 낼 거야. 당신은 날 알잖아."

가현은 흔들리는 눈동자로 그를 바라보았다.

"내가 너만을 위해서 노력할 수 있는 시간을 줘. 아직 그런 기회는 없었잖아."

시현의 진심은 눈이 부시게 빛났지만 가현의 안에서는 쉽게 믿음이 자라나지 않았다. 그래서 마주치던 시선을 피했다. 그러자 그가 가현의 턱을 잡아 시선을 되돌렸다.

"약속할게."

가현은 굳이 무엇을, 이라고 묻지 않았다. 그가 지금 내뱉는 모든 말들이 그저 꿈결 속의 대화 같았다.

"당신이 내게 기회를 주면 나도 당신에게 약속을 줄게. 그러면…… 우리 공평한 거지?"

머리로는 그럴 리 없다고, 거절해야 한다는 생각이 들었지만 가슴이 그를 받아들이려 하고 있었다. 한 번도 본 적 없는 그의 절절한 부탁이, 진심이, 자꾸만 아리게 다가왔다.

"내게 기회를 줘. 단지 반년이라도, 우리가 함께 계절들을 지낼 수 있도록……. 딱 반년만……."

"그게…… 어떻게 공평하죠."

가현이 겨우 한마디를 뱉었을 뿐인데 시혁은 차분히 웃어 보였다. 승낙의 뜻도 아니었는데 그녀가 관심을 준 것만으로도 기분이 좋아서.

"그래도 안 되는 거라면 당신이 그렇게도 바라던 이혼, 해 줄게. 원한다면 네 인생에서 내가 사라져 주지. 영원히."

영원이란 말과 동시에 그와 맞닿은 살갗의 체온이 뜨겁다 느껴졌다. 뿌리쳐야 하는데…… 그래야 하는데. 그럼에도 우리 사이에 한 번쯤은 기회나 약속이 있어야 했다는 생각이 들었더랬다. 그토록 가슴이 아프고 힘이 들었는데도, 한 번쯤은 그런 순간이 있어야 했다는 생각이 들었다.

"약속은……."

가현이 어렵게 입을 떼며 재차 확인을 하자 시혁이 그녀를 끌어당겨 품에 안았다. 그러는 사이 그녀의 눈가에서 또륵, 눈물이 흘러 입술 끝에 맺혔다.

"지킬게."

그 말과 동시에 시혁은 가현의 입술에 가볍게 입을 맞췄다. 그녀의 눈물이 그치길 간절히 바라면서.

얼마의 시간이 흘렀을까. 흐르던 눈물도 멎고, 마음이 진정되자 따뜻하게 닿아 있는 입술이 시혁의 것이란 걸 깨달았다. 가현은 불에 덴 듯 화들짝 놀라며 그의 품에서 떨어졌다.

"이제 괜찮아요."

가현은 붉어진 뺨을 숨기려 고개를 숙였다. 시혁과 나누는 입맞춤은 너무 오랜만이었다. 자주하던 스킨십도 기껏해야 남들 앞에서 손을 잡거나 가벼운 포옹을 나누는 정도였고 평소에는 이렇다 할 접촉이 없었다.

"갑자기 입 맞춰서 놀랐겠지만 사과는 하지 않겠어. 순간이지만 나는 그러고 싶었으니까."

당당한 시혁의 말에 가현은 부끄럽던 마음이 싹 사라졌다. 여전히 자신을 우선하며 배려심이 없는 그의 행동에 기가 찰 뿐이다.

"그래요. 저도 갑작스러워서 놀랐을 뿐이니 신경 쓰지 마세요. 그냥 사고라고 생각하죠."

가현은 고개를 들어 시혁을 바라보며 지지 않고 말했다. 특히 나 사고란 말을 강조하며 당신과의 입맞춤 정도는 나에게 아무것 도 아니라는 듯 굴었다. 그런 가현의 말에 시혁은 쓰게 웃으며 고 개를 끄덕여 보였다.

"아무튼, 이 이사님…… 아니, 시혁 씨가 말한 기회란 걸 마지막 으로 줘 보는 것도 좋겠다는 생각이 들었어요. 이전과 얼마나 달라 진 모습을 보여 주실지 모르겠지만 제게 한 약속 잊지 마세요."

그렇게 말한 가현은 다시 시혁에게서 멀어지며 침실로 향했다. 이번에는 그가 잡을 기회조차 주어지지 않았다.

"그럼, 안녕히 주무세요."

짧은 인사를 끝으로 침실 문이 쾅 소리를 내며 닫혔다. 홀로 남 은 시혁은 가만히 서서 닫힌 문만 바라보았다. 그녀가 벗어난 품 안이 너무도 차가웠다. 하지만 그럼에도 가현이 다시 불러 준 자 신의 이름이 반가웠다. 이사님이 아니라 했다. 이전과 같이 시혁 씨였다. 이번만큼은……. 반드시 이번에는 다시 놓치지 않으리라 생각하며 시혁은 겨우 발길을 돌려 소파로 향했다.

❋　❋　❋

평소라면 조식 시간에 맞춰 손님들로 채워졌을 식당이 텅 비어 있었다. 그 공간에는 시혁과 가현, 그리고 천 사장 부부, 이렇게

154

네 사람만이 자리를 잡고 앉아 있었다. 익숙하지 않은 환경에 가현이 침묵을 지키고 있자 맞은편에 앉은 부인이 그녀와 시선을 맞추며 미소 지었다.

"이제 가을이라서 기존에 있던 인기 메뉴 빼고는 샐러드바를 새로 런칭했는데 같이 보러 갈래요?"

그렇게 말한 부인은 가현의 대답을 듣기도 전에 자리에서 일어나더니 손을 잡고서 무작정 끌고 가 버렸다. 그리고 그녀들이 사라지고 얼마 지나지 않아 셰프가 그들의 테이블로 다가왔다.

"아침은 가볍게 아메리칸 브렉퍼스트가 어떤가."

"저도 그게 좋을 것 같군요."

천 사장의 얘기에 시혁도 가볍게 고개를 끄덕였다.

그 사정을 모르는 가현과 부인은 진열된 음식들을 한 번 둘러보고서는 천천히 접시에 음식을 담기 시작했다.

"샐러드바 음식들은 어때요? 나랑 호텔 셰프가 꽤 신경 써서 준비했는데."

"조식치고는 꽤 다채롭고 영양 밸런스도 잘 맞춘 거 같아요. 무엇보다 제철 과일이 있어서 더 좋은데요."

가현의 칭찬에 부인은 흐뭇한 표정을 지어 보였다.

"역시 이런 건 같은 여자가 봐야 잘 아는 거 같아. 우리 그이는 사업밖에 몰라서 그런지 이걸 보고도 별말 안 하더라고요. 셰프가 설명하니까 그때야 잘했다는 한마디 정도지."

가현은 부인의 가벼운 투정이 귀엽다고 생각하며 미소 지었다.

"음식에 관심이 많지 않고서는 대부분 그렇지 않을까요. 시혁 씨도 저나 비서가 챙기지 않으면 매일 커피로 배를 채우는걸요."

자신이 내뱉은 말에 순간 아차 싶었던 가현은 서서히 인상이 굳어 갔다. 이젠 손에서 놓았다고 생각했던 시혁의 아내 자리가 너무도 당연하다는 듯 다시 돌아와 있었다. 우리는 멀리 돌고 돌아서 이제 겨우 마지막 기회를 잡았을 뿐인데 말이다.

"세상에서 일하는 사람이 자기뿐인 것처럼 군다니까. 이 이사님도 그렇죠? 바쁘면 끼니도 거르고 빈속에 술 마시고, 집에 돌아와서도 회사 얘기뿐이고. 제일 괘씸한 건 이쪽이 걱정하는 건 조금도 생각을 안 해 주는 문제예요."

부인의 말이 마치 자신의 얘기인 것 같아서, 그래서 제멋대로 마음이 움직였는지도 모르겠다. 우리와 다를 바 없는 일상을 보냈음에도 그녀가 여전히 한 사람의 아내로 있을 수 있는 이유가 뭘까.

"근데 그렇게 밉다가도 어쩔 수 없다는 생각이 들어요. 그런 모습도 다 포함해서 사랑하고 있는걸. 그러니 좀 더 오래 함께할 수 있도록 제가 옆에서 도와야죠."

사랑. 그 단어에 가현은 이해가 되었다. 우리에겐 너무나 낯설었던 그것을 이 사람은 너무도 당연하게 생각하고 있었다. 그래서 가현은 쓰게 웃을 수밖에 없었다. 그러자 부인이 그녀와 시선을 맞춰 오며 싱긋 미소 짓는 것이다.

"우리도 사는 거 별거 없죠? 그러니까 가현 씨도 너무 늦었다고 생각 말아요."

부인의 의미심장한 말에 가현은 고개를 갸웃했다. 그리고 그 말을 이해하기도 전에 부인은 발길을 돌려 남편이 기다리는 테이블로 향했다. 그래서 가현 역시 그 뒤를 따를 수밖에 없었다.

"오래 기다렸죠? 수다 떠느라 시간 가는 줄 몰랐어요."

그렇게 말하며 천 사장의 곁에 앉은 부인은 이미 세팅이 끝난 음식들을 보더니 활짝 미소 지었다.

"역시 우리 남편이야. 어쩜 이렇게 내 취향대로 준비시켰을까. 고마워요, 여보."

부인은 감사의 말을 전하며 천 사장의 볼에 가볍게 입을 맞췄다. 그 모습을 본 가현은 어색하게 웃으며 시혁의 곁에 앉았다.

"샐러드용 채소가 싱싱하더라고요. 마침 리코타 치즈도 있어서 곁들여 왔어요."

테이블 위에 샐러드 그릇을 내려놓은 가현은 그제야 자신 몫의 접시를 보고 깜짝 놀랐다. 모든 게 자신의 취향에 맞춰 준비되어 있었다. 베이컨은 기름기가 없도록 바삭하게 구워져 있고, 달걀은 완숙이 올라와 있다. 비린 걸 싫어하는 가현은 늘 반숙이나 수란 보다는 완숙이나 스크램블 에그를 좋아했다. 그리고 빵 역시 각이 진 식빵이 아닌 겹겹이 말린 크로와상이다.

"어떻게······."

가현은 놀란 기색을 감추지 못하고 시혁을 바라봤지만 대답은 부인 쪽에서 해 왔다.

"역시 허투루 부부로 산 건 아닌 거 같아요. 그렇죠?"

"아····· 네, 그러네요."

겨우 정신을 차린 가현은 마음을 진정시키며 포크를 손에 들었다. 친한 친구들조차 내가 좋아하는 베이컨의 굽기 정도까지는 모를 것이다. 그런데 시혁은 그런 세세한 부분까지 기억하고 있었다. 별거 아닐 수 있는 부분이었지만 가현은 새삼스레 한 가지 사실을 곱씹게 되었다. 그러고 보면 우리도 부부였긴 했던가 보다. 각자의 취향과 소소한 일상을 기억해 주는 그런 부부 말이다.

"식사 마치면 어떻게 할지, 따로 계획한 일정 있어요?"

"아니요. 아직 정한 건 없습니다."

부인의 물음에 시혁이 답하자 그녀가 의미심장하게 웃어 보였다.

"그럼 내가 잠시 가현 씨 빌려도 괜찮을까요."

그렇게 말한 부인은 이번에는 가현을 바라보며 얘기를 이었다.

"우리 여자들끼리 느긋하게 쇼핑이라도 할까 하는데, 어때요?"

가현이 무어라 대답을 할지 몰라 망설이는 사이, 천 사장이 호탕하게 웃으며 부인의 어깨에 손을 둘렀다.

"그거 좋은 생각이군, 그래. 그럼 우리도 남자들끼리 뭉쳐서 따로 갈 곳이 있지."

이미 작당을 한 듯 이야기를 진행시키는 천 사장 부부를 보며 가현과 시혁은 얼떨떨한 기분으로 그러겠노라 대답하고 말았다.

느긋하게라고 말했던 부인의 말과는 반대로 쇼핑은 매 순간이 폭풍 같은 시간이었다.

"이거 어때요? 괜찮죠?"

"네, 그러네요."

넓은 백화점 매장을 이렇게 많이 돌게 될 거라 생각 못 한 가현은 반쯤은 지친 기색으로 천 사장의 부인에게 맞장구 정도만 쳐 주었다. 그런데 이번에는 부인이 캐주얼해 보이는 매장으로 들어가더니 가현을 손짓해 불렀다.

"그러고 보니 가현 씨는 예전에 봤던 거보다 살이 좀 오른 거 같아요. 그때도 예쁘긴 했지만 지금이 더 화색 돌고 보기 좋네요."

얘기를 건네면서도 부인의 손과 눈은 여전히 옷을 고르고 있었다. 그 모습에 가현은 애매한 미소만 지었다.

"그렇게 보이나요? 체중은 크게 변하지 않았는데."

드디어 마음에 드는 걸 골랐는지 옷 한 벌을 빼낸 부인은 그걸 자신이 아닌 가현의 몸에 대보였다.

"그때와는 달라질 수밖에 없는 일이 있었을지도 모르죠. 이 옷 가현 씨한테 어울리네요."

마치 지나가듯 얘기하는 것들이 너무도 의미심장하다 느껴지는 건 기분 탓일까. 가현은 더 추궁하는 것도 이상할 것 같아 그녀가 건네는 옷을 받아 들었다. 하지만 그 옷은 지금 입고 있는 원피스에는 어울리지 않는 캐주얼한 니트 가디건이었다. 평소의 가현이라면 반길 만한 옷이었지만 지금, 시혁의 부인으로 있는 가현에게는 어울리지 않는 옷이기도 했다.

"전……."

거절의 뜻을 전하려 가현이 겨우 입을 뗐지만 부인은 싱긋 미소 지으며 말을 잘랐다.

"가현 씨는 이런 옷이 예쁠 나이잖아요."

그러면서 부인은 쉬지 않고 가현의 몸에 이런, 저런 옷을 계속해 대보았다. 이번에도 모든 게 폭풍같이 지나갔다. 떠밀리다시피 피팅룸으로 들어가 옷을 갈아입고 나왔더니 부인은 만족스러운 미소를 입가에 띠었다.

"어머, 이렇게 보니까 나도 캐주얼에 도전해 보고 싶네."

부인은 이전보다 더 들떠서 자신의 옷을 고르더니 평소답지 않게 어려 보이는 모습으로 피팅룸에서 나왔다. 이 모든 순간들을 함께한 가현조차 혼이 쏙 빠질 지경인데 옆에서 쇼핑을 돕던 직원들은 얼마나 더 정신없을까. 그렇게 어느 사이엔가 계산을 모두 마친 부인은 원하는 대로 옷을 입고서 매장을 함께 빠져나오게 되었다.

"아, 오랜만에 쇼핑하니까 열난다. 우리 아이스크림이라도 먹을래요?"

이번에도 부인은 일방적으로 가현을 아이스크림 가게로 끌고 갔다. 그리고 적당한 메뉴를 고르더니 컵 두 개에 아이스크림을 담아 왔다. 부인은 예전에 보던 것과 전혀 다른 인상이었다. 그녀가 원래 이런 사람이었던가 생각하며 가현은 부인의 맞은편에 앉았다.

"여기는 천연 재료를 써서 그런지 많이 달지 않고 맛이 좋아요. 한번 먹어 봐요."

부인의 권유에 가현은 순간 주저하고 말았다. 최근 몇 년간 그녀는 아이스크림이나 초콜릿 같은 달달한 간식들을 입에 댄 적이 없었다. 누가 억지로 시켜서 그랬던 건 아니었다. 상류사회에서 살아가기 위해서는 그 세계에 맞는 옷을 입어야 했고, 그들이 원하는 여자가 되어야 했다. 그래서 스스로에게 굴레를 씌웠던 것이다.

"아이스크림은……."

스스로도 나쁜 습관임을 알았다. 그래서 이제는 그러지 않으려 했는데 몸이 자연스럽게 그때를 기억하고 그녀 안에 망설임을 낳았다. 하지만 이제 슬슬 깨 버려야 할 때가 왔는지도 모르겠다.

"굉장히 오랜만이네요."

그래서 가현은 용기를 내어 한 숟가락을 떠서 입 안에 밀어 넣었다. 이전에 상상하고는 했던 끔찍한 일은 전혀 일어나지 않았다. 그저 입 안에서 사르르 녹아 사라지는 아이스크림이 너무도 달콤하다는 감각만 느껴졌다.

"어때요, 달죠? 가끔은 이런 군것질이라도 해 줘야 쓰디쓴 결혼 생활을 이겨 낼 수 있다니까요."

"네. 무척…… 다네요. 맛있어요."

가현이 묘한 표정을 지으며 다시 한 숟가락을 떠먹자 부인은 싱긋 미소 지었다.

"가현 씨는 내가 젊을 적이랑 많이 닮았어요. 그래서 더 마음에 드는 거겠죠. 그러니까 아무에게도 한 적 없는 얘기를 해 줄게요. 사실 우리 부부도 처음에는 험난했었어요. 결혼식을 치르고 얼마 지나지 않아서 3년 정도는 각방을 썼을 정도니까요."

지금의 천 사장 부부를 생각하면 상상도 안 되는 일이었다. 그래서 가현은 놀라움을 감추지 못한 채 부인을 바라보았다.

"하지만 천 사장님께서는……."

가족애를 누구보다 중시하는 그 남자가 아내와 각방이라니……. 누구도 믿지 않을 얘기일 것이다. 하지만 부인은 별거 아니라는 듯 여전히 미소 지으며 대답을 이어 갔다.

"그 가족애를 강조하기 시작한 것도 저와 사이가 풀어지기 시작했을 때부터예요. 부부란 게 그렇더라고요. 맑은 하늘에 벼락이 치는 것처럼 뜬금없는 걸로도 멀어질 수 있지만 두 사람 사이에 봄바람이 한번 불기 시작하면 쉽게 멀어질 수가 없어요."

그 얘기를 들은 가현은 자연스레 시혁을 떠올렸다. 그와 내 사이에도 계속 벼락이 내리치고 있을지도 모른다. 그래서 쉽게 서로에게 다가가지 못하고 주위만 맴도는 거겠지.

"봄바람이란 게 본래 인위적으로 만들어 낼 수 있는 게 아니잖아요."

가현이 쓰게 웃으며 말하자 부인 역시 고개를 끄덕였다.

"맞아요. 그렇게 생각할 수도 있죠. 하지만 서로가 노력을 하면 그것 역시 가능해져요. 그러기 위해서는 반드시 한 가지는 꼭 기억해 둬야 해요. 부부가 된 건 결국은 인연이 닿았기에 가능했다는 거."

노력. 우리는 함께하기 위해 어떤 노력을 했을까. 가현은 늘 혼자서 열심히 지내 왔던 지난 결혼 생활을 떠올렸다. 그리고 그것이 끝이 나자 이번에는 시혁이 혼자서 노력을 했다. 어디서도 함께했던 기억은 남아 있지 않다. 우리는 그랬다. 서로가 서로를 생각하지 못하고 늘 일방통행이었던 거다.

"하지만 이미 늦었다면요. 더 이상 바로 잡기에는 너무 멀리 왔을 수도 있잖아요."

가현이 자기도 모르게 비관적인 말을 내뱉자 부인은 그녀의 손을 잡고서 따스하게 바라보았다.

"그때는 처음으로 되돌아가면 돼요. 단추를 잘못 꿰어서 순서가 엉망이 됐을 때, 우리는 다시 처음부터 맞춰 가잖아요. 그런 건 아무 일도 아니에요. 중요한 건 의지죠."

그 의지란 게 얼마나 많은 걸 바꿀 수 있을지, 가현은 문득 궁금해졌다. 그리고 시혁 역시도 바뀔 수 있을까. 앞으로 나아가지 않고서는 모를 의문들을 가슴에 품으며 가현은 다시 아이스크림을 입에 머금었다. 그것은 변함없이 달았지만 그녀의 입맛에 꼭 맞았다.

❋ ❋ ❋

카지노로 온 시혁과 천 사장은 테이블에 앉아 바카라를 즐기는 중이었다. 주로 베팅을 하는 천 사장 덕분에 시혁은 연신 플레이어를 맡게 되었다.

"난 이런 게임을 즐겨 하는 편인데, 이사님은 어떠신가."

이번에도 역시나 플레이어가 된 시혁은 카드를 받으며 심드렁한 표정을 지었다.

"전 이런 류의 게임은 별로 좋아하지 않습니다."

시혁은 천 사장의 비위를 맞추기보다 자신의 소신을 말했다. 그러자 천 사장이 의외라는 듯 그를 바라보았다.

"젊은 사람이 보기랑 다르군그래. 왜 그런가?"

"어차피 카지노가 이익을 내기 위해 만든 게임 룰 아닙니까. 당연히 플레이어가 카지노를 상대로 이기는 건 불가능하니까 별로 좋아지질 않더군요. 왜 그런 제로에 수렴하는 확률에 내 돈을 걸어야 하는지 모르겠습니다."

그러자 시혁을 빤히 바라보던 천 사장이 갑자기 큰 웃음을 터트렸다. 너무도 갑작스러운 일에 시혁은 영문을 몰라 천 사장을 의아하게 바라보았다.

"이보게, 인생이란 게 원래 그렇지 않나. 때론 운이 좋아 얻는 게 있으면 잃는 것도 있기 마련이지. 사람이 어떻게 똑같은 삶만 살아갈 수 있겠어. 그러니 때로는 신께서 선물을 주시는 거겠지. 이 럭키 칩처럼 말일세."

이전 게임에서 베팅에 성공한 천 사장이 가장 금액이 큰 칩에 입을 맞추더니 새롭게 베팅을 하려는 순간이었다. 마침 쇼핑을 마친 가현과 부인이 카지노 안으로 들어서고 있었다. 부인은 잠시 주위를 둘러보더니 천 사장을 발견하고서 곁으로 천천히 다가왔다.

"여보!"

그 부름에 시혁과 천 사장은 천천히 고개를 돌렸다. 그리고 시혁은 가현을 보는 순간 머릿속이 멍해지는 걸 느꼈다. 여기가 상해라는 것도 잊었다. 마치 그녀를 처음 만났던 때를 떠올리게 하는 가현의 모습이 가슴을 떨리게 했다. 모든 순간들이 바래지고 아득히 멀어진다. 두 눈 속에 오로지 가현만 담겼다. 그때, 천 사장이 멍해 있는 시혁의 어깨를 툭 치며 귓속말을 했다.

"저 정도로 빛나는 럭키 칩엔 인생도 걸어 볼 수 있지 않겠나?"

그 말이 끝나기가 무섭게 부인은 천 사장의 옆자리에 앉아 그의 뺨에 입을 맞췄다. 그리고 가현 역시 시혁의 옆에 앉았다.

"이렇게 승리의 여신님들이 오셨으니 이번에는 큰 운이 따르겠군그래."

호쾌하게 웃으며 천 사장이 베팅을 했다. 그는 믿기지 않게도 타이(tie)에 올인을 했다. 그 긴장감이 시혁에게도 전해졌는지 저도 모르게 가현의 손을 꼭 붙잡았다. 그리고 그의 체온이 가현에게로 고스란히 전해졌다. 그 손을 뿌리치지 않은 채 마주 잡은 가현은 서서히 오픈되는 카드를 보았다.

"플레이어와 뱅커, 타이가 됐습니다. 베팅하신 금액의 8배의 배당금이 주어지겠습니다."

딜러의 말이 끝남과 동시에 천 사장과 부인은 환호성을 내질렀다. 그리고 그들 주위로 사람들이 몰려들며 박수를 쳐 주었다. 그 사이에 함께하게 된 시혁과 가현은 행운의 순간을 믿기지 않는다는 듯 바라보았다. 하지만 그 와중에도 꼭 잡은 손은 놓치지 않았다. 그들은 1년 전, 상해에 처음 왔을 때처럼 함께가 되었다.

"자, 자. 한 잔들 들라고!"

카지노에서 베팅에 성공한 천 사장은 흥이 올랐는지 지인들을 불러 모으기 시작했다. 그러더니 호텔 바를 통째로 비워 제대로 된 술판을 벌였다. 그중에는 어제 파티에서 봤던 이들도 몇 명인가 보였다. 화기애애한 분위기 속에 함께 녹아든 시혁과 가현은 맞잡은 손을 아직도 놓지 않고 있었다.

"손……."

가현은 고개를 돌려 시혁의 옆모습을 걱정스레 바라보았다. 이

걸로 벌써 몇 잔째일까. 시혁의 잔이 빌 때마다 사람들은 그냥 두지 않고 매번 그의 잔을 가득 채워 주었다. 웬만하면 사양할 법도 한데 오늘만은 그럴 분위기가 아닌지라 시혁은 주는 대로 받아 마시기 바빴다.

"많이 차가워졌어요. 이제 그만 마셔요."

웬만한 술에는 쉽게 취하지 않는 시혁이었기에 겉으로 봐서는 아무 티가 나지 않았다. 하지만 가현만은 알 수 있었다. 언제나 체온이 높은 그의 손끝이 이렇게 차가워졌다는 건, 몸이 아프거나 술에 취했다는 증거였다. 그래서 가현은 그가 더 이상 술을 마시지 않길 바랐다. 하지만 그 마음을 아는지, 모르는지 시혁은 고개를 돌려 씨익 웃기만 했다.

"난 괜찮으니까 넌 마시지 마."

그렇게 말한 시혁은 찰랑거리는 가현의 술잔을 손끝으로 톡톡 쳤다. 가현의 술이 아직도 남아 있는 건 그녀 몫까지 시혁이 마셨기 때문이다. 그런 작은 배려가 고맙긴 했지만 가현은 걱정이 앞섰다.

"제가 마셔야 될 거까지 다 드셨잖아요. 이제 그냥 받아 두기만 하세요."

가현은 잡은 손에 힘을 주며 애써 엄한 표정을 지었다. 그러자 시혁이 멀뚱히 그녀를 바라보았다. 그러더니 이내 달콤하게 미소 지으며 가현의 귓가에 입술을 바짝 대었다.

"내가 그렇게 걱정돼?"

평소답지 않은 시혁의 행동에 가현은 당혹감을 감추지 못했다.

취해서 하는 행동에 많은 의미를 두지 말자고, 머리로는 그렇게 생각했다. 그런데도 저도 모르게 볼이 붉어지는 건 어쩔 수가 없었다. 그래서 가현은 괜히 고개를 돌리며 쌀쌀맞게 답했다.

"이 정도는 그냥…… 보통이잖아요."

"이제 우리도 보통을 얘기할 수 있는 사이가 된 건가."

"그건 아직……."

가현은 그건 아직 모르겠다고 대답하고 싶었다. 하지만 시혁이 그녀의 어깨에 머리를 기대는 바람에 그 말은 막히고 말았다.

"시혁 씨!"

놀란 가현이 작게 소리쳤지만 시혁은 개의치 않고 두 눈을 감았다.

"잠시만. 아주 잠깐 동안만 이러고 있을게."

가현은 어깨에 느껴지는 무게와 감촉이 낯설었다. 어쩌면 그건, 상대가 시혁이였기 때문일지도 모르겠다.

지난 3년간 우린 가장 가까웠지만 먼 존재이기도 했다. 수많은 엇갈림 끝에 서로 다른 곳을 바라보았기에 당신과 나에게 더 이상의 미래는 없을 거라 생각했더랬다. 하지만 우린 지금 함께이다. 그리고 우습게도 서로에게 기회를 주고받았다. 처음이자 마지막으로.

"사람들이 보잖아요."

그래서 가현은 시혁을 강하게 거부하지 않기로 했다. 적어도 그래야 공평할 것 같아서.

"난 그래서 더 좋은데."

시혁의 말에 가현은 얼이 빠졌다. 그가 평소답지 않게 이런 말을 할 정도라면 많이 취한 게 분명하리란 생각이 들었다. 그런데도 싫지가 않은 건, 분명 맞닿은 체온이 무척이나 따뜻해서일 거다.

"이 이사 부부는 아직도 신혼이구만, 그래."

이미 얼큰하게 취해서 얼굴이 빨갛게 달아오른 천 사장이 두 사람의 곁으로 다가왔다. 그래서 시혁은 마지못해 눈을 뜨며 고개를 똑바로 들었다.

"젊은 사람이 벌써부터 이러면 안 되지. 밤은 아직도 길다네."

"그러게요. 상해에서의 밤은 유독 긴 거 같군요."

시혁은 씁쓸하게 웃으며 빈 잔을 내밀었다. 그러자 기다렸다는 듯 천 사장이 술병을 기울이려 순간, 가현이 손을 뻗어 막았다.

"더 이상은 안 돼요."

시혁을 향해 나지막이 속삭인 가현은 천 사장을 바라보며 곤란하다는 표정을 지었다.

"시혁 씨는 이미 충분히 마셨으니까 더 이상은……."

가현은 빈 잔을 잡고서 반대로 엎으며 술을 따르지 못하도록 했다. 그 모습을 빤히 보던 천 사장은 이내 호탕하게 웃더니 고개를 저었다.

"말하지 않았나. 밤은 아직 길다고."

천 사장은 컵을 원상태로 되돌리며 넘치도록 술을 따랐다. 그리고 시혁의 앞으로 밀어서 고갯짓을 해 보였다.

"남자라면 이 정도는 마셔 줘야지."

술을 앞에 둔 중국인은 죽기 전까지 부어라 마셔라 하는 걸 가현도 들어서 알고 있었다. 하지만 천 사장이 이렇게까지 나올 줄 몰랐던 가현은 당황해서 천 사장의 부인을 찾았다. 그녀라면 이 상황을 막아 주리란 생각이 들었다.

"잠시만요."

그렇게 조마조마한 마음으로 눈을 굴리던 가현은 건너편 소파에 앉아 있는 부인을 발견했다. 그런데 애석하게도 그녀는 이미 술에 취해 반쯤 눈을 감고 잠이 들어 있었다. 더 이상 기댈 곳이 없어진 가현은 간절한 눈빛으로 시혁을 돌아보았다. 그러자 그는 어쩔 수 없다는 듯 어깨를 으쓱해 보이고는 잔을 들었다. 그리고 말릴 새도 없이 단숨에 비워 버렸다.

"역시 이 이사야. 마시는 게 남자답구만."

천 사장은 과장스럽게 박수를 치며 시혁을 칭찬했다. 그 모습이 못내 얄미웠지만 가현은 티내지 않으려 노력했다.

"괜찮아요?"

"아마도……."

시혁의 안색을 살피며 가현은 테이블 위에 놓인 과일 한 조각을 집었다. 그걸 시혁에게 내밀었지만 그는 고개를 젓더니 한숨만 내쉬었다. 술 향기가 물씬 풍겨 나는 시혁의 한숨에 가현은 더욱 걱정이 되어 잡은 손에 힘을 주었다. 손끝에서 시작된 냉기가 그의 온몸을 뒤덮을지도 모르겠다는 생각이 들었다.

"중간에 쉬면 마시기 더 힘든 법이지."

그런데도 천 사장은 두 사람의 사정을 봐줄 생각이 없어 보였다. 천 사장이 다시 빈 잔을 채우려고 하자 가현은 그의 손목을 빠르게 잡아챘다.

"정말로 더는 안 돼요."

가현의 단호한 말투에 천 사장은 오히려 짓궂은 미소를 띠었다.

"가현 씨는 남편이 많이 걱정되는가 보군."

그런 얘기를 꺼낸 의도가 뭔지는 알 수 없었지만 가현은 솔직해지기로 했다. 그래서 진지한 눈빛으로 고개를 끄덕였다.

"그렇게 원하면 남편은 그냥 보내 드릴까?"

"그래 주시면 정말 고맙죠."

가현은 문득 남편은, 이라는 표현이 조금 걸렸다. 그리고 그 예상은 빗나가지 않았다.

"그럼 가현 씨가 대신에 특별한 걸로 한 잔 마시면 같이 보내 드리지. 어떤가?"

천 사장의 갑작스러운 제안이 가현은 내키지 않았다. 하지만 서로 기분 상하지 않고 이 상황을 끝낼 수 있다면 그것도 나쁘진 않을 것 같았다.

"좋아요. 제가 마시죠. 그러니까 보내 주신다는 약속은 꼭 지켜 주셔야 해요."

"남아일언중천금이지."

그렇게 말한 천 사장은 대기 중이던 웨이터를 부르더니 무언가를 지시했다. 그사이, 눈빛이 많이 흐려진 시혁이 가현의 어깨에 고개를 기대며 중얼거렸다.

"넌 마시지 않아도 돼. 내가 대신……."

"시혁 씨는 이미 충분히 마셨어요. 겨우 한 잔 정도니까 걱정하지 마세요."

가현은 애써 부드러운 말투로 시혁을 안심시키려 했다. 그리고 겨우 한 잔이었다. 그 정도로 어떻게 될 리가 없다 생각하며 가현은 내심 만만하게 생각했더랬다. 그런데 이내 웨이터가 들고 온 술병은 이제까지 보던 것과는 사뭇 다른 위압감을 풍겼다. 투명하면서 목이 긴 술병 안에는 무언지 알아보기 힘든 물체가 들어 있었다.

　"이건 내가 특별히 담근 술이지. 산에서 갓 채취한 산삼만 먹인 도롱뇽을 바이간얼(白乾兒)에 담그고 2년을 묵혔다네."

　술병을 받아 들고 의기양양한 모습으로 설명을 하는 천 사장을 보며 가현은 뜨악한 표정을 지었다. 형체가 불분명한 것의 정체가 도롱뇽이라니. 생각만 해도 소름이 돋았다. 게다가 바이간얼이라고 했다. 그건 흔히들 말하는 고량주나 빼갈을 통틀어 부르는 이름이었다. 가현은 겨우 한 잔이라고 생각했는데 뒤통수를 맞은 기분이 들었다.

　"천 사장님, 아무리 그래도 이거는 좀……."

　가현이 진저리를 치며 거부하려 하자 천 사장은 오히려 근엄한 표정을 지었다.

　"고금에는 배필을 맞으려면 무엇도 불사한다고 했다네. 그러니 제 짝을 데려가려면 이 정도 대가는 아무것도 아니지 않나."

　그러고서 천 사장은 술병 뚜껑을 열어 맥주잔 가득 술을 부었다. 은은한 갈색빛이 도는 그것을 가현은 있는 힘껏 노려보았다. 아무것도 모를 때는 그 정도는 아무것도 아니라며 호기롭게 약속을 했었다. 하지만 막상 술과 마주하니 쉽게 결심이 서지 않았다. 그러자 보다 못한 시혁이 나섰다.

"제 아내 대신에 제가 마시겠습니다."

줄곧 잡고 있던 시혁의 손이 이내 떨어지고 술잔을 향해 뻗어 간다. 그 손끝이 얼마나 차가웠는지, 얼마나 빠르게 맥박이 뛰었는지 가현은 여전히 기억하고 있었다. 그래서 그가 마시도록 가만 내버려 둘 수가 없었다.

"천 사장님께서 제게 주신 거예요. 그러니까 당연히 제가 마셔야죠."

시혁보다 빠르게 맥주잔을 낚아챈 가현은 갈색의 술을 보며 자신에게 최면을 걸기 시작했다. 이건 맥주야. 이것 봐, 꼭 김빠진 맥주 같잖아. 유나랑 같이 마셨던 그런 맥주.

"억지로 마실 필요 없어."

옆에서 시혁이 말렸지만 가현은 뜻을 굽히지 않고 고개를 저었다. 그리고 천 사장의 화통한 웃음소리에 움찔 놀라고 말았다. 그는 손을 흔들어 보이며 가현을 말리려 했다.

"됐네, 됐어. 그냥 농……."

하지만 가현은 천 사장의 말이 끝나기도 전에 무언가에 쫓기듯 단숨에 술잔을 비워 냈다. 지금 자신이 마시지 않으면 천 사장이 또 시혁에게 술을 권할 거란 생각이 들어서였다. 그런 그녀의 행동에 모두들 경악스러운 표정을 지었다.

"농담이었는데……."

천 사장 역시 당황한 듯 자신의 아내를 툭툭 건들며 잠에서 깨웠다. 그사이에 가현은 기세 좋게 비운 잔을 탁자 위에 탁 올려놓았다.

"으으……."

가현의 진저리에 겨우 정신을 차린 시혁은 걱정스러운 눈빛으로 그녀를 보았다.

"괜찮아?"

시혁의 물음에 가현은 손으로 입가를 닦으며 고개를 끄덕였다. 그러고서 천 사장을 똑바로 바라보았다.

"그럼, 약속대로……."

그 순간, 가현은 머리가 핑 돌았다. 그리고 멀쩡했던 공간이 일그러져 보이고, 바닥이 요동치는 느낌이 들었다. 몸을 지탱하기도 힘이 들어서 가현은 자연스레 인상을 찌푸렸다.

"제 남편은…… 제가 데려……."

역시 무리였나 보다. 그래도 여기까지 버틴 거 보면 나도 대단하네. 그렇게 가현은 잠깐 눈을 감는 사이에 쓰러지고 말았다. 놀란 시혁이 곧바로 몸을 던져 그녀를 부축했다. 그러고서 정신을 잃은 가현을 안쓰럽게 바라보았다.

"저와 아내는 그만 가 보도록 하겠습니다."

시혁은 술기운이 단숨에 날아가는 걸 느끼며 가현을 품에 안았다. 천 사장의 짓궂은 장난에 화가 나기보다 가현에 대한 걱정이 앞섰다. 그래서 될 수 있는 한 정중한 태도로 천 사장을 향해 눈인사를 건네고서 바에서 빠져나왔다. 스위트룸으로 돌아가기 위해 엘리베이터에 올라탄 시혁은 품에 안긴 가현을 가만 내려다보았다.

"미안해."

시혁은 나지막이 사과의 말을 뱉었다. 이윽고 엘리베이터가 멈쳤고 시혁은 재빠르게 걸음을 옮겨 단숨에 방 안으로 들어섰다. 그리고 가현을 침대에 눕혔다. 그동안에도 가현은 앓는 소리 한 번을 내지 않고 고른 숨을 내쉬었다. 그녀가 힘들지 않아 다행이라 생각하며 시혁은 가현의 곁에 앉았다. 그리고 흐트러진 그녀의 앞머리를 조심스레 정리해 주었다.

"다시 한 번 더 말하지만 미안해. 그리고 내 곁에 있어 줘서 고마워."

가현은 이렇게나 작고 가녀린데도 언제나 강했다. 그녀는 줄곧 그랬다. 어쩌면 처음 만났던 그 순간부터 시혁은 자신에게 없는 강함 때문에 가현에게 이끌렸을지도 모르겠단 생각이 들었다.

"너에게 말한 적 없지만……."

술기운에 붉게 물든 가현의 볼을 쓰다듬으며 시혁은 자신의 지난 행동들을 떠올렸다. 그리고 가현과 멀어지고 나서야 느꼈던 의문에 대한 확신이 생겼다. 게다가 이제 더 이상 그녀를 보며 지수를 떠올리지 않는다는 사실도.

"널 많이 좋아하는 거 같아."

지금은 고작 정신을 잃은 가현에게 고백을 하는 정도지만 언젠가는 이 마음을 직접 전하고 싶었다. 그녀가 자신을 받아들여 줄 그때가 온다면, 모든 것을 걸고서 가현을 향한 이 마음을 보여 주리라.

"그러니까…… 이번에는 절대로, 가현이 널 놓치지 않을게."

시혁은 가현의 볼을 감싸고서 그녀의 이마에 조심스레 입을 맞췄다. 그리고 오늘 내내 놓지 않았던 그 손을 다시 마주 잡았다.

꼭 붙잡은 손이 서로의 온기로 물들 무렵이었다. 정신을 잃고 꼼짝도 하지 않던 가현이 갑자기 눈을 번쩍 떴다.

"거짓말쟁이."

"너, 다 듣고……."

시혁은 당혹감을 감추지 못하며 가현을 바라보았다. 그녀는 눈에 비난을 가득 담고 있었다. 자신의 진심이 거부당했다는 것보다 그 안에 담긴 가현의 아픔이 느껴져서 시혁은 마음이 더 불편했다. 그래서 더욱 가현에게서 눈을 뗄 수가 없었다.

"그건 아무래도 좋아. 일단…… 물부터 마시자."

시혁은 누워 있는 가현의 몸을 일으켜 주려 손을 뻗었다. 하지만 가현이 그 손을 매섭게 쳐 냈다.

"필요 없어."

평소답지 않은 가현의 거친 말투에 시혁은 놀라서 그녀를 바라보았다. 그 시선을 받으며 겨우 몸을 일으킨 가현은 침대 머리에 등을 기대며 시혁을 노려보았다.

"뭘 그렇게 봐?"

취기에 볼을 발그레하게 물들인 가현은 혀가 약간 꼬여 있었다. 생각보다 많이 취한 게 분명했다. 그런 가현이 시혁을 노려보는 걸로 모자랐는지 흔들리는 손길로 그에게 삿대질을 했다.

"왜, 난 반말하면 안 돼? 넌 매번 그러잖아."

한 번도 본 적 없는 가현의 모습에 시혁은 헛웃음이 나올 지경이었다. 하지만 그게 싫지는 않은 느낌이라서 시혁은 차분하게 가현을 달랬다.

"아니, 그런 거 아니야. 네가 원하면 그렇게 해. 그런데 일단 너 많이 취했으니까 얼른 자는 게⋯⋯."

"야, 이시혁!"

하지만 가현은 약간 흥분한 듯 시혁의 말을 잘랐다. 그리고 여전히 삿대질하는 손을 거두지 않으며 언성을 높였다.

"나한데 더 이상 이래라저래라 하지 마."

가현의 눈빛에는 비난과 단호함이 공존했다. 그 모든 게 과거의 자신을 탓하는 것 같아서 시혁은 마음이 착잡해졌다. 그래서 시혁은 삿대질하는 가현의 손을 살짝 잡아 내려 주며 나지막이 말했다.

"알았어. 이제 이래라저래라 안 할게."

하지만 가현은 그 손을 다시 뿌리쳤다. 그리고 입술을 삐죽이며 새초롬한 표정을 짓더니 고개를 획 돌렸다.

"하긴, 이제 우리는 서로 그럴 사이도 아니니깐!"

마치 어린아이 같은 그 모습에 시혁은 슬쩍 미소 지으며 가현의 눈동자를 가만 바라보았다.

"⋯⋯도 돼."

술김이었을까. 시혁이 한 말이 제대로 들리지 않자 가현은 다시 그에게 시선을 돌렸다. 그러자 거기에 자신만을 바라보는 한 남자의 다정한 눈빛이 있었다. 그리고 무언가를 맹세하듯, 시혁의 낮고 달콤한 목소리가 이어졌다.

"넌 해도 돼. 나한테 이래라저래라."

가현은 취중에도 그 말을 쉽게 믿을 수가 없었다. 그래서 경계심 가득한 눈으로 그를 바라보았다. 하지만 시혁의 눈빛은 여전히 다정했다.

"진심이야. 이젠 가현이 네가 나한테 이래라저래라 해도 돼."

과거에 있었던 가현을 향한 구속들이 얼마나 잘못된 선택이었는지, 시혁은 이제야 어렴풋이 알 것 같았다. 그래서 이제라도 그 순간들을 되돌리고 싶었다.

"아니, 그랬으면 좋겠어. 당신이 원하는 만큼."

그 다정함이, 달콤함이, 얼마나 진실된 감정인지는 취한 와중에도 확연하게 알 수 있었다. 하지만 가현은 이 상황을 시혁처럼 쉽게 받아들일 수가 없었다. 그래서 쓰게만 웃었다.

"……필요 없어."

지금이라고 해서 우리가 달라질 수 있을까. 가현은 흔들리는 마음을 제대로 붙잡을 수가 없었다.

"필요 없다라……."

그녀의 말을 되풀이하는 시혁은 뱉은 말만큼이나 마음이 쓰렸다. 안다. 깨닫고 있었다. 지난날의 내 잘못이 그녀를 이렇게 만들었다는 걸. 그게 시혁을 아프게 했다. 그리고 그녀의 마음을 잡아 두지 못하는 지난날의 자신이 미웠다.

"근데, 한 가지 묻고 싶은 건 있어."

그나마 다행인 건, 가현이 마주친 시선을 피하지 않고 있다는 사실이었다. 그래서 시혁은 뭐든 물어보라는 듯 두 눈을 깜빡였다.

"왜……."

어느새 흐리게 물든 가현의 눈빛에는 서글픔이 가득했다. 결혼 생활 내내 혼자만 몰래 품어 왔던 의문이 하나 있었다. 하지만 그걸 입 밖으로 내는 순간, 다치게 되는 건 자신일 거란 생각이 들었다. 그래서 늘 외면해 왔다. 그런 생각을 하는 자신이 나쁜 거라고 탓해 오면서 말이다. 가현은 그 정도로 시혁을 좋아하고 사랑했다. 하지만 시혁의 마음은 무엇이었을까.

"당신은 왜 나랑 결혼한 거야?"

가현의 눈빛은 슬픔을 넘어 간절함을 담고 있었다. 그것과 마주하는 순간, 시혁은 말로는 설명할 수 없는 수많은 감정이 교차되는 걸 느꼈다. 하지만 가현이 무얼 생각하고 있든, 그건 시혁의 진심과는 다를 게 분명했다. 지금 내 눈에는 너만 담고 있다고, 그렇게 말해 주고 싶었다.

"왜냐고……."

하지만 가현은 시혁을 기다려 주지 않았다. 어떻게 말해야 자신의 진심이 잘 전해질지 시혁이 고민하는 사이, 가현은 이내 시선을 피해 버렸다.

"됐어, 대답하지 마. 안 들을래. 어차피 당신한텐 인형이 필요했던 거겠지. 오늘처럼, 당신 옆에서 웃어 줄 그런 인형이."

그러고서 가현은 몸을 돌려 침대 위에 눕더니 이불을 머리끝까지 뒤집어썼다. 그 모습에 시혁은 당황할 수밖에 없었다. 술에 취한 가현은 처음이었지만 이렇게 감정에 솔직한 그녀도 처음이었다. 그렇게 시혁이 어쩔 줄 몰라 하는 사이, 가현이 나지막하게 중얼거리는 소리가 들려왔다.

"난 최지수가 아니니까……."

그 말에 시혁은 심장이 쿵 하고 떨어지는 걸 느꼈다. 그녀의 입을 통해 흘러나온 건 자신의 죄였다. 언제까지고 가현의 가슴에 슬픔으로 박혀 있을 무지의 죄. 그래서 시혁은 가현의 곁으로 다가가 이불을 걷어 내고 그녀의 어깨를 돌렸다. 그러자 가현의 뺨에 남은 확연한 눈물 자국이 눈에 들어왔다.

"가현아……."

"가요. 이제 그만 날 내버려 둬."

가현은 힘없이 시혁을 밀어 냈다. 그러는 중에도 그녀의 눈가에는 하염없이 눈물이 흘러내렸다.

"이래라저래라 해도 된다면서! 그러니까 지금 할래."

아프게 소리를 내지르는 가현의 모든 말이 시혁의 가슴으로 와 박혔다. 그녀의 아픔은 곧 그의 아픔이 되었다.

"그냥 날 좀 내버려 둬요. 자꾸 내 옆에 나타나지 말란 말이야. 기회를 달라는 당신답지 않은 소리도 하지 말고, 우리 사이에 어떤 애정이 있었던 것처럼, 그런 것도 하지 말고 그냥 가. 제발."

그녀가 눈을 깜빡일 때마다 눈가에 맺혀 있던 눈물이 방울져 떨어졌다. 몸은 이렇게 가까운데 우리의 마음은 왜 이렇게 멀어졌을까. 시혁은 그 모든 게 가슴이 저리도록 슬펐다. 하지만 지금 자신의 슬픔보다는 가현이 느낄 아픔과 고통을 보듬어 주는 게 먼저였다. 그래서 그녀가 밀어 내는데도 억지로 다가가 뺨에 흐르는 눈물을 닦아 주었다.

"미안. 그거…… 역시 나한테는 무리야."

가현은 매섭고도 차갑게 시혁의 손길을 뿌리쳤다. 그러고서 있는 힘껏 그를 노려보았다.

"왜 이렇게 끝까지 이기적인 건데."

그런데도 시혁은 그 눈길을 피하지 않고 똑바로 마주했다. 지금은 그래야만 했다.

"맞아. 난 이기적이야. 하지만 지금, 이렇게 당신을 그냥 내버려 두고 갈 수는 없어."

이성은 그를 밀어 내야 한다고 말하고 있었다. 하지만 시혁의 확고한 눈빛에 가현은 마음이 흔들렸다. 최근의 그는 늘 그랬다. 기회를 달라고 말할 때도, 좋아한다는 말을 할 때도, 절실함으로 그녀의 감정을 잡고 놓지 않는다. 마치 그녀에게 사랑을 갈구하는 사람처럼 말이다.

"내가 나쁜 새끼고 이기적이었다는 거 잘 알아. 하지만 다정한 척도, 애정이 있던 척도 한 적 없어."

아니라고, 아닐 거라고, 그의 말은 모두가 거짓이라고 아무리 부정해도 저 진실한 눈앞에서는 무너지고 만다.

"당신 말처럼 난 이기적인 놈이니까, 그런 척 같은 거 할 수 있을 리가 없잖아."

그러고서 시혁은 한 치의 틈도 없이 가현을 품에 꼭 안았다. 자신의 마음이, 진심이, 그녀에게 닿기를 바라면서 말이다.

"왜 당신과 결혼했냐고……."

이번에는 가현도 시혁을 밀쳐 낼 수가 없었다. 이렇듯 세차게 뛰는 가슴이 시혁 때문인지, 술 때문인지 알 수가 없었다. 그를 거부하던 이성도 점점 흐릿해져 갔다. 그리고 그의 향기……. 한

동안 잊고 지냈던 그의 체취가 오늘따라 더욱 짙게 다가와서 가현은 머릿속이 혼란스러웠다.

"그날, 비가 왔었지."

가현과 함께 공연을 보기로 했던 그날은 왜인지 일이 자꾸 꼬이기만 했다. 노력에 비해 결과가 나오지 않아서 초조했고 컨디션도 최악이었다. 결국 일 때문에 약속 시간에 한 시간이나 늦고 말았을 때, 시혁은 이 관계도 오늘로 끝장이겠구나 생각했었다. 하지만 가현은 화도 내지 않았고, 비난도 하지 않았다.

'비가 참 예쁘게 내리는 날이네요.'

겨우 도착한 그를 보며 가현은 흐린 하늘이 개는 것같이 해사하게 웃어 주었다. 하지만 빗속에서 기다린 탓에 그녀의 한쪽 어깨는 젖어 있었고, 추위에 오들오들 떨고 있었다. 그런 가현의 모습은 너무도 작아 보였다. 끝내 지켜 주지 못했던 그의 가여운 첫사랑을 떠올리게 할 정도로 말이다.

'시혁 씨 다 젖었잖아요. 우산도 안 쓰고 온 거예요? 저랑 우산 같이 써요.'

가현과 같이 다정한 사람이라면 평생 곁에 있어도 좋다는 생각이 들었다. 그리고 지수에게 해 줄 수 없었던 일을 가현에게 모두 해 주고 싶었다. 어리고 미숙해서 지수를 지키진 못했지만 가현만은 자신의 손으로 지켜 내자고 시혁은 생각했었다.

"빗속에서 날 기다리던 당신이 환하게 미소 지었을 때 생각했어. 이번에야말로 지켜 주고 싶다고."

가만가만 귓가에 속삭이는 나직한 목소리가 너무도 다정해서, 가현은 두 눈을 꼭 감았다. 그리고 시혁이 말한 그날을 떠올렸다. 우리는 세 번째 데이트를 했고, 헤어지는 순간 그가 프러포즈를 했었다. 동화라면 '그들은 행복하게 잘 살았습니다.' 란 말로 마지막을 장식했을 것이다. 하지만 우리에겐 잔혹한 현실이 존재했다.

"그것도 결국은 내가 그 사람을 닮아서였잖아. 달라?"

눈을 뜬 가현은 시혁의 품 안에서 담담하게 말했다. 어차피 변하지 않을 진실이라면 외면하고 싶지 않았다.

"처음엔 그랬어. 부정하진 않을게."

그건 시혁 역시 마찬가지였다. 이미 지나가 버린 과거를 되돌리기엔 늦었다는 걸 알았다. 그렇지만 두 사람의 미래까지 닫혔다고 생각하진 않았다. 하지만 그를 알 리 없는 가현은 시혁의 거짓 없는 대답에 상처를 입었다. 그래서 그를 밀어 내며 원망 가득한 눈초리로 바라봤다.

"결국 우리 결혼은 아무 의미도 없었던 거야."

"아니. 나에겐 아니었어. 가현이 네가 있었기 때문에 난 죽지 않고 내 두 발로 일어설 수 있었어. 다른 누구도 아닌, 너였기 때문에 난 다시 사랑을 알게 된 거야."

처음엔 지수를 닮아서 좋았고 잃어버린 첫사랑을 대신해 지켜 주고 싶었다. 하지만 어느 순간 내 부인은, 가현은, 그냥 그녀일 뿐이었다. 그걸 너무 늦게 알고 만 것이다. 시혁이 아끼고 싶다고 생각하는 것은 그가 손을 대면 모두 망가졌다. 선을 넘으면 마음을 기대고, 짐을 지우면 모두가 불행해졌다. 그래서 가현만은 자신의 그늘에서 언제까지나 웃어 주길 바랐건만, 돌이켜 보면 지나친 욕심일 뿐이었다.

"그래서 난 더욱 두려웠어……. 언젠가 너도 내가 망가뜨릴까 봐. 또다시 영원히 잃게 될까 봐. 어쩌면, 그런 의미에서 당신 말이 맞을지도 모르겠어. 난 비겁하고 치사한 새끼지."

원망 가득한 가현의 눈가에 다시금 눈물이 어렸다. 미움과 설움이 한꺼번에 올라온 가현은 더 이상 참지 못하고 시혁의 가슴을 때리며 그를 계속해 밀어 냈다.

"그러니까 이제 그만 가! ……가요, 가라고……!"

한때는 내가 아픈 만큼 그도 아프길 바란 적도 있었다. 하지만 이제는 아무래도 좋았다. 그저 편해지고 싶었다.

"우리…… 이제 이런 거 그만해도 되잖아."

연신 가슴을 내리치는 작은 주먹에 시혁은 몸보다는 마음이 더 아팠다. 그녀의 볼을 타고 방울져 흐르는 눈물을 당장이라도 닦아 주고 싶었다.

"나 미워해. 얼마든지 원망하고 탓해."

그 말에 거짓말처럼 가현의 손길이 멈췄다. 그리고 끝내, 고개 숙여 홀로 눈물을 감내했다. 그런 가현을 두고 볼 수 없던 시혁은 조심스레 그녀의 턱을 올려 눈물을 닦아 주었다.

"난 당신에게 빚을 졌어. 알잖아, 나, 빚지고는 못 사는 성격인 거."

시혁은 다정한 손길로 가현의 볼을 쓰다듬으며 나지막이 얘기를 이어 갔다.

"기회 주기 싫으면, 그냥 빚만 갚을게."

"싫어. 당신이 너무 미워……."

"말했잖아. 나 마음껏 미워해. 하지만 밀어 내진 마."

가현은 눈물을 그치지 않으며 그를 힘없이 밀어 냈다. 하지만 이번에는 시혁도 그냥 밀려 나지 않았다. 오히려 그녀의 팔을 잡아 품 안으로 끌어당겼다.

"당신이 없는 우리 집은 너무 크더라. 텅 빈 집에서 나 혼자 있게 되니까 아무리 죽을 것같이 피곤해도 잠을 잘 수가 없었어. 겨우 잠이 들어도 불안함에 다시 깨어나야 했지. 남들이 보는 나는 부족한 게 없는데, 정작 내 자신은 너무 부족했어."

시혁의 품 안에 갇히지 않으려 몸을 뒤틀던 가현은 시간이 흐를수록 잠잠해져 갔다. 그리고 시혁의 낮은 음성에 귀를 기울이기 시작했다.

"그래서 알았어. 당신이 나에게 어떤 존재였는지. 나 같은 놈, 웃으며 맞아 주고 평온히 잠들 수 있게 해 주던 사람이라는 걸."

시혁은 천천히 가현을 침대 위에 눕혔다. 그러고서 등 뒤에서 그녀를 다시 끌어안았다.

"네가 술 마시고 오면 이젠 내가 돌볼 거야. 일어나면 물도 떠다 줄게. 네가 나에게 했던 것처럼. 앞으로 가현이 너에게 받았던 모든 걸 돌려줄게."

시혁은 가만가만 가현의 머리를 쓰다듬었다. 믿지 않을 거라고 이성은 외치지만 가현은 그 손길을 뿌리칠 수가 없었다. 자꾸만 그를 믿고 싶어졌다. 이번에는 다를지도 모른다고 말이다.

"……이제부터 내가 널 더 많이 좋아할게."

그 고백에 가현은 천천히 눈을 감았다. 취기 때문인지 아니면 그의 달콤한 목소리 때문인지 알 수 없었지만 눈앞이 어지러웠다. 그렇게 까막까막 잠이 내려오는 와중에 어깨를 쓰다듬는 다정한 손길이 느껴졌다. 오늘 밤이 지나면 우리의 모습은 어떻게 변해 있을까. 그 불안보다, 이 평안의 무게가 더 무거웠는지 자꾸 눈꺼풀이 감겼다. 그리고 내 마음의 애정과 미움이 함께 녹아들고 있다는 걸 느낄 수 있었다.

처음이었다.

처음으로, 그의 곁에서 안심하며 잠이 들 수 있었다.

5.

"……현아."

까무룩 잠이 들었던 가현은 누군가의 다정한 음성에 아주 천천히 눈을 떴다.

"가현아."

가현의 시야가 확연해져 올수록 눈앞의 갈색 눈동자도 다정함이 짙어져 가는 게 보였다.

"일어나야지. 아침이야."

바라보는 시선만큼이나 다정한 음색이라고 가현은 생각했다. 그리고 그게 시혁의 것이란 걸 깨닫기까지는 약간의 시간이 걸렸다. 그렇게 평소보다 느리게 잠을 떨쳐 낸 가현은 몸을 일으키려는 와중에 극심한 두통을 느꼈다.

"으으……."

절로 신음이 나올 만큼 머리와 위가 지끈거렸다. 어제 마셨던 술이 이렇게 숙취로 돌아올 줄 알았더라면 마시지 말 걸 그랬다는 뒤늦은 후회가 밀려들었다. 숙취에 괴로워하는 가현을 안타깝게 바라보며 시혁은 그녀를 부축해 앉혔다. 그리고 미리 준비해둔 꿀물을 그녀 앞에 내밀었다.

"따뜻해서 금세 속이 풀릴 거야. 천천히 마셔."

시혁이 건네는 잔을 받아 든 가현은 천천히 시간을 들여서 꿀물을 마셨다. 그러자 어느 사이엔가 따뜻한 기운이 온몸을 감싸며 그녀를 한결 편하게 만들었다. 그제야 가현은 한 가지 의문이 들었다. 시혁이 갑자기 왜 이렇게 지극정성인 걸까. 곁을 지키고 있는 시혁을 힐끗 바라본 가현은 천천히 어제의 기억을 떠올렸다.

'네가 술 마시고 오면 이젠 내가 돌볼 거야. 일어나면 물도 떠다 줄게. 네가 나에게 했던 것처럼. 앞으로 가현이 너에게 받았던 모든 걸 돌려줄게.'

그의 말대로라면 오늘은 더 이상 어제의 연장선이 아니었다. 새로운 시작이었다. 하지만 가현은 새롭다는 감각이 쉽사리 피부에 와 닿지 않았다.

"이제 좀 괜찮아?"

"네. 아까보다는 훨씬 나은 거 같아요."

그럼에도 가현은 시혁을 향해 조용히 미소 지었다. 앞으로 그가 얼마나 변할지는 모르지만 당장은 노력하려는 게 눈에 보였기 때문이다.

"언제 일어났어요?"

"나도 일어난 지 얼마 안 됐어."

가현의 미소에 시혁도 미소로 답했다. 어젯밤은 그녀가 곁에 있어서인지 오랜만에 푹 잘 수 있었다. 물론, 그 이전에 힘겨운 설전을 벌이기는 했지만 그만큼 서로에게 솔직해질 수 있는 순간이기도 했다. 그렇기에 시혁은 오늘 하루가 무척이나 기대가 됐다.

"어서 씻고 와. 밥 먹자."

시혁이 부드러운 손길로 가현의 머리를 쓰다듬는 순간, 낯설면서도 익숙한 시혁의 향기가 그녀의 코끝을 간지럽혔다. 그래서였을까. 가현은 왠지 나쁜 짓을 한 아이가 된 느낌이 들어서 재빨리 침대에서 빠져나와 욕실로 향했다. 그렇게 간단하게 샤워를 마치고 머리를 감는 순간, 방금 전에 느꼈던 시혁의 낯선 향기가 제 몸 여기저기에 머물러 있다는 걸 알 수 있었다.

"왜 이러지?"

고개를 갸웃거리던 가현은 이내 그 정체를 알아챘다. 그의 향기가 낯설다고 느껴졌던 이유는 이곳 욕실에 비치되어 있는 바디워시나 샴푸의 향이 낯설었기 때문이었다. 하지만 가현도 이젠 시혁과 같은 향기를 가지게 되었다. 단지 그것뿐인데도 가현은 시혁과 함께 향기를 공유한다는 것 자체가 무척이나 오랜만이라 부끄러운 기분이 들었다.

"방금 막 결혼한 새색시도 아니고……."

가현은 그런 자신이 기가 찼지만 이미 새빨개진 귀를 감출 길이 없었다. 그래서 샤워기 물을 틀어 재빨리 머리를 헹궜다. 그렇게 머리를 다 감고 가현이 욕실을 나왔다. 그리고 미리 준비해 뒀던 옷으로 갈아입고 파우더룸 거울 앞에 서서 머리를 말리려는 찰나, 똑똑하고 문을 두드리는 소리가 들려왔다.

"가현아, 다 씻었어?"

시혁의 목소리였다. 변함없이 다정한 음색에 가현은 갑자기 마음이 다급해졌다.

"네? 아, 네. 다 씻었어요."

거울 앞에서 허둥지둥하며 드라이어의 전원을 켠 가현은 최대한 빨리 머리를 말리고 나가려고 했다. 그런데 어느 사이엔가 문이 열리고 시혁이 안으로 들어왔다.

"무, 무슨 일이세요."

가현은 왜인지 시혁을 똑바로 바라볼 수가 없었다. 하지만 이를 알 리 없는 시혁은 가현의 곁으로 더욱 바짝 다가왔다. 단지 그것뿐인데도 같은 공간 안에서 느껴지는 그의 향기가 신경이 쓰였다. 이제는 자신도 꼭 같은 향을 풍기고 있겠지. 가현은 그 사실이 말로 못 할 만큼 부끄럽다고 느껴졌다.

"왜 들어오셨어요. 금방 말리고 나갈 건데."

그래서 가현은 일부러 더 퉁명스레 말을 뱉었다. 그렇게 하면 붉어진 뺨도 조금은 가라앉을 것 같다는 생각이 들었다. 하지만 시혁은 자신과 시선도 맞춰 주지 않는 가현을 보며 자신이 또 무슨 잘못을 했는지 곰곰이 생각했다. 하지만 아무래도 짚이는 구석이 없어서 시혁은 어깨만 으쓱하고서 가현이 들고 있는 드라이어를 뺏어 들었다.

"너랑 같은 이유로 들어온 거야. 너 머리 말려 주려고."

"……네?"

시혁의 말을 단번에 이해 못 한 가현은 넋이 나간 사람처럼 그를 바라보았다. 지금 내가 들은 게 확실한 건가. 함께 살면서도 이런 행동은 한 번도 하지 않았던 그였다. 그런데 갑자기 왜 이렇게 변한 거람. 오늘 아침에 깨어났을 때도 그렇고, 가현은 시혁의 낯선 모습에 적응이 되지 않았다.

"이리 와."

하지만 시혁은 그런 가현을 아랑곳하지 않고 그녀의 뒤에 붙어 섰다. 그리고 그녀의 머리카락을 헤집으며 머리를 말려 주기 시작했다. 이러지도, 저러지도 못하는 가현은 몸을 굳힌 채 꼿꼿이 서 있기만 했다.

"이거, 지금 아부하는 거예요?"

이리저리 눈동자만 굴리며 눈치를 보던 가현은 결국 참을 수 없어 한마디를 내뱉었다.

"뭐?"

"이런 일, 우리 함께 살면서 한 번도 없었잖아요. 솔직히 나 지금 엄청 어색하고 불편해요."

가현의 불평에도 시혁은 거울만 멀뚱히 바라보더니 아무렇지 않게 계속 가현의 머리를 말려 주었다.

"맞아. 나 너한테 잘 보이려고 지금 아부하는 거니까 어색하고 불편해도 네가 참아."

"받는 사람이 불편한데 그게 어떻게 아부가 돼요."

방금 전까지 부끄러웠던 기색이 단숨에 사라졌다. 아부조차 이기적인 시혁을 보며 가현은 기가 막혀 따져 물었다. 그런데 이 남자가 영 이상하다. 그런 가현을 보고서 씨익 웃기만 하는 거였다.

"그래서, 기분 나빠?"

시혁의 물음에 가현을 고개를 들어 거울을 바라보았다. 그렇게 거울 속에 머무는 시혁의 시선과 마주친 가현은 가슴이 묘하게 뛰는 걸 느꼈다. 시혁의 입가에 머문 것은 남을 비웃거나 씁쓸하게 일그러지던 미소가 아니라 봄의 햇살처럼 따사로운 미소였다. 게다가 저 눈빛. 마치 사랑스러운 것을 바라보는 듯 생기에 넘치는 시혁의 눈빛에 가현은 다시 볼이 달아오르는 걸 느꼈다.

"누, 누가 기분 나쁘대요? 됐으니까 그만 나가세요. 나머지는 내가 알아서 할 테니까."

가현은 시혁의 손에 잡힌 드라이어를 뺏어서 전원을 끄고는 문을 열어 그의 등을 떠밀었다. 이 이상 같은 공간에서 그에게 서비스를 받으면 정말 아부를 받는 입장이 될 것 같아서 조바심이 났다.

"알겠어. 알겠으니까 그만 밀어."

밖으로 나가는 시혁이 '풋' 하고 웃는 소리가 들려왔다. 그 웃음소리에 가현은 더 기를 쓰며 시혁을 밀어 냈다. 뭔가가 잘못되어 가고 있었다.

"룸서비스 시켜 둘 테니까 빨리 나와."

시혁의 말이 끝나기가 무섭게 가현은 파우더룸의 문을 쾅 소리나게 닫았다. 겨우 혼자 남게 된 가현은 한숨을 내쉬며 거울을 바라보았다. 거기에는 민낯으로 볼만 발그레 물들인 여자가 한 명 서 있었다. 게다가 어제 술을 마셔서인지 피부가 푸석해 보였다. 이 모습을 하고서 시혁의 앞에 서 있었다고 생각하자 가현은 머리가 띵해졌다.

"아니, 아니지. 내가 뭐하러 이런 거까지 신경 써야 해."

하지만 가현은 이내 머리를 휘휘 내저으며 방금 전 자신을 부정했다. 겨우 하룻밤 사이에 찾아온 시혁의 변화가 익숙하진 않아서일 뿐이다.

"그런 거에 휘둘리면 안 돼."

그렇게 결심한 가현은 다시 드라이어를 집어 들고 스스로 머리를 말리기 시작했다. 그런데 스치고 지나는 자리마다 시혁의 다정했던 손길이 떠올랐다. 그리고 기억은 자꾸만 거슬러 올라가 그의 품 안에서 잠이 들었던 어젯밤의 기억까지 떠올라서 가현은 도무지 진정을 할 수가 없었다.

"윤가현, 너 진짜 미쳤구나. 정신 차려."

아무리 기회를 준다고 약속했어도 헤어짐을 결심했던 사이였다. 그런데 몇 마디의 말만으로 이렇게 덜컥 믿음을 내보여도 좋은 걸까. 가현은 쉽사리 중심을 잡지 못하는 자신을 거울을 통해 노려보았다.

"약속한 반년 동안 절대 전처럼 굴면 안 돼."

그러고서 가현은 정신을 차리려는 듯 볼을 찰싹, 찰싹 때렸다. 이제 사랑을 주기만 하던 가현은 어디에도 없어야 옳았다. 약속한 반년 동안 오롯이 받기만 하리라고, 가현은 다짐에 다짐을 거듭했다.

두 사람 모두 지난밤에 술을 마신 터라 아침은 가볍게 게살스프만으로 속을 채웠다. 그리고 꿀을 넣은 레몬티로 입가심을 하는 동안 시혁은 가현을 빤히 바라보고 있었다.

"뭘 그렇게 봐요."

"이렇게 너랑 같이 있다는 게 신기해서. 이러니까 기분 좋다."

하루 사이에 너무도 뻔뻔하게 변한 그의 태도가 어이가 없어서 가현은 들고 있던 찻잔을 탁 소리가 나도록 내려놓았다.

"오늘은 아침부터 바쁘시네요. 그것도 아부예요?"

"아니, 마음에서 우러나는 진심이야."

"……."

진심. 그 한마디에 가현은 맞받아치려던 말을 속으로 삼켰다. 여느 때와는 많이 다른 다정한 음색, 행동, 눈빛까지, 그는 나를 사랑하는 존재가 되어 가고 있었다.

'……이제부터 내가 널 더 많이 좋아할게.'

잠들기 전에 들었던 나지막한 고백이 현실로 나타나는 거라고 생각하니 가현은 가슴 언저리가 간질거리는 생경한 감각을 느꼈다.

"더 쳐다보면 돈 받을 거니까 이제 그만 봐요."

그래서 가현은 또 퉁명스레 말을 하고 말았다. 이 낯선 감각을 제대로 받아들이기에는 아직 완벽한 준비가 되어 있지 않았기 때문이다. 하지만 시혁은 가현의 그런 모습도 개의치 않았다.

"다행이네. 마침 내가 가진 돈이 좀 많았는데."

시혁의 언행이 갈수록 뻔뻔하고 능글맞아졌다. 혹시나 이게 시혁의 진짜 모습이 아닐까. 그 역시도 과거를 버리면서 진정한 자신을 맞이하게 된 걸지도 모른다. 그렇다면 시혁과 자신 사이에 드리운 지수라는 그림자도 사라지지 않을까. 그렇게 생각하자 가현은 뭔가 눈앞이 트이는 것 같았다. 어쩌면 '우리'를 시작할 수 있을지도 모르겠다는…… 그런 예감이 들었다.

"차 그만 마실 거면 우리 나갈까."

한동안 가현이 말이 없자 시혁은 잔을 내려놓고 자리에서 일어섰다.

"나간다고요? 어디로……."

갑작스러운 제안에 어리둥절한 눈으로 가현이 바라보자 시혁은 손목시계를 보더니 얘기를 이어 갔다.

"비행기 시간도 많이 남았으니까 밖에서 산책이나 쇼핑을 할까 하는데."

"쇼핑……."

가현은 어제 천 사장 부인과 함께했던 쇼핑을 떠올리며 저도 모르게 한숨을 내쉬었다. 하지만 시혁의 말처럼 시간이 많이 남기도 했고 계속 방 안에 있는 것도 별로일 것 같아서 가현도 자리에서 일어섰다. 그러자 시혁이 가현을 향해 손을 뻗었다.

"응?"

그 손을 어쩌라는 건지 몰라서 가현이 멀뚱히 바라만 보고 있자 시혁은 그녀의 손을 낚아채어 깍지를 끼었다.

"이제 가자."

"어, 어? 네?"

그렇게 뭐라고 할 새도 없이 시혁의 손에 이끌려 가현은 스위트룸을 벗어났다. 엘리베이터를 타는 동안에도, 그리고 호텔을 나와 주변을 걸으면서도 두 손은 깍지를 낀 채였다. 그 손을 뿌리치는 건 가현에게 어렵지 않은 일이었다. 하지만 적어도 우리에겐 이전과는 다른 기회와 시간이 필요하다는 생각이 들었다. 그래서 그에게 잡힌 손을 마주 잡은 채 가현은 앞으로 나아갔다.

"지난번에 상해에 왔을 때 우리가 나눴던 얘기 기억해?"

여유롭게 걸음을 옮기며 시혁은 가현을 바라보았다. 스쳐 지나는 사람, 어느 누구도 그에게는 상관이 없었다. 지금 이 순간에 중요한 이는 가현 한 명뿐이었다.

"무슨 얘기요?"

살랑이며 부는 바람에 가현의 앞머리가 흩날렸다. 이전과는 다른 짧은 머리카락과 BB만 발랐는데도 매끄러운 피부, 그리고 붉은 입술이 무척 매력적으로 보였다.

"천 사장과 계약이 성립된 걸 두고 우린 작은 보상이라고 했었지. 회사에는 큰 이익이 되는 일이었지만 정작 우리에겐 여기에서 평범하게 지냈던 일상이 더 소중하고 값진 시간이었으니까."

매일이 반짝이고 사랑스러웠던 나날들이 시혁의 안에도 남아 있었다. 그 역시도 그때의 일을 기억하고 있었던 것이다. 그 사실에 놀란 가현은 시혁을 바라보며 상해에서의 한때를 떠올렸다. 아주 잠깐이었기에 더욱 소중했던 그 시간들을.

"지금은……?"

우습게도 지금이 꼭 그 순간과 같아서 가현은 심장이 세차게 뛰었다. 마주 잡은 두 손과 서로만을 바라보는 눈동자가 더없이 소중했던, 그날의 우리가 지금도 여전히 가슴 안에 남아 숨 쉬고 있는 것 같아서 가현은 떨리는 마음으로 시혁에게 물었다. 그러자 그는 싱그러운 미소와 함께 고개를 끄덕였다.

"지금도 여전히."

아주 짧은 대답이었지만 가현은 그것만으로 시혁의 진심을 알 수 있었다. 하지만 차마 '나도'라는 대답은 할 수가 없었다. 아직은 그런 용기도, 믿음도 보여 줄 준비가 되어 있지 않았다. 그래서 가현은 그저 고개만 끄덕여 보였다.

"고마워."

시혁은 그런 작은 긍정만으로도 만족한 듯 맞잡은 손에 힘을 실었다. 그렇게 걱정도, 근심도 없이 두 사람은 앞만 보고 걸어 나갔다. 그러다 가현은 문득 고개를 옆으로 돌렸다. 그리고 그 순간, 자리에 못 박힌 듯 움직일 수 없게 되었다.

"무슨 일이야?"

갑자기 멈춰 선 가현을 향해 시혁이 의아해하며 물었다. 하지만 가현은 무언가에 넋을 뺏긴 듯 꼼짝도 하지 않았다. 대답조차 없었다. 결국 시혁은 가현의 시선을 따라 그녀가 바라보는 것에 시선을 두었다.

"뭐 마음에 드는 거라도 발견했어?"

원래 물욕이 없던 가현이 웬일로 가던 길도 멈춰 서서 하염없이 샤넬 매장 안을 들여다보고 있기에 시혁은 무엇이라도 사 주고 싶다는 생각이 들었다. 그래서 그녀를 잡아당겨 매장 안으로 들어가려 했는데 가현은 꼼짝도 하지 않았다.

"그거 알아요?"

그리고 뜻밖의 물음이 그녀에게서 돌아왔다. 가볍게 무슨 말이냐고 물어볼 수도 있었지만 어딘가 냉랭해진 가현의 시선에 시혁은 입을 다물었다.

"내가 아직 철이 없고 어릴 때는 이 브랜드의 향수를 갖는 게 꿈이었던 적이 있어요. 여자들에게는 일종의 로망이잖아요. 샤넬의 향수는."

얘기를 듣던 시혁은 고개를 갸웃했다. 그게 지금 이 상황에서 무슨 연관이 있는지 도무지 감이 잡히지 않았다. 하지만 가현은 여전히 무언가 불편한 듯, 마음에 들지 않는 듯, 그렇게 얘기를 이어 갔다.

"내가 처음 여기 향수를 갖게 된 건 당신의 선물이었어요. 기억나요? 우리가 만난 지 얼마 되지 않았던 때였죠. 난 기뻤어요. 정말로 여자라는 생각이 들었거든요. 당신이 선물해 준 그 향기를 온전히 내 것으로 만들고 싶어서 들떴었죠. 그 이후로 매번 향수가 떨어질 즈음이 되면 당신이 같은 걸 선물해 줘서 더 그랬을 거예요. 하지만 한참이 지난 후에 난 알게 되었죠. 그 향기조차 내 것이 될 수 없다는걸."

가현의 얘기를 들은 시혁은 그제야 무언가를 떠올렸다. 가현이 지수와 닮았다는 걸 깨달은 이후에는 더욱 그 생각을 떨칠 수가 없어서 지수가 평소에 쓰던 샹스를 그녀에게 선물했더랬다. 그리고 그건 가현에게 또 다른 속박이 되었을 것이다.

"이런 작은 일에도 나는 지수 씨의 망령에서 벗어날 수가 없는데 당신은 그게 가능한가요?"

담담히 묻는 가현에게 시혁은 어떤 말을 꺼내야 할지 갈피를 잡지 못했다. 완전히 잊었냐고 묻는다면 그렇지 않았다. 그녀는 시혁에게 첫사랑이었고 제대로 이별의 말조차 건넬 수 없는 존재였다. 하지만 이제 시혁은 가현과 지수를 같이 묶지 않기 위해 노력하고자 한다. 그리고 그 진심을 부디 가현이 알아주길 바랐다.

"가능하도록 할 거야."

시혁은 계속 잡고 있던 가현의 손을 놓고 혼자 매장 안으로 들어갔다. 그렇게 홀로 남은 가현은 그의 뒷모습을 시선으로만 좇았다. 그는 잠시 동안 직원과 얘기를 나누더니 무언가를 포장해서 가현의 곁으로 다시 돌아왔다.

"이게 내 대답이고, 의지의 표현이란 걸 알아줘."

시혁이 내미는 쇼핑백을 건네받은 가현은 안에 든 걸 꺼내어 조심스레 포장을 풀었다. 그 안에는 분홍빛의 샹스가 아닌 전혀 다른 향수가 들어 있었다.

"이미 말했지만 난 앞으로 널 더 많이 좋아할 거야. 거긴 더 이상 지수가 없어. 오로지 윤가현이란 여자만 있을 뿐이지."

시혁은 가현의 손에 들린 느와르를 받아 들고서 그녀의 드러난 목덜미에 뿌려 주었다. 흐른 시간 속에 옅어져 간 지수의 향기는 그렇게 서서히 사라져 갔다. 시혁은 더 이상 그 뒤를 좇지 않았다. 그렇다고 외면하지도 않았다. 다만 흘러가는 대로 가만히 내버려 두었다. 그리고 시혁은 새로운 향기에 휩싸인 가현의 손에 느와르를 쥐어 주었다.

"앞으로 나와 함께할 사람은 너야."

가현의 코끝에는 이전과는 다른 매혹적이고 우아한 향이 머물렀다. 단지 향을 바꿨을 뿐인데 가현은 자신의 여자를, 자신이 바라던 여성상을 찾은 것 같다는 생각이 들었다. 아이러니하게도 헤어짐을 결심했던 남자의 손끝에서 가현은 또 다른 새로움을 맞이했다.

"고마워요."

무엇이, 어떻게 고마운지 굳이 말하지 않았다. 그건 어쩌면 시혁의 용기에 바치는 감사였을지도 모른다. 그리고 그 중심에 있는 존재가 자신이라는 것 역시도. 어쩌면 우리는 과거와는 다른 길로 갈 수 있을지도 모르겠다는 생각이 들었다. 하지만 가현의 마음에는 아직 확신보다는 불안감이 더했다. 그럼에도 오늘보다는 나은 내일이 기다리고 있길, 조심스레 바랐다.

❀ ❀ ❀

오늘 하루 만에 가현은 시혁의 새로운 면을 많이 보았다. 특히나 새롭게 와 닿는 건, 그는 손잡는 걸 굉장히 좋아한다는 거다. 혹여나 손을 놓을라치면 시혁은 가현의 존재를 확인하려는 듯 더욱 꼭 붙잡아 왔다. 그 행동은 비행기 안에서도 여전했다.

"이제 그만해요."

시혁이 깍지 낀 손에 힘을 줬다가 풀기를 반복하더니 손끝으로 가현의 손가락을 쓸어내리며 장난을 치는 것이다. 결국 견디다 못한 가현이 손을 자신의 품 안으로 숨겨 버렸다.

"부끄러워하는 건가?"

"귀찮아하는 거예요."

시혁이 짓궂게 묻자 가현은 정색을 하고서 답했다. 그런 그녀의 반응이 신선하기는 했지만 마음에 들지 않았던 시혁은 눈살을 찌푸렸다.

"대답이 칼 같은 건 차치하고서라도 정이 너무 없군."

그의 말에 기가 막힌 가현은 짧은 한숨을 내쉬고서 시혁을 똑바로 바라보았다.

"정이라는 단어에 담기는 뜻 중에 이런 게 있어요. 사랑이나 친근감을 느끼는 마음. 그런데 우리가 그중에 들어맞는 감정이 있나요? 당신은 날 사랑한다고 하지만 난 아직 그렇다고 말한 적 없어요. 친근감? 그것도 아직 모르겠네요. 난 얼마 전까지 당신이랑 이혼할 생각을 하던 사람이니까요."

제 생각을 속사포처럼 내뱉는 가현은 속이 다 시원했다. 자꾸만 앞서가려는 시혁의 행동에 가현은 정도를 찾고 싶었다. 그래서 더욱 매몰차게 군것이다. 그런데 시혁의 표정이 묘했다. 화가 난 것 같지도 않고 그렇다고 기분이 나쁜 것 같지도 않았다. 이 남자가 대체 무슨 생각을 하고 있는 거람. 가현이 미심쩍은 눈빛으로 그를 바라보는 찰나, 시혁이 입을 열었다.

"똑같은 정이 들어가는 말 중에 정서이견(情恕理遣)이란 말이 있어. 잘못이 있으면 온정으로 참고 이치에 비추어 용서한다는 뜻이지. 우리가 나눴던 기회와 약속이 이루어지기 위해선 그게 바탕이 되어야 성립되지 않을까."

혹시나 싶었는데 역시였다. 그가 가만히 당하고 있을 리가 없지. 예전부터 말로는 시혁을 이길 수가 없었는데 그걸 잠시 잊은 자기가 바보였다. 가현은 은근히 부아가 치밀었다. 어떻게 하면 그를 꺾을 수 있을까 생각하던 가현은 그냥 자신의 감정에 솔직하기로 했다. 시혁에게 휘둘리지 않기 위해서는 그만한 강수가 필요했다.

"무조건 참고 용서해 주는 여자가 필요한 거면 다른 사람을 알아봐요. 난 이제 그럴 생각 없어요."

시혁의 눈살이 다시 찌푸려졌다. 가현은 제가 뱉은 말에 가슴이 뛰었다. 그의 앞에서 한 번도 이런 말을 한 적이 없었기 때문이다. 혹여나 시혁이 언젠가의 모습처럼 화를 내며 언성을 높이지는 않을까 긴장이 되었다. 하지만 그는 옅은 한숨을 내뱉더니 한없이 진지한 눈빛으로 가현을 바라봤다.

"가현이 네가 아니면 누구라도 싫어."

그의 말을 들은 가현은 기분이 묘했다. 어쩌면 갈수록 이렇게 이기적이고 뻔뻔해지는 걸까. 그런 생각이 들기도 하는 반면에, 마음을 허락한 여자에게는 맹목적으로 변하는 그의 솔직함이 놀랍기도 했다. 마치 이 세상에 여자는 자신 하나뿐이라는 듯 행동하는 시혁을 보며 가현은 지수에게 집착하던 그의 모습을 떠올렸다.

"지금에서야 느낀 거지만 당신은 바보였네요."

"뭐? 갑자기 무슨 소리야."

뜬금없이 튀어나온 말에 시혁은 황당해했다. 하지만 가현은 그를 향해 고개를 가로저으며 진지하게 말했다.

"바보는 약으로도 못 고친다고 하던데…… 큰일이네."

가현은 솔직히 말하고 싶지 않아서 얄궂은 표현을 고르긴 했지만 그가 어떤 남자인지 조금 알 것 같았다. 그의 사랑은 일편단심이었다. 하나의 마음을 여러 갈래로 나누는 법을 모르는 바보 같고 단순한 남자였다. 그렇다고 해서 가현이 받았던 상처와 고통들이 보상되는 건 아니겠지만 그래도 아주 약간은 그가 이해가 되었다.

"이제는 제법 농담도 주고받을 사이가 된 건가."

가현의 속내를 알 수 없지만 그래도 이런 순간들이 나쁘지 않아서 시혁은 입가에 미소를 띠었다.

"네겐 별일 아닐 수도 있겠지만 대등한 위치에서 언쟁을 주고, 받을 정도로 마음을 열어 줘서 고마워."

가현은 어째서 그가 좀 전에 묘한 표정을 지었는지 알아챘다. 그리고 자신과 시혁에 대해 다시 생각하게 되었다.

지난 3년간의 가현은 온순하고 순종적인 아내였다. 그래야만 하는 거라고 생각했었다. 그런 자신이 싫어서 새로운 세상으로 나아간 거였는데 그녀는 여전히 스스로를 작은 성벽 안에 가두고 있었는지도 모르겠다. 자신의 사랑만 가엾다고 생각하고, 진심이 외면받았다고 생각하면서 말이다. 직접 부딪치면 별것 아니었는데도.

"고마워할 거 없어요. 지금이 당연한 거니까."

"당연한 게 너무도 어렵다는 걸 난 이제야 알았거든."

벽을 깨고 나온 순간 많은 게 변했다. 일상을 살아가는 데 정해진 답은 없었던 거다. 그럼에도 시혁은 가현에게 고마워하고 있었다. 그런 시혁의 변화 때문일까. 가현은 가슴속이 간질거리며 미소가 비집고 나오려는 것을 겨우 참고서 창가를 향해 고개를 돌렸다. 비행기는 이제 곧 있을 착륙을 준비하려는 듯 궤도를 낮추고 있었다.

※ ※ ※

공항을 빠져나온 시혁과 가현은 미리 마중 나와 대기 중이던 차 안으로 몸을 실었다.

"두 분 모두 고생 많으셨습니다. 회사에는 내일부터 정상 출근하시도록 조치했으니 오늘까지 쉬시면 될 것 같습니다."

최 실장의 얘기에 두 사람은 동시에 고개를 끄덕이고서 한동안 말없이 창밖만 바라봤다. 서로 의도한 건 아니었지만 비행기 안에서의 일이 이제 와서 쑥스러워서였다. 그렇게 얼마나 달렸을까. 차 안에 맴도는 정적을 먼저 깬 것은 시혁이였다.

"한 가지, 궁금한 게 있었는데 물어도 될까."

그제야 창에서 시선을 뗀 가현은 시혁을 바라보았다. 그런데 시혁은 시선을 맞추지 않고 가현의 왼쪽 손만 뚫어져라 바라보고 있었다.

"무슨 일인데요?"

그의 의도를 몰랐기에 가현은 고개를 갸웃거리며 시혁의 시선이 닿는 제 손으로 눈길을 돌렸다.

"반지는 어쩐 거지."

마치 날씨 얘기를 하듯 담담한 시혁의 어조에 가현은 하마터면 '그러게요.' 라고 답할 뻔했다.

"반지……."

얼마 전까지도 왼손 약지에 희미하게 남았던 반지 자국은 어느새 형체도 남아 있지 않았다. 텅 빈 그 자리가 이제는 제법 익숙했던 가현은 시혁의 물음에 뒤늦게야 반지의 존재를 떠올리고 이리저리 기억을 더듬어 갔다. 그리고 집을 나온 첫날, 유나와의 만남을 떠올렸다.

"커피랑 바꿨어요."

정확히는 자신을 묶어 왔던 굴레에서 벗어나기 위해서 커피숍 사장에게 잠시 보관을 부탁한 거였지만 가현은 자세히 설명하고 싶지 않았다. 왜인지는 모르겠지만 괜한 오기를 부리고 싶었다. 아마도 그때의 해방감을 시혁이 이해할 수 없을 거란 생각에서였는지도 모르겠다.

"커피숍도 아니고 커피 한 잔이랑 결혼반지를 바꿨단 건가, 지금."

시혁은 가현의 대답에 기가 차고 어이가 없었다. 반지가 가지고 있는 물질적 가치도 그렇지만 그 속에 담긴 의미는 어떤 상황에서도 흐려져선 안 됐다. 물론, 시혁은 자신이 저지른 잘못을 충분히 인정했다. 그렇지만 반지 문제는 그것과는 또 달랐다.

"네. 그 정도로 가치 있는 한 잔이었거든요."

"장난이 지나치군."

시혁의 곁에 머물던 다정한 기류가 급속히 차가워져 갔다. 가현은 그런 시혁을 빤히 바라보았다. 그때는 그래야만 하는 줄 알았다고 말할 수도 있었지만 가현은 아무 말도 않았다. 어차피 영원히 사라진 것도 아니었으니까. 하지만 아무것도 모르는 시혁은 많이 언짢은 듯 보였다. 그 모습을 보고 있자니 가현은 자그마한 의문이 하나 떠올랐다.

"당신은 한 번도 뺀 적 없어요?"

가현의 물음에 시혁의 인상이 단번에 구겨졌다. 그리고 퉁명스러운 대답이 돌아왔다.

"그런 적 없어. 적어도 내게는 왼손 약지에 끼워진 건 단순한 반지가 아니라 인연을 증명하는 존재야. 약속의 징표이기도 하고."

지난 시간 속에 온전히 지수만이 그의 안에서 살아 있다고 생각했었다. 그런데 그에게 나란 존재도 있긴 했구나. 그렇게 생각하니 가현은 괜한 씁쓸함을 느꼈다. 겨우 한 발짝이 필요했던 건지도 모른다. 그에게도, 나에게도 겨우 한 발의 용기만 있었다면 지금과는 다른 또 다른 결과가 나왔을지도 모르는데…….

거기까지 떠올린 가현은 머리를 흔들며 그 생각을 지워 냈다. 어쨌든 중요한 건 지금을 살아가는 거니까.

"반지, 아주 없애 버린 건 아니에요. 찾을 수 있어요."

"찾으면. 다시 낄 생각은 있긴 해?"

가현의 긍정적인 반응에도 시혁은 삐딱하게 굴었다. 그 모습이 못마땅했던 가현은 샐쭉한 표정으로 따져 물었다.

"당신은 여전하네요. 그 반지가 없으면 우리가 나눈 약속도, 기회도 없어지는 건가요? 지금 집중해야 될 건 우리 두 사람에 관해서지, 반지의 유무는 아니잖아요."

"반지 안에 그 의미도 모두 포함되어 있어. 이건 최소한의 성의 문제잖아."

"지금 내 앞에서 시혁 씨가 성의를 운운하는 건 우습다고 생각하는데요."

"비꼬지 마. 지금 잘못한 건 내가 아니잖아."

잘못. 그의 입에서 그 단어가 나오자 가현은 더 이상 견딜 수가 없었다. 상해를 벗어나자마자 우리는 또다시 서로에게 날을 세우고 있다. 도대체 무슨 마법을 부리면 이렇게 순식간에 바뀔 수 있는 걸까.

"차 멈춰요. 나 내릴 거예요."

가현이 당장이라도 문을 열고 내리려는 듯 굴자 운전수는 당황해서 차를 갓길에 세웠다.

"누구 마음대로 차를 멈추지? 다시 출발해."

시혁이 당장이라도 잡아먹을 듯이 말하자 운전수는 이러지도, 저러지도 못하고 당황했다.

"자기 일 하는 사람에게 괜히 화내지 마세요."

그런 모습조차 마음에 들지 않은 가현은 시혁을 향해 톡 쏘아붙이고는 차 문을 열었다. 그러자 그가 가현의 손목을 잡아챘다.

"이렇게 그냥 가려는 거야?"

하지만 그녀는 단숨에 그 손을 뿌리쳤다. 그리고 시혁을 힘껏 노려보며 외쳤다.

"나한테 정서이견이란 말 꺼냈었죠. 아무래도 그 말은 시혁 씨에게 더 필요한 거 같네요. 제발 참고 인내하며 용서하는 마음을 좀 가져 보세요."

그렇게 가현은 쾅 소리가 나도록 문을 닫고서 차에서 멀어져 갔다.

"이사님, 사모님을 이대로 보내셔도 괜찮으시겠습니까."

"……오늘은 됐으니까 그냥 놔둬요."

차 안에 남은 시혁은 굳이 그녀를 뒤쫓지 않았다. 화가 났기 때문이다. 그런데 그게 가현 때문인지, 아니면 자신 때문인지 가늠이 되지 않았다. 그녀에게 기회를 구걸할 때만 하더라도 그의 바람이 이뤄지기만 하면 가현을 위해서 무엇이든 해 줄 수 있을 것 같았다. 그런데 막상 닥치고 보니 오랫동안 지녀 온 아집을 버리기가 쉽지 않았다.

"되돌린다는 게, 쉽지가 않네……."

시혁은 시트에 몸을 깊게 파묻으며 한숨을 내쉬었다. 오늘 하루 사이에 겪은 감정의 변화들이 그를 지치게 만들었다. 하지만 생각해 보면 이제 시작일 뿐이다. 겨우 그녀가 자신을 돌아보기 시작했는데 여기서 멈출 수는 없었다.

❋　❋　❋

상해에서 돌아온 지 하루가 지났다. 월차를 냈던 가현은 오랜만에 출근하는 것 같다 생각하며 현관 앞에 놓인 스니커즈를 신었다. 익숙하게 문을 열고 나가서 엘리베이터에 오른 가현은 귓가에 이어폰을 꽂았다. 바쁜 출근 시간에만 가능한 작은 일탈이었다. 얼마 지나지 않아 엘리베이터에서 내린 가현이 곧장 원룸 현관을 빠져나오려는 찰나, 시혁이 불쑥 눈앞에 나타났다.

"깜짝이야. 여기서 뭐 하는 거예요?"

당황한 가현이 귀에 꽂고 있던 이어폰을 빼며 그에게 물었다. 그러자 시혁이 씨익 웃는다.

"같이 출근할까 해서 말이지."

그 말에 주위를 둘러본 가현은 시혁의 뒤로 서 있는 검은 세단을 발견했다. 그러자 잠시 잊고 있던 어제 일이 자연스레 떠올랐다.

"저는 갤러리로 가고, 시혁 씨는 회사로 가야 하잖아요. 복잡한 출근 시간에 괜히 폐 끼치고 싶지 않아요."

좋은 기억으로 남지 못한 그 순간이 가현은 불편했다. 생각해 보면 자신도 잘한 건 없었지만 그걸 딱히 큰 잘못이라 생각하진 않았다. 어차피 과거잖아. 자꾸만 앞을 보지 못하는 시혁이 속상해서 가현은 그와 함께 있는 순간을 피하려 했다. 그래서 시혁을 지나쳐 앞으로 걸어 나갔다.

"생각해 봤어."

시혁은 그런 가현의 뒤를 쫓아 걸으며 그녀에게 계속해 말을 걸었다.

"너와 내가 자꾸만 어긋나는 이유, 네가 날 떠나려고 했던 이유를. 밤이 새도록 계속 생각하고 또 생각했어."

하지만 가현은 한 번도 걸음을 멈추고 뒤돌아보지 않았다. 그가 하는 변명들은 이미 새삼스럽지 않았다. 어차피 또 자기를 먼저 앞세우겠지. 난 원래 그래, 네가 이해해. 그런 시혁의 태도에는 신물이 났다. 그리고 뜻대로 되지 않으면 또 힘으로 자신을 멈춰 세울 거라고 가현은 생각했다. 하지만 그녀의 생각과는 달리 시혁은 그저 묵묵히 가현의 뒤만 쫓았다.

"결국에는 내 집착 때문이었어. 과거에 대한 집착, 지수에 대한 집착, 그리고 너에 대한 집착……. 내 스스로 쌓아 올린 그 무게들에 짓눌려서 지금을 보지 않았던 거야. 그게 널 아프고 견딜 수 없게 만들었겠지. 내가 뒤를 돌아보는 동안에 넌 내 곁에 있어 준 유일한 존재였는데 난 그걸 알면서도 모른 척했어. 내가 가진 아픔들만 들여다보느라 널 돌보지 못한 거야."

시혁이 간절하게 쏟아 내는 말들에 가현은 뒤늦게 걸음을 멈췄다. 그리고 두 눈을 꼭 감았다가 떴다. 언제나 우리는 행복보다 고통이 길었다. 어제 역시, 겨우 서로를 바라보았음에도 금방 그 순간을 놓치고 말았다. 그런데 이번이라고 다를까. 그런 의심 속에서도 시혁의 말들이 가슴에 박혀서 가현을 자꾸 붙잡았다. 결국 그녀는 수많은 고민 끝에 천천히 뒤를 돌아보았다.

"지금은 그렇게 생각해도 시간이 지나면 없었던 일이 될지도 몰라요. 또다시 그 감정들은 옅어지고 잊혀질지도 모르죠. 그때는 어떻게 할 거죠. 우린 또다시 같은 일을 반복할지도 모르잖아요."

"너와 내가 이렇게 마주 보고 있잖아. 꼭 같은 속도로 나아갈 순 없겠지만 그렇게 되도록 노력하고 있다는 거, 그것만 네가 알아준다면 난 우리를 포기하지 않을 거야."

시혁은 가현의 눈동자를 똑바로 바라보았다.

"가현이 네가 준 기회를 이런 식으로 놓치고 싶지 않아."

가현은 흔들림 없는 시혁의 눈을 보며 결국은 그를 받아들이리란 생각이 들었다. 시혁이 말했던 반년이란 시간 동안 우리는 또 이렇게 부딪히기만 할지도 모른다. 하지만 아직 끝은 정해져 있지 않았다. 그건 다른 누가 아닌 우리가 완성해야 할 시간이었으니까.

"좋아요. 믿을게요."

잠시 엇갈렸던 시혁과 가현이 다시 함께 흐르기 시작했다. 그럴 수 있도록 허락해 준 가현이 너무도 고마워서 시혁은 환히 웃어 보였다. 앞으로도 많이 서툴겠지만 뒤로 물러서지는 않을 거라 결심하며 시혁은 가현의 곁으로 한 발짝 다가섰다.

"그럼, 우리 이제 같이 출근하는 거지?"

마치 에스코트하듯 손을 내밀어 오는 시혁을 보며 가현은 잠시 고민했다. 그리고 새침하게 답했다.

"아침부터 저런 차로 출근해서 남들 시선 끌고 싶지 않아요. 난 버스가 편해요."

가현의 말에 시혁은 별거 아니라는 듯 웃어 보였다. 그리고 손을 뻗어 그녀의 손을 잡았다.

"그럼 버스로 가자."

그렇게 시혁은 가현을 이끌고 앞으로 걸어 나갔다. 이제는 이런 상황에 익숙해진 가현은 그를 굳이 뿌리치지 않았다. 그저 발을 맞춰 같이 걷기 시작했다.

"나랑 같이 가면 시혁 씨는요. 회사에 늦잖아요."

"난 괜찮아. 가끔은 지각도 해 줘야 인간미 있잖아."

별로 겪은 적 없는 시혁의 너스레에 가현도 웃음이 터지고 말았다. 이 사람에게 이런 면이 있었던가. 또다시 그의 새로운 모습을 발견한 가현은 왠지 들뜨는 기분이 들었다. 앞으로 우린 많은 것들을 새롭게 마주하게 될지도 모른다. 이전에는 함께하지 못했지만 지금은 이렇게 손을 마주 잡고 있다. 그 사실이 가현의 발걸음을 가볍게 만들었다.

"좋다. 네 웃음. 자주 그렇게 웃어 줘."

꽃이 피어나듯 환한 웃음이었다. 가현의 그런 웃음을 오랜만에 마주한 시혁은 어째서 그녀여야 했는지 새삼 깨달았다. 그녀에게는 너무도 사소한 것들이 시혁에게는 따스하게 와 닿았기 때문이었다. 그녀에게 필요한 건 일정량의 애정과 관심이 아니었다. 가현은 베란다 한편에 자리 잡은 그 월하미인이 아니었다는 걸, 시혁은 이제야 알게 되었다.

"벌써 하루가 가득 찬 기분이 든다."

"과장이 심하네요. 수만 가지 날들 중에 겨우 하루가 시작됐을 뿐이에요."

별거 아닌 소소한 얘기를 나누며 가현과 시혁은 버스 정류장을 향해 함께 나아갔다. 굳이 걸음걸이를 맞추지 않아도 좋았다. 서로의 옆에 서서 같은 곳을 향하고 있다는 것만으로도 시혁은 가슴이 벅차올랐다. 그녀라서, 그녀였기에 좋았다. 그리고 앞으로의 날들이 기대가 되었다. 어제와는 또 다른 가현을 맞이할 수 있는 그날들이 말이다.

❀ ❀ ❀

이 회장은 못마땅한 표정을 지으며 눈앞에 놓인 사진들을 훑어
보았다. 모든 사진에는 시혁과 가현의 모습이 찍혀 있었다.

"결국에는 상해에도 같이 다녀왔다고."

심기가 편하지 않은 이 회장을 보며 보고를 올린 김 실장은 착
잡한 표정을 지었다.

"오늘 아침도 갤러리로 함께 출근하셨다고 합니다."

"이혼을 요구할 때는 언제고, 뻔뻔하게 다시 되돌아올 생각인
가 보군."

시간이 흐르면 시혁도 가현을 체념하리라 생각했다. 그때야말
로 시혁에게 든든한 뒷받침이 될 배우자를 정해 주려 했건만. 이
회장은 탄식 같은 한숨을 내쉬며 사진이 놓인 책상을 내리쳤다.

"안 되겠어……."

시혁은 이 회장의 혼외자식이긴 했지만 그에게 하나뿐인 아들이
었다. 그것도 자신과 무척이나 닮은, 그런 소중한 아들이었다. 천방
지축인 세영과는 다르게 일에 관해서 머리 회전이 빠르고 수완이
좋은 시혁에게 언젠가는 대성그룹의 미래를 맡길 생각이었다.

"말을 듣지 않으면 듣게 만들 수밖에 없겠군."

하지만 그러기 위해서는 시혁이 혼외자라는 약점을 막아 줄 든
든한 울타리가 필요했다. 그렇기에 이 회장은 가현과의 결혼을 반

대했던 것이다. 평범하기 짝이 없는 그 여자는 시혁에게 약점을 더할 뿐, 결코 방어막이 되어 줄 수 없을 거라 생각했기 때문이다.

"이전에 말했던 그 일, 진행시키도록 하지."

"하지만 회장님, 그게 과연 옳은 선택일까요."

이 회장은 입가에 차가운 미소를 띠며 고개를 끄덕였다.

"적을 교란시키기 위해서는 내부에서부터 흔들어야 하는 법이야. 지수는 죽고 없지만 그만한 아이를 찾는 건 일도 아니지."

집안으로 보나, 성품으로 보나, 지수는 여러모로 시혁에게 어울리는 짝이었다. 그래서 그녀가 죽었다는 소식을 들었을 때는 이회장도 크게 안타까워했다. 하지만 시혁이 언제까지고 죽은 여자에게 휘둘리는 꼴을 볼 수는 없었다. 그런 의미에서 이 회장에게 가현은 치워야 할 짐에 불과했다.

"그냥 내가 시킨 대로만 해 두면 되네. 그럼 일은 알아서 굴러갈 테니."

그런 상황에서 이 회장은 시혁에게 어울리는 새로운 신붓감을 발견했다. 이번에는 무슨 일이 있어도 시혁과 가현을 갈라놓고 대성그룹에 어울리는 며느리를 보고야 말겠다고 이 회장은 결심을 굳혔다.

❀ ❀ ❀

가현은 침착한 표정으로 샤갈의 '생일' 옆에 섰다. 이번에 도슨트를 맡게 된 전시회의 주제는 샤갈의 영원한 사랑이었다.

"이 그림을 그릴 당시, 샤갈과 벨라는 결혼을 10일 앞두고 있었고, 마침 샤갈의 생일이었죠. 갑자기 꽃다발을 들고 찾아와 생일을 축하해 주는 벨라를 보며 감동을 받은 샤갈은 그 자리에서 그림을 그립니다. 하늘을 날고 싶을 정도로 행복에 겨운 연인의 모습이었죠. 벨라는 이 그림이 너무도 멋지고 아름답다고 생각하며 직접 생일이라는 제목을 붙였습니다."

이윽고 자리를 옮긴 가현은 '에펠탑의 신랑 신부', '도시 위에서', '산책', '술잔을 높이 쳐든 이중 초상' 등을 소개하며 샤갈과 벨라의 사랑에 관해 설명을 이어 갔다. 몽환적인 색채 위에 그려진 두 연인은 영원한 사랑을 얘기하며 늘 하늘 위를 날아다녔다. 샤갈에게 벨라는 아내이자 인생의 이해자이며 어머니와 같았다.

하지만 이내 그의 그림에서 행복은 사라지고 어둡게 변해 갔다. '과거에의 경의'는 그런 샤갈의 짙은 우울함이 적나라하게 드러났다.

"세계대전의 여파로 미국에서 생활하게 된 샤갈과 벨라에게 갑작스러운 이별이 찾아옵니다. 그녀가 전염병에 걸리게 된 거죠. 그리고 1944년 너무도 사랑하던 벨라가 샤갈의 곁을 떠나게 됩니다. 벨라가 떠난 후에 샤갈은 '평생토록 그녀는 나의 그림이었다.'고 말할 정도였죠. 그렇게 큰 충격을 받은 샤갈은 1년 동안 붓을 잡지 못하고 자신의 그림조차 보기 싫어했습니다."

힘겹게 다시 붓을 쥔 샤갈은 그림 스타일이 확연하게 변했다. 그는 '그녀의 주변', '화촉', '결혼', '썰매와 마돈나' 등을 그리며 어느 것에나 서늘한 푸른색을 사용했다. 이 신비하고 쓸쓸한 푸른색은 후에 '샤갈의 푸른색'이라고 불리게 됐다.

그렇게 언제까지고 우울하게 이어질 것 같던 그림은 어느새인가 강렬한 붉은색을 품고 아름다운 꽃이 함께하게 됐다. 가현은 '바바의 초상' 앞에 섰다.

"1952년, 샤갈은 딸 이다의 소개로 발렌티나 브로드스키란 여자와 만나게 됩니다. 그리고 6년 후, 두 사람은 결혼을 하게 되었습니다. 샤갈은 당시 65세였고 발렌티나는 그보다 스물다섯 살이 어렸죠. 결혼식장을 나가며 샤갈은 '바야흐로 제 2의 청춘이 시작된다.'고 외쳤습니다. 그 말을 증명하듯 그림 속 꽃다발은 어두운 과거를 뒤로하고 보름달처럼 빛나고 있죠. 그리고 침착하고 고요한 바바는 부활, 재생, 새롭게 찾아오는 고요한 아침을 상징하고 있습니다."

그리고 이어서 가현은 '파리 위의 신부'로 자리를 옮겨서 설명을 이어 갔다.

"그렇게 샤갈은 바바에게서 안정감을 찾고 경제적으로 여유로워졌습니다. 꽃과 나무와 함께하는 바바가 마치 성모 마리아같이 보이지 않나요. 샤갈은 그녀에게서 다시금 행복과 환희, 그리고 평화를 느꼈을 겁니다."

가현은 이상하게도 샤갈의 사랑이 시혁과 많이 닮아 있다고 생각했다. 그렇다면 자신이 바바가 되는 걸까. 하지만 사람들이 기억하는 샤갈의 연인은 벨라였다. 그녀는 샤갈의 뮤즈였고 그림 그 자체였으니 말이다. 하필이면 죽은 사람을 연적으로 둔 바바와 묘한 유대감을 느끼며 가현은 마지막 그림인 '바바를 위하여'를 바라보았다.

"샤갈은 그림을 그릴 때 수탉이나 당나귀로 자신을 형상화했습니다. 당나귀와 바바가 무척이나 가깝게 닿아 있는 모습이 보이시죠. 이렇듯 샤갈은 그녀를 꼭 껴안음으로서 자신의 충실한 사랑을 대변했습니다."

하지만 어쩌면 바바는 그런 것들을 차치하고라도 샤갈을 깊이 사랑했을지도 모른다. 벨라가 포함된 샤갈의 생애를 이해하며 살아갈 수 있을 정도로 말이다. 언젠가는 나에게도 그런 날이 올까. 지수를 똑바로 마주하며 시혁의 모든 걸 받아들이게 되는 날이…… 나에게도 올까. 가현은 확신할 수 없는 막연한 미래를 떠올리며 고개를 돌렸다.

"샤갈은 바바와의 결혼 생활에 대해 이렇게 말했어요. '나는 진심으로 너를 응시하고, 너는 진심으로 나를 위해 산다. 날마다 내 앞에서 정원의 꽃들을 무성하게 하고, 날마다 과일은 대접과 광주리에 가득하다.' 이렇듯 샤갈의 인생에 사랑은 큰 영양분이었고 창작의 원천이었습니다. 오늘 저와 함께해 주신 여러분도 샤갈이 염원하던 영원한 사랑을 느끼셨길 바랍니다."

마지막 멘트를 끝으로 도슨트를 마친 가현은 복잡한 감정이 들었다. 이미 한 번 놓았던 것을 다시 시작하는 건 어려운 일이라고 생각했었다. 가현은 시혁을 놓기까지 3년이란 시간이 필요했다. 하지만 그와 다시 마주하는 데 그리 많은 시간이 걸리지 않았다. 사실은 알고 있었다. 그에게 닫혔던 마음이 서서히 열리고 있다는 걸, 그리고 그 순간을 거부할 수 없다는 것도.

"나, 이렇게 쉬워도 되는 건가."

가현은 자조 섞인 미소를 지으며 지친 걸음으로 직원 휴게실로 향했다. 그러자 마침 먼저 와 있던 동료가 그녀를 반겼다.

"가현 씨, 마침 잘 왔어. 방금 자기 앞으로 굉장한 게 배달 왔 거든."

그렇게 말한 동료는 한편에 놓인 책상을 가리켰다. 그 위에는 파스텔 톤의 여러 색으로 덧입혀진 안개꽃과 가운데에서 하얗게 모습을 드러낸 부바르디아로 된 바구니가 놓여 있었다.

"이거 부케에 많이 사용하지 않나? 가현 씨, 이제 보니까 엄청 사랑받고 있었구나."

부러움 섞인 동료의 말에 가현은 절로 얼굴이 붉어졌다. 그도 그럴 게 부바르디아는 그 모습이 예쁘기도 하지만 '나는 당신의 포로예요.' 라는 꽃말 때문인지 부케로 많이 사용됐다. 누가 이런 걸 보냈는지 알 만하다 생각하며 가현을 재빠르게 책상으로 다가 갔다. 그러자 꽃 속에 파묻힌 메시지 카드가 눈에 들어왔다. 손을 뻗어 카드를 집어 든 가현은 천천히 그것을 펼쳤다.

'바구니가 작아서 이것밖에 담지 못했어.'

도대체 무슨 뜬금없는 소리람. 가현은 도무지 감을 잡을 수 없 는 시혁의 메시지에 고개를 갸웃했다. 이 이상 큰 바구니를 준대 도 불편할 거라 생각하며 카드를 다시 꽂아 두려는 순간, 품에 넣 어 둔 휴대폰이 진동했다. 발신자를 확인하니 시혁이였다.

"여보세요."

[카드, 확인했어?]

"네, 방금 봤어요. 그런데 갑자기 웬 꽃바구니예요, 부담스럽게……."

[왜일 거 같아?]

웃음기 섞인 시혁의 물음에 가현은 잠시 고민에 빠졌다. 그의 이런 변화를 어디까지 좇아가야 할지 가늠이 되지 않았다. 그래서 가현은 그에게 들리지 않게 옅은 한숨을 내쉬었다.

"말하기 싫으면……."

[부바르디아는 가을꽃이라 겨울에는 구하기 힘들다고 하더라고.]

그의 대답에 가현은 다시 머릿속에 물음표를 떠올렸다. 그거랑 이 꽃바구니가 대체 무슨 연관이 있는 걸까.

"그래서요?"

[마침 지금이 딱 가을이고, 넌 가을 좋아했잖아.]

시혁의 말에 가현은 자신조차 잊고 있었던 걸 떠올렸다. 한동안 시간이 흐르는 것만 생각했지 자신이 어느 계절을 좋아했는지 잊고 있었다. 그런데 시혁은 그걸 기억하고 있었던 것이다.

[선물은 내가 좋은 게 아니라 상대가 좋아하는 걸 해 줘야 의미가 있다고 하길래 생각했지. 너에게 가을을 주고 싶다고. 그런데 그걸 다 담기에는 바구니가 작더라.]

그제야 가현은 그가 어째서 카드에 그런 메시지를 적었는지 이해가 됐다. 하지만 아무리 그래도 가을을 다 담을 생각을 하다니. 상식을 뛰어넘는 선택에 가현을 절로 웃음이 터져 나왔다.

"풋, 아무리 그래도 너무 과장된 거 아니에요. 어떻게 그런 생각을 할 수가 있어요."

가현의 말에 시현은 한결 부드러워진 목소리로 대화를 이어 갔다.

[아니, 난 지극히 진심이야. 물론, 불완전한 선물을 보내고 생색낼 생각은 없으니까 걱정 마.]

가현은 도슨트를 하는 동안 느꼈던 불안한 감정들이 모두 녹아서 사라지는 걸 느꼈다. 어쩌면 자신은 정말로 바바일지도 모른다. 평생을 그렇게 살아갈지도 모르지. 하지만 샤갈은 그녀를 지극히도 사랑했다. 벨라를 지워 낼 수는 없었겠지만 그럼에도 그는 새로운 사랑을 기꺼이 맞이했다.

"그럼, 지금 이 전화는 생색이 아닌가요?"

[아쉽게도 아니야. 오늘 저녁 같이 먹자. 퇴근 시간 맞춰서 데리러 갈게. 나머지 가을은 그때 받아.]

우리도 바뀔 수 있지 않을까. 그에게 주었던 기회가 어쩌면 옳은 선택이었을지도 모른다. 물론 가현은 아직 보지 않은 미래를 단정하고 싶지 않았다. 어쩌면 시혁은 예전의 모습으로 되돌아갈 수도 있다. 하지만 적어도 지금은 그에게 사랑받고 있다는 실감이 들었다. 그가 했던 말처럼 시혁은 노력을 하고 있었다.

"알겠어요. 같이 먹어요, 저녁."

그래서 가현은 그런 시혁을 모른 척할 수가 없었다. 그와 약속을 나눈 당사자는 가현이였고 동시에 그것들을 지켜봐야 할 의무가 있었다. 우리의 미래는 아무도 알 수 없지만 그렇다고 지금을 내버려 둘 수도 없었으니까.

❀　❀　❀

　가현은 손목에 찬 시계를 바라봤다. 이제 곧 갤러리 폐관 시간이었다. 슬슬 남아 있는 관람객들에게 폐관 안내를 해 줄 때라 생각한 가현은 전시실로 걸음을 옮겼다. 가현에게 배정된 구역은 마침 샤갈의 그림들이 전시된 곳이었다.

　"오늘은 샤갈의 날이네."

　가현은 씁쓸하게 웃으며 폐관 준비를 서둘렀다. 의외로 사람이 많이 남아 있지 않다고 생각하며 안내를 이어 가던 가현은 '바바의 초상' 앞에 못 박힌 듯 서 있는 여자를 발견했다.

　"저…… 손님."

　왠지 모를 분위기에 압도당한 가현은 저도 모르게 조심스레 그녀에게 말을 건넸다. 그러나 그녀는 여전히 그림을 바라볼 뿐, 가현을 쳐다보지 않았다. 그리고 그녀는 천천히 입을 열었다.

　"버지니아가 없네요."

　차분한 말투가 그녀와 무척이나 어울린다 생각한 가현은 천천히 여자를 훑어보았다. 발렌티노의 베이지색 레이스 원피스를 입은 그녀는 누드 톤의 스틸레토 힐을 신고 손에는 블랙 클러치를 쥐고 있었다. 놀랍게도 그녀는 과거의 자신과 닮아 있었다. 아니, 정확히는 지수와 닮은 분위기를 풍기고 있었다.

　"결혼은 하지 않았지만 그녀 역시도 샤갈과 7년을 함께한 연인이었죠. 그런데 이번 전시회에 그녀의 존재가 보이지 않네요."

　가현은 순간 소름이 돋았다. 무엇이라고 딱히 꼬집어 말할 수는 없지만 그녀는 지수를 떠올리게 만들었다. 자신은 지수와 생김새가 닮았기 때문에 시혁에 의해 취향이나 분위기도 그렇게 만들어져 갔었다. 하지만 이 여자는 그런 느낌이 아니었다. 온몸으로 풍기는 아우라가 마치 지수를 되살린 것 같은 착각을 불러일으켰다.

"버지니아는……."

겨우 입을 연 가현은 떨리는 마음을 들키지 않으려 자기의 두 손을 꼭 마주 쥐었다.

"완성되지 못한 사랑이었죠. 그녀는 샤갈의 부인이 되길 버거워했고 결국은 떠났으니까요. 그녀도 한때 샤갈의 뮤즈였을 수는 있겠지만 영원한 사랑이 되지 못했기에 이번 전시회 주제와 맞지 않다고 생각되어 배제되었습니다."

"그래요……. 그것도 맞는 말 같네요."

겨우 가현을 바라본 여자는 입가에 희미한 미소를 띠고 있었다. 그녀를 붙잡고 혹시 최지수를 알지 못하냐고 묻고 싶은 것을 꾹 참으며 가현은 겨우 미소를 지었다.

"죄송합니다만 이제 곧 갤러리 폐관 시간이니 관람을 서둘러 주시기 바랍니다."

"아, 미안해요. 시간 가는 것도 모르고 있었네요. 알려줘서 고마워요."

그렇게 말하며 가볍게 목례를 한 그 여자는 발걸음을 돌려 전시실을 빠져나갔다. 이제 남은 것은 가현 혼자였다. 그렇게 생각하니 참았던 숨이 트이듯 긴 한숨이 절로 나왔다.

"대체 이게 무슨 조화지."

아주 조금씩 지수라는 존재를 지워 내고 있는 중에 그녀를 떠오르게 하는 여자와 마주치다니. 그 사실이 가현의 마음을 무겁게 만들었다. 어쩌면 이건 경고일지도 모른다. 자신이 잊혀진다는 걸 용납할 수 없어서 지수가 경고를 하는 걸지도.

"나도 참…… 꽤 신경과민이네."

하지만 가현은 곧 고개를 저으며 그런 생각들을 떨쳐 냈다. 단순한 우연이겠지. 수많은 일상중에 생긴 하나의 해프닝일 뿐이라고, 가현은 그렇게 마음을 굳혔다. 그리고 발걸음을 돌려 텅 빈 전시실을 빠져나왔다. 손목시계를 보니 이제 곧 퇴근 시간이었다. 오늘 하루 동안 많은 일이 있어서인지 갑자기 피로감이 밀려왔다.

"가현 씨, 정리 끝났으면 퇴근 준비해야지."

마침 맞은편에서 걸어오던 동료가 가현을 향해 손을 흔들었다.

"쉬다가 다시 일하려니까 많이 피곤했지. 오랜만에 한잔하러 갈까?"

"아…… 오늘 선약이 있어서 안 될 거 같아요. 다음에 같이 가요."

"알겠다. 아까 꽃바구니 보낸 그 사람 만나는 거지?"

동료가 짓궂은 표정을 지으며 묻기에 가현은 대답도 못 하고 어색한 미소만 지었다. 그러자 그녀가 가현의 등을 밀며 걸음을 서두르는 것이다.

"어? 왜 그러세요."

"왜 그러긴, 데이트 가면서 그러고 나가려고? 탈의실 가서 내가 화장 고쳐 줄게. 빨리 가자."

오늘 약속에 대해서 별생각이 없던 가현은 동료의 말에 깨닫고 말았다.

"우리가…… 데이트……."

한동안 잊고 지냈던 그 단어만의 묘한 울림에 가현은 가슴이 두근거리며 뛰었다. 별거 아니라고, 그저 같이 저녁을 먹는 거뿐이라며 이성적으로 생각해도 붉어지는 뺨은 감출 수가 없었다. 더이상 지수의 그림자가 아닌 가현 자신과 시혁이 가지는, 어쩌면 첫 데이트라고 불러도 좋을 만남이었기 때문이다.

❀　❀　❀

시혁이 저녁 예약을 해 둔 곳은 단청의 무늬가 아름답고 장엄하게 장식된 전통 한정식집이었다. 가을 초입에 들어서서인지 별실에는 탐스러운 국화가 화병에 장식되어 있었다.

"나머지 가을을 준다고 하더니 먹는 걸로 대신하는 거예요?"

"명색이 천고마비의 계절이잖아."

가현은 앞에 놓인 돌문어초회를 한 점 입 안에 머금었다. 조리 과정에서 3시간 이상 주물러 준 후에 삶았다고 하더니, 그 말처럼 하나도 질기지 않고 부드러운 식감이 가현의 마음에 쏙 들었다.

"자연산 송이로 만들었다고 하던데 이것도 먹어 봐."

잘 먹는 가현의 모습에 기분이 좋아진 시혁은 자신 앞에 놓인 버섯불고기를 그녀 곁으로 옮겨 주었다. 가현은 군이 사양하지 않고 자기 몫의 송이 솥밥을 한입 떠서 넣고 버섯불고기도 한 젓가락 먹었다.

"음, 너무 맛있다."

씹으면 씹을수록 향긋한 송이 향이 코로 전해지는데 그 맛이 정말 일품이었다. 한 숟갈로 끝낼 수 없다는 생각에 다시 밥을 떠서 입으로 넣으려는 순간, 가현은 시혁의 시선이 신경 쓰였다.

"근데…… 먹지도 않고 왜 자꾸 저만 쳐다보세요. 먹는 거 지켜보는 게 제일 추잡한 짓이에요."

가현의 핀잔에 시혁은 슬쩍 미소를 짓더니 젓가락을 들어 그녀의 숟가락 위에 반찬을 올려 주었다.

"그냥, 너 먹는 것만 봐도 배부르네."

시혁의 대답에 가현은 살짝 인상을 찌푸리며 밥을 입 안으로 밀어 넣은 후에 자신의 숟가락을 탁 소리 나게 놓았다. 그리고 시혁의 숟가락을 집어 올려 그의 손에 쥐여 주었다.

"그런 말로 얼버무리지 말고 드세요. 끼니 자꾸 거르시면 몸 상해요."

시혁의 장점이자 단점은 집중력이었다. 일을 하는 동안에 그건 귀한 능력이 되어 줬지만 그만큼 자신을 챙기는 데 소홀한 경우가 많았다. 가현이나 최 실장이 알아서 챙겨 주지 않으면 온종일 커피만으로 버티는 때도 있었다.

"정말인데. 너 먹는 거만 봐도……."

"저 혼자 식사할 거였으면 굳이 여기 안 나왔을 거예요. 아니면 지금이라도 갈까요?"

"알겠어. 먹을게. 그러니까 가지 마."

협박에 가까운 가현의 말에 시혁은 어쩔 수 없다는 듯 송이 솥밥을 한술 떠서 먹기 시작했다. 그제야 마음이 놓인 가현은 자신도 식사를 이어 갔다. 그렇게 한동안 두 사람은 말없이 먹는 데에 집중했다.

"그런데……."

그러다 시혁이 먼저 침묵을 깨고 가현을 바라보았다.

"아침이랑 옷이 다른 거 같네."

그의 말에 가현은 자신의 차림을 떠올렸다. 플라워 패턴이 들어간 튜브탑 미니 원피스에 레더 재킷을 입고는 있지만 전부 자신의 옷이 아니었다. 그럴 필요가 없다고 하는데도 데이트란 걸 안 동료들이 진과 맨투맨, 스니커즈 차림으로 보낼 수 없다며 굳이 사이즈에 맞춰 옷을 빌려준 것이다.

"어쩌다 보니 그렇게 됐어요."

"몰랐는데 그런 스타일도 어울리네. 예쁘다."

"입에 발린 소리……. 전에는 이런 스타일 안 좋아했잖아요."

가현의 반론에 시혁은 아무래도 그녀의 오해를 풀어 줘야 할 때가 온 것 같다는 생각이 들었다.

"난 딱히 좋고, 싫은 스타일이 없어. 명색이 어패럴을 운영하는데 패션에 선입견이 있을 리가 없잖아. 예전에 내가 네게 정해진 스타일만을 고집했던 건……."

아주 순간이지만 시혁은 망설였다. 어쨌거나 지수와 연관되어 있다는 얘길 꺼내야 한다는 게 마음에 걸렸다. 하지만 이대로 계속 오해로 쌓아 둘 수는 없다는 생각에 얘기를 이어 갔다.

"지수 때문이야."

그런데 말을 정리하다 보니 꺼내서는 안 될 말과 엉키고 말았다. 가장 민감한 부분부터 튀어나온 것이다. 시혁의 대답을 들은 가현은 잠시 멍한 표정을 짓더니 이내 그를 죽일 듯이 노려보았다. 그제야 정신을 차린 시혁은 손사래를 쳤다.

"아니, 내 말은 그런 뜻이 아니야."

"그럼 무슨 뜻인데요?"

가현의 날이 선 반응에 시혁은 안절부절못하며 신중하게 말을 골랐다. 그녀가 당장이라도 가방을 들고 자리에서 일어설 것만 같았다.

"지수는 어릴 때부터 상류층 생활에 익숙했어. 그녀는 스스로 뭘 지켜야 하고, 뭘 하지 말아야 할지 알고 있었지. 남들이 원하는 모습을 만들어 두지 않으면 소문 속에서 자신뿐만 아니라 가족들도 피해를 입을 걸 알고 있었어. 그래서 그녀는 나름의 보호색을 둘렀어. 남들이 얕보지 않을 스타일, 언행, 지식을 갑옷으로 삼은 거야. 난 그것들을 지수를 통해서 배운 거고."

시혁이 당황하는 모습을 처음으로 본 가현은 속으로 적잖이 놀랐다. 예전 같으면 이런 얘길 굳이 하지 않을 사람이었다. 그런데 이제는 무슨 문제라도 생길까 구구절절 얘기를 잇는 시혁을 보며 가현은 은근한 우월감을 느꼈다. 그래서 그녀의 굳었던 표정도 서서히 풀리기 시작했다.

"물론, 내가 좀 지나치게 굴었던 건 인정해. 하지만 난 너를 지켜주고 싶었어. 그 세계에 사는 인간들이 얼마나 추악하고 역겨운지 잘 알고 있으니까 네가 그들의 먹잇감이 되도록 둘 수가 없었어."

"그러니까, 당신 나름대로 날 보호할 생각으로 그랬단 얘기군요."

"그래. 우습게 들릴지도 모르겠지만 내 나름대로 최선을 다했던 결과가 그거야."

가현은 잠시 생각에 빠졌다. 짧다면 짧고, 길다면 긴 시간 동안 자신도 그 세계를 겪었다. 그래서 상류층 사람들의 앞, 뒷면은 충분히 알고 있었다. 어떻게 보면 시혁의 행동이 이해가 갔다. 하지만 그 정도가 심했다는 건 변함없는 사실이었다.

"너무 이기적인 선택이었어요."

"나도 알아. 인정할게."

"굳이 지수 씨 같은 모습을 고집하지 않아도 됐잖아요. 애초에 내게 솔직히 얘기해 줬으면 충분히 다른 방법을 찾았을 거예요."

"그건⋯⋯."

3년이란 기간 동안 가현은 자신이 아닌 지수로 살아왔다. 그 시간들을 되돌릴 수 없다는 걸 알고는 있지만 그래도 안타까운 건 어쩔 수가 없었다. 우리가 서로에게 좀 더 솔직했다면, 각자를 똑바로 마주 보기만 했다면 다른 결과가 나왔을지도 모른다. 그렇게 생각하니 가현은 시혁을 탓하게 되었다. 그러면 안 된다는 걸 알면서도 괜히 억울했다.

"내 생각이 짧았어. 미안해. 내가 많이 어리석었어."

"맞아요. 시혁 씨는 이기적이고 어리석어요."

"가현아⋯⋯."

가현의 비난에 시혁은 안타깝게 그녀의 이름을 부를 뿐, 아무런 말을 할 수가 없었다. 혹여 이런 모습에 정이 떨어지진 않을까, 다시 떠난다고 하진 않을까 그게 걱정이었다.

"난 최지수가 아니라 윤가현이에요. 그리고 난 전처럼 그냥 참고만 있지도 않을 거고요."

가현은 엄한 표정을 지으며 시혁을 향해 또박또박 말을 이어 갔다.

"이제는 무슨 일이 있어도 내 앞에서 다시 지수 씨를 찾거나 보고 싶다는 말 나오지 않았으면 좋겠어요. 우리가 약속한 반년이 이뤄진 후에도 이건 지켜야 해요. 아니면 난 이번에 당신이 찾을 수 없는 곳으로 사라져 버릴 거예요."

솔직히 가현은 아직도 시혁을 완전히 믿을 수 없었다. 과거를 떠올리면 그를 떠나는 게 옳은 선택이었다. 하지만 기회를 주기로 약속했다. 그리고 시혁은 이제 막 가현이란 여자를 똑바로 마주 보기 시작했으니까 그걸 모른 척할 수 없었다.

"네가 원하는 거라면 그렇게 할게. 아니, 반드시 그렇게."

시혁의 다짐에 가현은 어쩌면 자신도 시혁을 똑바로 마주 봐야 할지도 모르겠다는 생각이 들었다. 어쨌거나 우리는 다시 시작되고 있고, 함께 변화를 헤쳐 나가고 있었다. 아직 앞을 모르는 미래에 대해서, 누군가는 가현에게 너무 낙관적으로 생각하는 거 아니냐며 힐난할지도 모른다.

"그 약속, 믿어 볼게요."

하지만 가현은 어떤 쓴소리를 듣게 된다고 해도 각오가 되어 있었다. 시혁에게 기회를 준 순간부터 그건 가현이 감내해야 할 부분이었으니까. 다만 그가 이 믿음들과 기회를 배신하지 않기를 바랐다.

"그 믿음, 내가 꼭 지킬게."

따스하게 마주쳐 오는 시혁의 시선에 가현은 그가 원래는 다정한 사람일지도 모르겠다는 생각이 들었다.

"시혁 씨는 이기적인 사람이라 그런 척은 할 수 없다고 했으니까 그 말을 믿을게요."

"뭐? 그걸 아직도 기억하고 있었어?"

"아무리 술에 취해도 필름이 날아가거나 하진 않더라고요."

가현의 장난스러운 눈빛에 시혁은 당황하는 기색을 보였다. 그런 모습이 신선하고 또 재밌어서 가현은 웃음을 띠었다. 역시나 본래의 시혁은 지금까지 알아왔던 모습과 다른 것 같았다. 단지 다정함만으로 살아남기에는 너무도 힘이 들어서 뾰족뾰족 날을 세운 걸지도 모른다.

"내가 보는 시혁 씨는 꼭 고슴도치 같아요."

"고슴도치?"

가현의 뜬금없는 말에 시혁은 고개를 갸웃거렸다. 그걸 보면서 가현은 검지만 세워서 위를 찌르는 듯한 동작을 취해 보였다.

"예쁜 모습도 감추고 삐죽삐죽, 뾰족뾰족, 날 세우기 바쁘잖아요."

동작까지 취하며 설명을 하는 가현의 모습이 귀여워서 시혁도 웃음이 터졌다.

"네 눈에 내가 예쁘긴 한가 보네."

"굳이 얘기하고 싶지 않지만 오늘 선물도 받았으니까 솔직히 말할게요. 객관적으로 생긴 것만 보자면 누구라도 탐낼 만한 외모이긴 하죠."

가현의 새초롬한 대답에도 시혁의 만면에서 웃음이 떠나질 않았다. 그런 시혁이 가현은 제법 익숙해졌지만 그 시간이 좀 더 빨랐더라면 좋았을 거란 생각이 들었다.

"예전에도 이렇게 자주 웃고 솔직한 모습을 보여 줬더라면 훨씬 나았을 거예요."

그랬더라면 가현은 혼자서 아픈 시간을 보내지 않았을 거고, 우리도 이렇게 먼 거리를 돌고 돌지 않아도 됐을 거다.

"그래, 진작 그랬더라면 우린 지금과는 다른 모습으로 이곳에 있겠지."

"하지만 난 지금 우리도 나쁘지 않다고 생각해요."

시혁의 후회 섞인 대답을 가현은 따스한 시선으로 부정했다. 그래, 나쁘지 않다. 그것만으로 대단한 발전이라고 가현은 생각했다. 조금 먼 길을 돌았다 해도 이렇게 마주 보고 있잖아. 적어도 지금 우리는 서로에게 속도를 맞추며 걸음을 내딛고 있다.

"과거의 우리에게는 일종의 딜레마가 있었죠. 고슴도치 딜레마라는 말 알아요?"

"또 고슴도치야?"

"그러게요. 어쩌다 보니 그렇게 되네요."

"그래서, 무슨 뜻인데?"

시혁의 물음에 가현은 미소를 띠고서 설명을 이어 갔다.

"어느 우화에서 유래한 말이에요. 매서운 추위를 견디기 위해서 고슴도치 두 마리가 서로의 온기를 나누려 가까이 다가가요. 그런데 두 마리 모두 가시를 세우고 있어서 함께하지 못하죠. 그런데 추위는 계속돼요. 가까이 다가가면 서로의 가시에 찔리고 멀어지면 추위에 떨어야 하죠. 그래서 고슴도치들은 딜레마에 빠져요."

고슴도치의 얘기를 들은 시혁은 과거의 자신을 떠올렸다. 아집을 버리지 못한 시혁은 가현을 상처 입혔다. 그리고 그걸 견디지 못하고 등을 돌린 그녀로 인해 이번에는 시혁이 상처를 입어야 했다. 물론 그 아픔을 가현의 것에 비할 수는 없겠지만 말이다. 하지만 그 상처들을 어떻게든 견디지 못했다면, 어쩌면 우린 지금처럼 함께하지 못했을 것이다.

"정말로 가현이 네 말처럼 난 고슴도치인지도 모르겠다."

"나도 같아요."

"응? 그게 무슨 뜻이야."

"아까 들었잖아요. 우화에는 고슴도치 두 마리가 나와요. 당신과 내 과거, 이야기 속 고슴도치들과 닮았잖아요. 가까이하려 할수록 상처 입고, 결국 멀어져도 서로에게 얽매였죠."

그런 상처를 덮어 주는 건 언제나 가현이었다. 예쁜 웃음으로, 다정한 말로, 누구보다 따스하게 자신을 감싸 안아 주었다. 그래서 시혁은 다시 한 번 깨달았다. 이게 사랑이구나. 너란 형태로 내 사랑이 나타났는가 보다.

"지금은? 지금도 여전히 내 가시에 찔리고 있나."

하지만 시혁은 한편으로 자신의 이 마음들이 가현에게 온전히 전해지지 않을까 봐 걱정이 되었다. 이전과는 달라지기 위해서 시혁은 최선을 다하고 있었다. 생색을 내려는 건 아니지만 그런 모습들을 가현이 어여쁘게 봐 줬으면 했다. 그리고 다시는 자신의 곁을 떠나지 않기를 바랐다.

"고슴도치도 마음을 허락한 상대에게는 가시를 세우지 않아요."

별거 아닐 수 있는 한마디로 가현은 시혁의 걱정들을 단숨에 날려 버렸다. 그게 고마워서 그는 또 멋쩍은 미소만 지었다. 이상하게도 가현의 눈에 그런 시혁이 귀여워 보였다. 처음으로 그의 안에 남아 있는 해맑은 부분을 본 것 같아서 아주 약간 기분이 좋았다. 그래서 가현도 그를 마주 보고 웃었다. 마치 새로 시작하는 연인들처럼 두 사람은 그렇게, 수줍게 웃기만 했다.

"이제 그만 갈까?"

식사를 마친 시혁과 가현은 검은 세단을 타고 집으로 향했다. 차창 밖으로 스쳐지나가는 풍경은 이전의 것과 다르지 않은데 시혁이 운전하는 차가 매끄럽게 나아갈수록 가현은 새로운 걸 보는 듯 느껴졌다.

"피곤하진 않아?"

"음…… 조금요. 그러고 보니 오늘……."

거기까지 말한 가현은 입을 닫고 말았다. 지수와 분위기가 많이도 닮은, 그래서 가현을 씁쓸하게 만들었던 그 여자가 떠올라 말을 꺼내긴 했지만 이 얘기를 하는 게 옳은 건지 판단할 수가 없었다. 드디어 최지수가 아닌 윤가현과 이시혁이 마주 보기 시작했는데 그사이에 지수가 다시 끼어드는 게, 가현은 솔직히 싫었다.

"오늘 뭐?"

"아니, 뭐, 그냥 일이 많았다고요. 오랜만에 출근해서 그런가?"

운전을 하는 시혁이 간간이 시선을 맞춰오자 가현은 말을 얼버무리고 말았다. 그러고서 저도 모르게 그의 눈치를 살폈다. 다행히도 시혁은 별로 개의치 않으며 운전에 집중하고 있기에 가현은 홀로 가슴을 쓸어내렸다.

"주말에 시간 괜찮으면 데이트할까."

"데이트? 무슨 데이트요?"

시혁의 갑작스러운 제안에 가현은 놀라서 되물었다. 그런데 그는 너무도 당당하고 뻔뻔하게 답했다.

"데이트가 다른 의미가 있던가. 혹시 사전적 의미를 원하는 거라면 간단히 말하지. 남녀가 만나서 연인이나 배우자로 적합한지 판단할 목적으로 서로 동의하에 만나는 사회 활동을 데이트라고 하지."

"그 뜻대로라면 우리는 이미 서로의 배우자니까 그런 판단을 할 이유가 없잖아요."

"아니. 그럴수록 더욱 데이트가 필요한 법이야. 상대와 평생을 함께해야 할지도 모르는데 그러기에 적합한지 계속 확인이 필요하지 않겠어. 그리고 내 판단이 옳았구나 싶으면 서로의 관계도 더 깊어질 테고 말이야."

"그 반대면요. 내 판단에 맞지도 않고 이 사람과는 평생 같이 지낼 수 없다는 생각이 들면 어떡해요."

"그때는 패턴을 달리해서 만나다 보면 자기도 몰랐던 상대의 좋은 점을 알게 되지 않을까."

끝까지 자기주장을 굽히지 않는 시혁을 보며 가현은 웃음이 터졌다. 결국에는 데이트를 하고 말겠다는 그 의지가 너무 확고해 보여서 그녀는 더 이상 따질 생각이 들지 않았다.

"뭐, 주말에 딱히 할 일이 없긴 하죠."

하지만 가현은 일부러 단번에 허락하지 않고 빙 돌려서 대답을 했다.

"잘됐군. 그럼 그 한가한 시간을 나한테 양보하면 되잖아."

"글쎄요. 어쩌면 좋을까."

가현의 애매한 대답과 함께 차가 멈춰 섰다. 가현이 창밖을 내다보자 어느새 그녀가 지내는 원룸 앞이었다.

"주말에 만나는 거지?"

핸들에 기댄 시혁은 고개만 돌려 가현을 바라보고 있었다. 그 눈빛이 다정한 만큼 간절함이 보여서 가현은 괜히 짓궂은 마음만 더 들었다.

"생각해 볼게요."

그렇게 말한 가현이 재빨리 차 문을 열고 내리려는 순간, 시혁이 그녀의 팔목을 낚아챘다. 무슨 일인가 싶어 그녀가 돌아보자 시혁이 해맑은 미소를 짓고 있었다.

"여기까지 왔는데 차라도 한잔하고 가라고 안 해? 아니면, 라면 먹고 갈래요, 같은 말도 있잖아."

"우리 방금 식사하고 왔는데 무슨 라면이에요. 그리고 차 드시고 싶으셨어요? 그럼 가다가 커피숍에 들러서 사 드세요."

무슨 의도인지 모르겠지만 자신의 사적인 공간으로 들어오고 싶어 하는 시혁이 낯설어서 가현은 눈을 가늘게 뜨며 바로 철벽을 쳤다. 아직은 그를 자신만의 공간에 들일 마음의 준비가 되어 있지 않았다. 그러자 시혁도 더 이상 그녀를 잡지 않았다.

"그래, 알겠어. 아직은 안 되는가 보네."

부부 사이에 새삼스럽다고 생각할지도 모르겠지만 한때는 그 관계를 끝내려 생각했던 가현이었다. 원룸은 그 시작점이었고 시혁이란 존재를 완전히 배제한 공간이기도 했다. 온전한 자신을 찾게 된 지 얼마 되지 않은 가현으로서는 시혁을 그곳에 초대하기 위해서는 아직 시간이 필요했다. 아마 가현의 그런 마음을 시혁도 알았기에 더 이상 억지를 부리지 않은 것이리라.

"어서 들어가 봐. 데이트에 관해서는 긍정적인 검토 부탁할게."

"심사숙고해 볼게요. 시혁 씨도 운전 조심해서 들어가요."

다정한 눈인사를 마지막으로 가현이 차에서 내렸다. 그녀가 어쩌면 한 번을 뒤돌아보지 않을까 하는 생각에 시혁은 그 자리에서 가현이 걸어가는 모습을 바라보았다. 하지만 그녀는 끝내 뒤돌아보지 않았다. 아마 아직은 좀 더 노력이 필요한가 보다. 그렇게 생각하며 다시 차를 출발시키려는 순간, 그의 휴대폰 벨이 울렸다. 발신자를 확인하니 아버지였다.

"네, 접니다."

좀 전의 다정했던 시혁의 모습은 물에 휩쓸려 간 듯 사라지고 지극히 사무적인 말투가 튀어나왔다.

[회사에선 일찍 퇴근한 거 같던데, 어디냐.]

"……가현이랑 있었습니다."

[…….]

시혁의 솔직한 한마디로 순간 두 사람 사이에 침묵이 흘렀다. 입을 닫고 한참을 말이 없던 이 회장은 마치 아무 일도 없었다는 듯 다시 얘길 꺼냈다.

[할 얘기가 있으니 본가에 잠시 들르거라.]

시혁의 대답이 어이지기도 전에 전화는 끊어졌다. 앞서 느꼈던 침묵으로 인해 시혁은 이 회장에게 좋은 말은 듣지 못할 거란 예감이 들었다. 하지만 어떤 말을 듣게 되더라도 가현에 대한 마음은 굳건하니까 상관없었다. 그럼에도 마음 한편이 무거워지는 건 숨길 수가 없었다. 결국 시혁은 한숨을 내쉬며 기어를 움직였다.

시혁은 얼마 가지 않아 본가에 도착했다.

"회장님께서 서재에서 기다리고 계세요."

도우미의 말에 시혁은 고개를 끄덕이고 곧장 서재로 향했다. 오랜만에 찾은 본가는 이전과 그다지 바뀐 게 없었다. 숨이 막힐 듯 모든 게 너무 완벽해서 오히려 기이할 정도였다. 그리고 그 성을 쌓아 올린 장본인이 시혁의 눈앞에 있다.

"아버지, 저 왔습니다."

"그래."

시혁이 서재로 들어서는데도 이 회장은 앉으라는 말없이 서류를 들여다보고 있었다. 그렇게 시간은 하염없이 흘렀다. 문 앞에 선 시혁은 침묵을 지켰다. 이 회장 역시 아들의 존재를 지운건지 별다른 얘기가 없었다. 시혁은 어쩌면 이건 벌을 주는 걸지도 모르겠다는 생각이 들었다. 아들의 행동이 마음에 들지 않은 이 회장이 나름의 벌을 내리는 거라고 말이다.

"하실 말씀이 있다고 하지 않으셨습니까."

결국 참다못한 시혁이 먼저 입을 열었다. 그제야 이 회장은 고개를 들어 시혁을 바라보았다.

"무슨 바쁜 일이라도 있는 게냐."

"매분, 매초가 돈이라고 아버지께서 가르쳐 주셨지요."

"그걸 아는 놈이 여자 만날 시간은 있어도 아비 기다릴 시간은 없는가 보구나."

"제 할 일은 모두 끝내고 만난 겁니다. 개인 스케줄까지 아버지께 일일이 보고해야 할 필요는 없다고 생각합니다만."

이 회장의 가시 돋친 말에도 시혁은 담담하게 대답을 했다. 그 모습이 더 마음에 들지 않은 이 회장은 노기를 감추지 못하며 책상을 내리쳤다. 그러고서 서류 사이에 두었던 사진들을 꺼내 시혁의 안면을 향해 내던졌다. 날카롭게 날아든 그것들은 시혁의 볼을 할퀴고 바닥으로 떨어졌다.

"네가 기껏 한다는 일이 여자나 만나서 시시덕거리는 일이냐!"

이 회장의 일갈에도 아랑곳 않고 시혁은 몸을 굽혀 떨어진 사진들을 주웠다. 사진 속 어디에나 자신과 가현이 함께하는 모습이 담겨 있었다. 이미 각오했던 일이지만 이런 소소한 일상들을 감시받고 있었단 사실에 시혁은 소름이 끼쳤다. 하지만 참아야만 했다. 자신이 감내해야 해결될 문제라면 얼마든지 참을 수 있었다.

"가현이는 제 아내입니다. 부부가 함께하는 게 그리 잘못된 일입니까."

"부부는 무슨……. 이미 널 한 번 떠났던 아이다. 이혼해라."

"못 합니다."

하지만 이 회장은 그런 시혁을 전혀 이해해 주지 않았다. 그저 자신의 의견을 관철시키며 시혁을 짓누르려고만 했다.

"이혼해!"

"못 합니다. 아니, 안 할 겁니다."

한차의 물러섬이 없는 두 사람은 감정이 격해져서 서로를 노려보았다. 팽팽한 긴장감이 시혁과 이 회장 사이에 머물렀다.

"아버지께서도 끝내 허락한 결혼이었습니다. 그런데 어째서 이제 와 반대하시는 겁니까. 가현이 제 사람입니다. 절대 놓을 수 없습니다."

"한 번은 됐지만 두 번은 안 된다. 그 아이가 네게 득이 되지 않는단 건 이미 증명이 됐어. 너에게는 전면에서 힘이 돼 줄, 그런 집안의 아이가 필요하다는 걸 왜 모르는 게냐."

"또 그 이야기를 꺼내시는군요. 저는 그런 배경 필요하다고 한 적 없습니다. 더 이상 어떤 얘기를 하셔도 전 가현이와 헤어질 생각 없으니까 저희 두 사람, 그냥 내버려 두십시오."

"그러지 못하겠다면 어쩔 테냐."

이 회장의 도발적인 말에 시혁의 눈매가 날카롭게 변했다. 더 이상 이해를 바라는 건 쓸데없는 일 같았다. 그렇다면 시혁도 사양 않고 고집을 부리겠다고 생각했다. 이건 오기가 아니라 의지였다.

"제가 우리 두 사람, 반드시 지킬 겁니다. 아버지가 어떻게 나오시든 전 배로 갚아 드릴 거란 것만 아십시오."

협박에 가까운 시혁의 말에 이 회장의 표정이 일그러졌다. 그리고 한동안 말을 잇지 않았다. 날카롭게 마주친 두 사람의 시선이 언제까지고 이어질 것만 같다고 생각한 순간, 이 회장의 표정이 누그러지더니 화통한 웃음을 터트렸다. 그 웃음의 의미를 알 수 없는 시혁은 놀란 눈을 하고서 그의 아버지를 바라보았다.

"하하. 그래, 알겠다. 일단은 내가 한 수 접으마."

이 느닷없는 변화를 과연 호의로 받아들여도 되는 건가. 시혁의 머릿속은 혼란스러워졌다. 그가 아는 아버지는 목적한 바를 쉽사리 포기하는 않는 사람이었기에 더욱 그랬다.

"갑자기 왜 이러시는 겁니까."

"네가 원하는 대로 해 주는데도 불만인 거 같구나."

그렇게 말한 이 회장은 자리에서 일어섰다. 그리고 시혁에게로 다가가 손을 들어 그의 어깨를 토닥였다.

"자식 이기는 부모는 없는 법이다."

애틋한 눈빛으로 그런 말을 하는 이 회장을 시혁은 도무지 믿을 수가 없었다. 불신에 찬 아들의 눈빛에 이 회장은 씁쓸하게 웃더니 손을 거둬들였다.

"화해도 할 겸 주말에 새아가랑 같이 들르거라. 오랜만에 가족끼리 모여서 식사라도 하자구나."

다정하게만 들리는 그 말속에 독이 숨겨져 있을 것 같았다. 하지만 그 보이지 않는 독을 똑같이 독으로 응수하기에는 애매한 상황이었다. 그래서 시혁은 단번에 싫다는 말을 내뱉을 수가 없었다. 그리고 정말 오랜만에 듣는 가족이란 단어의 울림이 그를 흔들리게 만들었다.

"네, 알겠습니다."

그래서 시혁은 모르는 척 이 회장이 뱉은 독을 일단은 마셔 보기로 했다. 만약 이 결정으로 무슨 문제가 생긴다면 모두 시혁이 짊어질 생각이었다. 어떻게든 가현만은 자신의 손으로 지켜 보이겠다고 그는 결심했다. 독배 너머 이 회장의 비열한 미소는 아직 눈치채지 못한 채로.

6.

오늘도 시혁은 가현을 집 앞에서 기다리고 있었다. 버스가 좋다는 그녀의 말을 기억하고 있는지 검은 세단은 보이지 않았다.

"잘 잤어? 오늘도 날씨가 좋네."

시혁은 상큼한 미소를 지으며 아침 인사와 함께 미리 준비해 둔 아메리카노 한 잔을 가현에게 건넸다.

"오늘도 지각하려고요?"

"지각이 아니라 약간 늦은 출근이지."

"그거랑 지각이나 같은 거 아닌가."

가현은 아메리카노를 한 모금 머금고는 발길을 뗐다. 버스 정류장까지 가는 짧은 시간 동안 두 사람은 발걸음을 같이하고 같은 브랜드의 커피를 마시며 걸었다. 어떻게 보면 별거 아닌 일인데도 가현은 시혁의 정성이 눈에 보이는 듯해서 좋았다. 게다가 이전에는 출근하는 시혁을 배웅하는 게 다였는데 이제는 함께 출근하는 입장이라 더 좋은 것 같았다.

"근데 나 출근시켜 주면 시혁 씨는 회사에 어떻게 가요?"

"나야 24시간 대기조가 있잖아."

"그게 무슨……."

가현은 그의 말이 쉽사리 이해가 되지 않아서 고개를 갸웃했다. 그리고 찬찬히 그를 위해 움직여 줄 사람들을 떠올렸다. 어패럴의 직원들은 물론이고 도우미 아주머니도 계셨지만 시혁을 가장 가까운 데서 보필하는 사람은 당장 한 명뿐이었다.

"설마 최 실장님 말하는 거예요?"

"그럼 달리 누가 있겠어."

그의 대답에 가현은 기가 막힌다는 표정을 지으며 시혁을 바라보았다.

"아무리 비서라지만 이런 소소한 일까지 기사 노릇 시키는 건 아니죠."

"최 실장만 한 베스트 드라이버가 달리 없잖아."

시혁은 어깨를 으쓱이며 별일 아니라는 듯 굴었다. 하지만 가현은 같은 월급쟁이로서 최 실장의 시간 외 업무가 너무 가혹하다는 생각이 들었다.

"그렇게 별거 아닌 일에도 최 실장님께 의지하다가 아이도 대신 낳아 달라고 그러는 거 아니죠? 회사 업무도 바쁘실 텐데 차라리 택시를 타는 게 어때요."

"내 아이는 당연히 가현이 네가 낳아 줘야지. 이왕이면 난 딸이 좋을 거 같은데, 넌 어때."

"또 말이나 돌리고……."

능글거리는 시혁의 태도에 가현은 잠깐 인상을 쓰고서 그의 팔을 아프지 않게 툭 쳤다. 가현의 그런 반응이 귀여웠는지 시혁은 장난스러운 미소만 띠었다.

"최 실장한테는 그만큼 보너스가 두둑하게 나가니까 걱정할 거 없어."

"아무리 그래도 업무량이 지나치게 많으면 누구라도 이직을 생각하게 된다고요. 그러다 만약에 최 실장님이 다른 회사로 가 버리시면 그땐 얼마나 후회되겠어요."

"그러면 그 회사보다 더 높은 연봉을 제시하고 다시 스카웃해 오지 뭐."

정류장 앞에 거의 다다른 가현은 주위에 사람이 얼마 없는 걸 확인하고는 시혁을 향해 엄한 표정을 지었다

"뭐든 돈으로 해결하려고 하는 건 시혁 씨의 나쁜 버릇 중 하나예요. 고마우면 차라리 그만큼 마음을 담아서 진심을 보이는 게 더 나을 때도 있는 거라고요."

가현의 얘기에 시혁은 순간 울컥했지만 일단은 참았다. 가현은 틀린 말을 한 적이 없기 때문이다. 그래서 시혁은 자신의 지난날을 뒤돌아보았다. 그리고 이번에도 그녀의 말이 옳다는 걸 깨달았다. 언제부터였는지 정확히 기억나지는 않지만 그는 매 순간을 돈과 관련해서 해결하려 했다. 그건 사람과 사람의 관계에서도 마찬가지였다. 개인의 감정을 살피기보다 가장 빠른 해결 방법으로 돈을 선택했다.

"가현이 넌……."

시혁은 씁쓸하게 웃으며 말을 골랐다. 하지만 아무리 생각해도 적당한 말이 떠오르지 않기에 그는 솔직하게 묻기로 했다.

"이런 나를 지금까지 어떻게 참아 낸 거야?"

그러자 가현이 무척이나 다정한 미소를 지었다. 그 모습에 넋을 잃은 시혁은 아무 말도 없이 그녀를 뚫어지게 바라만 보았다.

"그러게요. 이렇게 이야기하는 것만으로도 이해해 줄 줄 알았다면 왜 그렇게 참았는지 몰라요. 피하지 말고 좀 더 많이 얘기할 걸 그랬어요."

가현의 말에 시혁은 구원받는 느낌이 들었다. 어리석었던 지난 과거와 이기적인 행동들을 탓하지만 않고 용서와 기회를 주는 그녀에게 너무도 고마웠다. 누가 뭐래도 지금 이 순간 가현은 그에게 여신이고 우주였다.

"내가 더 잘할게."

시혁은 가현의 손을 마주 잡으며 다짐하듯 말했다. 그녀만 곁에 있어 준다면 이 세상에 무서울 것이 하나도 없을 것 같았다. 그리고 가현이 원하는 거라면 무엇이든 이뤄 주고 싶었다. 단지 그것이 자신과의 이별만은 아니길 바랐다. 사람을 사랑한다는 게 이런 기분이었던가. 시혁은 말로는 설명 못 할 충족감을 느끼며 가현을 따스하게 바라보았다.

"얼마나 잘하는지 내가 곁에서 쭉 지켜볼게요."

가현은 시혁이 잡은 손에 살짝 힘을 실어 쥐었다. 그녀는 한 번도 이런 장면을 상상했던 적이 없었다. 그런데 어쩌면 지금이 처음이자 마지막일지도 모른다고 생각하니 저도 모르게 애틋함이 샘솟았다. 사람이란 게 참 간사하고 웃기지. 그를 있는 힘껏 밀어낼 때는 언제고 이제는 그를 받아들일 준비를 한다.

"반드시 그 기대에 부응해 보일 테니까 한순간도 놓치지 마."

하지만 그런 생각 속에서도 가현은 다시 고개를 끄덕이고 말았다. 지금 우리에게 필요한 건 이런 믿음이란 생각이 들어서였다. 예전에는 해내지 못했던 걸 현재의 시혁이 해낼 수만 있다면 이런 거쯤 아무것도 아니었다. 가현은 그렇게 이전의 시혁이 아니라 지금 그를, 우리를 믿었다.

❀ ❀ ❀

버스에서 내리는 사람 속에 가현과 시혁도 있었다. 출근 시간의 버스 안에서 사람들에게 치였던 가현은 그곳을 벗어나자 속이 트이는 듯했다.

"여기까지 같이 오느라 고생 많으셨어요. 그럼 저는 그만 출근할게요. 시혁 씨도 더 늦지 않게 서둘러서 가요."

"잠깐만."

인사를 마치고 걸음을 돌리려는 가현을 시혁이 붙잡았다.

"버스 안에서는 사람도 많고 복잡해서 얘기를 못 꺼냈는데……."

쉽사리 얘기를 꺼내지 못하는 시혁을 보며 가현은 의아하게 바라보았다. 도대체 얼마나 어마어마한 얘기이기에 천하의 이시혁이 저렇게 망설이는 걸까. 가현은 저도 모르게 긴장이 되어 손을 꼭 쥐었다.

"그게…… 주말에 데이트 말이야, 아무래도 다음으로 미뤄야 할 거 같아."

시혁의 말에 한순간에 맥이 풀린 가현은 이런 일에 긴장을 했던 자신에게 어이가 없었다. 그리고 괜히 얘기를 질질 끌던 시혁이 얄미워졌다.

"그 데이트, 아직 허락한 기억이 없는데요."

가현이 짓궂게 웃으며 새초롬하게 답하자 시혁은 잠시 당황한 듯 보이더니 곧이어 씁쓸한 미소를 띠었다.

"그럼 내가 더 미안해해야 될 거 같은데."

"그게 무슨 소리예요? 시혁 씨가 아니라 내가 먼저 거절……."

"아버지가 주말에 너랑 같이 보자고 하셨어."

말을 채 끝내기도 전에 폭탄이 터졌다. 시혁에게 나온 아버지 란 단어에 가현은 순간 머릿속이 멍해졌다.

"아버……님이요?"

"불편하면 안 가도 괜찮아. 아니, 우리 둘 다 가지 말고 그냥 데이트하자. 이번에는 허락해 줄 거지?"

가현은 이 회장을 떠올릴 때마다 자신을 못마땅하게 보는 그 눈빛부터 떠올랐다. 나름 최선을 다해 살갑게 굴어도 이 회장은 가현에게 차갑기만 했다. 가현은 그녀가 시혁의 본가에서 환영받 지 못하는 존재였기에 그런 가족 모임은 될 수 있다면 피하고 싶 다는 게 솔직한 심정이었다. 하지만 시혁을 다시 받아들이기로 결 정한 시점에서 그들은 여전히 가족이었다.

"아버님이 그런 얘기 꺼내시는 게 흔한 일도 아닌데 어떻게 그 래요."

지금까지 웬만한 일이 아니면 가족끼리 모이는 자리에 가현은 배제당해 왔다. 그러면서 시혁도 자연스레 본가를 찾지 않게 되었다. 그런데 이번에는 굳이 자신까지 부른 걸 보면 보통 일이 아니란 생각이 들었다. 별거와 관련해 문책을 하시려는 건지, 아니면 다른 문제 때문인지 알 수 없으니까 확인을 위해서라도 가현은 본가에 가는 게 옳은 거란 생각이 들었다.

"전 괜찮으니까 같이 가요. 무슨 일 생기면 시혁 씨가 지켜 주겠지."

"그건 당연하지만…… 정말 괜찮겠어? 난 솔직히 별로 내키지 않아."

"저도 부담스러워서 싫어요. 하지만 일부러 부르셨는데 괜히 피하다가 책잡히는 건 더 싫어요. 어차피 만나야 한다면 그냥 빨리 끝내고 말래요."

가현의 대답에 시혁은 더 미안한 마음이 들었다. 이럴 줄 알았다면 아무 말 않는 편이 나았을 거란 생각이 들었다. 하지만 이미 내뱉은 말을 주워 담을 수도 없는 노릇이었다.

"무슨 일이 있어도 내가 널 지킬게. 그러니까 넌 내 뒤에 숨어 있어."

시혁은 굳은 의지를 담아 가현을 바라보았다. 그 시선에 그나마 마음이 놓인 가현은 조용히 웃으며 그의 팔을 툭 쳤다.

"알겠어요. 시혁 씨 뒤에 꼭 숨어 있을 테니까 걱정 말고 이제 그만 가세요. 이러다 나도 지각하겠어요."

"그래. 나중에 전화할게."

가현은 알겠다며 고개를 끄덕이고는 시혁의 등을 떠밀었다. 가면서 자꾸 뒤돌아보는 시혁에게 손을 흔들어 보이고는 가현도 출근을 서둘렀다.

약간은 무거운 마음으로 갤러리로 들어선 가현은 재빠르게 유니폼으로 갈아입었다.

"가현 씨 오늘 아슬아슬했네."

"일이 좀 있어서요."

마침 들어온 동료에게 가현은 고마웠다는 인사를 하며 빌렸던 옷을 돌려주었다. 시혁과 저녁약속 때 입었던 옷이었다.

"웬일로 조회까지 한다니까 얼른 가자."

옷매무새를 다듬는 가현을 보며 동료가 재촉을 해 왔다. 그래서 서둘러 로비로 내려가니 이미 다른 직원들은 모여 있었고 가현이 마지막 정도인 것 같았다. 모두들 웅성거리는 게 대체 무슨 일인지 궁금한 모양이었다. 그때였다. 관장인 세영과 낯선 인영 하나가 그들 앞에 함께 나타났다.

"오늘은 새녘 갤러리에 새로운 식구가 오게 돼서 여러분들을 모이시라고 했어요."

세영은 그렇게 말하며 자신 뒤에 선 인영이 앞으로 나설 수 있도록 한 걸음 뒤로 물러섰다. 그러자 이제까지 흐릿하기만 했던 존재가 확연이 드러났다. 가현은 그녀의 모습을 보고 놀랄 수밖에 없었다. 샤갈의 전시회에 나타났던 그녀, 지수와 꼭 닮은 분위기를 풍겼던 그녀가 눈앞에 서 있었다.

"반갑습니다. 이번에 새녘 갤러리 전시기획팀장으로 오게 된 최연수라고 합니다."

우아한 미소를 띤 그녀는 지수 그 자체였다. 지수가 살아서 돌아온 건 아닐까 싶은 생각까지 들 정도였다. 인사말은 계속 이어지는데 가현의 귀에는 아무 말도 들리지 않았다. 심장이 너무 세차게 뛰어서 곧 숨이 멎을 것 같은 착각마저 들었다.

"······가현 씨."

도망가고 싶었다. 그러면 안 되지만 가현은 모든 걸 내버려 두고 이곳을 벗어나고 싶어졌다. 아무것도 보지 못한 것으로, 알지 못한 것으로 하고 싶었다.

"윤가현 씨."

무서워할 일이 아닌데도 가현은 두려웠다. 자신 이외에 지수와 닮은 사람이 나타나리라고 생각해 본 적이 없었다. 그런데 그게 실제로 나타난 것이다. 그것도 자신이 지내는 영역 안에서, 시혁이 원한다면 언제든 발견할 수 있는 위치에서 말이다.

"윤가현 씨 안 계신가요."

이렇게 언제까지고 연수의 입에서 들리는 자신의 이름을 더 이상 거부할 수가 없었다. 슬슬 이상하다고 생각했는지 주위에서 수군거리며 가현을 돌아보았다. 그래서 어쩔 수 없이 가현은 떨리는 마음을 진정하며 한 발짝 앞으로 나섰다.

"무슨······ 일이시죠."

"아, 당신이 가현 씨였군요. 반가워요. 최연수라고 해요."

처음 만났던 때를 기억하고 있는지 연수는 가현을 알아본 눈치였다. 그리고 손을 뻗으며 악수를 건네는데 가현은 그 손을 뿌리칠 수가 없었다. 지수와 꼭 같은 긴 머리카락과 옷차림, 향기, 그리고 온화한 분위기까지, 연수는 가현을 압도하고 있었다.

"강도겸 작가님 작품을 전담하고 있다고 들었어요. 이번에 있을 강 작가님 전시회도 담당한다고 하던데 괜찮으면 그와 관련된 보고를 받을 수 있을까요."

"……네. 자료 첨부해서 바로 보고드리도록 하겠습니다."

"그래요. 그럼 회의실에서 기다리고 있을게요."

그 뒤로도 연수는 다른 사람들과 개인적이거나 공적인 얘기들을 나누었다. 그러는 동안에도 가현은 이 상황이 어떤 건지 쉽게 이해가 가질 않았다. 그저 모두가 가만히 서 있기에 같이 서 있었고, 시간이 흘러 다들 제자리를 찾아 떠나기에 가현도 직원실로 걸음을 옮겼다.

"일……. 일해야지."

직원실로 들어와서도 머리는 계속 멍한 상태인데 몸은 익숙하게 보고서를 찾고 있었다. 이전에 시혁에게 날마다 보고를 했던지라 자료는 충분했다. 이제 그걸 들고 회의실로 향하기만 하면 되는데 발길이 쉽게 떨어지질 않았다. 머리가 아프고 온몸이 천근이라 쉽게 움직일 수가 없었다. 그러다 문득 가현은 벽에 걸린 거울을 바라보았다.

"최……지수."

거울에 비치는 건 짧은 단발을 하고 갤러리의 유니폼을 입고 있지만 낯빛이 창백한 자신이었다.

"최연수……."

그 위로 지수의 모습이 겹쳐졌다. 발그레하게 생기 도는 빰과 다정하게 미소 짓는 핑크빛 입술, 반달 모양으로 휘어진 눈매까지 어느 하나 사랑스럽지 않은 부분이 없었다. 만약 지수가 아직 살아서 서서히 나이가 들었다면 연수와 같아졌을 거란 생각이 들었다. 다정하고 따스한 분위기는 특유의 우아함이 더해져 어느 누가 보더라도 매력을 느꼈을 것이다.

"그런데 난 윤가현이잖아."

가현은 다시 한 번 거울을 뚫어지게 바라보았다. 그러자 이제까지 겹쳐졌던 지수의 허상은 사라지고 오롯이 자신만 비쳐지고 있었다. 거기엔 지수도, 연수도 더 이상 없었다.

"윤가현 정신 차려. 과거는 그냥 과거일 뿐이야. 지나간 과거는 아무 힘도 없어."

가현은 두 손을 들어 자신의 빰을 여러 번 내리쳤다. 그리고 반복해서 자신에겐 내일이 있다는 걸 각인시켰다. 그 미래를 결정하는 건 오로지 자신의 몫이었다. 지수도, 연수도, 하물며 시혁도 그녀를 대신해 살아 줄 수는 없었다. 언제까지고 과거에 연연하며 죽은 사람에게 끌려 다니는 건 사양하고 싶었다. 시혁조차도 지수보다 자신을 선택하지 않았던가.

'……이제부터 내가 널 더 많이 좋아할게.'

시혁의 그 약속을 가현은 또렷이 기억하고 있었다. 선택을 한 건 시혁이었지만 그 순간이 있기까지 시혁과 함께했던 건 가현 자신이었다. 가현은 이제 더 이상 지수의 그늘에 지쳐 자기를 잃고 싶지 않았다.

"그래. 이런 것도 못 버티면 어떡하겠어."

마음을 다진 가현은 보고서를 들고 문밖을 나섰다. 좀 전의 떨림은 그녀에게 남아 있지 않았다. 회의실로 향하는 걸음도 한결 가벼워졌다. 안개가 낀 듯 멍하고 아팠던 머리도 이제는 제법 맑아졌다. 결국 모든 일은 마음먹기 나름이란 옛말이 아주 틀린 말은 아니었나 보다.

회의실 문 앞에 다다른 가현은 가벼운 심호흡을 내뱉고는 경쾌하게 노크를 했다.

"네, 들어오세요."

연수의 맑은 목소리에 잠시 멈칫하긴 했지만 가현은 크게 개의치 않으며 회의실 문을 열고 안으로 들어섰다.

"말씀하신 강도겸 작가님 전시회를 위한 보고서입니다."

가현은 들고 온 파일을 연수의 앞에 놓았다. 그러자 연수의 가늘고 긴 손가락이 페이지를 순서대로 넘겨 갔다.

"리스트에 강 작가님 예전 작품도 제법 되네요."

"네. 이번 전시회가 갑작스럽게 정해졌던지라 과거 미발표작과 새로 준비 중이신 작품이 주를 이룰 거 같습니다."

"주제가 회동이라니 신선하네요. 아직 이것만 봐서는 감이 잡히지 않는데 무슨 의미죠?"

"이번 전시회의 컨셉은 주제 속에 주제를 할 예정이라 일단 큰 타이틀을 회동으로 잡았습니다. 회동이란 게 일정한 목적을 지닌 사람들의 모임이란 뜻을 담고 있듯이 강 작가님의 작품 역시 사람들과 함께하는 동시에 그 속에 작가님만의 주제를 실을 예정입니다."

"그래요. 듣기에는 제법 괜찮을 거 같네요."

가현의 설명을 들은 연수는 보고서를 다시 처음부터 훑어보기 시작했다. 그 시간 동안 가현은 아무 말도 없이 그녀의 곁을 지켜야 했다. 아직 상사의 입에서 그만 가 보라는 말이 없었기 때문이다.

"그런데 가현 씨."

그리고 갑작스레 입을 연 연수는 여전히 보고서를 들여다보며 손톱 끝으로 책상 위를 톡톡 쳤다. 그 모습을 본 가현은 데자뷔를 느꼈다. 그녀와 가까운 사람 중에 저런 버릇을 가진 사람이 있었다. 무언가를 골똘히 생각하거나 결정을 내려야 할 때 저런 식으로 손톱 끝으로 책상을 톡톡 쳤다. 가현은 그런 게 아닐 거라고 생각하면서도 연수의 모습 위로 시혁을 떠올렸다.

"혹시 버지니아가 될 생각 없어요?"

겨우 시선을 마주친 연수는 단번에 이해하기 힘든 질문을 했다. 갑자기 튀어나온 버지니아란 단어에 가현은 머릿속이 혼란스러워졌다.

"버지니아라니…… 무슨……."

"샤갈."

가현의 이해를 도와주기 위해 연수는 단 하나의 단어를 뱉었다. 그런데 그 속뜻과는 어울리지 않게 연수가 너무도 우아한 미

253

소를 띠고 있어서 가현은 이 모든 게 그저 기이하게만 느껴졌다.

"샤갈에게 바바가 둘일 수는 없잖아. 안 그래요?"

가현은 순간 자신의 생각이 틀렸다는 걸 깨달았다. 연수는 지수와 닮은 모습을 하고 있지만 그녀와 같이 다정한 사람이 아니었다. 지수의 탈을 쓰고 있지만 악의 가득한 말을 아무렇지 않게 내뱉는 그녀는 악인 같아 보였다.

"그래서 가현 씨에게는 버지니아가 더 어울릴 거 같은데, 어때요."

너무도 당당한 연수의 발언에 가현은 할 말을 잃고 말았다. 다만 한 가지 떠오르는 건, 연수가 어떤 식으로든 시혁을 알고 있다는 거였다. 그리고 지수 역시도. 하지만 그 사이에 가현은 없었다. 연수는 지금 어떻게든 시혁의 곁에서 그녀를 없애려 하고 있었다. 가현은 연수를 똑바로 쳐다보았다. 가현의 눈에 그녀는 더이상 지수와 닮아 보이지 않았다.

"최연수 씨가 제게 그런 말할 입장은 아니라고 생각하는데요."

지금 이 순간, 가현에게 연수는 상사가 아니었다. 그녀가 먼저 일과 관련 없는 화제를 입에 담았기 때문이다. 무엇보다 무작정 자신을 짓누르려 하는 연수의 태도가 마음에 들지 않았다. 그런 가현의 강경한 태도에 연수는 눈살을 찌푸렸다.

"지금 날 이름으로 부른 거예요?"

"제 사생활을 입에 담으시기에 지금 이게 공적인 자리란 생각이 안 들어서요. 아니면 저와 같이 있는 사람이 최연수가 아니었나요."

연수의 낯빛에 불쾌감이 짙어졌다. 순진하게만 보이던 상대가 생각보다 만만치 않다는 걸 안 연수는 머리를 재빨리 굴렸다. 그리고 흥분해 봤자 자신에게 이득이 없을 거라 생각했는지 연수는 입가에 여유로운 미소를 머금었다.

"버지니아 얘기를 왜 가현 씨 사생활이랑 연관 짓는지 난 모르겠네."

"굳이 제 앞에서 버지니아나 바바를 화제로 삼은 시점에서 모른다는 말은 통하지 않죠. 게다가 제게 강요까지 하지 않으셨나요."

"강요가 아니라 권유죠."

"듣는 상대가 강제성을 느꼈다면 그건 더 이상 권유가 아닌 거 같은데요."

가현의 날선 반응에도 연수는 조금도 물러서지 않았다. 오히려 시간이 흐를수록 가현의 반응을 즐기는 것 같았다. 그런 연수의 태도가 가현은 더욱 마음에 들지 않았다.

"가현 씨가 그렇게 느낄 줄은 생각 못 했네요. 말이란 게 원래 아 다르고 어 다른 거란 건 알았는데, 내 생각이 짧았어요. 사과할게요."

무엇보다 마치 자신이 우위에 선 듯 관용적인 척, 여유가 넘치는 척하는 연수의 저 모습들이 가현은 참을 수 없이 불쾌했다. 그래서 그녀는 연수의 사과에도 아무 대꾸도 하지 않았다. 저것 역시도 진심이 아닐 거란 생각이 들어서였다.

"전 제 잘못을 사과했으니 이제 가현 씨 차례 아닌가요."

혹시나 했는데 역시나였다. 연수에게 사과란 자신이 목적한 바를 이루기 위한 허울 좋은 명분일 뿐이었다.

"전 잘못한 것도, 사과할 것도 없습니다."

"윤가현 씨!"

가현의 단호한 태도에 연수의 언성이 살짝 높아졌다. 연수는 자신을 손에 쥐고 흔들려던 게 분명해 보였다. 하지만 가현은 더 이상 호락호락한 대상으로 보이고 싶지 않았다.

"하실 말씀 더 없으시면 그만 나가 보겠습니다."

이 자리에 있어야 할 필요성을 느끼지 못한 가현은 몸을 돌려 회의실을 나가려 했다. 그런 가현을 연수의 차가운 음성이 붙잡았다.

"그대로 나가면 후회하게 될 거예요."

대체 무엇을? 완전한 타인에 가까운 두 사람에게 무슨 후회가 존재할까. 걸음을 멈췄던 가현은 쓸데없는 참견이라 생각하며 회의실 문을 열고 그곳을 빠져나왔다.

❋ ❋ ❋

연수와의 일이 있고 며칠이 지났다. 가현은 일을 하는 동안에 혹시나 모를 불상사가 생기지는 않을까 걱정이 되었지만 의외로 그런 일은 생기지 않았다. 그 이후 연수는 가현을 따로 부르는 경우가 없었고 사적으로나 공적으로 어떤 접촉도 취해 오지 않았다.

"수고하셨습니다. 주말 지나고 뵐게요."

멀게만 느껴졌는데 주말이 벌써 코앞으로 다가와 있었다. 내일은 시혁의 본가로 찾아가야 했다. 그러니 오늘은 빨리 돌아가서 쉴 생각을 하며 가현은 평소보다 퇴근을 서둘렀다.

"현이 누나."

그런데 예상도 못 한 상대가 그녀를 기다리고 있었다. 오랜만에 보는 도겸의 모습에 가현은 대답도 못 하고 놀란 눈으로 그를 바라보았다.

"혹시 시간 괜찮으면 오랜만에 같이 저녁이라도 먹을까 해서 왔어요."

도겸은 언제나 같은 천진한 웃음을 짓고 있는데도 가현의 눈에만 무언가 비어 보였다.

"네가 쏘는 거지?"

차마 거절의 말을 꺼낼 수 없었던 가현은 분위기를 가볍게 해보려 농담을 던졌다. 그러자 도겸의 앓는 소리가 이어졌다.

"에이, 이제 누나도 돈 벌잖아요."

"난 월급쟁이잖아."

"그럼 더더욱 누나가 쏴야죠. 난 수입이 일정하지 않은 프리랜서라고요."

자신에게 팔짱을 끼며 볼멘소리를 내뱉는 도겸을 보니 가현은 절로 웃음이 지어졌다. 언제 만나도 기분 좋은 사람이 있는데 아마도 가현에게는 도겸이 그런 부류인 것 같았다.

"알겠어. 까짓, 내가 큰마음 먹고 쏜다."

같은 남자인데도 시혁과 함께 있는 때와는 느낌이 달랐다. 이제는 시혁에게도 제법 편하게 굴기는 했지만 도겸만큼은 아닐 것이다. 아마 그건 세월이 흘러도 변함이 없을 것 같았다.

"고기 먹어요. 고기님은 언제나 옳으니까."

하지만 오늘 도겸은 어딘가 무리를 하고 있는 듯 보여서 신경이 쓰였다. 무엇이 그를 이렇게 만드는 건지 살짝 짐작은 갔지만 가현은 애써 모르는 척했다. 도겸이 먼저 티내지 않으려 하는데 그걸 긁어 부스럼 만들고 싶지 않았다. 그래서 가현은 그저 도겸을 따라 웃으며 그가 이끄는 대로 걸음을 옮겼다. 그렇게 두 사람이 향한 곳은 대학생 시절에 자주 찾았던 허름한 고깃집이었다.

"이모, 여기 대패 만 원 치 주시고 소주도 한 병 같이 주세요."

둥근 테이블 중앙에 가스버너가 올려진 것도 그렇고 만 원 단위로 대중없이 대패 삼겹살을 파는 것도 여전했다. 각진 플라스틱 의자에 앉아 서로를 마주 본 가현과 도겸은 불판이 준비되는 동안 아무 말도 하지 않았다.

"여기 오랜만이죠. 대학교 다닐 때는 진짜 자주 왔었는데."

침묵을 먼저 깬 건 도겸이었다. 어쩌면 도겸이 이렇듯 편하게 느껴지는 건 함께 공유할 수 있는 과거가 있기 때문인지도 모르겠다고, 가현은 불현듯 생각했다.

"그렇게 맛있지도 않고 정말 흔한 메뉴인데 이상하게 가끔 여기가 생각나더라고요. 아마도 추억이 있어서 그런가 봐요."

"나도 가끔 그래. 흐르는 시간에 옅어지긴 하지만 사라지는 건 없잖아."

"그래요. 그렇게 쉽게 사라지지 않죠."

대화를 나누는 사이, 밑반찬과 소주와 잔이 먼저 나왔다. 그걸 본 도겸은 소주 뚜껑을 단번에 따더니 잔에 술을 가득히 따랐다. 그리고 그걸 단숨에 비워 내는 것이다.

"도겸아······."

알싸한 기운이 목을 타고 넘어가자 도겸은 절로 탄성을 내질렀다. 그리고 잔을 내려놓더니 가현을 곧게 바라보았다.

"돌려서 말하지 않을게요. 누나, 남편이랑 다시 시작한 거죠?"

도겸은 줄곧 피하고 싶었던 주제를 직접 입에 올렸다. 그런 질문을 할 거라고 예상 못 한 가현은 잠시 놀란 듯 보이더니 이내 고개를 끄덕였다.

"변명 같겠지만 이전 같은 사이는 아니야. 우리 서로 바뀌고 있는 중이고 진실로 받아들이는 중이야."

병원 응급실에서 시혁과 가현의 모습을 발견했을 때부터 도겸은 예감하고 있었다. 두 사람이 가진 부부의 연이 그리 쉽게 끊어지지 않을 거란 걸. 그런데도 도겸은 속이 쓰리고 아팠다. 그걸 감추기 위해 애를 쓰면 쓸수록 상처는 자꾸 벌어지기만 했다.

"그래요······. 그랬구나······."

도겸은 다시 술로 잔을 채우고 단숨에 비워 냈다. 머리로는 모든 걸 담담하게 받아들이고 있는데 가슴은 아니었다. 입 안에 감도는 술맛처럼 모든 게 쓰기만 했다.

"나 솔직히 대학생 때 떠올리면 누나부터 생각나요. 아마 내가 가장 후회하는 부분이라 그럴지도 모르겠어. 차라리 그때 진심으로 다가갔다면 지금이 바뀌었을지도 모르잖아요. 지금쯤 현이 누나 옆에 있는 사람이 나였을 수도 있어."

"도겸아, 그건······."

누구도 확정 지을 수 없는 미래였다. 도겸의 말처럼 아마 그런 일이 있었다면 지금쯤 시혁이 아닌 도겸의 옆에 자신이 있을 수도 있다. 하지만 도중에 헤어졌을 수도 있는 일이다. 그래서 가현은 섭사리 대답을 할 수가 없었다. 그걸 도겸도 아는지 가현을 보며 쓰게만 웃었다.

"그때 그냥 욕심낼 걸 그랬어요. 내 마음이 가는 대로 욕심냈으면 이렇게 후회도 안 할 텐데. 왜 나는 뒤늦게야 누나에게 마음을 줬을까요."

도겸의 푸념에 이번에는 가현이 자신의 잔에 술을 따랐다. 그리고 도겸과 같이 그걸 한 번에 비워 냈다.

"내가 너한테 착각을 불러일으킬 만한 행동을 했다면 미안해. 사과할게. 하지만 도겸아, 너와 나는 이 고깃집이랑 같아. 추억들이 많아서 그게 특별하게 느껴지는 거뿐이야. 너무 예쁘게 색이 바래서 눈길을 끄는 거야."

"그래서 제 감정이 진짜가 아니라고요? 그건 나밖에 모르는 거예요. 내 감정은, 내 마음은 나밖에 모르는 거라고요."

"그래, 맞아. 너만 아는 거겠지. 하지만 생각해 봐. 나와 나눈 빛바랜 추억들이, 그 색들이 너를 현혹시키지는 않았는지."

가현의 모든 말들이 도겸에게는 아프게 와 닿았다. 지금도 눈앞에서 저렇게 반짝반짝, 선명한 색상으로 빛나고 있는 가현인데 그녀는 아니라고 한다. 잡으려고 하는 도겸의 손길을 아니라며 뿌리치고 있었다. 지금 와서는 더 이상 안 될 사이란 걸 확연히 느끼고 있기에 도겸은 가슴이 쓰리고 아렸다. 사랑한다는 말 한마디 꺼낼 수 없다는 게 이토록 아플 줄 몰랐다.

"하, 누나 이제 보니까 진짜 잔인하다."

도겸의 쓴 웃음을 보며 가현은 아무 말도 하지 않았다. 아니, 할 수가 없었다. 그를 생각하고 위한다면 잔인해져야 하는 게 옳았다. 그리고 시혁 외의 사람에게 틈을 내어 줄 생각이 들지 않았다. 가현의 그런 단호한 태도에 도겸은 더 이상 제 상처를 막지 않기로 했다. 어차피 홀로 감내해야 한다면 그저 흐르는 대로 놓아주고 아물기를 기다릴 수밖에 없다는 생각이 들었다.

"시간이 아주 많이 흐른 후에는 어떨지 모르겠지만, 나 지금은 누나에게 행복하라는 말은 못 하겠어요."

차라리 이게 나은지도 모르겠다. 혼자서 기대와 후회를 오가는 그 시간들보다는 결론이 내려진 지금이 더 버틸 만할지도 모른다. 언젠가 이 아픔과 쓸쓸함에 새살이 돋으면 그때는 가현을 완전히 놓아줄 수 있을 거다. 언제가 될지는 모르겠지만 그때가 오면 자신 역시도 가현에게 행복을 빌어 줄 거라고, 도겸은 어렴풋이 생각했다.

"미안해. 그리고 고마워."

기분 같아서는 술이라도 진탕 마시고 취하고 싶은데 도겸은 가현의 앞에서 그런 모습을 보이고 싶지 않았다. 그래서 소주를 더 시키지 않았다. 그저 뒤늦게 나온 대패 삼겹살이 지글지글 구워지는 걸 바라만 보았다. 금방 익은 고기를 가현의 파절임 위에 얹어 주며 도겸은 이 상황에도 배가 고픈 자신이 우스워졌다.

"오늘은 누나가 쏘기로 한 거니까 사양 않고 먹을게요."

치사해 보일지도 모르겠지만 이 정도 어리광은 가현이 감내해 주길 도겸은 바랐다. 본능적인 배고픔을 해결하겠다는 게 아니었다. 그저 그녀와 이 이상 어색한 사이로 남고 싶지 않았다. 혼자만의 사랑이 끊어진 거지 우리의 인연이 끊긴 건 아니었으니까.

"처음이자 마지막 부탁이 있어요."

그런 어리광에 기대어 도겸은 이제까지 생각만 해 왔던 일을 부탁하려 했다.

"무슨…… 부탁인데?"

도겸의 눈빛에는 비장미마저 느껴졌다. 그래서 가현은 절로 긴장하며 도겸을 보았다.

"누나를 그리고 싶어요. 굳이 시간까지 뺏어 가며 모델로 서 달라는 말은 안 할게요. 그냥 그릴 수 있게만 해 줘요."

쉬운 듯 어려운 그 부탁에 가현은 대답을 망설였다. 도겸 정도의 명성을 가진 작가가 자신을 모델로 그림을 그려준다는 건 고마운 일이었지만 그만큼 부담이 되기도 했다. 게다가 혹여 괜한 선택을 했다가 도겸의 명예에 금이 가지는 않을까 걱정이 되었다.

"별로 좋은 선택이 아닌 거 같은데……."

"그건 내가 판단할게요. 그냥 더 이상 안 된다는 말만 하지 마요."

도겸의 간절한 부탁에 가현은 싫다는 말을 도저히 할 수가 없었다. 그에게는 이미 충분히 큰 상처를 줬는데 거기에 구차한 모습까지 더하고 싶지 않았다. 그래서 결국 가현은 승낙의 뜻으로 고개를 끄덕였다. 그리고 그 행동 하나로 오늘 처음, 도겸의 온전한 미소를 볼 수 있었다.

※　※　※

　가현은 평소와 다름없이 아침 일찍 일어나 준비를 서둘렀다. 약속은 점심부터였지만 긴장이 돼서 그런지 계속 자고 있을 수가 없었다. 일어나자마자 살이 뽀득거리도록 샤워도 하고 얼굴이 매끈해지도록 팩도 했다. 그 상태로 아침은 간단하게 시리얼로 후다닥 해결했다.

　"어제 괜히 술을 마셨나."

　팩을 떼어 내고 화장대 앞에 앉은 가현은 실제로 그렇지 않은데도 자신의 피부가 푸석하게만 보여서 신경이 쓰였다. 기초화장을 마친 후에도 그 느낌이 가시질 않아서 화장을 하는 게 망설여졌다. 그래도 민낯으로 시부모님을 만날 수 없었기에 가현은 최대한 자연스럽고 수수한 느낌으로 메이크업을 서둘렀다.

　"이게 아닌 거 같은데……."

　하지만 서두를수록 가현은 자신의 화장이 자꾸만 마음에 차지 않았다. 어느 순간에는 눈썹이 별로고, 또 입술 색도 짙은 것 같고, 그렇게 자꾸만 손을 타니 상황은 더 안 좋아졌다.

　"아, 망했어."

　결국 가현은 울상이 되어 클렌징 오일을 들고 세면대로 향했다. 화장을 지우면서도 가현은 자신의 행동이 어이가 없었다. 시혁과 데이트를 할 때도 이렇게 호들갑을 부린 적이 없었다. 그런데 시자가 들어가는 사람들과 만날 생각을 하니 어지간히 긴장이 되었던 모양이다. 결국 클렌징 폼으로 말끔하게 세안을 한 후에 가현은 다시 화장대 앞에 앉았다.

"평소처럼 하자. 쫄지 말고 평소처럼."

한숨을 크게 한 번 내쉰 후에 가현은 화장품을 손에 쥐었다. 그리고 익숙한 순서로 화장을 해나갔다. 마음을 비워서 그런지 방금보다는 손이 가볍고 빠르게 얼굴 위를 스쳤다. 밝은 피부 톤에 맞춰서 살결을 정리하고, 기름기가 덜하도록 파우더를 바르고, 청초하도록 옅어 보이는 색조를 사용했다. 그리고 가현은 거울을 뚫어져라 바라보았다.

"음…… 좋아, 이번에는 완벽해."

눈썹도, 입술 색도, 이번에는 모든 게 마음에 들었다. 그리고 드라이어를 들어 머리만은 두 번 손대는 일이 없도록 정성을 들였다. 예전과는 달리 머리카락이 많이 짧아져서인지 시간은 덜 들었지만 자칫 컬을 잘못 넣으면 촌스러워 보일 수 있기 때문에 신경이 쓰였다. 하지만 화장과 달리 머리는 단번에 가현의 마음에 들게 정리되어 갔다.

"화장 OK, 머리 OK."

거울을 들여다보며 꼼꼼하게 체크를 마친 가현은 가벼운 발걸음으로 옷장을 향했다. 시혁과의 집에서 나오는 순간, 웬만한 옷이나 가방들은 모두 팔아 버렸기 때문에 예전 같은 분위기의 옷은 많이 없었다. 하지만 혹시나 모를 상황을 대비해 정장을 몇 벌 놔뒀는데 아마도 지금 입기에 적당한 것 같았다. 그리고 가방은 시어머니께 선물 받은 에르메스 버킨백을 선택했다.

"옷이랑 가방도 OK. 아, 구두도 골라 둬야지."

후다닥 신발장으로 달려간 가현은 제일 위에 올려 둔 구두를 몇 켤레인가 꺼냈다. 그리고 현관 거울 앞에 서서 이리저리 신어 보며 적당한 구두를 고르고는 나머지는 다시 위로 올려 두었다. 그러자 때를 맞춰 휴대폰 벨이 울렸다. 손목시계를 확인하니 어느새 시혁이 마중 나오기로 한 시간이 되어 있었다.

"여보세요. 시혁 씨, 도착했어요?"

[근처까지 왔어. 신호만 받으면 곧 도착할 거야. 준비는 다 했어?]

"음…… 아마도, 거의."

아직 스타킹도 신지 않았다는 걸 깨달은 가현은 우왕좌왕하며 서랍장을 열어 스타킹을 꺼냈다. 목 한쪽에 휴대폰을 끼어 두고 스타킹을 신기 시작한 가현은 혹시나 올이 나가지 않도록 조심해서 그걸 끌어 올렸다.

"그런데 정말 선물 같은 거 안 들고 가도 괜찮은 거예요?"

[너도 우리 부모님 알잖아. 아쉬울 거 없는 분들인 거.]

"그래도 오랜만에 뵙는 건데 빈손으로 가는 건 예의가 아닌 거 같아요."

스타킹을 겨우겨우 다 신은 가현은 버킨백을 챙겨 들고 현관 앞에 섰다. 그리고 거울에 자신을 다시 비춰 보았다. 아침 일찍 서둘렀는데도 약속 시간이 다 되어서야 준비가 끝나다니, 어이가 없어서 웃음이 나올 것 같았다.

[혹시 몰라서 와인 정도는 준비했으니까 가현이 네가 드려.]

"정말이죠? 그럼 난 그걸로 생색내야겠다."

가현의 장난스러운 반응에 수화기 너머로 시혁의 웃음소리가 들려왔다.

[그래, 네가 고른 거라 그러고 마음껏 생색내. 나 지금 집 앞에 왔으니까 준비됐으면 내려와. 서두르진 말고.]

"알겠어요. 금방 내려갈게요."

준비해 둔 구두를 신고 집 밖으로 나온 가현은 곧장 엘리베이터로 향했다. 그리고 땡 소리가 나기 바쁘도록 그곳을 빠져나와 시혁의 검은 세단을 찾아갔다.

"서두르지 말래도 그러네."

차 밖에 나와 있던 시혁은 가현을 발견하고서는 입가에 다정한 호선을 그렸다.

"나 서두르는 거처럼 보였어요?"

가현이 눈을 동그랗게 뜨며 그렇게 묻는데 시혁은 적당한 대답이 떠오르지 않았다. 그녀가 긴장했다는 게 눈에 뻔히 보여서 약간 걱정이 될 정도였다.

"내가 보고 싶어서 그랬는가 보다. 오늘 너무 예뻐서 나한테 빨리 보여 주고 싶었구나."

시혁은 긴장을 풀어 주려 너스레를 떨었다. 그러자 가현의 표정이 뚱하게 변하더니 시혁의 팔을 아프지 않게 툭 쳤다.

"정말, 장난이나 치고. 어서 가요. 늦겠어."

그렇게 말하며 가현이 차 문을 열자 시혁은 재빠르게 그걸 저지했다.

"잠깐만. 아주 잠깐만 기다려 봐."

의아해하는 가현을 세워 두고 시혁은 뒷좌석의 문을 열고서 검은 상자 하나를 꺼내 왔다. 갑자기 뭐지. 가현이 고개를 내밀어 상자를 확인하려 하자 시혁은 그녀를 앞에 두고 상자를 열어 보였다. 그러자 그 안에는 결혼기념일이라며 시혁이 선물로 주었던 불가리의 비제로원 목걸이와 귀걸이가 함께 들어 있었다.

"이걸 집에 두고 갔더라고. 오늘 하면 어울릴 거 같아서 챙겨 왔어."

시혁에게 선물 받았던 귀금속들은 대부분 집에 두고 나왔다. 가현은 그것과 마주하자 새삼스러운 기분이 들었다. 앞으로 볼 일이 없을 거라 생각했는데 결국 시혁에 의해 다시 자신에게로 돌아오게 된 것이다.

"이걸…… 기억하고 있었어요?"

상자에서 목걸이를 빼어 낸 시혁은 가현의 뒤로 가 그녀의 목에 비제로원을 걸어 주었다.

"가현이 네가 날 어떻게 생각했는지 알고 있지만 난 허투루 선물한 건 하나도 없었어."

이번에는 귀걸이를 꺼내어 그녀의 귓불에 조심스레 꽂아 준 시혁은 가현의 어깨를 잡고서 그녀를 한참을 들여다보았다.

"어울려요?"

"응, 너한테 너무 잘 어울린다. 예뻐."

가벼운 마음으로 물었을 뿐인데 시혁의 칭찬이 돌아오자 가현은 양 볼을 붉게 물들였다. 그러면서 괜히 아무렇지 않은 척 그의 손길에서 벗어나 차 문을 열었다.

"이제 다 된 거죠. 어서 가요."

상자를 다시 뒷좌석에 놓아두고 시혁은 운전석에 앉았다. 그리고 매끄럽게 차를 출발시켰다. 골목을 빠져나온 시혁은 본가까지는 제법 시간이 걸리기 때문에 서서히 속도를 올렸다. 그동안에 가현은 괜히 귓가의 귀걸이를 만지작거렸다.

"왜? 신경 쓰여?"

"아니요. 그냥…… 오랜만이라서."

그저 하나의 장신구일 뿐인데도 시혁과 맞추지 못했던 퍼즐을 하나 찾은 것 같은 기분이 들었다. 그때의 이별은 너무도 단호해서 정말로 다시 볼 거라 생각하지 못했는데 말이다. 우리가 다시 시작되고 있다는 실감을 이런 것에서 느끼게 될 줄은 몰랐다.

"선물……이라기에는 좀 그렇지만 글러브 박스 한번 열어 봐."

시혁이 오늘따라 이것저것 많이 준비했다고 생각하며 가현은 두근거리는 마음으로 글러브 박스를 열었다. 그러자 작은 잡동사니 사이에서 약상자 하나가 눈에 띄었다.

"너 우리 부모님 처음 뵐 때도 체해서 고생했었잖아. 결혼하고서는 좀 괜찮았지만 오늘은 오랜만에 뵙는 거니까 혹시 몰라서 준비했어."

가현이 약상자를 꺼내 확인하자 소화제였다. 아주 예전의 일이고 그냥 지나칠 수도 있을 만한 잠깐의 에피소드일 뿐인데 시혁은 잊지 않고 있었다. 그리고 가현을 위한 배려로 소화제까지 준비한 것이다. 그것도 모두 자신을 위해서라 생각하니 가현은 괜히 마음이 뭉클해졌다.

"감동했어?"

가현의 그런 마음을 아는지 모르는지, 시혁은 장난스러운 표정을 지으며 흘깃 가현을 바라보았다. 이런 태도를 보면 당장 아니라고 대답하고 싶은데 그러기에는 정성이 갸륵해서 차마 그럴 수가 없었다.

"아주 조금."

"그럼 칭찬해 줘."

"아주 조금 감동했지만, 그래도 참 잘했어요, 이시혁 씨."

단 한 마디일 뿐인데도 시혁은 만족스러운지 입가에 기분 좋은 호선을 그렸다.

"앞으로 더 잘할게."

"요즘은 계속 그 말뿐이네. 알겠어요. 앞으로도 얼마나 더 잘하는지 기대하고 있을게요."

가현은 시혁을 따라 입가에 미소를 띠었다. 지금 시혁이 곁에 있어 준다면 무서운 시아버님도, 얄미운 시누이도 두려울 게 없을 것 같았다. 그만은 오롯이 내 편이었다. 한 번도 환영받은 적 없던 그곳에서 내가 기대고 쉴 수 있는 상대가 생겼다는 건 엄청나게 마음이 든든해지는 일이었다. 오늘만큼은 시혁이 자신의 남편이라서 너무도 다행이라고, 가현은 부부가 되고 처음으로 생각했다.

❋　❋　❋

본가의 현관으로 들어서기 전, 가현은 다시금 긴장감이 밀려오는 걸 느꼈다.

"괜찮아? 지금이라도 돌아갈까."

"그건 안 돼요. 내가 싫어요."

시혁이 걱정스레 물어오는 걸 보며 가현은 고개를 가로저었다. 애써 찾아왔는데 지금 와서 돌아가는 건 말이 안 된다고 생각했다. 게다가 가현은 무서워서 도망간다는 인상을 남기고 싶지 않았다. 그래서 가현은 심호흡을 한번 내쉬고는 시혁의 뒤를 따라 집 안으로 들어섰다.

"저희 왔습니다."

"오셨어요. 도련님, 작은 사모님."

가현과 시혁의 방문을 처음으로 맞이한 건 가족 중 한 명이 아닌 본가의 도우미였다. 그제야 가현은 이 집이 싫었던 이유를 새삼 하나 떠올렸다. 보통의 가정이라면 이럴 때 아들 부부를 맞이해 주는 건 어머니였을 것이다. 딱히 큰 환대를 바라는 건 아니었다. 그저 아들로, 며느리로, 작으나마 온기를 느껴 보고 싶었다.

"다른 분들은 어디 계세요?"

그래서 굳이 묻지 않아도 될 말을 꺼냈다. 약간의 야속함을 담아서 말이다. 어차피 모두들 자기만의 공간에서 각자의 시간을 보내고 있겠지. 그러니까 더욱, 아들 내외를 마중하는 것보다 부디 중요한 일을 하고 있길 가현은 바랐다.

"회장님 내외와 아가씨, 그리고 손님께서는 식당에 먼저 가 계십니다."

"손님이요?"

하지만 돌아온 대답은 예상도 못 했던 거라 시혁도 덩달아 놀라고 말았다. 가족끼리만 모이는 자리라고 생각했지 다른 누가 더 있으리라고는 생각 못 한 것이다.

"애초부터 손님이 오시기로 되어 있었던 겁니까?."

"아…… 네. 회장님께서 미리 말씀 주셨어요."

시혁의 진지한 태도에 영문을 모르는 도우미는 고개를 갸웃했다.

"미안, 가현아. 아무래도 그냥 가족 모임이 아니었나 보다."

대체 손님이 누군지 모르겠지만 시혁은 당했다는 느낌을 지울 수가 없었다. 애초에 호락호락한 사람이 아니었음을 알고 있었으면서 시혁은 조금이나마 아버지를 믿었던 자신을 탓했다.

"아무래도 이 자리는 오지 않는 게 맞았던 거 같다."

시혁의 음성이 씁쓸하게 물들어 있었다. 당장이라도 몸을 돌려 나가 버릴 것 같은 그를 보며 가현은 시혁의 손을 꼭 붙잡았다.

"우리 잘못한 거 없어요. 아니, 설사 있다고 해도 아버님이 직접 부르신 자리예요. 우리가 피해야 할 이유 없어요."

"그래, 맞아. 아버지가 부르신 거라 더 내키지 않는 거야."

시혁이 냉정한 표정으로 강경하게 말하자 가현은 과거의 차가웠던 그를 마주하는 거 같아 기분이 좋지 않았다. 하지만 그녀도 굽힐 수만은 없었다.

"뭘 걱정하는 건지 모르는 거 아니에요. 하지만 지금 생길 수 있는 일이면 시간이 흘러서도 마찬가지일 거예요. 아버님은 충분히 그러실 분이니까요. 그렇다면 차라리 미리 겪는 게 낫잖아요. 지금 맞을 매를 나중으로 미루는 게 더 무서운 법이에요."

가현의 설득에도 시혁은 쉽사리 납득하지 않는 듯 보였다. 그럴수록 가현은 잡은 손에 힘을 실었다. 그리고 그를 바라보았다. 이 이상 피하지 말아요. 그런 말을 가만히 눈빛으로 속삭이면서.

"……만약 마음에 들지 않으면 바로 나올 테니까."

여전히 내키지 않는 기색을 비추며 시혁은 가현의 손을 마주잡았다. 그리고 그녀를 이끌고 가족이 있는 식당으로 향했다. 가현은 심적으로는 아주 멀었던 그 길을 시혁과 함께 나아가자 생각보다 짧다는 걸 깨달았다. 그렇게 식당과 점점 가까워질수록 사람들의 웃음소리가 들려왔다. 그때부터였는지도 모른다. 가현은 말로 설명할 수 없는 불길한 기운을 느끼며 맞잡은 손에 힘을 주었다.

"어, 오빠 왔네."

두 사람을 먼저 알아본 건 세영이였다.

"새언니도 정말로 왔네요."

하지만 가현의 귀에는 세영의 얄미움이 와 닿지 않았다. 웃음으로 뒤덮인 훈훈한 분위기 속에는 생각지도 못한 사람이 함께하고 있었다.

"최……연수 씨. 당신이 어떻게……."

"어서 와요, 가현 씨. 좀 더 기다릴까 하다가 배가 고파서 먼저 식사하고 있던 중이에요."

시혁의 가족과 함께하는 손님은 다름 아닌 연수였다. 마치 제 집인 양 자신을 반기는 연수를 보는 순간, 가현은 머리를 한 대 얻어맞은 것 같은 착각이 들었다.

"오랜만이네요. 시혁 오빠."

자리에서 일어선 연수는 시혁에게 손을 내밀었다. 하지만 그는 쉽사리 그 손을 잡아 주지 않았다.

"너…… 연수?"

시혁은 아주 찰나지만 지수가 살아 돌아온 줄만 알았다. 하지만 말도 안 되는 일이라 생각하며 어렴풋한 기억 속에 남아 있는 지수의 여동생을 떠올렸다. 아주 어릴 적에 잠깐 보았던 게 전부였지만 그때도 연수는 생김새가 지수와 쌍둥이처럼 닮아 있었다.

'저 애는 누구야? 지수 너랑 많이 닮았네.'

'내 동생 연수야, 낯가림이 심하긴 한데 난 그거마저 너무 귀엽더라.'

하지만 다정하고 활발했던 지수에 비해서 연수는 내성적이고 소심한 아이였다. 가끔 모임이라도 참석하는 날이면 또래들과 어울리지 못하고 지수의 곁만 맴돌았던 연수가 어느새인가 이렇게 달라져 있다는 게 시혁은 믿을 수가 없었다.

"뭐예요. 귀신이라도 본 것처럼. 저 연수 맞아요."

이제는 살포시 짓는 미소마저 지수와 꼭 같았다. 외모가 닮았던 가현과는 달랐다. 그 생김새는 물론이고 분위기까지, 모든 게 지수가 살아난 것과 다름이 없었다.

"네가 왜 여기 있지."

그래서 시혁은 쉽사리 경계심을 풀 수가 없었다.

"내가 오라고 불렀다."

가족이 모이기로 했던 자리에 어째서 연수까지 부른 걸까. 아버지의 검은 속내가 손에 잡히듯 뻔히 보였지만 시혁은 자신이 짐작하는 바가 아니길 바랐다.

"일단 자리에 앉거라."

"싫습니다."

가족 모임이고 뭐고 이 자리가 마뜩치 않았던 시혁은 당장이라도 뛰쳐나갈 것처럼 굴었다. 하지만 가현은 아니었다. 예상했던 것 이상이긴 했지만 여기까지 왔으니 그 매가 얼마나 맵든 맞아 보자는 심정으로 비어 있는 의자에 앉았다.

"시혁 씨도 앉아요."

가현은 자신의 옆에 빈 의자를 꺼내며 시혁을 재촉했다. 시혁은 하고 싶은 말이 많아 보였지만 단호한 가현의 눈빛에 마지못해 자리에 앉았다. 시혁이 잠자코 앉는 것을 확인한 가현은 이 회장을 똑바로 바라보며 입을 열었다.

"저, 환영받지 못하는 거 알지만 일단은 아버님이 원하시는 바를 들어 볼까 해요."

이전과는 달라진 가현의 모습에 이 회장은 흥미롭다는 듯 눈을 가늘게 떴다.

"예전에는 벌벌 떨면서 아무 말도 못 하더니 이제는 제법 당돌해졌구나."

"칭찬으로 듣겠습니다. 시련을 겪으면 사람이 성장하게 되더라고요."

남들은 건방지다고 할지도 모르지만 이 회장은 지금의 패기 넘치는 가현의 모습이 마음에 들었다. 하지만 딱 거기까지였다. 개인적으로는 인정할 수 있다 하더라도 며느리의 그릇은 아니었다.

"네가 그렇게 나오니 돌려 말하지 않으마."

그래서 이 회장은 직구로 승부하기로 했다. 가현에게는 자신이 있어야 할 자리가 어디인지 확실하게 알려 주는 편이 빠를 거라 생각했기 때문이다.

"시혁이와 이혼하거라. 위자료는 섭섭하지 않게 챙겨 주마."

그 말에 시혁의 눈빛이 날카롭게 변했다. 당장이라도 자리에서 일어나려는 것을 가현이 손을 잡아 말렸다. 자신 때문에 부자지간에 큰 소리가 오고 가는 것은 어떻게든 막고 싶었다. 하지만 이 회장은 쉽사리 멈추지 않았다.

"너도 우리 집안에서 왜 널 반대했는지 잘 알고 있을게다. 그때는 어쩔 수 없어서 한 번은 허락했지만 이미 네 입에서 이혼 얘기가 나왔으니 두 번 참을 필요는 없다는 생각이 들더구나. 네가 원하던 대로 이혼하고 시혁이는 여기 있는 연수랑 다시 맺어 주려고 하니 너도 이제는 분수에 맞는 길 가도록 하거라."

이 회장의 시선이 연수에게 닿자 다정한 빛을 띠었다. 그것을 놓치지 않고 본 가현은 입으로 꺼내지 못할 모멸감을 느꼈다. 그리고 애초에 모든 게 이 회장의 계획이었다는 생각을 하니 온몸에 소름이 돋았다. 그건 시혁도 마찬가지였다. 끝까지 자신과 척을 지는 건 상관이 없었다. 하지만 가현을 이런 식으로 업신여기는 건 참을 수가 없었다.

"저는……."

"저희 이혼하지 않습니다."

가현의 말이 이어지는 와중에 결국 참지 못한 시혁이 의자에서 일어서며 가현의 손을 잡고 자리에서 일으켰다.

"아버지가 이 자리를 만들기까지 얼마나 수고하셨는지 그건 알겠습니다. 하지만!"

시혁은 지수와 꼭 닮은 연수를 차가운 눈빛으로 바라보았다. 이제는 고인이 된 지수까지 이용하는 아버지의 방법이 구역질 나도록 싫었다.

"저런 인형 하나 제 옆에 놔두고 소꿉놀이나 시킬 생각이셨다면 잘못 생각하신 겁니다. 저는 지수와 닮은 인형이 필요한 게 아니라 가현이를 사랑하기 때문에 같이 있고 싶은 겁니다. 아버지는 아마 처음부터 끝까지 바른 생각은 하지 못하신 거 같군요. 자식 이기는 부모 없다는 아버지의 그 역겨운 말, 믿었던 제가 바보였습니다."

"오빠!"

"시혁아!"

세영과 어머니가 놀라서 목소리를 높였다. 하지만 시혁은 전혀 개의치 않고 가현과 함께 그 자리를 박차고 나가려고 했다. 그러자 이번에는 연수가 그의 손목을 잡아챘다.

"시혁 오빠, 기다려요. 저랑 얘기 좀 해요."

그녀의 손길에 시혁은 마치 더러운 게 묻은 듯 소스라치며 자신의 손을 빼냈다.

"내 이름 부르면서 헛된 꿈꾸지 마. 역겹기는 너도 매한가지니까."

연수에게 으름장을 놓은 시혁은 가현의 손을 꼭 붙잡고 본가의 식당을, 복도를, 현관을 지나쳐 빠져나왔다.

"시혁 씨."

가현의 부름에도 시혁은 돌아보지 않았다. 오로지 어서 이곳을 빠져나가야 된다는 생각뿐이었다. 온몸에 벌레가 기어 다니는 듯한 불쾌감이 그를 휘감아서 화를 주체할 수가 없었다.

"시혁 씨, 아파요."

무슨 정신이었는지 모르겠지만 어떻게든 차까지 온 시혁은 그제야 붙잡고 있던 가현의 손을 놓아주었다.

"타."

"시혁 씨 지금 운전하면 위험해요. 내가 할게요."

보조석의 문을 열어 주는 시혁은 여전히 흥분이 가시지 않은 모습이었다. 걱정이 된 가현이 차에 타지 않은 채 버티고 서 있자 시혁은 깊은 숨을 내쉬고는 문을 닫았다.

"가현이 넌 어떻게 연수랑 아는 거야?"

그 와중에도 시혁은 연수가 가현을 알아봤던 걸 떠올렸다. 시혁조차도 지금의 연수는 처음 보는데, 연수는 어떻게 가현을 먼저 알아볼 수 있었던 걸까. 분명히 이전에도 접점이 있었기 때문이라 생각한 시혁이 가현을 추궁했다.

"그게……"

하지만 가현은 쉽사리 대답을 하지 못했다. 이 회장이 어디까지 손을 썼는지 알고 나면 시혁이 더 흥분할까 봐 걱정이 되었다.

"괜찮으니까 말해 봐. 이 이상 더 화낼 수도 없을 거 같거든."

마치 한숨처럼 뱉어 내는 시혁의 말들에 가현은 머뭇거리다 입을 열었다.

"연수 씨…… 얼마 전에 새녘 갤러리에 팀장으로 왔어요. 그 전에도 갤러리에서 한 번 우연히 만났고요."

그게 정말로 우연이었는지 어떤지는 모르겠지만 가현은 모든 걸 솔직하게 말했다. 그러자 시혁의 미간이 서서히 구겨지더니 굳게 쥔 주먹으로 차를 내리쳤다. 쾅 하는 소리에 가현이 놀라서 시혁에게로 다가갔다. 충격을 고스란히 받은 그의 손이 붉게 물들어 있었다.

"더 화낼 것도 없다고 그러더니……. 다치진 않았어요?"

가현이 걱정스러운 눈빛으로 그의 손을 살펴보려는 순간, 시혁이 그녀를 끌어당겨 품에 안았다.

"난 절대로 너랑 헤어질 생각 없어."

아주 서서히 시혁의 마음이 가현에게 스며들었다. 그가 내뱉는 모든 사랑이 형체와 힘을 갖추고 가현을 품에 안았다. 그 포근한 감각에 기대며 가현은 살포시 눈을 감았다. 그리고 손을 둘러 그의 등을 감싸 안았다.

"사랑해, 가현아. 정말로 널 많이 사랑하고 있어."

다시 한 번 듣는 그의 절절한 고백에 가현은 마음이 흔들렸다. 이제는 그를 인정해야 할 때가 온 게 아닐까. 그는 연수를 보고도 조금의 흔들림도 보이지 않았다. 시부모님의 반대에도 저를 사랑한다고 말했을 정도니까 가현의 마음이 흔들리는 건 당연했다. 어쩌면 지금일지도 모른다. 닫혔던 마음을 열고 시혁을 온전히 받아들여야 할 때가 왔는지도 모르겠다.

"내 편 들어 줘서, 날 지켜 줘서 고마워요."

가현은 시혁의 품에 기대며 나지막이 말했다. 그리고 생각했다. 이 순간을 이겨 내지 못하고 그를 놓게 된다면 후회하지 않을 자신이 있는지. 몇 번을 생각해도 답은 하나였다. 가현은 이제 시혁을 놓는 게 더 후회가 될 것 같았다.

"우리, 데이트해요."

시혁의 품에서 빠져나온 가현은 다정한 눈빛으로 그렇게 말했다. 의아해하는 시혁을 보며 웃음을 터트린 가현은 그가 너무 흥분해서 애초의 약속을 잊은 거라고 생각했다.

"원래 주말에 데이트하자고 그랬잖아요. 지금부터라도 해요."

그러고서 가현은 보조석 문 앞에 섰다. 그리고 어서 문을 열어 달라는 듯 재촉하는 눈빛을 보냈다.

"이제 운전할 수 있죠? 어서 가요."

"어? 어어, 그래."

어딘가 얼떨떨한 표정의 시혁은 문을 열어 가현을 차에 먼저 태우고는 자신도 운전석에 올라탔다. 그리고 차를 출발시켰다. 부드럽게 나아가는 차는 한적한 주택가를 벗어나 도로로 올라섰다. 그리고 얼마 지나지 않아 차와 사람으로 북적이는 번화가에 도달했다.

"배고프다. 우리 식사부터 할래요?"

"그럴까. 뭐 먹고 싶은 거 있어?"

곰곰이 생각하던 가현은 무언가 생각난 듯 일단 차에서 내리자고 제안했다. 그래서 가까운 주차장에 차를 맡긴 두 사람은 번화가 중심에서 조금 떨어진 후미진 골목까지 걸어갔다. 그러자 몇 개의 작은 음식점들이 그들 앞에 나타났다. 그중에서 한 분식집 앞으로 달려간 가현은 시혁에게 어서 오라는 듯 손짓해 보였다.

"여기 떡볶이 정말 맛있어요."

그렇게 말한 가현은 분식집 안으로 쏙 들어가 버렸다. 인테리어라고 말하기도 뭣한 분식집의 허름한 자태를 보며 시혁은 내키지 않는 기분이 들었다. 하지만 어딘가 들떠 보이는 가현의 기분에 초를 치고 싶지 않아서 잠자코 그녀의 뒤를 따랐다.

"분식집 오면 항상 고민되더라. 시혁 씨는 뭐 먹고 싶어요?"

"글쎄……."

메뉴판이라고 있는 건 벽면의 흰 종이에 음식 이름과 가격을 직접 쓴 것이 전부였다. 선뜻 선택을 하지 못하는 시혁을 보며 가현은 잠시 기다리는가 싶더니 이내 못 참겠는지 직접 일어서 주인아주머니에게 다가갔다.

"이모, 저희 떡볶이랑 순대랑 튀김 1인분씩 주시고요, 김밥도 한 줄 주세요. 순대는 내장 섞어서 주세요."

좁은 가게 안은 주방과 테이블의 경계가 없었기 때문에 가현의 주문 소리가 당연히 시혁에게도 들렸다.

"배 많이 고팠나 보네."

주문을 마치고 돌아온 가현이 자리에 앉자마자 시혁은 놀란 기색을 감추지 못하며 말을 걸었다. 그러자 가현이 의기양양하게 웃어 보였다.

"여기가 이렇게 허름해 보여도 은근히 메뉴가 빼놓을 거 없이 다 맛있어요. 시혁 씨도 먹어 보면 놀랄걸요."

"아는 사람들이 보면 이런 곳에서 식사하는 날 보고 더 놀랄 거 같은데."

"시혁 씨를 아는 사람이 왜 여기 오겠어요. 다들 우아하게 차려입고 프라이빗 룸 없는 곳은 가지도 않을 거 같은데."

가현의 얘기를 가만히 듣던 시혁은 아주 틀린 말도 아니라 웃음이 터졌다. 그 세계에 사는 사람들은 그랬다. 다른 종류의 사람들과 섞이기를 싫어하고 자기들만이 존재할 수 있는 공간을 중요시 여겼다. 그까짓 돈이, 명성이, 명예가, 돌아보면 아무것도 아니라는 걸 아는 사람은 없었다.

"그러고 보니 아직 내가 어릴 때, 친어머니가 아직 살아 계셔서 평범한 생활을 할 때는 나도 떡볶이를 자주 먹었던 거 같다."

"어릴 때요?"

"그래. 아마 어머니도 떡볶이를 좋아하셨던 거 같아. 기분 좋은 일이 있거나 하면 자주 만들어 주셨거든. 난 아직 어려서 매운 걸 못 먹으니까 양념을 헹굴 수 있게 그릇에 따로 물을 담아 주셨던 게 기억나."

이제는 많이 희미해진 그때의 추억을 떠올리며 시혁은 옅은 미소를 띠었다. 그때는 어머니와 단둘뿐인 생활이었지만 부족함을 느낀 적이 없었다. 단지 매일에 충실할 수 있다는 것만으로 행복하다고 느꼈는데 언제부터 변하기 시작한 걸까.

어쩌면 어머니의 죽음으로 시혁은 뜻하지 않게 일찍 철이 들어 버렸는지도 모른다. 어려서 누릴 수 있는 행복과 추억들을 다 누려 보기도 전에 그 대상이 사라져 버렸으니 말이다.

"다음에 같이 어머니께 찾아봬요."

3년을 함께 사는 동안에도 시혁은 어머니 얘기를 꺼낸 적이 없었다. 아마도 서로에게 여유와 믿음이 부족했던 때라서 그런 걸지도 모르겠다. 가현도 그의 친어머니에 대해 궁금해하질 않았으니 말이다. 부부로서 산 기간은 짧지 않은데도 우리는 서로에 대해 알아야 할 게 산처럼 쌓여 있었다.

"그리고 시혁 씨가 얼마나 많이 컸는지 같이 보여 드려요. 저도 며느리로서 인사드릴 기회 주시고요."

"꼭 같이 가자."

시혁은 테이블 위에 있는 가현의 손을 꼭 쥐었다. 앞으로도 우리는 험난한 길을 가야 할지도 모르지만 함께라서 괜찮을 것 같았다. 그리고 시혁은 가현을 지켜 줄 각오가 되어 있었다. 그게 설사 같은 피를 타고난 가족을 해치는 일이 된다고 하더라도 시혁은 반드시 가현에게는 어떤 상처도 입히지 않겠노라고 다짐했다.

❀ ❀ ❀

시혁과 가현은 오늘 하루 동안 처음해 보는 것들이 많았다. 영화관에서 영화를 보며 팝콘을 나눠 먹고, 오락실에서 같이 사격 게임도 했다. 그리고 길거리를 돌아다니며 노점상에서 산 것들로 군것질도 하고 커피숍에 앉아 별거 아닌 이야기들로 시간을 보냈다. 남들이 보기에는 보통 연인들이 즐기는 데이트였겠지만 시혁과 가현에게는 이런 일상이 처음과 같았다.

"아, 재밌었다."

이전에도 가볍게 식사를 하거나 공연을 관람하고 헤어진 적은 있었지만 이렇게 하루를 통째로 알차게 보낸 적은 드물었다.

"오늘 즐거웠어요?"

차에 탄 가현은 자신이 즐거웠던 만큼 시혁도 그러길 바라며 그를 바라보았다.

"매일 이렇게 보내면 좋겠다고 생각될 만큼 즐거웠어."

"정말요? 다행이다."

입가에 부드러운 미소를 띤 시혁을 보며 가현은 오늘 있었던 나쁜 일들이 모두 날아간 것 같은 착각이 들었다. 시혁에게 마음을 열기로 생각을 하니 이전에는 신경도 쓰지 않던 감정들이 한꺼번에 파도처럼 밀려들었다. 그래서 평소보다 더 웃게 되고 시혁과 함께하는 순간들이 행복하게 느껴졌다. 이렇게 쉽지 않기로 마음먹었는데 그건 좀처럼 생각대로 되지 않았다.

"월요일에는 같이 출근하자."

"응? 왜요?"

그래서 아무 생각 없이 즐겁기만 하던 가현은 직장에 가면 누굴 봐야 하는지도 까맣게 잊고 말았다. 그걸 시혁도 알았는지 왜 함께 가야 하는지 쉽사리 얘길 꺼내지 못했다. 될 수 있다면 가현의 지금 기분을 망치고 싶지 않았지만 연수 일을 언제까지고 모른 척할 수가 없었다.

"연수가 갤러리에 팀장으로 있다며. 어떻게 된 일인지 나도 알아야겠어. 너도 지켜야 하고."

"아…… 연수 씨……."

연수라는 이름이 나오자마자 가현의 기분이 급격히 다운되는 게 눈에 보여서 시혁은 안타까운 마음이 들었다. 그리고 이내 가현은 깊은 한숨을 내쉬고는 조심스레 얘길 꺼냈다.

"연수 씨랑은 어떤 사이예요. 지수…… 씨랑 연관 있는 거죠?"

"나랑 연수는 아무 사이도 아니야. 앞으로도 그럴 거고. 연수는…… 지수 동생이라 몇 번 본 적 있어. 그게 다야."

가현의 질문에 시혁은 단번에 대답을 했다. 지수와 관련된 얘길 꺼내야 할 때는 조금 망설이긴 했지만 솔직한 게 정답이란 생각에 숨김없이 말했다. 그런 시혁의 태도에 가현은 의심의 필요성을 느끼지 못했다. 지금 이 말을 믿지 않으면 아무것도 시작되지 않을 거란 생각이 들었다.

"그래서 두 사람이 그렇게 닮은 거였구나."

이내 납득한 가현은 한동안 말이 없었다. 침묵이 흐르는 차 안에서 운전을 해야 하는 시혁은 가현이 신경 쓰이는데도 제대로 바라볼 수가 없었다. 그렇게 차 안에는 갑자기 정적의 시간이 흘렀다. 오늘따라 도로도 한산해서 두 사람은 금방 가현이 사는 동네에 당도했다.

"아직도 많이 신경 쓰여?"

가현이 사는 원룸 건물 앞에 차를 세운 시혁은 조심스러운 기색으로 가현을 살폈다.

"아니요. 나도 이제 옛날만큼 여리지 않아요. 연수 씨 정도는 무섭지도 않고요. 무슨 일 있으면 시혁 씨가 또 지켜 줄 테니까."

"그럼, 뭐 다른 문제라도 있는 거야?"

밝게 말하는 가현이었지만 좀 전까지 이어졌던 침묵이 신경 쓰였던 시혁은 자꾸만 걱정이 되었다.

"아니요. 난 그게 아니라……."

하지만 가현은 연수가 신경 쓰여서 그랬던 게 아니었다. 지극히 개인적인 이유로 잠시 생각을 했던 건데 시혁이 아마도 착각을 한 듯싶었다. 이 오해를 풀기 위해서는 어쩌면 좋을까.

"정말 그런 게 아닌데……."

잠시 고민에 빠졌던 가현은 무언가 중요한 결정을 내리고는 할 말이 있는 듯 시혁을 손짓해 불렀다. 영문을 모르는 시혁은 가현이 손짓하는 대로 몸을 그녀 쪽으로 기울였다. 그러자 가현이 그의 귓가에 바짝 다가오더니 무언가를 속삭였다.

"우리 집에서 라면 먹고 갈래요?"

시혁은 순간 자신이 잘못 들은 건 아닌지 혼란스러웠다. 얼마 전까지만 하더라도 가현은 자신의 공간을 시혁에게 허락하지 않았다. 그런데 오늘은 달랐다. 언제인가 시혁이 투덜거렸던 말을 기억하고 그걸 그대로 이용해 그를 깜짝 놀라게 했다.

"우리 집이라니…… 어디?"

하지만 쉽게 믿을 수 없는 시혁은 마치 시험하듯 가현에게 물었다. 그러자 그녀는 새침한 표정으로 대답했다.

"제가 사는 원룸이요. 근데 싫으면……."

"아니야. 싫을 리가 없잖아."

혹시나 가현이 당장이라도 없던 얘기로 할까 봐 시혁은 다급하게 대답했다. 그리고 곧장 차를 주차하고 시혁은 어느 때보다 빠르게 차에서 내렸다. 그리고 곧장 보조석으로 다가가 가현이 내릴 수 있도록 문을 열어 주었다.

"내가 집까지 안고 갈까."

시혁의 장난스러운 말투에 가현은 웃음이 터졌다. 사실 많이 고민하고 내린 결정인지라 말을 꺼내는 순간에도 긴장을 했었다. 하지만 시혁의 이런 모습을 보니 있었던 긴장도 스르륵 풀리는 것 같았다.

"내가 얼마나 무거운데요. 아마 못 버틸걸요."

그래서 가현도 장난스럽게 시혁의 말을 받아쳤다. 그게 그의 승부욕을 자극할 줄은 꿈에도 모르고서 말이다.

"전에 술 취했을 때 누가 옮겼다고 생각하는 거야."

"에이, 저도 그때랑은 달…… 까아!"

가현의 말을 끝까지 듣기도 전에 시혁은 그녀를 공주님처럼 품에 안아 들었다. 그리고 재빨리 차 문을 닫았다.

"다른 사람들이 보면 어쩌려고 그래요. 어서 내려 줘요!"

놀란 가현이 시혁에게 내려 달라고 재촉했지만 그에게는 그럴 생각이 전혀 없어 보였다.

"쉿. 큰 소리 내면 사람들이 나오잖아. 이런 모습 보이기 싫으면 조용히 이대로 가자."

가현을 품에 안은 채로 성큼성큼 앞으로 나가는 시혁은 어딘가 즐거워 보였다. 게다가 힘들어하는 기색은 조금도 보이지 않았다.

"너 살이 좀 더 쪄야겠다. 너무 가벼운데."

"농담 말고 어서 내려 주세요."

"집에 도착하면."

새초롬한 가현의 반응에도 시혁은 꿈쩍도 하지 않았다. 그리고 그대로 원룸의 복도를 지나쳐 엘리베이터에 올랐다. 가현은 난처한 표정으로 그의 품 안에서 자신이 사는 층수의 버튼을 눌렀다. 그리고 저도 모르게 CCTV 카메라를 찾았다. 아마 누군가 이 상황을 바라보고 있다면 참 유별난 커플이라 생각하겠지.

그렇게 생각하니 부끄러움이 밀려든 가현은 시혁의 품속으로 얼굴을 감췄다.

"응? 왜. 힘들어?"

안겨있는 가현이 꼼지락거리며 자꾸 자신의 품 안으로 파고들자 시혁은 귀엽다는 생각이 들었다.

"아니요. 안 힘들어요. 그냥 계속 이렇게 가요."

하지만 가현은 진실을 말할 수가 없었다. 그리고 시혁은 아마 그런 걸 신경 쓰지 않을 것 같았다. 그렇게 두 사람은 서로 다른 이유로 어서 엘리베이터가 멈추길 바랐다. 그리고 그 바람처럼 머지않아 엘리베이터가 띵하는 소리를 내며 움직임을 멈췄고 서서히 문이 열렸다.

"도착했다."

시혁은 처음과 다름없이 씩씩한 걸음으로 가현의 집 앞까지 당도했다. 그리고 가현이 불러 주는 대로 비밀번호를 누르고 문을 열었다.

"여기가 네가 사는 곳이구나."

현관의 센서 등에 불이 밝혀지자 어렴풋이 실내의 모습이 보였다. 자신과 함께 살던 집과는 풍경이 사뭇 달랐다. 시혁의 집이 모던한 느낌이라면 가현의 집은 좀 더 아기자기한 느낌이 강했다. 그 모습을 잠시 동안 지켜보던 시혁은 잠시 후 신발을 벗고 안으로 들어섰다.

"잠시만요. 나도 신발 벗어야죠."

이제는 집에 도착했으니 시혁이 내려 줄 거라 생각했던 가현은 당황해서 목소리를 높였다.

"가만히 있어. 내가 벗겨 줄게."

하지만 이번에도 시혁은 그녀를 안은 채로 가현이 신은 구두를 천천히 벗겨 주었다. 평소에 즐겨 신던 컨버스라면 매듭을 풀어야 된다는 핑계라도 대고 시혁의 품에서 내려왔을 테지만 구두는 그럴 수가 없었다. 그렇게 가현의 구두를 모두 벗겨 낸 시혁은 성큼성큼 앞으로 나아가 침대 위에 그녀를 내려 주었다.

"고마워요. 저 안고 여기까지 오느라 수고했어요."

"그럼 수고비 줘."

자연스레 침대 위에 앉게 된 가현은 처음에는 시혁을 올려다보았다. 그런데 서서히 그 눈높이가 낮아졌다. 어느새인가 시혁은 가현의 곁에 자리를 잡고 앉아 있었다. 그와 같은 집에 있는 것도 오랜만이지만 같은 침대 위에 있는 건 더욱 드문 일이었다. 그래서 가현의 볼은 자연스럽게 붉게 물들어 갔다.

"무슨…… 수고비요."

"널 안고 오느라 수고했다며."

부끄러움에 가현이 우물쭈물 말을 하자 시혁은 그녀의 곁으로 더욱 바짝 다가갔다. 그러고서 자신의 볼을 손가락으로 톡톡 두드리는 것이다. 그 모습을 본 가현은 눈만 땡글땡글 굴리며 선뜻 행동에 나서지 못했다. 그게 시혁의 눈에는 귀엽게만 보여서 또 웃음이 났다.

"그럼 내가 내거 받아 갈게."

그렇게 말한 시혁은 가현의 입술에 가볍게 입을 맞췄다. 그러자 가현의 눈이 커졌다. 가벼운 입맞춤이었을 뿐인데 놀라는 가현을 보니 시혁의 입가에는 또 웃음이 머물렀다. 그래서 그는 다시 한 번 더 가현의 부드러운 입술에 자신의 입술을 대었다. 그녀가 너무도 사랑스러워서 견딜 수가 없었다.

"내 입술이 시혁 씨 거예요?"

"아니, 입술만이 아니라 네 모든 게 내 거야."

새침하게 묻는 가현의 모습마저 사랑스러워서 시혁은 그녀를 품에 안았다. 그리고 그녀의 볼과 입술, 이마, 콧잔등에 입맞춤의 비를 내렸다. 가현은 한동안 미동도 하지 않더니 이내 그의 감촉에 간지러웠는지 웃음을 터트렸다.

"그럼 시혁 씨는 누구 건데요."

이 순간이 사랑스러운 건 가현도 마찬가지였다. 처음에는 조금 놀라긴 했지만 싫지는 않았다. 오히려 그의 이런 행동들이 온몸으로 사랑을 표현하는 것 같아서 소중해졌다. 그래서 가현의 마음도 함께 넘쳐흘러서 입 밖으로 튀어나왔다. 그런 앙큼한 질문을 예상 못 했던 시혁은 이전보다 좀 더 진지해진 모습으로 가현을 바라보았다.

"당연히 나도 가현이 네 거지."

그리고 시혁은 다시 입을 맞춰 왔다. 이번에도 가볍게 닿았다 떨어질 거라 생각했던 입맞춤은 예상과 달리 좀 더 진중하고 깊었다. 시혁의 입술과 가현의 입술이 촉촉하게 맞닿자 자연스럽게 그가 가현의 아랫입술을 머금었다. 그리고 시혁의 말캉한 혀가 마치 문을 두드리듯 가현의 입술을 톡톡 두드렸다. 그녀는 잠시 망설이다 자연스럽게 그를 받아들였다.

"으음……."

시혁이 가현의 입천장의 여린 살을 쓸어 내자 그녀의 입에서 감미로운 소리가 새어 나왔다. 이 세상의 것이라 생각되지 않을 정도로 부드러운 그녀의 혀와 그의 것이 얽히며 키스의 농도는 더욱 짙어져 갔다. 그사이 시혁은 자연스럽게 그녀를 침대 위로 눕혔다. 몇 번인가 고개의 각도가 틀어지고 촉촉한 소리가 그들 사이에 머물 즈음, 시혁의 입술이 가현의 입술에서 서서히 떨어졌다.

"하아……."

하지만 시혁의 입술은 그녀의 턱으로, 목덜미로, 쇄골로, 부드러우면서 짜릿한 감각을 남기며 그 존재를 계속 알려 왔다. 그럴수록 가현의 숨결에는 열기가 더해 갔다. 그 기운은 시혁에게도 온전히 전해졌다. 그래서 그가 성급히 가현의 블라우스 첫 단추를 풀려던 때였다. 시혁은 불현듯 자신이 놓치고 만 것을 떠올렸다.

"내가 널 안아도 될까?"

그래서 시혁은 가현의 눈을 진지하게 바라보며 정중하게 물었다. 하지만 가현에게는 그 눈빛이 너무도 애절하게 보여서 웃음이 날 것 같았다.

"지금 이 타이밍에 그걸 묻는 거예요?"

"내가 아무리 이기적이라도 이런 순간에 내 욕구만 앞세울 수는 없잖아. 네가 싫다면……."

"싫지 않아요. 싫었다면, 라면…… 그 얘기도 꺼내지 않았을 거예요."

스스로 말하고도 부끄러운지 가현이 얼굴을 붉혔다. 그 모습이 시혁의 눈에는 예쁘게만 보여서 다시 가현의 입가에 입을 맞췄다. 그리고 천천히 그녀의 블라우스 단추를 하나, 둘 풀어냈다. 그러자 매끄러운 슬립 너머도 그녀의 풍만한 가슴과 날씬한 허리가 드러났다. 그 아찔한 풍경을 보기만 하는데도 시혁은 이성이 날아갈 것 같았다.

하지만 그는 다시 한 번 더 참아 내야 했다. 제일 중요한 걸 잊고 있었기 때문이다.

"어쩌지. 네가 너무 아름답고 사랑스러운데 이대로 널 그냥 안으면 안 될 거 같아."

"그게 무슨 소리예요. 난 괜찮다고 했잖아요."

시혁의 뜬금없는 고백에 가현은 눈을 치켜떴다. 방금 전까지 자신을 안고 싶다고 말하던 남자가 갑자기 안을 수 없다는 말을 하니 놀랄 수밖에. 그런데 시혁도 이 순간이 아쉬운지 자꾸만 그녀의 굴곡진 허리를 가볍게 쓸어내렸다.

"갑자기 오는 바람에 그걸 준비 못 했어."

"그거요?"

그거라니 대체 뭘까. 가현은 재빨리 머리를 굴렸다. 그리고 그가 얘기하는 게 무엇인지 번뜩 떠올렸다. 아마도 콘돔을 말하는 거겠지.

"아, 그거……."

아이에 관한 얘기는 스치듯 한 적이 있었지만 정확히 계획된 건 아니었기 때문에 시혁은 조심하는 거였다. 그런 마음을 가현도 알았다. 하지만 그녀는 짧은 순간에 아이와 함께 서 있는 시혁과 자신을 상상해 보았다. 그러자 무언가 비어 있던 부분에 딱 맞는 조각을 끼워 맞춘 듯 완벽한 가족의 모습이 그려졌다. 시혁이 앞으로도 지금과 같이 자신을 사랑해 주고 아껴 준다면 우리의 아이도 사랑해 줄 거라는 생각이 들었다.

"하지만 우린 부부잖아요."

그리고 한편으로 시부모님에게 작은 복수도 될 거라는 짓궂은 마음이 들었다. 그렇게 반대하시던 시아버님께 아이를 안겨드리면 어떤 표정을 지으실까. 미래의 아이를 두고 그런 생각을 하는 게 옳지 않은 건 알았지만 그래도 가현은 당장 단점보다는 장점이 더 많은 것 같았다.

"난 당신의 아내고요."

그래서 가현은 용기를 내어 시혁을 끌어당겼다. 그리고 그의 입술에 진한 키스를 선사했다. 그건 시혁의 이성을 마비시키는 불씨가 되었다. 그는 정성들여 가현의 옷가지를 하나씩 벗겨 갔다. 그리고 자신이 입은 것들도 모두 벗어 내고 아름다운 그녀의 나신을 바라보았다. 가현이 부끄러운 듯 아무것도 걸치지 않은 자신의 가슴을 양팔로 가렸다. 하지만 시혁은 그녀의 팔을 부드럽게 떼어 냈다.

"예쁘니까 가리지 마."

"하지만 부끄러운걸요. 불이라도 꺼 줘요."

"난 네 모든 걸 보고 싶어."

그렇게 말한 시혁은 가현의 목덜미에 입을 맞췄다. 그리고 탐스러운 그녀의 가슴을 손에 그러쥐었다. 그리고 서로의 몸이 조금씩 포개어졌다. 아무것도 걸치지 않은 나신의 맨살갗이 맞닿자 가현의 입에서 절로 탄식이 터져 나왔다.

"아……."

그녀의 봉긋한 선을 따라 가슴 위를 덧그리던 시혁의 손길은 잘록한 가현의 허리와 배꼽 위를 쓸어내려 갔다. 그리고 손길은 멈추지 않고 그녀의 은밀한 곳을 향해 내려갔다. 수풀을 헤치고 가장 예민한 곳에 맞닿은 시혁은 부드러운 손짓으로 그녀에게 열기를 선사해 갔다.

"하아……. 시혁 씨……."

가현의 안타까운 숨결에 맞춰 시혁의 입술도 그녀의 하얀 살결을 훑어 내렸다. 그리고 가현의 은밀한 곳이 촉촉이 물기를 머금기 시작할 무렵에 시혁의 손가락이 그녀의 안으로 파고들었다.

"하으……."

아주 천천히, 그리고 부드럽게 움직이는데도 가현은 쾌락을 견디지 못하고 고개를 도리질 쳤다. 그녀의 고운 살결도 조금씩 열기를 머금고 분홍빛으로 물들어 갔다. 시혁은 그녀의 입술에 입을 맞추며 호흡을 같이했다.

"아, 안 돼……."

"괜찮아. 참지 않아도 돼."

머릿속에 번쩍하고 섬광이 내리쳤다. 무엇이 안 되는지 판단을 내릴 수 없는데도 가현은 도리질 치며 가쁜 숨을 내쉬었다. 자꾸만 높아지는 열기와 생경하기만 한 자신의 숨소리에 가현은 눈을 꼭 감았다. 그러자 시혁의 입술이 그녀의 눈가에 닿았다. 아무것도 생각할 수가 없었다. 그리고 어느 순간, 몸의 떨림을 참기가 힘들었다. 그녀 안에 머물던 무언가가 터지는 느낌이었다.

"하웃……!"

가현의 체액으로 시혁의 손이 촉촉이 물들 무렵, 그도 더 이상 참기가 힘들었다. 그래서 가현의 허리를 두 손으로 꼭 잡았다. 이미 성이 난 자신의 분신이 그녀에게 상처를 내지는 않을까 걱정이 된 시혁은 아무 천천히, 시간을 들여서 가현의 안으로 들어갔다. 아주 잠깐의 순간인데도 그녀 안에서 자신이 녹을 것만 같아서 시혁은 정신을 붙잡기가 힘이 들었다.

"아……!"

그리고 어느 순간, 서로가 꼭 하나인 것처럼 맞아 들어갔다. 시혁과 가현의 입에서는 누가 먼저랄 것도 없이 탄식이 터져 나왔다. 그렇게 잠시 동안 움직이지 않고 그녀를 품에 꼭 안고 있던 시혁은 가현에게 입 맞췄다.

"가현아. 너와 내가 하나인 이 순간에도 널 사랑해."

그리고 가현의 몸에서 긴장이 풀릴 무렵, 시혁이 서서히 움직였다. 속도는 빠르지 않았지만 깊었다. 안으로, 그리고 더 깊은 안으로, 시혁은 자꾸만 가현을 자극했다. 뜨거운 숨결이 터질수록 정신은 아득해져 갔다. 너무도 달콤해서 아릿할 정도의 쾌감이 가현의 온몸을 휘감았다.

"시혁 씨……. 아훗…… 시혁…… 씨."

자꾸만 저를 부르는 가현을 보며 시혁은 그녀의 손을 꼭 쥐었다. 가현의 모든 게 아름답고 사랑스러웠다. 그래서 이 순간이 영원하길 바라며 시혁은 속도를 높였다. 언제까지고 그녀의 안에 자신이 머물길 바랐다. 그리고 그녀에게 허락된 유일한 사람이 되고 싶었다. 그런 바람과 욕망이 뒤섞여 시혁의 움직임이 점차 거세게 바뀌어 갔다.

"아, 하아……!"

"흐웃……!"

서로를 향한 고동 소리와 갈증이 강해질수록 절정은 가까워 왔다. 그리고 짜 맞춘 것처럼 두 사람에게는 동시에 섬광이 비쳤다. 그 순간이 너무도 아득하게 찾아와서 가현의 눈가에는 생리적인 눈물이 어렸다.

"하아…… 가현아."

시혁은 지금 이 순간의 만족감과 충족감을 채 느끼기 전에 탈

력감이 먼저 찾아왔다. 가쁜 숨을 몰아쉬며 시혁의 몸이 가현의 위로 쓰러졌다. 땀에 젖은 그녀의 몸은 그 어느 때보다 더욱 짙은 향기를 내뿜었다. 어디에서도 그녀만이 느껴져서 시혁은 행복함에 그녀를 뚫어져라 바라보았다.

"자꾸 그렇게 보지 마요. 창피해."

가쁜 숨을 몰아쉬던 가현은 숨이 안정되자 시혁의 시선이 신경 쓰였다. 그래서 괜히 팔을 들어 얼굴을 가렸다.

"넌 어느 순간에도 예뻐. 내가 반하지 않고는 못 배길 정도로."

시혁은 가현의 손에 깍지를 끼며 거기에 입을 맞췄다.

"정말 널…… 많이 사랑해."

그렇게 손을 잡은 채 시혁은 가현의 품에 얼굴을 묻으며 나지막이 중얼거렸다. 그러자 그의 머리를 헤집는 가현의 손길이 느껴졌다.

"나도…… 사랑해요."

혹시 너무도 행복한 꿈을 꾸고 있는 건 아닐까. 그래서 시혁은 조용히 두 눈을 감았다. 지금 자신이 기대어 있는 그녀가 꿈이 아니길 바라면서.

7.

　시혁은 잠결에 자신의 옆자리로 팔을 뻗었다. 그런데 손에 닿는 건 무엇 하나 없고 싸늘한 한기만이 느껴졌다. 정말로 꿈이었나. 자리에서 벌떡 일어난 시혁은 놀란 눈을 하고 주위를 둘러보았다. 어딜 보더라도 익숙한 집의 풍경이 아니었다. 그러다 부엌에 서 있는 가현이 눈에 들어왔다. 그제야 시혁은 안도의 한숨을 내쉬며 옷을 찾아 입었다. 그런데 어딜 찾아봐도 자신의 셔츠가 보이질 않았다.

　"가현아, 내 옷⋯⋯."

　거기까지 말하던 시혁은 가현을 다시 자세히 보았다. 그녀가 싱크대 앞에 서서 자신의 셔츠만 입고 있는 것이다.

　"시혁 씨, 깼어요?"

　자신의 옷을 입은 모습이나 다정하게 바라보는 눈빛이 너무도 예쁘게만 보여서 시혁은 그대로 다가가 그녀를 뒤에서부터 안았다.

"이런 건 대체 누가 가르쳐 준 거야?"

시혁이 가현의 목덜미에 코를 묻고 슬쩍 비비자 가현이 간지러운 듯 웃음을 띠었다.

"어디서 읽었어요. 남자들은 자기 여자가 이런 모습을 하면 아주 예뻐 보인다면서요."

"넌 안 그래도 충분히 예뻐."

미소를 띠며 시혁이 입을 맞추자 가현도 가만히 미소 지으며 그의 입맞춤을 받아들였다.

"정말 너무 예뻐서 미칠 거 같다. 오늘 회사 가지 말고 같이 있을까."

"안 돼요. 난 월급쟁이란 말이야."

가현은 밉지 않게 타박을 하며 시혁의 어깨를 밀어서 그를 식탁 의자에 앉혔다. 그리고 때를 맞춰 뚝배기가 끓어오르자 불을 끄고 식탁 위로 그것을 가져왔다.

"이제 밥만 담으면 되니까 잠시 기다려요."

자신의 손보다 좀 더 큰 밥공기에 갓 지은 밥을 퍼 담은 가현은 시혁의 앞에 하나를 두고 그 옆에 또 하나를 두었다. 그리고 자신도 의자에 앉았다. 식탁에는 구수한 된장찌개와 나물반찬, 그리고 포동포동한 계란말이가 놓여 있었다. 아침에 먹는 밥은 오랜만이라 시혁은 새삼 가현의 존재가 크게 느껴졌다.

"맛있겠다. 잘 먹을게."

"차린 건 별로 없지만 많이 드세요. 아침에 먹는 밥은 몸에도 좋지만 뇌 건강에도 좋대요."

그렇게 두 사람은 화기애애한 분위기 속에서 아침 식사를 했다. 가현의 손맛이 특별히 좋은 것도 있지만 정성이 담겨서 그런지 시혁은 기분 좋게 한 끼를 해치울 수 있었다.

시혁은 빈 그릇을 치우려는 가현을 앉혀 두고 자신이 그것들을 치웠다. 그리고 한편에 놓인 고무장갑에 손수 손을 끼워 넣었다.

"지금 설거지하려고 하는 거예요?"

"별로 많지도 않은데 내가 할게."

"정말 할 수 있겠어요? 불안한데……."

가현이 놀라서 시혁을 말리려 했지만 그는 아랑곳하지 않았다. 스펀지에 물을 묻히고 거기에 세제를 짠 시혁은 느리지만 꼼꼼하게 그릇들을 씻어 나갔다. 처음에는 불안함에 감시하듯 시혁을 바라보던 가현은 의외로 그가 설거지를 잘해 내는 것 같아서 안심이 되었다. 하지만 확실히 처음이라 그런지 시간이 오래 걸렸다. 조금 지루해진 가현은 그의 곁에 서서 커피를 내렸다.

"이것도 해 보니까 의외로 뿌듯하네."

모든 그릇이 뽀득거리도록 씻어 낸 시혁은 의기양양한 표정으로 가현을 바라보았다. 그 모습이 귀엽게 보이는 건 콩깍지가 씌어서일까. 그렇게 가현은 입가에 그려진 미소를 지울 수가 없었다.

"나머지는 내가 할게요. 커피 마셔요."

가현은 싱크대 한편에 둔 수건을 꺼내서 물기 머금은 그릇들을 깔끔하게 닦아 냈다. 그 모습을 가만히 지켜보던 시혁은 이 일상이 너무도 평화롭다는 생각이 들었다. 매일이 이렇다면 얼마나 좋을까. 오늘은 정말 치열한 일터에는 나가고 싶지 않다는 생각이 자꾸만 들었다.

"오늘 회사……."

"안 돼요."

그 얘기만 꺼냈을 뿐인데 가현이 몸을 돌리며 엄한 표정을 지었다. 그래서 시혁은 입을 꾹 다물었다.

"근데 시혁 씨 옷은 어떡해요. 셔츠는 내가 입고 있고."

"그러니까 오늘은 집에서……."

"안 된다고 했죠. 저 세 번이나 말했어요."

너무도 단호한 가현의 거절에 시혁은 옅은 한숨을 내쉬었다. 더 이상 그 얘기를 꺼내 봤자 본전도 못 찾을 것 같았다.

"최 실장한테 연락해 볼게."

고개를 끄덕이던 가현은 문득 그 말을 달리 이해해 봤다. 최 실장이 여기로 온다면 지난밤, 그들에게 어떤 일이 있었는지 다 알게 될 터였다.

"지금 최 실장님을 여기로 부를 거예요?"

"그럼 어떡해."

"아, 안 돼요. 시혁 씨가 그냥 집에 들렀다가 출근해요."

"오늘은 나도 바로 갤러리로 간다고 했잖아. 그리고 걱정 마. 최 실장은 일에 연연하지 않으니까."

아무리 그래도 가현은 부끄러움이 앞섰다. 될 수 있다면 자기가 나가서 시혁의 옷을 구해 오고 싶었지만 이런 이른 시간에는 무리였다. 결국 그의 뜻대로 꺾일 수밖에 없었다. 머리를 감싸며 제 얼굴을 숨기는 가현을 보며 시혁은 웃음이 났다. 대담하게 자신의 셔츠만 입고 있을 때는 언제고 이런 일에 부끄러워하는 게 그녀답다는 생각이 들었다.

"지금 연락해 둘 테니까 최 실장 오면 문 좀 열어 줘. 난 씻어 야겠어."

"네에……."

가현이 힘없이 대답하는 사이, 시혁은 최 실장에게 전화를 했다. 간단하게 자신의 용건만 건네고 전화를 끊은 시혁은 곧장 욕실로 들어갔다. 그동안에도 가현은 어떻게 하면 덜 부끄러울지 고민에 고민을 거듭했다.

"맞다. 옷!"

그리고 자신이 시혁의 셔츠를 입고 있다는 걸 떠올리고 바로 옷장으로 향했다. 지난밤의 일이 티 나지 않고 수수하게 보일 수 있는 옷을 찾아 헤맨 가현은 티셔츠와 청바지를 골라 입었다. 그리고 당장 흐트러진 침대 위를 정리했다.

"이 정도면 됐나?"

시혁은 신경 쓰지 말라고 했지만 가현은 그럴 수가 없었다. 커피를 더 내려야 할까. 달리 이상한 곳은 더 없나. 초조한 마음으로 집 안을 돌아다니던 가현은 갑자기 딩동 하고 들려오는 벨 소리에 화들짝 놀랐다.

"벌써 왔어."

놀란 가현은 인터폰을 확인하지도 않고 바로 현관으로 달려갔다. 그리고 문을 열기 전에 깊은 심호흡을 몇 번 했다. 그렇게 떨리는 마음으로 도어록을 해제한 가현은 천천히 문을 열었다.

"최 실장님 오셨……."

문을 열면 말끔하게 슈트를 입은 최 실장이 서 있어야 했다. 하지만 거기엔 이 순간에 보고 싶지 않은 사람이 서 있었다.

"누구 기다리는 사람 있었나 봐요. 윤가현 씨."

낭랑하게 울리는 연수의 음성과 그녀의 미소를 마주하는 순간, 가현은 그 자리에서 얼어붙고 말았다. 방금 전까지 달콤했던 아침은 어딘가로 사라져 버렸다. 연수의 등장으로 인해 그 아침은 너무나도 산산이 부서져 버렸다.

"여기는 어떻게 찾아온 거죠."

가현은 날이 선 눈빛으로 연수를 바라보았다. 하지만 연수는 그런 것에 아랑곳하지 않고 문 앞을 기웃거렸다.

"흐음, 이런 곳에 살았구나. 가현 씨는 생긴 거랑 똑같이 소박한 걸 좋아하나 봐요."

연수의 빈정거림과 여유로운 미소에 이력이 난 가현이였지만 치밀어 오르는 화는 참기가 힘들었다.

"대체 우리 집은 어떻게 알아냈냐고 물었잖아요."

"그게 그렇게 중요해요? 이런 집 하나 알아내는 거, 우리 같은 사람들한테는 어려운 일 아니에요."

가현은 연수의 행동이 도무지 이해가 가지 않았다. 시혁은 그녀와 아무 관계도 아니라고 했다. 지수의 동생이긴 하지만 그거뿐이라고. 그런데 연수의 행동은 도를 넘고 있었다.

"어떤 식으로 알아냈는지 관심 없지만 이런 스토커 행위는 법적 처벌 대상이에요."

"스토커?"

가현의 얘기를 들은 연수의 눈빛이 차갑게 변했다. 가현의 입장에서는 적반하장이었다.

"난 당신 뒤나 쫓아다닐 생각 없어요. 어제 있었던 그 치욕과 망신을 잊을 수가 없어서 가현 씨에게 경고하러 온 거예요."

"경고라니 우습네요. 내가 연수 씨에게 망신을 줬다고 생각해요? 그건 당신 스스로 자초한 일이었어요."

"난 회장님께 정중하게 초대받고 간 자리예요. 가현 씨가 낄 데, 안 낄 데, 모르고서 찾아온 거죠."

"나 역시도 초대받고 간 자리예요. 오히려 치욕을 느꼈던 건 연수 씨를 발견한 나였다고요."

두 여자는 한 치의 물러섬 없이 팽팽한 신경전을 벌였다. 가현에게 연수의 말과 행동은 그저 어이가 없을 뿐이다. 경고라니. 누가 누구에게 해야 할 얘기인지 모르겠다고 생각하며 가현은 그녀를 밀어 내고 문손잡이를 잡았다.

"어차피 이 자리에 내 상사로 오진 않았을 테니 저도 솔직히 말할게요. 더 이상 우리 사이에 말이 통할 거 같지 않으니까 돌아가세요."

당장이라도 문을 닫으려 가현이 행동을 서둘렀지만 연수는 쉽사리 그 자리를 떠나지 않았다. 오히려 버티고 서서 가현을 빤히 바라보기만 했다.

"이런 건방진 행동이 얼마나 갈 거라고 생각해요."

"연수 씨에 비하면 전 별거 아니죠."

그때였다. 연수가 가현의 손목을 거세게 잡아챘다. 그리고 그녀의 손끝이 하얘지도록 온 힘을 실어 가현의 손목을 잡았다.

"잘 생각해 봐요. 시혁 오빠랑 이 관계를 계속 이어 간다고 남는 게 뭐가 있죠. 당신 욕심 때문에 결국은 시혁 오빠까지 상처 입히게 될 거예요. 내 말 우습게 듣지 마요. 회장님께서는 이미 많이 참으셨으니까."

가현은 그녀에게서 벗어나려 안간힘을 썼지만 좀처럼 쉽지가 않았다.

"이거 놔!"

아픔을 견디지 못한 가현의 음성이 절로 높아졌다. 그때였다. 시혁이 수건으로 머리를 털며 욕실에서 나오고 있었다.

"최 실장은 왔어?"

아직 연수를 발견 못 한 시혁은 여전히 머리카락의 물기를 털어 내고 있었다. 그의 등장에 반가운 마음이 든 가현은 당장이라도 시혁을 부르려고 했다. 그런데 어느 틈엔가 연수가 그녀를 가까이 잡아당기는 거였다. 그러고서 눈 깜짝할 새에 가현의 뺨을 매섭게 쳐올렸다. 갑작스럽게 따귀를 맞은 가현은 순간 아무것도 생각할 수가 없었다.

"가현아!"

이 상황이 갑작스러운 건 시혁도 마찬가지였다. 생각지도 못한 마찰음에 고개를 돌린 시혁은 당장 가현에게로 달려갔다. 하지만 이미 때는 늦었다. 한쪽 뺨이 붉게 부어오른 가현을 보며 시혁은 분노를 참지 못하고 연수의 손목을 낚아챘다.

"이게 무슨 짓이야!"

시혁의 호통에도 아랑곳없이 연수는 활활 타오르는 눈빛으로 가현을 바라보고 있었다.

"불결해."

단 한 마디였을 뿐인데도 가현은 온몸에 소름이 끼쳤다. 이미 도를 넘어선 연수의 행동을 제어할 사람은 아무도 없을 것 같았다.

"우리 부부 일에 상관하지 마."

낮게 으르렁거리듯 시혁이 경고하자 연수는 치켜뜬 눈을 그에게로 돌렸다.

"어떻게 이럴 수가 있어. 이미 끝났어야 옳은 거잖아. 오빠는 언니만 사랑했잖아요. 근데 왜 이제 와서 이 여자여야 하냐고요. 그러면 안 되잖아. 시혁 오빠한테는 지수 언니뿐이었잖아!"

마치 발작을 하듯 온몸으로 비명을 지르는 연수를 보며 시혁도 기가 찼다. 그녀는 어린아이처럼 떼를 쓰고 있었다. 제 손에 들어오지 않는 장난감을 욕심내듯이, 그렇게 시혁을 바라고 있었다.

"내가 얼마나……. 내가…… 지수 언니가 되려고 얼마나 노력을 했는데! 그래서 참은 거였어. 내가 좀 더 완벽하게 지수 언니와 닮아지면 그때는 오빠 앞에 당당하게 설 수 있으리라 생각해서. 그런데 저런 같잖은 여자 하나 때문에 지수 언니를 버리면 안 되잖아요. 그럼 나는 어떡하라고!"

연수의 처절한 비명 소리를 들으며 가현은 그녀 역시 지수의 망령에 사로잡혀 있다는 생각이 들었다. 그리고 아마 오래전부터 시혁을 마음에 담고 있었는지도 모르겠다. 하지만 그 표현 방법은 너무도 올바르지 못했다. 적어도 사랑받고 싶었다면 이런 방법은 선택하지 말았어야 했다.

"난 단 한 번도 널 내 짝으로 생각한 적 없어. 네가 완전히 지수가 된다고 해도 마찬가지야. 넌 나와 함께했던 최지수가 될 수 없어. 무엇보다 난 지금 윤가현이란 여자를 사랑하고 있어. 넌 절대 될 수 없는 존재지."

차가운 시선을 일관하며 시혁은 연수를 완전히 밀어 냈다. 마음 깊은 곳에서부터 부정당한 연수는 흔들리는 눈동자로 시혁을 바라봤다. 당장이라도 눈물이 떨어질 것 같은 그녀를 보면서도 시혁의 마음에는 조금의 흔들림도 없었다. 연수보다는 가현이 더 신경 쓰였다. 그래서 시혁은 연수를 문밖으로 끌고 갔다.

"같잖은 건 오히려 너야. 여기서 꺼져. 다시는 찾아오지 마."

그러고서 시혁은 발길을 돌려 집 안으로 들어가 문을 쾅 소리가 나도록 닫았다. 그리고 곧장 가현에게로 달려갔다.

"괜찮아? 어디 봐."

넋이 나가 있는 가현을 부축해서 침대 위에 앉히며 시혁은 그녀를 자세히 살펴보았다. 볼에는 선명한 붉은빛이 돌고 있어서 보기에도 아파 보였다. 그냥 볼 수만 없던 시혁은 주방에서 볼을 찾아 얼음물을 만들고 수건을 적신 후 물기를 짜냈다. 그리고 차갑게 식은 그것을 들고 가현에게로 다가가 볼에 대었다.

"가현아……."

"나 너무 억울해."

가현은 정신이 든 듯 눈가에 눈물이 어렸다. 그리고 그대로 눈을 치켜뜨며 시혁을 노려보았다.

"왜 그냥 보냈어요. 나도 한 대 때렸어야 하는데 왜 그냥 보냈냐고."

따지고 드는 가현에게 시혁은 아무 말도 해 줄 수가 없었다. 그저 그녀를 품에 안고 등을 토닥여 주었다.

"미안해. 내가 다 잘못했어."

"나 진짜 너무 억울해. 시혁 씨랑 내가 부부인 게 그렇게 문제야? 다음에 만나면 나도 가만 안 둘 거야. 시아버님도 그래. 어떻게 날 두고 연수 씨를 부를 수가 있어."

"그래, 참지 마. 다 박아 버려. 내가 다 수습해 줄게. 네가 하고 싶은 대로 실컷 소리도 지르고 때리기도 하고 욕도 퍼부어 주고 가만히 두지 마. 그 뒤는 내가 지키고 있을게."

자신의 품에서 엉엉 소리 내어 우는 가현을 보며 시혁은 어쩐지 뿌듯한 마음이 들었다. 지금도, 이전도, 이 눈물들이 모두 자신의 탓인 걸 알지만 그래도 솔직하게 투정을 부리는 가현은 처음이었다. 자신의 안에서 윤가현이란 존재가 점점 커져 가는 것만큼이나 가현의 안에서도 이시혁이란 존재가 커져 가고 있다는 게 느껴졌다. 그래서 시혁은 이 순간이 나쁘지 않다는 생각이 들었다.

"뒤에서 지켜 주면 어떡해요. 내 앞에서 방패가 되어 줘야죠. 나 혼자 그 폭격들 다 맞으란 말이에요?"

"미안, 미안해. 내가 잘못했어. 당연히 내가 네 방패가 되어 줘야지."

시혁은 이 사랑스러운 존재를 언제까지나 지켜 주고 싶다는 생각이 들었다. 그러기 위해선 무엇을 해야 할까. 그는 가현을 품에 꼭 안은 채 생각하고 또 생각했다. 그리고 한 가지 묘안을 떠올렸다. 이기적인 이시혁이기에 가능한 일이었지만 그만큼 리스크도 컸다. 하지만 언제고 가현과 자신만을 생각하겠다고, 시혁은 그렇게 다짐했다.

❀　❀　❀

출근 시간에 맞춰서 갤러리에 도착한 시혁은 곧장 관장실로 향했다. 노크도 없이 문을 열고 들어선 그를 보며 세영은 놀라서 자리에서 일어섰다.

"오빠."

"어떻게 된 건지 네 입으로 해명해 봐."

사방을 얼어붙게 만들 만큼 시혁의 태도는 냉정했다. 아무리 자신의 동생이라 해도 쉽게 넘어가지 않을 듯 보였다.

"무슨 얘길 하는지 난 모르겠는데."

"최연수가 자기 힘으로 여기 들어왔을 거라고 생각 안 해."

세영은 심상치 않은 분위기를 감지하고 시혁의 눈치를 살폈다. 어제 일도 그렇고 시혁이 아버지나 연수에게 호의를 가지고 있지 않다는 걸 세영도 느꼈다. 그런데 자신이 그 사이에 끼게 됐으니

낭패였다.

"난…… 아버지가 시킨 대로 했을 뿐이야."

세영이 어물거리며 대답하자 시혁은 그럴 줄 알았다는 듯 쓴웃음을 지었다.

"나한테 보고가 없었던 것도 아버지가 시킨 건가."

"아버지가……. 아버지가 새언니랑 오빠가 이혼하는 건 당연한 거라고 그랬단 말이야. 그래서 난 그 말을 믿고……."

"그러면!"

시혁은 세영의 말을 더 듣지도 않고 그 말을 끊었다. 해명을 하라고 했지 변명을 하라는 건 아니었다. 아무리 철이 없다고 해도 세영까지 아버지 편에 서서 그 장단에 놀아나고 있다는 게 시혁은 화가 났다.

"너도 최연수가 애초에 날 노리고 이 갤러리로 왔다는 걸 알고 있었던 거네."

이 회장과 연수의 유착이 언제부터 있었는지 알고 싶진 않았다. 하지만 그로 인해 생겨난 건 불신뿐이었다. 시혁은 원래 가족이란 게 이런 건지 혼란스러워졌다. 이제 그에게 믿을 수 있는 사람은 오로지 가현뿐이었다.

"좋게 말할 때 네 손으로 최연수 잘라."

"오빠! 그러면 내 입장이……."

"이 갤러리 실소유자가 누구라고 생각해. 누가 널 여기까지 데려왔지?"

시혁은 나지막한 목소리로 세영에게 말했다. 그건 일종의 경고

이자 협박이었다. 그걸 모를 리 없는 세영은 아랫입술을 잘근 깨물었다. 아버지나 오빠, 어느 쪽을 따라도 결국 손해를 봐야만 했다.

"……알겠어. 그건 내가 알아서 할게."

세영은 마지못해 대답하고는 힘없이 자리에 앉았다. 하지만 서서히 화가 치밀어 올랐다. 왜 내가 이런 꼴을 당해야 해. 이대로 당할 수만은 없다고 생각한 세영은 책상 아래로 주먹을 꼭 쥐며 천천히 입을 열었다.

"아버지가 오빠한테 화 많이 나셨어. 조만간 총회도 여실거래. 마제스타 어패럴 이사직에서 오빠 해임할 거라고."

시혁은 세영을 가만히 바라보았다. 겉으로는 걱정하는 척, 그렇게 말하고 있는 여동생의 모습이 마치 뱀과 같이 보였다. 너도 결국은 그렇게 나오는구나. 시혁은 새삼 핏줄이라는 게 웃기다는 생각이 들었다. 어느 누구도 서로의 행복을 바라지 않고 제 욕심만 앞세운다. 시혁은 그 굴레가 너무도 지긋지긋했다.

"그래. 내가 쫓겨나면 너라도 그 자리에 앉아 보든지."

갑자기 피로가 밀려오는 느낌을 받으며 시혁은 소파위로 몸을 기댔다. 그리고 한동안 멍하니 천장을 바라보았다. 지금 시혁이 바라는 건 가현과 함께 행복할 수 있는 일상이었다. 하지만 하나를 넘으면 또 다른 장벽이 그 앞을 막으니 쉽지가 않았다. 결국은 제 손에 더러운 걸 묻혀야 일이 끝날 것 같았다. 너무도 지치고 피곤했지만 그렇게 해야만 했다.

"세영아."

시혁은 나지막이 동생의 이름을 불렀다. 그리고 천천히 눈을 깜빡이다 시선을 돌려 세영을 바라보았다.

"새녘 갤러리 회계 장부, 나한테 줘야겠다."

"오빠!"

세영은 놀라서 다시 자리에서 벌떡 일어섰다. 그 모습을 보며 시혁은 입가에 미소를 띠었다.

"그렇게 소리 지르는 거 보니 너도 갤러리에 그냥 있었던 건 아니구나."

시혁은 자리에서 일어나 세영의 곁으로 다가갔다. 그리고 한없이 차가운 시선으로 자신의 여동생을 내려다보았다.

"검찰에 넘기는 것보다 내 손에 쥐여 주는 게 너한테도 이득일 텐데."

두려움과 굴욕감에 세영을 온몸을 부들부들 떨었다. 자기의 안위를 생각한다면 어떻게든 시혁의 말을 따르지 않아야 옳았다. 하지만 지금의 시혁은 무슨 짓이든 할 것만 같았다. 장부를 건네주지 않으면 없는 사실이라도 만들어서 기어코 자신을 검찰로 넘기고 말 거라고 세영은 생각했다.

"……잠깐만 기다려."

세영은 핏기 없이 질린 낯빛으로 구석에 놓인 금고로 다가갔다. 그리고 떨리는 손끝으로 비밀번호를 해제하고 숨겨 두었던 장부를 꺼내어 시혁의 손에 쥐여 주었다. 시혁은 원하던 것을 얻었지만 만족감보다는 쓸쓸함이 더했다. 하지만 그걸 세영의 앞에서 티 낼 수 없는 시혁은 여전히 차가운 눈빛을 일관했다.

"최연수 해고한 후에 너도 사임해. 내 손으로 자르게 하지 말고."

"농담하지 마. 나한테 정말 이럴 거야?"

"농담 아니고 진담이야. 네가 내 동생이라 이 정도로 끝내는 거야. 아니었으면 너, 지금 당장 끌어냈어. 그래도 동생인데 사람들 앞에서 망신당하게 할 수는 없잖아."

세영은 굴욕감에 일그러진 얼굴로 시혁을 노려보았다.

"오빠…… 지금 이 선택 후회하게 될 거야."

"새삼 더 후회할 것도 없어. 내 걱정하기 전에 너나 철 좀 들어."

시혁은 세영의 협박을 가볍게 뭉개고서 인사도 없이 관장실을 빠져나왔다. 가현의 안부가 궁금하긴 했지만 시혁은 일부러 그녀를 찾지 않았다. 가현에게 더 이상 가족의 치부를 드러내 보이고 싶지 않았다. 그렇게 시혁이 무거운 걸음으로 차로 돌아오자 최 실장이 문을 열어 주었다.

"볼일은 모두 끝내셨는지요."

"아마도. 근데 생각보다 더 피곤하군."

시혁이 뒷좌석에 몸을 싣자 최 실장도 보조석으로 돌아갔다. 그리고 차는 천천히 그곳을 벗어났다. 그 잠깐 사이에도 시혁은 고민했다. 혹시 자신이 하는 일이 또 다른 화를 자초하지는 않을까, 그로 인해 가현이 다치지는 않을까 걱정이 되었다. 하지만 더 이상 두고만 볼 수는 없었다. 어떻게든 아버지의 폭정에서 벗어나야만 했다.

"최 실장, 은밀히 알아봐 줬으면 하는 일이 있는데."

"네. 말씀하시죠."

시혁은 얘기를 꺼내기도 전에 깊은 한숨을 내쉬었다. 아무리 결심을 굳혔다고 해도 시혁에게도 쉬운 일이 아니었다.

"대성그룹을 좀 파헤쳐야겠습니다."

하지만 하지 않으면 안 되는 일이 있었다. 그게 설사 가족을 저버리는 일이 된다고 해도 말이다.

❁ ❁ ❁

오늘은 쭉 긴장한 상태로 업무를 봐서인지 가현은 온몸이 쑤셔 왔다. 연수가 갤러리에 출근하지 않은 걸 알았지만 언제 다시 나타나서 횡포를 부릴지 몰랐기 때문에 쉽게 안심할 수가 없었다. 그런데 시간은 계속 흐르는데도 연수는 나타나지 않았다. 그리고 퇴근 시간이 되어 세영에게 생각지도 못한 말을 듣게 되었다.

"전시기획팀장으로 있던 최연수 씨가 개인적인 사정으로 갤러리를 그만두게 되었습니다. 이후, 여러분께서는 업무를 보시는 데이 점 착오 없으시길 바랍니다."

퇴근 직전에 사원들이 모두 모이는 것도 드문 일이었지만 그게 연수의 퇴사 때문이라는 게 가현은 놀라웠다. 그녀 주위의 동료들도 연수의 소식에 술렁거렸다.

"낙하신 티를 풀풀 내더니, 오래 못 버틸 줄 알았어."

평소 가현과 친한 동료가 그녀의 팔을 톡톡 건드리더니 나지막이 속삭였다. 그 말에 가현은 애매하게 웃을 수밖에 없었다. 연수라면 갤러리에 악착같이 남아서 자신을 괴롭힐 줄 알았는데 오히려 그 반대였다. 감히 짐작해 보건대, 아침에 갤러리로 함께 출근했던 시혁의 입김이 아닐까 싶었다. 가현이 생각하기에 이건 사직이라기보다는 해고에 가까운 것 같았다.

"근데 가현 씨, 아침에 이 이사님이랑 같이 출근한 거야?"

간단한 공지를 끝으로 모임이 끝나자 가현과 같이 큐레이터로 일하는 동료들 몇 명이 그녀 주위로 몰려들었다.

"뭐야, 이 이사님이랑 무슨 사이야?"

"혹시 전에 꽃바구니 보내 줬던 사람도 이 이사님 아니야?"

"이 이사님이랑 사귀어요?"

쏟아지는 질문 세례에 가현은 정신을 차릴 수가 없었다. 이제 와서 시혁과의 관계를 숨겨야 할 이유는 없었지만 솔직하게 말하는 것도 어쩐지 내키지 않았다. 자신이 시혁의 부인인 걸 알면 지금까지 좋았던 동료 관계가 깨질 것만 같았다. 그래서 가현은 이러지도 못하고, 저러지도 못한 채로 대답을 망설였다. 그런데 이를 지켜보고 있던 세영이 그들 사이로 다가왔다.

"윤가현 씨, 이 이사님 부인이에요. 그러니까 우리 새언니이면서 새녘 갤러리 소유자의 사모님인 거죠. 내 말 맞죠, 새언니?"

세영의 말에 순식간에 공기가 싸늘하게 변했다. 세영의 의도가 빤히 보이는 행동에 가현은 그녀를 노려보았다.

"직장에서 공사 구분은 하셔야죠. 관장님."

이대로 당하고만 있으면 분위기가 안 좋은 쪽으로 흐를 것 같아서 가현을 말을 이었다.

"전 그냥 저일 뿐이에요. 누구의 아내로, 새언니로, 며느리로,
여기에서 일하고 있는 거 아닙니다."

그녀의 단호한 발언에 기세는 가현을 향해 기울었다. 동료들
사이에 머물던 차가운 기운은 어느새 온기로 바뀌어 갔고 가현에
게 동조하기 시작했다. 그것만으로 다행이라 생각하며 가현은 세
영에게 의기양양한 눈빛을 보냈다. 세영은 시혁에게 당한 것도 모
자라서 가현에게까지 이길 수가 없자 약이 올랐다.

"다들 퇴근 안 하고 뭐 하는 거예요."

세영의 날 선 반응에 모두들 더 이상 그 자리에 머물 수가 없
게 되었다. 퇴근이나 하자며 하나둘씩 발길을 돌렸다. 그중에는
가현도 있었다. 하지만 채 걸음을 다 떼기도 전에 세영이 그녀의
팔을 잡아 세웠다. 그리고 약이 오른 표정으로 이죽이기 시작했
다.

"오빠, 이사직에서 잘릴 거예요. 새언니 때문에."

"그게 무슨 소리예요?"

가현은 믿을 수 없다는 표정으로 세영을 바라봤다. 아무리 이
회장이 두 사람의 사이를 반대를 한다고 해도 자신의 아들을 손
에서 놓는 일은 없을 거라 생각했다. 그런데 세영의 얘기는 그렇
지 않았다.

"들은 그대로예요. 곧 오빠를 이사직에서 해임할 주주총회가
열릴 거예요. 결과는 안 봐도 뻔하죠. 그러니까 진즉에 헤어지지
그랬어요. 그랬으면 오빠가 피해 안 보고 끝났을 텐데."

마제스타 어패럴은 시혁이 온 정성을 쏟아부은 결정체였다. 결혼한 이후에도 일에만 매달리던 그였는데 말이다. 그래서 일이 없는 시혁은 상상이 되지 않았다. 그걸 세영의 입을 통해 들으니 더 이상한 느낌이었다.

"오빠도 거의 포기한 상태이던데 어떡해요. 새언니는 이제 사모님 소리도 못 듣겠네요."

친동생이라는 입장에서 걱정도 되지 않을 걸까. 가현은 세영의 이죽거림이 얄미웠다.

"전 사모님 소리나 들으려고 시혁 씨와 결혼한 거 아니에요. 그보다 아가씨는 철이나 좀 드셔야겠네요."

제 할 말을 마친 가현은 세영의 손을 뿌리치고 발길을 돌렸다. 하루에 두 번이나, 그것도 시혁과 가현 부부에게 철 좀 들라는 소리를 들으니 세영은 속이 뒤집어졌다. 세영이 소리 없는 비명을 지르며 발을 동동 굴릴 때쯤 가현 역시도 속이 탔다. 그래서 품에 넣어 둔 휴대폰을 꺼내어 전화를 걸었다.

[응, 가현아.]

"시혁 씨, 지금 어디예요? 회사예요?"

시혁의 다정한 부름에도 가현은 정신없이 그의 안위를 걱정했다. 그러자 맞은편에서 나지막한 웃음소리가 들려왔다.

[숨넘어가겠다. 나 지금 갤러리 앞이야.]

가현은 저도 모르게 보이지도 않는 문밖을 기웃거렸다. 그리고 빠르게 계단을 올라갔다.

"나 옷 금방 갈아입고 나갈게요. 기다려요."

[그래. 알았으니까 천천히 나와. 괜히 서두르다 계단에서 넘어지지 말고.]

그렇게 통화를 마친 가현은 곧장 스태프룸으로 들어가 재빨리 옷을 갈아입었다. 그리고 동료들에게 건성으로 인사를 건네고 갤러리 밖으로 나왔다. 그러자 멀지 않은 곳에 시혁의 차가 세워져 있는 게 그녀의 눈에 들어왔다. 검은 세단을 향해 다가간 가현은 문 앞에서 심호흡을 한 번 내쉰 후 보조석에 앉았다.

"어때요. 나 진짜 빨리 왔죠?"

"그러게. 날아서 온 줄 알았다."

시혁은 바람에 나부낀 가현의 머리카락을 손으로 정리해 주고는 그녀를 가만히 들여다보았다.

"무슨 일 있었어?"

분명히 가현은 웃고 있는데도 자신을 바라보는 눈동자가 무언가를 말하고 있었다. 아마도 좋은 얘기만은 아닐 거라 생각한 시혁은 속으로 쓰게 웃었다.

"아니요. 난 아무 일도 없었어요. 그런 시혁 씨는요? 무슨 일…… 없었어요?"

하지만 가현은 애써 알은척하지 않았다. 시혁에게 무슨 문제가 있다면 그의 입을 통해서 직접 듣고 싶었다.

"나? 음…… 난 하루 종일 너 보고 싶어서 죽는 줄 알았지."

시혁에게도 해임 문제는 작은 일이 아니었지만 가현이 모른 척한다면 티 내지 않으려 했다. 지금은 둘이서 함께 있을 수 있다면 그걸로 만족했으니까. 그리고 하려고 마음먹으면 그 문제쯤은 어떻게든 해결할 수 있다는 믿음이 있었다. 그런 시혁의 마음을 가현도 눈치챘는지 더 이상 깊이 파고들지 않았다. 그저 시혁을 보며 가만히 미소 지었다.

"이렇게 멀쩡하게 살아 있는 걸 보니까 그 말은 거짓말 같은걸요."

"아니야. 나 진짜 얼마나 힘들었는데. 최 실장이 문 앞에 서서 내가 너 찾아서 도망가지는 않을까 보초를 설 정도였다니까."

시혁의 너스레에 가현은 기어코 웃음이 터졌다. 그 맑은 웃음 소리가 너무도 듣기 좋아서 시혁은 그녀를 따라 웃었다.

"내가 그만큼 잘 참고 열심히 일했는데 칭찬 안 해 줘?"

시혁은 평소답지 않게 또 어리광을 부렸다. 가현은 그런 시혁을 밉지 않게 흘겨보았다.

"요즘 자꾸 저한테 대가를 바라시네요. 버릇이 이상하게 들었어."

입으로는 밉다고 말하면서도 가현은 그게 싫지 않아서 그에게로 다가가 뺨에 살짝 입을 맞췄다. 그러자 시혁의 입가에 너무도 환한 미소가 머물렀다.

"오늘은 외식하지 말고 뭐 만들어 먹을까요?"

시혁의 미소가 너무도 천진해서 가현은 그와 좀 더 함께하고 싶다는 생각이 들었다. 누구의 눈치도 보지 않고 오롯이 둘만이 있을 수 있는 그런 시간이 필요했다.

"정말이야?"

이미 아침에 가현이 차려준 밥상을 맛봤던 시혁은 하루에 두 번이나 같은 경험을 하게 될 줄은 몰랐던 듯 놀란 기색을 내비쳤다. 그런 그의 반응이 신선했던 가현은 입가에 미소를 머금으며 고개를 크게 위아래로 끄덕였다.

"그럼, 정말이죠. 뭐 먹고 싶은 거 있어요? 같이 장 봐서 저희 집으로 가요."

"네가 해 주는 거라면 뭐든 좋아."

그렇게 말한 시혁은 당장 차를 출발시켰다. 시혁의 들뜬 마음을 아는지 차는 막힘없이 시원시원하게 달려갔다. 그렇게 두 사람은 얼마 지나지 않아 원룸 가까이에 있는 마트 앞에 차를 세웠다. 차에서 내린 가현과 시혁은 주차장을 빠져나와 곧장 카트 앞으로 갔다. 그리고 나란히 서서 마트를 둘러보기 시작했다.

"나 갑자기 두부김치 먹고 싶어졌어요."

그렇게 말한 가현은 카트 안에 두부와 양파, 고추 같은 채소를 카트에 담았다. 그리고 정육 코너로 가서 삼겹살을 조금 샀다.

"우리 맥주도 마실래요?"

"난 맥주는 자주 마시는 편이 아니라서. 네가 좋은 걸로 골라."

가현은 시혁을 이끌고 외국 맥주 코너로 가서 산미구엘을 두 병 담았다.

"난 이거 제일 좋아하니까 기억해 둬야 해요."

"언제부터 이런 걸 좋아한 거야."

"예전부터. 나 대학생 때는 매일 이것만 마셨어요."

"이제 보니 술꾼이었네."

"그 정도는 아니네요. 아무튼 기억할 거예요, 말 거예요."

"알겠어. 꼭 기억해 둘게."

그렇게 두 사람은 몇 가지 장을 더 보고는 마트를 빠져나왔다. 그리고 가현의 원룸으로 되돌아갔다. 집 안으로 들어서며 시혁은 이곳이 제법 아늑하다는 느낌을 받았다. 이전에는 원룸에서의 생활은 상상도 해 보지 않았다. 하지만 단 하루 사이에 생각이 바뀌었다. 아마도 가현이 곁에 있다는 게 가장 큰 이유 같았다. 그녀와 함께라면 어디라도 아늑하다 느껴질 것이다.

"준비 금방 되니까 TV라도 보고 있어요."

편하게 옷을 갈아입고 나온 가현은 주방으로 가 앞치마를 둘렀다. 시혁은 간단하게 자켓만 벗고 그녀의 곁에 서서 장 봐 온 것들을 천천히 꺼냈다.

"나도 도와줄게."

"그럼 채소만 좀 씻어 줘요."

팔을 걷어붙인 시혁은 싱크대 앞에 서서 각기 다른 크기의 채소들을 물길에 씻어 냈다. 그리고 가현은 재료를 손질했다. 잠깐 사이에 할 일이 없어진 시혁은 식탁 의자에 앉아 가현이 음식을 준비하는 걸 바라보았다. 시혁에게는 작고 여리게만 보였던 가현이 주방에서는 너무도 날쌔게 움직였다. 그걸 아는 건 아마 자신뿐일 거라 생각하니 시혁은 갑자기 뿌듯해졌다.

"좋다."

시혁은 저도 모르게 나지막이 중얼거렸다. 어째서 좀 더 일찍 이러지 못한 걸까. 그랬더라면 이 좋은 순간들을 더 많이 누렸을 것이다. 하지만 지금도 늦지 않았다는 생각이 들었다. 우리는 이제부터였다. 그렇게 시혁은 다시 한 번 결심을 굳혔다. 이 순간을 반드시 지켜 보이겠다고. 그러기 위해서 그는 아버지를 넘어서야만 했다.

❀　❀　❀

며칠이 지났다. 가현과의 소소한 일상을 즐기는 동안에도 시혁은 계획했던 일을 착착 진행시켰다. 그리고 오늘, 드디어 대성그룹으로 직접 찾아오게 되었다. 그 정도의 정보가 모였기 때문이다. 차에서 내린 시혁은 건물로 들어서기 전에 끝없이 높기만 한 모회사를 바라보았다.

"이제부터가 제대로 된 시작이지."

그렇게 중얼거린 시혁은 최 실장과 함께 대성그룹으로 들어섰다. 그리고 곧장 회장실로 향했다.

"최연수 씨도 왔겠지."

"네. 회장님과 지금 함께 기다리고 계십니다."

문 앞을 지키는 비서에게 확인을 마친 시혁은 최 실장에게 손을 내밀었다. 그리고 그동안 준비했던 자료들을 넘겨받았다. 그는 조금의 망설임도 없이 굳건한 걸음으로 회장실 안으로 들어섰다. 거기에는 자신의 아버지인 이 회장과 연수가 함께 있었다.

"기다리게 해서 죄송합니다."

겉치레에 불과한 사과를 하며 시혁은 자리에 앉았다. 그런 그를 이 회장은 못마땅한 눈빛으로 바라보았다.

"무슨 중요한 얘기가 있기에 연수까지 여기로 부른 게냐."

"아주 중요한 얘기죠."

시혁은 맞은편에 앉은 연수를 뚫어져라 바라보았다. 그녀는 보지 못하는 동안에 조금 수척해져 있었다. 그런데도 여전히 지수와 닮은 그 분위기는 여전했다. 그런 상황이 있었는데도 연수는 지수의 껍데기를 버리지 못한 것이다. 그것이 불쌍하기도 했지만 한편으로는 우스워서 시혁은 입가에 미소를 띠었다.

"저, 가현이랑은 절대 헤어지지 않습니다. 그러니 연수와 결혼할 일도 없을 겁니다."

"그따위 얘기나 듣자고 내가 지금까지 기다린 줄 아는 게냐!"

이 회장은 언성을 높이며 책상을 내리쳤다. 하지만 시혁은 조금도 흔들리지 않았다.

"아니요. 아니죠. 이건 그저 애피타이저에 불과합니다."

연수는 아무 말도 하지 않고 있었지만 시혁을 강하게 노려보고 있었다. 그런 그녀를 시혁은 가볍게 웃어넘겼다. 그리고 자리에서 일어서 이 회장이 있는 책상으로 다가갔다.

"이걸 보시면 제가 할 얘기가 뭔지 아시게 될 겁니다."

그리고 가져왔던 자료를 책상 위에 두었다. 이 회장은 미심쩍은 눈빛으로 그것을 한참이나 바라보더니 이내 손을 뻗어 자료를 들여다보았다. 그러자 아주 천천히 그의 눈이 커지기 시작했다.

"이, 이게, 어떻게……!"

좀처럼 흔들리지 않던 이 회장이 자료를 보는 순간 태도가 변했다. 시혁은 그것만으로도 충분히 큰 수확을 얻었다고 생각했다. 하지만 여기서 끝이 아니었다.

"조만간 저를 해임하기 위해 총회를 여신다고 들었습니다. 원하시면 그렇게 하시죠. 하지만 그러기 전에 저는 이 자료를 모든 언론사에 퍼트릴 겁니다. 물론, 제보자는 제가 아닐 겁니다."

시혁의 얘기에 이 회장은 자신의 아들을 쏘아보았다. 이렇게 두 사람을 동시에 적으로 두는 건 쉽지 않을 거란 생각이 들자 시혁은 웃음이 났다. 어차피 일을 하는 동안에 만든 거라고는 적들뿐인데 거기에 둘이 더 늘었다고 해서 무슨 문제가 되겠는가.

"제가 구상한 내용은 대략 이렇습니다. 재산 은닉과 자금 세탁, 뇌물 수수 등의 비리를 저지른 대성그룹의 회장이 긴 세월, 양심에 못 이겨 드디어 언론을 통해 자백을 하다. 물론 그 내용 중에는 세영이와 여기 있는 연수도 등장할 겁니다. 어떻습니까."

"너! 네가 대체 무슨 짓을 하려는지 알고나 있는 게냐!"

"네. 너무도 잘 알고 있습니다. 그러니 이렇게 직접 찾아뵌 거 아니겠습니까."

시혁은 슬쩍 연수 쪽을 바라보았다. 그녀는 얼굴이 파랗게 질려서 온몸을 파들파들 떨고 있었다. 역시가 아주 죄가 없지는 않은 모양이지. 그렇게 생각한 시혁은 코웃음을 치며 이 회장에게로 시선을 돌렸다. 이 회장은 손에 쥐고 있는 자료를 손으로 짓이기며 분노를 감추지 못하고 있었다.

"네가 이러면 나라고 가만히 있을 줄 아느냐."

이 회장을 이를 부드득 갈며 시혁을 잡아먹을 듯이 노려보았다. 하지만 시혁은 무서운 게 없었다. 이 정도 협박도 견디지 못할 거였다면 이런 일도 벌이지 못했을 것이다.

"제게 무슨 짓을 하시든 전 상관없습니다. 다만, 제가 진 빚은 어떻게든 갚아 드린다는 것만 잊지 마십시오."

시혁은 책상에 두 손을 짚으며 고개를 들어 이 회장을 노려보았다. 그렇게 두 부자는 한 치의 흔들림도 없이 서로를 노려보았다. 이 회장은 될 수 있다면 당장이라도 아들을 쳐 내고 싶었다. 하지만 그러기에는 시혁이 쥔 카드가 너무도 컸다. 결국 잃을 게 더 많은 이 회장이 시혁의 뜻대로 꺾일 수밖에 없었다.

"……네가 원하는 게 대체 뭐냐."

"저와 가현이 건드리지 마십시오."

시혁은 그제야 책상에서 손을 뗐다. 그리고 단호하게 말했다. 더 이상 두 사람을 가로막는 벽이 없기를 바라면서.

"전 가현이와 헤어질 생각 없습니다. 그건 가현이도 마찬가지고요. 저희 두 사람에게 더 이상 관여하지 마십시오. 그리고 제 해임 건은 알아서 해결해 주시기 바랍니다."

시혁은 차분하게 말하며 제 옷의 매무새를 다듬었다. 그리고 마지막 쐐기를 박았다.

"아니면 해임이 결정되는 건 제가 아니라 아버지가 될 겁니다."

그러고서 시혁은 연수에게로 눈길을 돌렸다. 그녀는 두려움인지, 굴욕인지 모를 이유로 여전히 떨고 있었다.

"너도 마찬가지야. 이 이상 우리 사이를 방해한다면 새녘 갤러리에서 있었던 자금 세탁은 모두 네가 한 짓으로 돌릴 거야. 적당히 물러설 줄도 알아야지."

"어떻게……."

겨우 입을 뗀 연수는 목소리마저 떨렸다. 그녀는 모든 걸 잃은 것도 모자라서 협박까지 받는 이 상황을 견딜 수가 없었다. 화도 났고 치욕스러웠다. 단지 시혁을 원했을 뿐인데 이건 너무도 과한 벌이었다.

"나한테 한 짓, 잊지 않을 거예요. 반드시 후회하게 만들어 주겠어."

그렇게 말한 연수는 자리에서 벌떡 일어나 뒤도 돌아보지 않고 회장실을 빠져나갔다. 여전히 오만한 존재라 생각하며 시혁도 발길을 돌렸다.

"그 자료는 선물이라고 생각하세요. 원하시면 언제든 카피본을 드리겠습니다."

"나가거라!"

노기에 찬 이 회장의 외침을 뒤로하며 시혁은 회장실을 나왔다. 그리고 대기하고 있던 최 실장과 함께 엘리베이터에 올라 아래로 내려갔다. 이걸로 일단락이 지어진 건가. 그렇게 생각하니 온몸에 피로감이 몰려왔다.

"바로 자택으로 향할까요."

눈을 감고 벽에 기댄 시혁을 보며 최 실장이 물었다. 생각 같아서는 다시 회사로 돌아가고 싶지 않았다. 하지만 그것보다 가현이 없는 집으로 돌아가는 게 더 싫었다.

"아니. 일단은……"

그가 대답을 망설이는 순간, 휴대폰이 울렸다. 발신자를 확인하자 가현이었다. 시혁은 그것만으로 피로가 사라지는 것같이 느껴졌다.

"가현아."

그녀의 이름을 불렀을 뿐인데도 온 마음이 충만해지는 것 같았다.

[지금 바빠요?]

"아니, 전혀. 무슨 일이야?"

시혁은 입가에 미소를 띠며 엘리베이터에서 내렸다. 그리고 천천히 차를 향해 나아갔다.

[잊고 있었는데 오늘 보고 싶었던 영화 개봉일이었어요.]

가현이 먼저 데이트를 청하는 일은 좀처럼 없는 일이었다. 그게 너무도 기쁘고 신나서 시혁은 저도 모르게 환하게 웃고 말았다.

"그래서? 어쩔까?"

그래서 괜한 욕심이 났나 보다. 그냥 솔직하게 같이 가자고 말했으면 될 걸 시혁은 짐짓 모른 척 굴고 말았다.

[그게…… 시간 되면 같이 보러 갈래요?]

하지만 가현은 그러기에 너무도 솔직하고 다정했다. 시혁의 욕심과 장난에도 싫은 티 내지 않고 모두 받아들였다. 시혁은 그런 가현이 너무도 고마웠다. 그녀에게는 너무 많은 빚을 지고 있어서 미안한 마음도 컸지만 그 이상으로 사랑하고 있었다.

"그래. 꼭 같이 보러 가자. 나도 그러고 싶어."

그래서 시혁도 솔직해졌다. 그녀를 사랑할 수 있는 지금 이 순간을 그저 흘려보내기에는 너무도 아까웠다. 그리고 그녀에게 이 마음을 알려 주고 싶었다. 드디어 오로지 두 사람만을 위한 일상을 보내게 되었다는 것을 알게 해 주고 싶었다.

"가현아. 내가⋯⋯."

그렇게 시혁이 가현의 이름을 불렀을 때였다. 시혁이 서 있는 바로 뒤에 붉은색 스포츠카가 경적을 울렸다. 갑작스러운 소리에 시혁이 고개를 돌리는 순간, 운전석에 앉은 연수와 눈이 마주쳤다. 연수의 눈에는 일그러진 집착이 그대로 묻어났다. 그 시선에 시혁은 온몸에 소름이 돋았다. 지금 그녀는 제정신이 아닌 것 같았다. 그리고 그걸 증명하려는 듯, 연수가 탄 차가 움직이기 시작했다.

[시혁 씨?]

그리고 사건은 순식간에 일어났다. 미처 피할 새도 없이 붉은 스포츠카가 있는 힘껏 시혁을 쳤다. 그의 몸이 붕 뜨는 순간. 주마등이 아니라 오로지 가현이 환하게 웃는 모습만 떠올랐다. 아직 못 해 준 말이 많은데⋯⋯. 어서 너에게로 달려가야 하는데⋯⋯. 시혁은 아스팔트에 제 몸이 부딪히는 걸 느끼며 서서히 의식을 잃어 갔다. 이 순간, 그는 가현이 너무도 간절했다.

❋　❋　❋

가현은 달렸다. 몇 번이나 자리에 주저앉을 뻔했지만 참고 견디며 앞을 향해 달렸다. 시혁의 사고 소식을 듣는 순간, 가현은 온몸에 피가 빠져나가는 느낌을 받았다. 일도 손에 잡히지 않아서 바로 병원으로 달려온 것이다.

"시혁 씨!"

병실 문을 세차게 연 가현은 시혁의 모습을 보자마자 왈칵 눈물이 쏟아졌다. 그는 팔과 다리에 깁스를 하고 있고, 얼굴도 다쳤는지 반창고가 붙어 있었다. 언제나 말쑥하게 차려입던 시혁이 새하얀 환자복을 입고 있으니 안색이 더 창백해 보였다.

그렇게 잠이 들어 있는 시혁을 향해 가현은 천천히 다가갔다.

"시혁 씨…… 왜 이러고 있어요."

자신이 온 것도 모르고 눈을 꼭 감고 있는 시혁이 안쓰러웠다. 가현은 그의 볼을 쓰다듬으며 몇 번이고 눈물을 삼키고서야 겨우 최 실장을 바라보았다.

"시혁 씨는 왜 깨어나지 않는 거예요? 많이 다쳤어요?"

교통사고를 당했으니 몸속이나 머리를 다치는 것도 배제할 수가 없었다. 얼마 전에 조명기구에 머리를 부딪친 적이 있던 시혁이였으니 가현은 더욱 걱정이 되었다.

"팔과 다리에 골절상을 입긴 하셨지만 천만다행으로 내상은 입지 않으셨습니다. 그래도 고통스러운 건 마찬가지여서 방금 전에 안정제를 맞고 겨우 잠드셨으니 한동안 깨어나지 않으실 겁니다."

최 실장의 말처럼 천만다행인 일이었지만 안정제를 투여할 정도였다고 생각하니 가현은 마음이 아팠다. 왜 하필이면 시혁이 이런 꼴을 당해야 했을까.

"범인은……. 연수 씨는 어떻게 됐죠."

연수의 이름을 꺼내자 가현은 저도 모르게 눈빛이 날카롭게 변했다. 이 모든 게 연수 때문이다. 그녀의 잘못된 집착이 시혁을 이렇게 만든 것이다. 가현은 그녀가 미워서 견딜 수가 없었다. 할 수 있다면 연수를 찾아가서 시혁에게 한 짓과 똑같이 해 주고 싶었다. 그러고서 고통에 몸부림치는 연수를 그냥 내버려 두는 것이다. 가현은 그 정도로 연수를 용서할 수가 없었다.

"사고 현장에서 바로 확보한 다음 경찰에 넘겼습니다. 세세한 사항은 이사님께서 안정을 찾으면 결정되겠지만 선처는 없을 거라고 생각됩니다."

"당연하죠. 절대 용서할 수 없어요. 만약 시혁 씨가 하지 않는대도 내가 어떻게든 죗값을 받게 할 거예요."

가현은 단호한 눈빛으로 주먹을 꼭 쥐었다. 연수에게만은 그에 응당한 대가를 돌려주겠다고 다짐을 거듭했다. 하지만 그 이전에 시혁이 안정을 찾는 게 먼저였다. 가현은 병실 한편에 놓인 의자를 침대 곁으로 끌고 와 앉았다. 그리고 다치지 않은 시혁의 손을 꼭 잡았다.

"최 실장님께서는 그만 가 보세요. 여기는 제가 있을게요."

최 실장은 가현의 말에 쉽사리 발길을 돌리지 못했다. 아직 다하지 못한 이야기가 있는지 입을 달싹거리는 그를 보며 가현은 고개를 갸웃했다.

"무슨 하실 말씀이라도 있으세요?"

"그게 아니라……. 주제넘은 참견일지도 모르겠지만 곧 있으면 회장님과 세영 아가씨께서 오실 겁니다. 혼자서 괜……찮으시겠습니까."

그제야 가현은 시혁에게 가족은 자신만이 아니라는 걸 떠올렸다. 그들이 한 행동을 생각하면 정말 가족이 맞는지 의심이 될 정도였지만 어쨌거나 이렇게 된 시혁을 봐야 할 의무가 있었다. 그리고 이 회장과 세영을 홀로 견뎌 내는 것쯤, 시혁이 겪어야 했던 고통들에 비하면 가현에게 아무것도 아니었다.

"괜찮으니까 걱정하지 마세요. 저 이제 그렇게 약하지 않아요."

"알겠습니다. 그럼 이사님을 부탁드립니다."

가현의 다부진 말에 최 실장은 걱정을 덜었는지 가볍게 인사를 하고는 병실을 떠났다. 시혁과 둘만 남게 된 가현은 좀 더 자세히 그를 들여다보았다. 함께하는 동안에는 언제나 즐겁게 웃던 그가 조금의 미동도 없으니 이상한 기분이었다.

"시혁 씨……."

언제나 자신의 앞에 서서 든든한 방패가 되어 주겠다던 시혁이 이렇게 힘없이 누워 있다니. 가현은 그가 자신의 안에서 얼마나 커졌는지 이제야 실감할 수 있었다. 이제 더 이상 시혁이 없는 삶은 상상이 되지 않았다.

"시혁 씨. 나 이제야 알겠어요. 너무 사랑하면 상대가 미워질 수가 있다는 거. 내가 그랬던 거 같아. 당신을 너무 많이 사랑하는데 그게 내 맘대로 되지 않아서 시혁 씨를 미워했던 거 같아. 이제 내가 당신을 용서할게요. 그리고 멀어졌던 그 시간들보다 더 사랑할 거예요."

가현의 눈가에는 눈물이 어렸다. 단 하나였다. 마음을 열기 위해서는 단 하나의 열쇠만 필요했는데 그게 시혁에게 있었다. 그리고 지금 그를 향한 마음이 흘러넘치고 있었다. 가현은 줄곧 시혁을 사랑하고 있었다. 단지 그런 자신을 받아들일 용기가 없었던 것뿐이다. 가현은 흐르는 눈물을 닦아 내며 자신의 볼을 시혁의 손에 가져다 대었다.

"사랑해요. 시혁 씨."

가현은 시혁의 손바닥에 조심스레 입을 맞췄다. 그의 온기가 너무도 생생해서 가현은 또 눈물이 흘렀다. 자신을 사랑한다고 속삭이던 그 입술로 다시 입 맞춰 주기를 너무도 바랐다.

"그러니까 빨리 일어나요……."

하지만 시혁은 여전히 약에 취해 깨어나지 못했다. 이 순간이 얼마나 가슴이 아픈지 그는 모를 것이다. 울지 말라며 눈물을 닦아 주던 시혁의 손길인데 이제 아무 힘도 들어가지 않는다는 게 이렇게 슬플 줄 몰랐다. 가현이 흐르는 눈물을 주체하지 못하고 한없이 울기만 할 때, 병실의 문이 열렸다.

"시혁아."

"오빠."

모습을 드러낸 건 이 회장과 세영이었다. 가현은 그들이 눈치채지 못하도록 빠르게 눈물을 닦고는 자리에서 일어섰다.

"두 분 오셨어요."

서먹한 분위기 속에 두 사람이 시혁의 곁으로 다가왔다.

"크게 다친 건 아니지만 안정제를 맞아서 잠들었어요. 언제 깨어날지는 모르겠고요."

두 사람은 깨어나지 않는 시혁을 안타깝게 바라보았다. 그래서 가현은 최 실장에게 들었던 것을 그대로 전했다. 그러자 세영이 안도의 한숨을 내쉬었다.

"오빠 이런 모습 처음 봐요."

지수가 죽은 이후에 스스로 자처해서 폐인으로 지내던 시혁은 알았다. 하지만 타의에 의해 이렇게 다친 모습은 처음이었다. 얼마 전까지만 해도 기세가 등등했던 시혁의 모습이 마치 거짓말인 것 같아서 세영은 마음이 무거웠다.

"자세한 내용은 최 실장을 통해서 들었다. 설마 연수가 그런 일을 벌일 줄이야…… 그것도 다른 곳이 아니라 내 회사 앞에서 말이다."

차분한 이 회장의 태도에 가현은 화가 났다. 원인을 생각해 보자면 이 회장의 욕심 탓에 이렇게 된 거나 마찬가지였다. 만약 그가 다른 며느리로 연수를 점찍지 않았다면 이런 일도 벌어지지 않았을 것이다.

"이제 만족하세요? 시혁 씨가 결국 이렇게 된 모습을 보시니까 만족이 되시나요."

가현은 조용하게 화를 표출했다. 너무 화가 나면 오히려 냉정해지게 된다던 사람들의 말이 맞는 것 같았다. 가현은 지금 극도의 분노를 느꼈지만 난동을 부리고 싶지 않았다.

"할 말이 있으시면 다음에 찾아오세요. 시혁 씨가 깨어났을 때 두 분이 계시면 몸에 더 좋지 않을 테니까."

가현의 이런 모습을 본 적이 없던 세영과 이 회장은 오히려 더 기가 죽었다. 이런 결과를 바랐던 적은 없지만 결국 이렇게 되고 말았다. 그들에게 죄가 아주 없다고 할 수 없는 탓에 반발도 생기지 않았다.

"내가 생각이 짧았다. 연수가 그런 아이인 줄은……."

"아니요. 아버님께서는 연수 씨의 욕심을 알고 있었어요. 그녀의 배경도 마음에 드는데 시혁 씨를 향한 마음도 알게 되니 더욱 탐이 나셨겠죠. 그래서 연수 씨를 선택하신 거예요. 틀린가요?"

"새아가, 나는……."

언젠가 기세등등하게 이혼하라고 종용하던 이 회장은 여기에 없었다. 자신의 죄로 아들이 이렇게 다치게 되자 이 회장은 한층 더 늙어 보였다.

"그래, 지금 와서는 다 변명밖에 되지 않지. 네 말이 맞구나. 다 내 욕심 탓이다."

그러고서 이 회장은 힘없이 아들의 모습을 바라보았다. 그에게 둘도 없는 아들이기에 시혁은 완벽하길 바랐다. 어떤 적에게도 무너지지 않고 굳건한 모습으로 자신의 뒤를 이어 주길 바랐는데 그게 이렇게 될 줄은 몰랐다.

"이제 저희 일에 관여하시지 마세요. 이 이상 무슨 수를 쓰실 수도 없으시겠지만 어떻게 하셔도 저희 부부는 절대 헤어지지 않아요."

냉정한 가현의 태도에 이 회장은 고개를 끄덕일 수밖에 없었다. 자신의 죄를 너무도 잘 알기 때문이다.

"이제 너희를 방해하지 않으마. 그리고 연수 일은 내가 알아서 해결할 테니 시혁이에게는 나서지 말라고 전해다오. 반드시 이에 걸맞은 죗값을 받게 해 주마. 그리고……."

이 회장은 뭔가 염치가 없는지 뒷말을 조심스레 이어 나갔다.

"오늘 회사에 찾아왔던 일에 대해서는 내가 모두 잘못했다고도 말해다오. 그렇게 화를 내서 보내지 말았어야 했는데……."

이 회장은 시혁에게 다가가 아들의 거칠어진 볼을 쓰다듬었다.

"미안하다. 내 아들."

그리고 이 회장은 가현을 바라보았다. 그녀가 꼭 잡고 있는 시혁의 손도 바라보았다. 이런 두 사람을 더 이상 막는 건 멍청한 일이란 생각이 들었다.

"네게도 많이 미안하구나."

그 말을 끝으로 이 회장은 등을 돌려 병실을 나갔다. 언제나 위풍당당하던 시아버지의 모습에 주눅이 들기 일쑤였는데 이제는 달리 보였다. 이 회장도 아픈 자식 앞에서는 약한, 한 사람의 아버지였다.

"나도 미안해요. 새언니."

그렇게 말한 세영은 가방에서 봉투 하나를 꺼내어 가현에게 내밀었다.

"이거 오빠 깨어나면 주세요. 일은 전에 말했던 대로 처리했다고요. 그동안 미안했다고도 전해 주세요."

그리고 세영은 손을 뻗어 가현의 두 손을 감쌌다.

"앞으로는 좋은 모습만 보일게요. 내가 못나게 굴었던 건 새언니나 오빠 말대로 철이 없어서 그랬던 거라고 생각해 줘요. 미안했어요."

세영의 눈가에는 살짝 눈물이 어려 있었다. 이전의 가현이였다면 그 눈물을 닦아 주며 알겠다고 위로해 주었겠지만 지금은 심

술궂은 새언니로 있고 싶었다. 언젠가 화가 풀리면 그때는 웃으면서 지내게 되겠지. 그런 가현의 마음을 눈치챘는지 세영은 씁쓸하게 웃으며 병실을 빠져나갔다.

"왜 사람은 위기가 닥쳐야만 달라질까요."

다시 시혁과 둘만 남게 된 가현은 이 적막감이 싫어서 그에게 말을 걸었다.

"하긴…… 우리도 남 말 할 처지는 아니다. 그죠?"

가현은 시혁의 손을 잡고 세세한 주름 하나, 하나를 놓치지 않고 손가락으로 쓸었다. 혹시나 그사이에 시혁이 깨어날까 봐 시선은 그의 얼굴을 주시했다.

"우리 좀 안정되면 같이 소풍가요. 내가 김밥 쌀게요. 근데 난 고소한 게 좋으니까 참치를 넣을 거고, 시혁 씨는……."

그때, 시혁의 눈꺼풀이 움찔하고 움직이는 게 가현의 눈에 들어왔다.

"시혁 씨?"

놀란 가현은 자리에서 일어나 시혁을 약하게 흔들었다. 그러자 눈꺼풀의 움직임이 좀 더 활발해지더니 시혁이 아주 천천히 눈을 떴다.

"가……현아."

그의 음성은 조금 갈라져 있었지만 여전히 변함이 없었다. 그게 너무도 반가워서 가현은 시혁의 목을 끌어안았다.

"내가 당신 때문에 얼마나 놀랬는지 알아요?"

가현은 물기어린 눈빛으로 시혁을 바라보았다. 그의 눈동자에는 확연하게 자신이 비치고 있었다. 시혁이 깨어나지 않던 짧은 시간 동안 가현이 너무도 간절히 원했던 순간이 드디어 찾아온 것이다.

"또 울게 만들어서 미안해……. 그런데 나는……?"

"네?"

시혁의 사과는 차치하고서 그의 갑작스러운 물음이 가현은 쉽게 이해되지 않았다.

"난 어떤 김밥인데?"

서서히 제 목소리를 찾아가는 시혁은 좀 전에 가현이 하다 만 얘기의 뒤를 물었다. 이런 시혁의 능글거림까지도 반가워서 가현은 울다 말고 웃음이 터졌다.

"고추냉이를 왕창 넣어 줄 거예요. 내 맘 아프게 했으니까."

"그럼 난 가현이 거 뺏어 먹어야겠다."

"치, 그런 게 어딨어요?"

시혁을 살짝 흘겨보며 가현은 그의 품에서 떨어졌다. 그리고 그가 다친 부분에 손끝만 살짝 대었다.

"시혁 씨 김밥에도 참치 넣어 줄 테니까 다시는 다치지 마요."

시혁은 다치지 않은 손을 뻗어 가현의 손을 마주 잡았다. 그녀의 작은 행동에도 안타까움이 느껴져서 마음이 쓰였다.

"알겠어. 누구 부탁인데, 당연히 지켜야지."

"말로만 그러지 말고."

"그럼 도장이라도 찍을까?"

"응? 갑자기 무슨 도장이요."

"너랑 나 사이에는 당연히 입술 도장이지."

가현은 다시 시혁을 흘겨봤다. 계속 능글거리는 모습이 이젠 온전히 기운을 차린 것 같았다. 하지만 이렇게까지 다친 사람을 타박할 수도 없어서 가현은 제가 먼저 그의 입술에 쪽 소리가 나도록 입을 맞췄다.

"나랑 도장 찍었으니까 꼭 지켜요."

"알겠어. 무슨 짓을 해서라도 지킬게."

가현의 뽀뽀에 시혁은 기분이 좋은지 입가에 미소가 머물렀다. 이렇게 서로 마주 보며 웃을 수 있는 것도 큰 행복이었다. 앞으로는 이 행복을 저버리지 않고 꼭 지켜 나가겠다고 가현은 다짐했다.

"그러고 보니 아까 아가씨가 이거 주고 갔어요. 시혁 씨 깨어나면 주라던데요."

가현은 세영에게 받았던 봉투를 시혁에게 건네주었다. 하지만 팔을 다친 시혁은 쉽사리 봉투를 열지 못했다. 그래서 가현이 직접 안에 든 서류를 꺼내어 시혁의 앞에 펼쳐 보였다. 자세히 읽지는 않았지만 세영이 관장직에서 물러난다는 사직서 같았다.

"아가씨가 관장에서 물러나면 갤러리는 어떡해요?"

시혁이 새녘 갤러리를 인수하면서 이미 한 번 관장이 교체되었다. 갤러리의 명성이야 어떻게든 유지되겠지만 시혁이 갤러리까지 운영하기에는 일이 너무 많았다. 그렇다면 달리 점찍어 둔 사람이 있는 걸까.

"당장 관장이 없어도 갤러리는 어떻게든 돌아갈 거야. 하지만 난 내가 제일 믿고 있는 사람에게 새녘을 맡기고 싶어."

"그게 누군데요? 이번에는 제발 일 열심히 하는 사람으로 왔으면 좋겠어요. 아가씨도 나쁘진 않았지만 자기과시도 조금 심하고 자기가 좋아하는 작가들 위주로 전시를 하고 싶어 해서 다양성이 떨어졌거든요."

"내가 제일 믿고 사랑하는 사람이 지금 눈앞에 있잖아."

올곧게 와 닿는 시선에도 가현은 순간 이해가 되지 않았다. 자신이 새녘의 관장이 되리라고는 생각해 본 적이 없었다. 그저 어떻게든 갤러리에서 일하는 것만으로 보람을 느꼈으니까. 하지만 시혁의 시선은 계속해서 가현을 바라보고 있었다.

"내가…… 내가 무슨 관장이에요."

가현은 거짓말하지 말라는 듯 손사래를 쳤다. 시혁은 그 손을 잡으며 진지하게 말했다.

"우리가 헤어지고 처음으로 갤러리에서 만났을 때, 가현이 넌 빛이 났어. 너에게 나 이상으로 사랑하는 존재가 생긴다는 건 견딜 수 없겠지만 그게 그림이라면 난 어쩔 수 없다고 생각할 거야. 넌 그 안에 있을 때 가장 아름다웠으니까."

"하지만 난……"

"내 부탁, 들어줄 거지?"

가현은 갑자기 닥친 일에 부담감이 컸다. 하지만 간절한 시혁의 눈빛에 대고 차마 싫다는 말을 할 수가 없었다.

"내가…… 잘할 수 있을까요."

"너라서 잘해 낼 거야. 내가 믿는 너라서. 그리고 오히려 자신감에 넘치는 사람이 일을 그르치는 법이야. 사업도 그렇지. 언제나 자신을 의심해야 해. 그래야 잘못된 걸 바로잡을 수 있거든."

사랑이 어떤 형태로 남거나 물질적인 것으로 변하는 걸 바라는 건 아니었다. 하지만 가현은 그 믿음이 고마웠다. 그리고 자신이 아끼는 게 무엇인지 알아주는 시혁에게도 고마웠다. 어쩌면 그의 말처럼 잘해 낼 수 있을지도 모른다고 가현은 생각했다. 자신감보다는 의심이라는 말을 되새기면서.

❀　❀　❀

사고 이후로, 시혁은 힘겹게 재활 훈련을 거듭해 온전한 몸의 상태로 돌아왔다. 그리고 오늘이 밝았다. 그동안 미뤄 왔던 가현의 관장 취임식이 새녘 갤러리에서 열렸다. 세영의 취임을 축하하기 위해 준비했던 도겸의 전시회는 가현을 위한 자리로 바뀌었다.

"축하해요. 누나. 관장이 됐어도 내 그림은 누나가 관리해 줄 거죠?"

도겸은 가현에게 샴페인을 건네며 너스레를 떨었다. 캐주얼한 차림을 즐겼던 도겸도 오늘만은 수트를 입고 있었다.

"당연하지. 다른 사람 찾아갔으면 내가 서운했을 거야."

가현은 미소로 화답하며 샴페인을 한 모금 머금었다.

"그러고 보니 이 이사…… 아니, 누나 남편은 어디 갔어요?"

손님들과 인사를 하느라 정신이 없었던 가현은 그제야 시혁을 떠올렸다. 줄곧 그녀의 옆을 지키고 있던 시혁은 어느새인가 어딘 가로 사라지고 없었다.

"그러네. 나 잠시만 찾아보고 올게."

가현은 시혁을 찾아서 갤러리를 둘러보았다. 그 와중에도 축하 인사를 건네는 사람들이 있어서 시간이 좀 걸렸다. 그렇게 가현은 한참이 걸려 전시장 끄트머리에 홀로 서 있는 시혁을 발견할 수 있었다.

"시혁 씨. 여기서 뭐 해요?"

가현은 반가운 기색으로 시혁에게 다가갔다. 그는 도겸의 그림을 뚫어져라 바라보고 있었다.

"이렇게 환하게 웃는 네 모습을 그렸다는 게 너무 질투 나는데 제목 때문에 그럴 수가 없다."

시혁의 말에 겨우 그림을 본 가현은 새삼 민망해져 왔다. 자신을 그리고 싶다던 도겸은 누군가의 손을 잡고 환하게 웃으며 걸어가는 가현을 캔버스에 담았다. 도겸의 그림 중 유일한 초상화였다. 게다가 그림 속 그녀는 세상 어느 것보다 빛나게 웃고 있었다. 그림의 제목은 'Happily ever after'였다.

"그만 봐요. 닳겠어."

가현이 시혁의 눈을 가리자 그는 그 손을 부드럽게 잡아 냈다.

"그럼 우리 부인을 직접 봐야겠네."

시혁의 미소가 전염되었는지 어느새인가 가현도 웃고 있었다. 행복이란 게 이런 걸까. 사랑하는 사람이 곁에 있고, 좋아하는 일도 계속할 수가 있었다. 더 이상 바랄 게 없는 충만함이 가현을 휘감았다. 그러다 문득 가현은 샴페인 잔을 쥔 자신의 손을 보게 되었다. 그러자 너무도 오래 비어 있어서 잠시 잊고 있던 존재가 떠올랐다.

"시혁 씨, 지금 나랑 같이 갈 곳이 있어요."

가현은 들고 있던 잔을 대충 내려놓고는 시혁의 손을 잡고 앞서 걸어 나갔다.

"지금 갑자기 어딜 간다는 거야."

"정말 중요한 일이야. 오늘이 아니면 안 돼요."

"널 보러 온 손님들도 그냥 두고 갈 만큼?"

"이런 사람들보다 훨씬 더 중요해. 시간 맞춰서 다시 돌아오면 되니까 빨리 가요."

시혁을 재촉하며 그의 차에 오른 가현은 기억을 더듬으며 길을 안내했다. 시혁과의 집을 나오고 처음으로 갔던 시내로 들어가며 가현은 지난날의 기억이 떠올랐다. 그 순간의 해방감은 다시 돌아오지 않겠지만 가현에게는 고마운 기억이었다.

"도착했어. 여기는 무슨 일로 온 거야?"

"따라와 보면 알아요."

차에서 내린 가현은 유나와 함께 걸었던 골목길로 들어가 한편에 세워진 커피숍으로 들어갔다. 그리고 그날 만났던 커피숍의 사장을 향해 곧장 다가갔다.

"안녕하세요. 오랜만이네요."

"아, 네. 오랜만에 뵙네요. 안 오실 줄 알았어요."

"그러게요. 저도 다시 오게 될 줄 몰랐어요. 제가 그때 맡겨 뒀던 거 찾을 수 있을까요."

가현의 말에 사장은 잠시 기다리라고 말하고는 스태프룸으로 들어갔다. 그사이에 시혁이 따라 들어오며 가현에게로 다가왔다.

"여기까지 커피 마시러 온 거야?"

"아니요. 그거보다 훨씬 더 좋은 거."

가현이 의기양양하게 말하자 사라졌던 사장이 다시 모습을 드러냈다. 그리고 그녀의 손에 러브 브레이슬릿과 결혼반지를 돌려주었다. 가현은 받아 든 반지를 시혁을 향해 내밀었다.

"이거 다시 내 손에 끼워 줘요."

"이건……."

시혁은 자신의 왼손 약지에 끼워진 것과 꼭 같은 결혼반지를 바라보며 새삼 감격에 젖었다. 그녀의 손가락이 비워져 있는 걸 보며 몰래 아쉬워한 적이 있었지만 재촉하고 싶지는 않았다. 그런데 드디어 그녀와 돌고 돌아 완벽한 제자리로 오게 된 것이다.

"가현아."

시혁은 진지한 모습으로 그녀의 이름을 불렀다. 그리고 어느 영화 속의 주인공처럼 그녀의 앞에 한쪽 무릎을 꿇고서 진심을 담아 가현에게 고백을 했다.

"많이 부족하고 못난 나이지만 이런 나와 함께 평생을 살아가 줄 수 있을까?"

시혁의 모습을 보며 가현은 처음에 놀란 눈치였지만 이내 해맑게 웃으며 자신의 왼손을 내밀었다. 이제 더 이상 시혁이 없는 일상은 상상할 수가 없었다. 그에게 그녀가 전부이듯 가현에게도 시혁이 전부였다.

"좋아요. 그럴게요."

가현의 승낙을 받은 시혁은 그녀의 약지에 반지를 끼워 주었다. 이렇듯 찬란한 순간을 다시금 맛볼 줄 몰랐던 그는 세상의 승자가 된 기분이었다. 어떤 힘든 일이 있어도 가현과 함께라면 헤쳐 나갈 수 있을 것 같았다.

"사랑해, 윤가현. 그 어떤 무엇보다 내게 가장 소중한 널."

자리에서 일어난 시혁은 가현에게 입을 맞췄다. 그러자 커피숍에 머물던 손님들의 박수갈채가 이어졌다. 가현은 그의 품 안에서 세상의 행복을 가졌다. 같은 사람에게, 그것도 다른 누가 아닌 시혁에게 받는 두 번째 프러포즈는 그 어느 때보다 달콤했다.

"나도 사랑해요. 앞으로도 영원히 시혁 씨만 사랑할게요."

우리는 다시 사랑을 했고, 또 한 번 하나가 되었다. 그리고 앞으로도 함께 세상을 걸어 나갈 것이다. 언젠가 시련이 찾아온다고 해도 함께 헤쳐 가겠지. 두 사람이 꼭 하나가 된 지금처럼 말이다.

—The end

외전

"You Are My Everything,,

가현은 불안한 눈빛으로 시혁을 바라보았다.

"정말 할 수 있겠어요?"

의미심장한 가현의 질문에 시혁은 괜찮다는 듯 고개를 세차게 끄덕였다. 그리고 자신만만하게 팔을 걷어붙였다.

"내가 안 해서 그렇지 하면 잘할 자신 있어. 요즘은 설거지도 잘하잖아."

그렇게 말한 시혁은 싱크대의 물을 틀었다. 시원하게 쏟아지는 물줄기는 쌀이 담긴 솥을 금방 채웠다. 시혁은 한동안 그 모습을 바라보더니 쌀을 씻을 생각인지 솥을 빙글빙글 돌렸다. 그러자 넘치는 물길에 휩쓸려 쌀알들이 하나씩 바닥으로 떨어졌다.

"그러지 말고 손을 써야죠. 물은 필요한 만큼만 받고요."

보다 못한 가현이 소매를 걷어 올리자 시혁은 손사래를 치며 그녀를 말렸다. 그리고 일단은 수도꼭지를 닫았다.

"내가 한다니까. 넌 그냥 앉아서 기다려."

요즘 들어 작은 일에도 금방 피곤해하는 가현을 생각해 시혁이 밥을 하겠다며 먼저 나선 것이다. 그런 그의 배려가 고맙긴 했지만 영 미덥지가 못했다. 그리고 가현의 걱정처럼 시혁의 쌀 씻기는 좀처럼 끝나지가 않았다.

"아무리 씻어도 물이 흐리네……."

시혁이 조용히 중얼거리는 말에 가현은 쓴웃음을 지었다. 쌀이 부서져라 빡빡 씻고 있는 시혁에게 차마 그만두라는 말을 할 수가 없었다. 정말 거기까지는 참을 수가 있었는데, 그가 갑자기 한편에 놓인 세제 통을 집어 드는 것이다.

"자, 잠깐만요. 설마 그걸로 씻으려고요?"

"아무리 씻어도 깔끔하게 씻기지가 않잖아."

너무도 천진한 시혁의 말에 가현은 눈앞이 캄캄해졌다. 그래서 재빨리 그의 손에 들린 세제를 뺏어서 제자리로 가져다 놓았다.

"이 정도면 된 거 같아요. 나머지는 내가 할게요."

"내가 할 수 있다니까 그러네."

"……시혁 씨는 방금 우리가 먹을 밥에 세제를 쓰려고 했잖아요. 정 하고 싶으면 채소나 좀 씻어 줘요."

어떻게 하면 쌀 씻는 데 주방 세제를 사용할 생각을 하지. 이럴 줄 알았다면 진즉에 요리를 좀 가르칠걸 그랬다며 가현은 몰래 한숨을 내쉬었다. 그런 가현의 눈치를 보며 시혁은 냉장고에서 채소를 꺼내어 그녀의 곁으로 다가왔다. 그리고 나란히 선 두 사람의 손에는 똑같은 위치에 반지가 반짝이고 있었다.

"나…… 시간 내서 요리라도 배우러 다닐까."

시혁이 주저하며 그런 말을 꺼내자 가현은 끝내 웃음이 터졌다.

"정말 그럴 수 있겠어요? 가면 시혁 씨가 누군지 대부분 알아볼 텐데?"

상류층에서 무언가를 배운다는 건 쉽지 않은 일이었다. 남들이 들으면 단순히 취미라고 생각할지도 모르지만 그들 사이에서는 일종의 사교 모임이었다. 그리고 정보 공유의 장이자 소문의 근원지이기도 했다. 시혁도 그 사실을 모르는 건 아닐 텐데 내심 기가 죽었는가 보다.

"난 시혁 씨가 밥 못해도 괜찮아요. 대신에 내가 뭘 하든 이렇게 옆에 꼭 붙어 있어 주면 되지."

그렇게 말한 가현은 시혁을 뒤에서부터 끌어안았다. 그의 넓고 든든한 등에 몸을 기대자 두근두근하는 심장 소리가 전해져 왔다.

"정말 그걸로 괜찮겠어? 나중에 내가 아무것도 못 하고 네 옆에만 있게 된대도?"

"그럼요. 시혁 씨가 할 수 없는 건 내가 하고, 내가 할 수 없는 건 시혁 씨가 해 주고. 그렇게 서로서로 도와 가며 앞으로 살아가면 되잖아요."

시혁은 수도를 잠그고 몸을 돌려 가현의 어깨를 끌어안았다.

"평생 네 옆에 붙어서 떨어지지 않을 테니까 너도 다시는 날 떠나지 마."

시혁의 절절한 고백에 가현은 마음이 떨리는 걸 느꼈다. 이제 자신의 가슴을 뛰게 하는 건 오로지 시혁뿐이었다. 그가 없는 일생은 생각도 할 수가 없었다.

"내 남은 시간은 전부 당신과 함께할게요."

가현의 말이 떨어지기가 무섭게 시혁이 입술을 마주쳐 왔다. 그 달콤한 감각에 가현은 살며시 눈을 감았다. 그렇게 두 사람은 한동안 뜨거운 키스를 나누었다.

❋ ❋ ❋

오랜만에 주말을 만끽하며 가현은 곤히 잠들어 있었다. 하지만 시끄럽게 울리는 휴대폰 소리에 가현은 억지로 눈을 떠야 했다.

"으음…… 시혁 씨……."

가현은 습관처럼 옆자리를 더듬었다. 하지만 이미 텅 빈 공간은 공기가 차갑게 변해 있었다. 가현은 한숨을 내쉬며 자리에서 일어났다.

"오늘도 없네."

요즘 들어 이런 일이 부지기수였다. 시혁에게 두 번째 프러포즈를 받던 날에 원룸을 정리하고 집으로 돌아왔다. 그리고 한동안 시혁은 평일이건, 주말이건 상관없이 가현의 곁을 떠나지 않았다. 하지만 요즘은 늘 자신을 혼자 두었다. 혹시 예전으로 돌아가는 건 아닐까. 가현은 불안한 마음을 억지로 누르며 계속 울리고 있는 휴대폰을 손에 들었다.

"여보세요."

[잘 잤어? 우리 부인님.]

시혁의 다정한 음성에 가현은 일순간에 불안감이 잦아들었다. 가현은 전화 너머의 시혁을 상상하며 슬며시 입가에 미소를 지었다.

"일어나니까 시혁 씨가 안 보여서 걱정했어요."

[요즘 업무가 좀 바빠서……. 미안해. 아마 밤늦게 들어갈 거 같아.]

"오늘도요?"

설마라고 생각했던 가현은 저도 모르게 목소리를 높이고 말았다. 이전에도 일이 바빴던 시혁이였지만 이 정도였던 적은 없었다. 얼마나 대단한 일이기에 밤, 낮도 모자라서 주말도 잊고 출근을 하는 걸까. 그렇다고 일을 하는 사람을 다그칠 수도 없어서 가현은 아쉬움에 속이 탔다.

"많이 늦을 거 같아요?"

[아마 그럴 거 같아. 최대한 일찍 갈게.]

가현이 서운함을 감추지 못하며 저도 모르게 한숨을 내쉬었다. 그리고 그때, 시혁이 아닌 다른 목소리가 휴대폰을 통해 들려왔다.

[이 이사님. 이번에는 정말 만족시켜 드릴게요.]

만족시켜 준다니 무슨 소릴까. 이전에는 들어 본 적 없는 여자의 목소리에 가현은 저도 모르게 신경을 곤두세웠다. 시혁의 곁에서 말을 걸 수 있는 사람들은 가현도 대부분 알고 있었다. 하지만

348

이 여자만은 아니었다. 직접 만난 건 아니지만 시혁의 곁에 있는 사람이 아니란 걸 단번에 알 수 있었다.

"시혁 씨……."

[어, 미안해. 그만 가 봐야겠어. 밥 잘 챙겨 먹어. 그럼 끊을게.]

뭐라고 추궁할 새도 없이 전화는 끊겼다. 그런 시혁의 태도가 가현에게 의심의 여지를 더 주었다. 도대체 뭐였을까. 낯선 여자의 음성을 통해 흘러나온 만족. 그 말이 가현의 귓가에 맴돌며 괜한 상상을 불러일으켰다.

"미쳤나 봐. 말도 안 되지."

가현은 고개를 저으며 애써 그 생각을 떨쳐 냈다. 그리고 여전히 다정했던 시혁의 목소리를 떠올리며 마음에 남았던 의구심을 지워 갔다. 그의 맹세와 사랑을 믿지 않는 자신이 어리석다고 탓하면서 말이다. 그렇게 가현은 모든 잡념을 버리고 침대에서 일어났다. 시혁이 없다고 시간을 허투루 보낼 수는 없었다. 유나라도 만날 생각으로 가현은 서둘러 욕실로 들어섰다.

❀ ❀ ❀

이제 슬슬 봄이 찾아오려는지 거리는 온통 화사한 색으로 물들어 있었다. 오랜만에 유나와 만난 가현은 쇼핑을 마친 후에 겨우 식사를 할 생각이 들었다. 가현과 유나는 동시에 순대국밥을 떠올렸고 함께 자주 가던 가게를 찾아 걸어가기 시작했다. 그러는 동안 이런, 저런 이야기를 나누다가 가현은 문득 시혁에 관한 얘기를 꺼내고 말았다.

"요즘 시혁 씨가 많이 바빠서 걱정이야. 꼭 예전처럼 일에 미쳐서 사는 거 같다니까."

"한동안 진짜 신혼부부같이 지내더니 또 그래? 어떤데."

얘기를 들어 주는 사람이 생기자 가현은 그동안 쌓였던 불만들이 하나둘씩 나오기 시작했다. 최근 들어서 시혁은 가현과 함께 있는 동안에 통화를 하는 일이 많았다. 그리고 그걸 꼭 가현이 없는 곳에 가서 받고는 했다. 주말도 상관없이 밖으로 돌았고, 퇴근도 늦었다.

"오늘도 그래. 내가 자고 있는 틈에 출근을 했더라니까. 게다가……."

그렇게 얘기하다 보니 가현은 애써 떨쳐 낸 낯선 여자의 일도 꺼내게 되었다.

"혹시…… 바람피우는 거 아니야?"

유나가 짐짓 놀리는 척 얘기를 꺼내긴 했지만 가현은 즉각 아니라는 말을 꺼낼 수가 없었다. 그러자 오히려 놀라는 건 유나였다.

"뭐야. 너 지금 시혁 씨 의심하는 거야?"

"……아니, 그런 건 아니지."

"아무리 그래도 시혁 씨가 바람피우고 그럴 사람은 아니잖아."

"그래……. 네가 생각해도 그렇지?"

남이 본다면 마치 유나와 가현의 입장이 바뀐 것같이 보일 것이다. 그런 자신이 조금 창피해져서 가현은 뒤늦게야 어색한 웃음

을 지었다. 그러는 사이, 두 사람은 어느새인가 순대국밥집 앞에
당도해 있었다. 가현이 안으로 들어가려 문을 여는 순간, 훅 끼치
는 음식 냄새에 속이 뒤집어졌다.

"우욱⋯⋯."

결국 냄새를 견디지 못한 가현은 재빨리 자리를 벗어났다. 그
리고 구석진 곳에서 몸을 숙여 헛구역질을 계속했다. 놀란 유나가
가방에서 물이 담긴 텀블러를 꺼내어 가현에게 내밀었다.

"너 괜찮아?"

"아니⋯⋯. 안 괜찮아. 요즘 계속 이러네."

평소에 가리는 음식이 없던 가현은 요즘 들어 냄새에 민감해졌
다. 시간이 좀 지나면 괜찮아졌지만 한번 역한 기분이 들면 뭘 먹
기가 힘이 드는데 오늘도 그럴 것 같았다.

"안 되겠어. 순대국밥은 다음에 먹자. 도저히 먹을 수 없을 거
같아."

"너⋯⋯."

가현이 기운 없이 물만 마시자 유나는 의심스러운 눈초리로 그
녀를 바라보았다.

"임신한 거 아니야?"

"임신?"

가현은 임신이란 단어가 단번에 와 닿지 않았다. 그러다 불현
듯 자신의 마지막 생리가 언제였는지 떠올려 보았다. 그런데 기억
을 한참 뒤져야 했다. 그 사실에 가현은 적잖은 충격을 받았다.
대체 자신의 몸에 대해서 신경도 쓰지 않고 뭘 하면서 지냈던 걸

까. 가현은 떨리는 손으로 유나의 손을 꼭 쥐었다. 그리고 진지한 눈빛으로 그녀를 바라봤다.

"나 진짜 임신한 거 같아. 어쩌지……."

"뭐?"

뜬금없는 대답에 유나는 놀랐지만 생각해 보면 아주 없을 일도 아니란 생각이 되었다. 그러자 유나는 가현이 정말로 걱정이 되었다.

"일단, 가자."

"가자니, 어딜."

"당연히 산부인과지, 어디겠어. 주말 진료 되는 곳 있으니까 가서 확실히 확인을 해 보자."

그렇게 말한 유나는 가현과 함께 당장 택시를 잡아타고 산부인과로 향했다. 그때부터 가현은 모든 순간이 정신없이 지나갔다. 접수를 하고 기다리는 동안에 가현은 시혁이 간절히 보고 싶었다. 초음파실로 들어가 검사를 하는 동안에도 홀로 이 순간을 맞이해도 되는 건지 의구심이 들었다. 그리고 의사의 앞에 선 순간, 가현은 그토록 알고 싶어 하던 진실을 마주하게 되었다.

"축하드려요. 임신 5주째시네요. 여기 보시면 아기집이랑 난황이 보이실 거예요. 착상 위치가 좋아서 너무 무리한 일만 하지 않으면 괜찮으실 겁니다."

아기집이라며 의사가 화면을 보여 줬지만 가현은 확실히 알아보기가 힘들었다. 그저 검고 흰 것들이 뒤엉켜 보이기에 '아, 저게 아기집이구나.' 생각했다.

"심장 소리는 다음 주에 내원하시면 확인하실 수 있겠네요."

가현은 실감이 나질 않았다. 자신의 배에 아주 작은 생명이 자라고 있었다. 다음 주면 심장 뛰는 소리도 들을 수 있다고 했다. 자신의 몸에는 지금 두 개의 심장이 함께하고 있는 것이다. 가현은 얼떨떨한 기분으로 진료실을 빠져나왔다. 그리고 유나와 마주하는 순간, 왈칵 눈물이 났다.

"나, 임신이래. 5주 차."

"윤가현. 진짜 축하해! 나 이제 이모 되는 거네?"

유나는 눈물 흘리는 가현을 품에 꼭 안아 주었다. 가현은 아주 갑작스럽긴 했지만 그나마 유나가 곁에 있어서 다행이라는 생각이 들었다. 물론, 시혁이 함께했다면 더 기뻤을 테지만.

"어서 시혁 씨한테 전화해 봐. 시혁 씨도 알아야지."

산모 수첩과 초음파 사진을 건네받는 와중에도 유나의 채근이 이어져서 가현은 못 이기는 척 휴대폰을 꺼내 들었다. 그리고 단축번호 1번을 꾹 눌러 시혁에게 전화를 걸었다. 하지만 한참이나 신호음이 가는데도 시혁은 전화를 받지 않았다.

"안 받아……."

아직도 일을 하는 걸까. 가현은 서운한 마음을 감추지 못하며 전화를 끊었다. 그러자 유나가 그녀의 어깨를 감싸 안으며 위로를 해 주었다.

"우선은 집으로 가자. 기다리면 시혁 씨도 돌아오겠지."

유나의 배웅을 받으며 집으로 돌아온 가현은 가방에 넣어 둔 산모 수첩을 꺼내어 한참을 들여다보았다. 아침까지만 하더라도 가현은 시혁의 아내였다. 하지만 이제는 아내인 동시에 엄마가 되었다. 그렇게 생각하자 가현은 기뻐서 견딜 수가 없었다. 그리고 충동적으로 윗옷을 벗고 맨몸으로 전신 거울 앞에 섰다.

"내 배가 원래 이랬던가?"

아직은 배에 어떤 티도 나지 않았지만 그녀의 눈에는 어쩐지 평소보다 볼록하게만 보였다.

"엄마."

가현은 머릿속에만 머물던 단어를 입 밖으로 내뱉자 서서히 실감이 되었다. 내 배 속에는 생명이 자라고 있었다. 시혁과 함께 이루어 낸 사랑의 결실이 자신의 안에 숨 쉬고 있다는 게 가현은 너무도 기쁘고 행복했다.

❀　❀　❀

가현은 시끄러운 TV소리에 눈을 떴다. 어느 틈엔가 소파 위에서 깜빡 잠이 들었던 모양이다. 가현은 TV를 끄고서 벽시계를 바라보았다. 시간은 벌써 자정을 넘어서 하루가 지나 있었다. 시혁이 이 시간까지 돌아오지 않다니. 별일이라고 생각하며 가현이 휴대폰을 찾아 전화를 걸려는 찰나, 현관벨 소리가 울렸다.

"시혁 씨 왔어요?"

인터폰을 확인한 가현은 시혁이 아닌 최 실장의 모습에 놀라고 말았다. 그리고 당장 문을 열자 몸도 제대로 가누지 못하는 시혁을 최 실장이 부축하고 있었다. 아무래도 술에 많이 취한 것 같았다.

"밤늦게 죄송합니다. 사모님. 이사님께서 많이 취하셔서 제가 함께 오게 되었습니다."

"시혁 씨! 정신 차려 봐요. 어쩌다 이렇게 많이 마신 거예요."

가현이 걱정스러운 눈길로 시혁을 바라보았지만 그는 쉽사리 정신을 차리지 못했다. 그러자 최 실장이 곤란한 눈길을 보냈다.

"이사님께서 오늘 좋은 일이 있으셔서 과음을 좀 하셨습니다."

최 실장의 도움을 받아 시혁을 침대에 뉘인 가현은 속이 상했다. 오늘은 꼭 해 줄 얘기가 있었는데 이렇게 인사불성이 돼서야 어떻게 임신 사실을 알리겠는가. 가현은 안타까운 한숨을 내쉴 수밖에 없었다.

"최 실장님이 고생하셨어요. 차라도 드시고 가실래요."

가현은 발길을 돌려 밖으로 나가려는 최 실장을 불러 세웠다. 하지만 그는 고개를 저어 보였다.

"저는 괜찮습니다. 이사님이 깨어나시면 술을 드신 이유를 꼭 물어보십시오. 그럼 전 그만 가 보겠습니다."

최 실장을 배웅하고 돌아온 가현은 곧장 침실로 갔다. 그리고 쓰러진 시혁을 뚫어져라 바라보았다. 이렇게 되도록 마신 이유를 백 번이고 묻고 싶었지만 정신도 차리지 못하는 사람에게는 그럴 수가 없었다. 임신 사실을 알려 주고 함께 축하하고 싶었는데 지금은 아마 때가 아닌가 보다. 가현은 다시 한숨을 내쉬고는 주방에서 꿀물을 타 왔다.

"아침에 속 쓰릴 텐데, 이거라도 조금 마셔요."

가현은 대답도 못 하는 시혁을 부축해 앉히며 입가에 꿀물을 가져갔다. 그러자 그가 가현의 손길을 거부하며 고개를 피하는 것이다.

"으음…… 선경 씨, 나 진짜 더 이상 못 마셔."

뭐, 누구? 선경 씨? 가현은 기가 차서 말도 나오지 않았다. 시혁의 입을 통해 낯선 여자의 이름이 튀어나오자 아침에 있었던 일이 오버랩 되었다. 그때도 낯선 여자가 시혁을 향해 친근하게 말을 건넸었다. 만족시켜 드리겠다고 했던가. 도대체 뭘 어떻게 만족을 시켜 줬길래 술김에도 그녀의 이름이 나올 수 있지.

"기가 차서 진짜."

가현은 치밀어 오르는 화를 억누르지 못하고 시혁을 그대로 내팽개쳤다. 그리고 물 잔을 아무 곳에나 놔두고 침실을 빠져나왔다.

"내가 술 마시고 오면 물시중을 든다고? 내 옆에 평생을 있어? 퍽이나."

지난날의 약속도 무색하게 만드는 시혁의 모습에 가현은 실망감을 감출 수가 없었다. 자정이 넘어서까지 자길 혼자 놔둔 것도 모자라서 아빠가 된다는 사실도 말할 수가 없었다. 이렇게 되니 시혁이 임신 사실을 알게 된 후에도 기뻐해 줄지 의문이었다.

"이게 뭐야……."

그렇게 생각하니 치솟던 화도 가라앉고 서러움이 찾아왔다. 가현은 예전에 홀로 쓰던 방으로 들어가 이불을 뒤집어쓰고 울기 시작했다. 우리 아이는 축복받아야 마땅할 존재인데 시혁은 아직 그 존재도 알지 못했다. 이러다가 아이가 영원히 환영받지 못할까 봐 가현은 걱정이 되었다.

"거짓말쟁이. 믿은 내가 바보지. 일어나면 내가 가만 안 둘 거야, 이시혁."

그렇게 베개가 젖도록 우는 와중에 가현은 어느새인가 까무룩 잠이 들었나 보다. 누군가 몸을 흔드는 느낌에 가현이 천천히 눈을 뜨자 그 앞에 시혁이 있었다. 창밖을 보니 맑은 하늘이 보이고 봄 햇살이 방 안으로 내려앉고 있었다.

"왜 여기서 혼자 자고 있어. 술 마셔서 화났어?"

시혁이 걱정스러운 눈길을 보내며 가현의 곁에 앉았다. 그리고 부은 그녀의 눈가를 매만졌다. 가현은 방금 깨어 정신이 없는 와중에도 그 손길을 피했다.

"선경이란 여자는 누구예요."

몸을 일으켜 앉은 가현은 평소와 비교도 되지 않는 차가운 눈빛으로 시혁을 바라보았다.

"누구?"

"선경이요. 저도 이름만 들어서 성은 몰라요. 그 여자는 누구예요?"

가현의 물음에 시혁은 무언가를 곰곰이 생각하더니 이해가 가지 않는다는 듯 고개를 갸웃거렸다.

"그 여자 이름이 갑자기 왜 튀어나와."

"그러게요. 그 이름을 누가 먼저 꺼냈다고 생각해요."

매섭게 눈을 치켜뜬 가현은 시혁에게 힐난조로 말했다. 영문을 모르는 그는 가현의 이런 변화가 갑작스러울 뿐이었다.

"어쩌면 어제 같은 날, 나를 혼자 놔둔 것도 모자라서 취한 채로 다른 여자를 찾을 수가 있어요. 술도 그 여자랑 마셨나요? 그래요?"

말을 하면 할수록 가현은 서러움이 밀려왔다. 과거에는 그가 지수를 찾을 때도 이렇게 화나진 않았다. 지수는 이미 고인이 된 사람이니 은연중에 이길 수 없다는 생각을 해서였는지도 모르겠다. 하지만 지금은 상황이 달랐다. 그가 사랑하는 사람은 오로지 자신이어야 했다. 가현에게 시혁이 없으면 안 될 존재이듯, 그도 그러기를 바랐다.

"어떻게 나한테 그럴 수가 있어. 너무 미워!"

가현은 주먹을 쥔 손으로 시혁의 가슴을 내리쳤다. 당황한 시혁은 그 손을 막지도 못하고 그대로 맞고만 있었다.

"아니, 가현아. 내 말 좀 들어 봐. 그 여자는 그런 게 아니라……."

시혁이 있는 힘껏 변명을 했지만 가현은 들을 생각이 없었다. 그저 제 안에 담아 둔 얘기들을 뱉어 내는 것만으로도 정신이 없었다.

"정말 너무너무 미워서 도망가고 싶은데, 그럴 수도 없어. 그러지 않겠다고 당신이랑 약속을 했으니까! 하지만 그것보다 더 화나는 건 뭔지 알아요? 시혁 씨는 곧 아빠가 될 텐데 그것조차 몰라. 어떻게 그래? 우리 아이는 아빠가 필요한데, 어떻게 그것도 모르고 술을 마시고 들어올 수가 있냐고요."

가현의 말을 들은 시혁은 뒤통수를 얻어맞은 듯 정신이 없었다. 아이라니. 전혀 생각도 못 한 존재가 그녀의 입을 통해 등장했다. 그저 언젠가는 아이와 함께하는 날이 있을 거라고 생각했었다. 하지만 그게 당장이라고는 생각하지 않았다. 막연한 상상이었다. 그런데 이제는 현실이 되어 찾아온 것이다.

"잠깐만, 지금 아이라고 한 거야? 내가 아빠가 된다고?"

"그래요. 나 임신했어요. 다음 주면…… 콩닥거리는 심장 소리도 들을 수 있다고 그랬단 말이에요."

결국 가현은 참지 못하고 눈물을 터트렸다. 지난밤에 홀로 그토록 울었는데 아직도 흐를 눈물이 남아 있던 모양이었다. 너무 서러워서 참을 수가 없었다. 엉엉 소리 내어 우는 가현을 보며 시혁은 무어라 말할 수 없는 복잡한 마음이 들었다. 하지만 일단은 그녀를 달래고 오해를 푸는 게 먼저일 것 같았다.

"가현아. 나랑 가자."

시혁은 언제인가 가현이 살던 원룸을 처음으로 찾았을 때처럼, 가현을 공주님처럼 품에 안아 들었다. 우느라 정신이 없는 가현은 그 상황에서 내려 달라는 소리도 못 했다. 그렇게 그녀를 품에 안은 채 시혁은 집을 빠져나왔다. 그리고 차를 세워 둔 주차장으로 향했다. 가현은 여전히 훌쩍이며 울고만 있었다.

"지금부터 차에 탈 건데, 싫어도 뛰쳐나가고 그러지 마. 다른 건 다 괜찮은데 네가 다치는 건 내가 싫어."

시혁은 차 문을 열어 보조석에 그녀를 태우고 자신도 운전석에 앉았다. 그리고 가현의 안전벨트도 매 주었다.

"아직도 내가 많이 미워?"

이제 제법 울음이 잦아든 가현을 향해 시혁이 물었다. 그러나 그녀는 고개를 창가 쪽으로 돌린 채 아무 말도 없었다. 그 모습에 시혁은 한숨만 내쉬었다.

"……출발할게."

차는 조용하고 매끄럽게 주차장을 빠져나왔다. 긴 도로를 달리는 동안에도 차 안에는 정적만 맴돌았다. 시혁은 이 상황을 풀고 싶었지만 무작정 사과만 하는 건 답이 아니란 생각이 들었다. 가현은 가현대로 화가 나서 아무 말도 하고 싶지 않았다. 그렇게 침묵에 휩싸인 차는 한참을 달려 외곽도시로 빠졌다.

"조금만 더 가면 도착할 거야."

삭막하기만 하던 도로 풍경은 이내 봄을 알리는 개나리와 철쭉으로 가득 찼다. 그리고 졸졸 흐르는 맑은 개울물이 눈에 띨 때쯤 차가 멈춰 섰다.

"내리자. 내가 다시 안을까?"

시혁이 묻자 가현은 고개를 가로젓고 문을 열었다. 차에서 내린 가현은 이곳이 한가로운 주택가라는 걸 금방 알 수 있었다.

"가현이 네가 왜 화가 났는지는 알겠어. 그런데 이걸 보면 더 화내지 않을 거라고 약속해 줘."

"약속은 못 해요. 시혁 씨가 아직 사과하지 않으니까."

여전히 불퉁한 가현의 손을 잡고 시혁은 바로 앞에 놓인 집으로 다가갔다. 그리고 키보다 더 큰 대문을 직접 열고 지나갔다. 그러자 푸르른 잔디가 빼곡한 넓은 정원이 나타났다. 그곳 한편에는 그녀가 우두커니 놓여 있었다.

"여기가 어디예요?"

가현의 질문에도 시혁은 대답이 없었다. 그리고 마당을 지나 또 다른 현관문을 열어젖혔다. 가현은 묵묵히 그의 뒤를 따라 집 안으로 들어섰다. 정원만큼이나 넓은 거실은 아직 가구가 놓이지 않았지만 천장이 높고 채광이 좋았다. 그제야 시혁은 가현을 바라보았다.

"여기가 앞으로 우리가 살게 될 집이야."

"네?"

가현이 놀라서 다시 집 안을 둘러보았다. 아직 방을 둘러보지는 않았지만 이 정도 크기라면 방도 제법 넓을 것 같았다. 게다가 2층으로 향하는 계단도 놓여 있었다.

"이게 어떻게 된 거예요."

"네가 그랬잖아. 이런 집에서 가족끼리 오순도순 살고 싶다고. 이리 와 봐. 뒷마당에는 작은 텃밭도 있으니까."

거실 복도를 지나 주방으로 향하자 뒷마당으로 통하는 통유리가 나타났다. 그곳에는 시혁의 말처럼 크지는 않지만 혼자 가꾸기에 알맞은 텃밭이 있었다.

"정말, 여기가 우리 집이에요?"

가현은 믿을 수 없다는 눈으로 시혁을 바라보았다. 지금까지 화를 냈던 이유는 잊고서 말이다. 어째서 그가 갑자기 이사를 생각한 걸까. 곰곰이 생각하던 가현은 문득 한 날의 대화를 떠올렸다. 그때는 TV에서 하던 정보 프로그램을 보던 중이었다. 도시 생활을 모두 접고 시골집을 현대식으로 리모델링해서 살고 있다는 부부의 집을 보는 순간 가현은 흘리듯 말했다.

'저런 곳에서 나랑, 시혁 씨랑, 우리 애기랑 살면 정말 행복할 거 같아요.'

크게 의미를 둔 얘기는 아니었다. 그저 바쁜 일상에 지쳐서 힐 링이 필요하던 때였을 거라고 짐작될 뿐이다. 그런데 시혁은 그 얘기를 잊지 않고 기억해 둔 것이다. 이제 보니 이곳은 TV에서 봤던 그 집과 똑같진 않지만 가현이 바라던 집의 모습과 비슷했 다.

"지금까지 너한테 말도 못 하고 얼마나 힘들었는지 몰라. 최대 한 놀라게 해 주고 싶었거든. 그런데 결국 그게 오해를 부르고 말 았네. 내가 미안해."

시혁의 뒤늦은 사과에 가현은 흔들리는 눈빛으로 그를 바라보 았다.

"그럼 지금까지……."

"말없이 널 혼자 내버려 두지 말았어야 했어. 그랬더라면 우리 아이에 대해서 제일 빨리 알 수 있었을 텐데 말이야."

시혁은 아쉬움이 묻어나는 말투로 가현에게 다가왔다. 그리고 그녀의 배에 조심스레 손을 얹었다.

"미안해. 가현이 너에게도 미안하고, 우리 아이에게도 미안해. 내가 생각이 짧았어."

"그럼 선경 씨는요. 대체 누구예요."

"부동산 중개인이야. 어제 겨우 이 집을 찾아내서 계약을 했어. 그걸 축하할 겸 같이 술을 마셨던 건데……. 김선경 씨와 일 외에는 연락한 적 없어. 앞으로도 없을 거고. 다시는 술에 취하지도 않을 거고 다른 여자를 입에……."

시혁의 말이 끝나기도 전에 가현은 그의 품 안에 안겼다. 처음에는 놀랐던 시혁은 그녀를 조심스레 안았다.

"앞으로 너와, 우리의 아기와 함께 여기서 행복하게 살자. 네가 못하는 걸 내가 하고 내가 못하는 건 네가 해 주고, 그렇게 서로 도우면서 알콩달콩 살아가자."

"네. 좋아요. 너무 좋아요."

어느새 화가 풀린 가현은 활짝 웃으며 그의 볼에 입을 맞췄다. 그러자 시혁도 환히 웃으며 그녀를 끌어안고서 번쩍 들어 올렸다.

"내가 정말 아빠가 되는 거지? 우리 아이가 지금 여기에 우리랑 같이 있는 거야?"

"그래요. 지금은 제 안에서 밖으로 나올 날만 기다리고 있어요."

가현을 안은 채 빙글빙글 돌던 시혁은 벅차오르는 감정을 주체하지 못하고 그녀의 입술에 뜨겁게 입을 맞췄다. 닿을 것 같지 않던 행복이 그들의 안에 머물러 있었다. 시혁과 가현은 이제 부부뿐만 아니라 부모가 될 거였다. 그래서일까. 내리쬐는 햇살이 너무도 따스하게 와 닿았다. 그건 마치 사랑에 휩싸인 기분이었다. 가족이란 이름의 사랑이 그들에게 찾아온 것이다.

＊ ＊ ＊

몇 년이 흘렀다. 행복한 가정에는 웃음소리가 하나 더 늘었다.

"다솜아, 빨리 와서 밥 먹어. 시혁 씨도 어서 오세요."

세 개의 밥그릇이 식탁 위에 나란히 놓여 있었다. 시혁과 가현은 어여쁜 여자아이를 낳았다. 그리고 아이에게는 사랑의 순우리말인 다솜이라는 이름을 지어 주었다. 이제는 혼자 하려는 게 많은 다솜은 자신의 힘으로 유치원복을 챙겨 입고는 식탁으로 달려왔다. 그리고 곧이어 시혁도 의자에 앉았다.

"빨리 먹고 유치원 갈래요. 오늘 준현이랑 같이 소꿉놀이하기로 했단 말이야."

"준현이가 누구야?"

조잘조잘 말도 잘하는 다솜을 향해 시혁이 물었다. 그러자 다솜이 수줍은 미소를 짓더니 말했다.

"내 남자 친구예요. 준현이는 힘도 세서 그네도 잘 밀어 줘. 나중에 아빠한테도 소개해 줄게요."

다솜이 당당하게 말하자 시혁은 아쉬운 듯 미간을 찌푸리며 아이의 볼을 살짝 꼬집었다가 놓았다.

"다솜이는 아빠를 제일 사랑한다고 했잖아. 그런데 이제는 준현이야?"

"치이, 아빠는 엄마가 제일 좋다고 그랬잖아. 그래서 지금은 나도 준현이가 제일 좋아요."

"가현아, 들었어? 난 이제 찬밥 신세래."

시혁이 장난스럽게 가슴을 움켜쥐며 앓는 소리를 내자 가현은 못 말린다는 듯 그의 어깨를 툭 쳤다.

"다솜이 말처럼 시혁 씨한테는 내가 있잖아요. 뭐가 걱정이야. 그러니까 이제 그만하고 식사하세요."

세 사람은 모두 식탁에 모여 앉았다. 그리고 서로를 마주 보며 익숙한 듯 하나가 되어 외쳤다.

"오늘도 최선을 다해서 행복하게 사랑하겠습니다."

꼭 같은 세 개의 외침이 집 안을 맴돌았다. 이제는 웃음도, 행복도, 사랑도 3배였다. 사계절을 함께 웃으며 보내는 매일이 너무도 당연해져서 무엇 하나 놓칠 수가 없었다. 가현과 시혁은 과거를 보지 않았다. 앞으로 있을 일상이 너무도 기대가 되었기 때문이다. 그렇게 두 사람은 평생을 함께할 것이다. 지금과 같이 행복과 사랑 안에서 앞으로도 서로를 생각하는 내일을 맞이할 것이다.

작가 후기

안녕하세요. '두 번째 프러포즈'를 쓴 이백린이라고 합니다.

글은 재밌게 읽으셨나요?

'두 번째 프러포즈'는 제목처럼 제 '두 번째' 작품이라 아직도 모자란 점이 많다고 생각합니다. 이 글을 쓰기까지 우여곡절도 많았죠.

지난 2015년 가을의 끄트머리에 첫 편을 연재한 두 번째 프러포즈는 사실 한 번 제 손을 떠났던 작품이었습니다. 그때는 삶을 살아가는 데 지쳐서 글에 대한 애착이 많아 사라져 있었거든요. 그렇게 몇 달이 지나, 저는 다시 한 번 제 글을 읽게 되었습니다. 여전히 모자라고 부끄럽기만 한 글이었지만 이야기를 이어 가고 싶다는 생각이 절로 들었습니다.

그리고 저는 2016년 초여름이 되어서 '두 번째 프러포즈'를 끝낼 수 있었습니다. 반드시 완결을 내겠다는 자신과의 약속을 지켜 냈죠.

그때 저는 알았습니다. 사람이 하고자 마음먹으면 안 되는 게 없다는 걸요. 그러니까 여러분들도 늦더라도 포기하지 마세요. 저도 해냈잖아요!

후기는 처음인지라 무슨 말을 더 해야 할지 모르겠네요. 여러 모로 부족하게 많은 저입니다(...)

이야기에 특별히 비하인드 스토리가 있는 건 아닙니다. 처음 설정을 생각할 때는 이미 한 번 헤어진 남녀가 다시 사랑하는 이야기를 쓰고 싶다는 막연한 생각으로 시작했거든요. 그래서 가현이 탄생하였고, 과거의 연인과 내 부인이 닮았다면 남자는 어떤 심정일까, 그런 궁금증에서 시혁과 지수가 탄생했습니다. 이렇게 말하고 보니 꼭 막장 스토리 같네요.

네? 막장이 맞다고요? 그렇다면 할 말이 없지만요…….

사실 저는 막장을 재밌게 봅니다. 욕하면서 보게 되는 그 맛! 아시는 분도 계시겠죠. 물론, 경우가 심하면 좀 꺼리는 편이긴 하지만요. 그러니까 제 글이 막장 같다고 하더라도 이해해 주세요. 눈에서 레이저 쏘고 김치로 싸대기 때리진 않았잖아요(...)

두프는 두 번째 작품이긴 하지만 제가 가장 오래 쥐고 쓴 글이라서 그런지 후기를 쓰고 있는 지금도 어쩐지 두프의 다음 편을 써야만 할 것 같은 기분이 듭니다. 사실 밥 먹는 시간 빼고는 하루 종일 두프에 관한 생각뿐이었거든요. 씻으면서도, 화장실에서도, 일하면서도 내내 생각하느라 멀미가 날 지경이었습니다.

그 정도로 저와 오래 함께했던 이야기를 이제는 떠나보내야 한다는 게 믿기지가 않네요. 이 아이가 어디를 가더라도 미움받지 않기만 바랄 뿐입니다.

글을 쓰지 않던 예전에는 자신이 쓴 글을 자식처럼 여기는 분들을 이해할 수가 없었는데 이제는 이해가 되네요. 두프는 정말 난산이었기 때문에 남들에게는 예쁨만 받았으면 좋겠습니다.

하지만 독자님께서 해 주시는 글에 대한 따끔한 충고와 비판은 감사하게 받아들이겠습니다. 비난만은 하지 말아 주세요.

아무튼 이렇게 두서없는 후기는 처음이시죠? 그러니까 저도 슬슬 끝낼까 생각 중입니다.

지금까지 가현이와 시혁이의 사랑을 지켜봐 주셔서 정말 감사드립니다. 행복한 매일을 맞이한 두 사람처럼 여러분의 앞날에도 쭉 행복만이 가득하셨으면 좋겠습니다. 다음에 더 좋은 모습으로 다시 봬요!

이백린 올림